L'AMBITIEUSE

Du même auteur

Romans

La Machinerie humaine, suite romanesque (en cours).
- La Fontaine des Innocents, Fayard, 1992, et Le Livre de Poche.
- L'Amour au temps des solitudes, Fayard, 1993, et Le Livre de Poche.
- Les Rois sans visage, Fayard, 1994, et Le Livre de Poche.
- Le Condottiere, Fayard, 1994.
- Le Fils de Klara H., Fayard, 1995.
- L'Ambitieuse, Fayard, 1995.

La Baie des Anges, suite romanesque.
  I. La Baie des Anges, Laffont, 1975.
  II. Le Palais des Fêtes, Laffont, 1976.
  III. La Promenade des Anglais, Laffont, 1976.

Les hommes naissent tous le même jour, suite romanesque.
  I. Aurore, Laffont, 1978.
  II. Crépuscule, Laffont, 1979.

Le Cortège des vainqueurs, Laffont, 1972.
Un pas vers la mer, Laffont, 1973.
L'Oiseau des origines, Laffont, 1974.
Que sont les siècles pour la mer, Laffont, 1977.
Une affaire intime, Laffont, 1979.
France, Grasset, 1980, et Le Livre de Poche.
Un crime très ordinaire, Grasset, 1982, et Le Livre de Poche.
La Demeure des puissants, Grasset, 1983.
Le Beau Rivage, Grasset, 1985, et Le Livre de Poche.
Belle Époque, Grasset, 1986, et Le Livre de Poche.
La Route Napoléon, Laffont, 1987, et Le Livre de Poche.
Une affaire publique, Laffont, 1989, et Le Livre de Poche.
Le Regard des femmes, Laffont, 1991, et Le Livre de Poche.

Histoire, essais

L'Italie de Mussolini, Perrin, 1964 et 1982, et Marabout.
L'Affaire d'Éthiopie, Le Centurion, 1967.
Gauchisme, réformisme et révolution, Laffont, 1968.
Maximilien Robespierre, Histoire d'une solitude, Perrin, 1968, et Le Livre de Poche.
Histoire de l'Espagne franquiste, Laffont, 1969.
Cinquième Colonne, 1939-1940, Plon, 1970 et 1980, éd. Complexe, 1984.
Tombeau pour la Commune, Laffont, 1971.
La Nuit des Longs Couteaux, Laffont, 1971.
La Mafia, mythe et réalités, Seghers, 1972.
L'Affiche, miroir de l'histoire, Laffont, 1973 et 1989.
Le Pouvoir à vif, Laffont, 1978.
Le xxᵉ siècle, Perrin, 1979.
Garibaldi, la force d'un destin, Fayard, 1982.
La Troisième Alliance, Fayard, 1984.
Les idées décident de tout, Galilée, 1984.
Le Grand Jaurès, Laffont, 1984 et 1994.
Lettre ouverte à Robespierre sur les nouveaux Muscadins, Albin Michel, 1986.
Que passe la Justice du Roi, Laffont, 1987.
Jules Vallès, Laffont, 1988.
Les Clés de l'histoire contemporaine, Laffont, 1989.
Manifeste pour une fin de siècle obscure, Odile Jacob, 1990.
La gauche est morte, vive la gauche, Odile Jacob, 1990.
L'Europe contre l'Europe, Le Rocher, 1992.
Une femme rebelle, Vie et mort de Rosa Luxemburg, Presses de la Renaissance, 1992.
Jè, Histoire modeste et héroïque d'un homme qui croyait aux lendemains qui chantent, Stock, 1994.

Politique-fiction

La Grande Peur de 1989, Laffont, 1966.
Guerre des gangs à Golf-City, Laffont, 1991.

Conte

La Bague magique, Casterman, 1981.

En collaboration

Au nom de tous les miens, de Martin Gray, Laffont, 1971, et Le Livre de Poche.

Max Gallo

L'Ambitieuse

roman

Fayard

F
GAL
C.1

Pour Marielle

Tout ici est imaginaire — personnages et situations — et rien ne l'est.
Comprenne qui voudra.

M. G.

« On vit comme on rêve, seul. »

Joseph CONRAD

L'envol de l'épervier

Elle était au bout.

Elle n'avait même plus la force de se lever pour s'assurer que la porte capitonnée du bureau était bien fermée à clé.

Les gestes qu'elle avait accomplis jusqu'à l'instant où elle avait posé l'objet sur la table n'existaient plus.

Derrière elle, la mémoire et le temps s'étaient affaissés. Plus de chemin. Plus de traces.

Seulement ce plomb dans la nuque et les bras, sur les paupières. L'épuisement, le sentiment qu'elle ne pouvait plus bouger et qu'il lui faudrait une énergie surhumaine, tout ce qui restait en elle de vivant, pour soulever l'objet.

Il était sur la table et elle ne voyait que lui. Les tableaux — celui de Klee qu'elle avait tant aimé —, les portraits, les rayonnages où s'entassaient les dossiers qu'elle avait si souvent complétés, feuilletés, les deux téléphones — celui de couleur ivoire, aux touches rouges, et le noir — avaient disparu.

Mais cet objet était comme une évidence, le prolongement de ses mains. Elle ne se souvenait pas de l'avoir pris, il y avait plus d'un mois déjà, dans ce que son grand-père, le docteur Desjardins, appelait le « tiroir secret », tout en actionnant son mécanisme sous les yeux de ses deux petites-filles.

Elle s'était émerveillée, enfant, de voir jaillir d'une paroi du secrétaire cette cache dans laquelle son aïeul plongeait la main.

« Attention, disait-il, éloignez-vous, on ne sait jamais, avec un faux mouvement... Je veux d'abord vérifier qu'il n'est pas chargé... »

13

Elle s'écartait, imitée par sa sœur, et leur grand-père montrait enfin cet objet lourd, noir, huileux, qu'après l'avoir soupesé, tourné en tous sens, il leur tendait :

« Prenez garde, les filles, ce n'est pas un jouet pour vous. Mais il faut... Allons, Aurore, allons, Isabelle... Est-ce qu'on sait ce qui vous attend dans la vie ? »

Puis il replaçait l'objet dans son nid.

Il hochait la tête. C'était avec ça, disait-il, la voix pleine de regret et comme saisie d'étonnement, qu'il avait fait la guerre.

Elle avait imaginé — et s'en était ouverte à sa sœur — que cet objet était un épervier, un rapace aux ailes repliées, au long bec noir, à la gueule profonde. Leur grand-père n'avait-il pas expliqué, un jour, qu'il s'agissait d'une *arme de poing*, pareille à un oiseau de chasse, donc ?

Mais sa sœur s'était moquée. Parler d'épervier à propos d'un revolver ! Qu'allait-elle chercher ?

L'épervier était là, dans sa main. Elle le serrait entre ses doigts. Le réchauffait. Il allait s'élancer, déployer ses ailes, l'emporter.

Elle s'était recroquevillée, comme pour tenter de combler cet abîme de peur qui s'élargissait au centre de son corps et qui, si elle tardait, absorberait toute sa volonté avant qu'elle ait pu s'agripper à cet oiseau de métal, compact et froid.

Elle devait vite se jeter en avant avec lui, poser ce bec contre sa tempe.

Après, ce serait la mort de tous les autres.

Après, elle avancerait dans le silence au milieu de ces yeux clos.

PREMIÈRE PARTIE

Le cheval noir et le cheval fauve

1.

On s'était souvenu longtemps, à Clairvaux, des noces de Claire Melrieux, la fille aînée des Melrieux, propriétaires des plus belles maisons de Lons-le-Saunier, presque toutes construites au XVIIIe siècle, entre la rue du Puits-Salé et l'église des Cordeliers. C'est François Desjardins, à peine âgé de vingt-deux ans en 1948, l'année du mariage, qui avait épousé Claire.

On avait murmuré que les Melrieux se refaisaient ainsi une vertu.

Les femmes avaient trouvé que la mariée avait le ventre bien bombé sous sa robe blanche à traîne. Et les hommes qui s'étaient rassemblés derrière les drapeaux des anciens combattants déployés dans la nef — François Desjardins était sous-lieutenant, tout juste sorti de Saint-Cyr, et son père, le docteur Desjardins, avait commandé les résistants dans le sud du Jura — avaient songé aux dix-sept maquisards que les miliciens avaient abattus à trois kilomètres de Clairvaux, en juin 1944. Ils les avaient fusillés contre un mur de pierres sèches qui faisait deux fois la hauteur d'un homme et qui longeait la route, entourant un parc de douze hectares avec étangs, bois, pièces d'eau, allées cavalières conduisant au château de Salière, dont on apercevait les tours depuis la place de Clairvaux. C'était la demeure des Melrieux ; durant quatre ans, ils y avaient accueilli les préfets et les ministres de Vichy, et même les officiers de la Kommandantur de Lons-le-Saunier. Le monument de granit qu'on avait élevé à l'emplacement de l'exécution était comme une tumeur dans le mur d'enceinte et la réputation des Melrieux. Certains, à Clairvaux et Lons-le-Saunier, avaient cru qu'à la Libération on allait

17

mettre le feu au château, vider ses caves pleines de bouteilles de vin du Jura et de grands crus de Bourgogne. Mais les Melrieux avaient hébergé les officiers de la 1re armée française, et l'on voyait sur la route, roulant côte à côte, François Desjardins, le fils du chef de la Résistance locale, et Claire Melrieux. Ces deux-là s'aimaient. De toute façon, qu'est-ce qu'une poignée de « partageux » pouvait faire et dire contre une famille qui possédait immeubles, vignobles, scieries, usines de pâte à papier ? On imaginait leurs comptes en Suisse, où Louis Melrieux, le père de Claire, se rendait souvent en voisin, comme il disait. Il y avait même séjourné près d'un an, en 1944, laissant retomber la hargne ou les illusions de ceux qu'il appelait les « envieux », les « aigris », et, pour tout dire, les « rouges ».

Le mariage avec drapeaux, dans l'église puis sur la place de Clairvaux, le spectacle de ce jeune sous-lieutenant tenant Claire par la taille, marquaient le retour à l'ordre des choses.

Sans compter qu'ils étaient beaux, ces jeunes mariés. Elle, brune, les cheveux d'un noir brillant, les jambes longues, les hanches un peu lourdes et le ventre déjà rondelet, mais ça, il faudrait seulement quelques mois pour que ça passe et qu'elle retrouve son corps élancé. Lui, François, était un jeune homme maigre, mais grand et athlétique, les tempes et la nuque rasées, le visage osseux au menton prononcé, presque prognathe, mais avec des yeux bleus très clairs, lumineux dans un visage à la peau tannée.

Il était en uniforme, et quand il s'était avancé sur le parvis, sous les étendards, une petite foule s'était rassemblée au pied des marches. Tout Clairvaux connaissait en effet les Desjardins. Le docteur avait accouché les femmes et fermé les yeux des mourants. Henriette Desjardins, son épouse, infirmière diplômée, faisait les piqûres et les pansements. François, on l'avait vu grandir, courir sur la place, et maintenant c'était cet officier-là qui épousait Claire, l'aînée des filles Melrieux, vous vous rendez compte ?

L'un des garçons d'honneur, un enfant d'une douzaine d'années qui tenait la traîne de Claire, avait glissé sur les marches de l'église et s'était étalé, se relevant couvert de neige, et comme toute la noce avait ri et s'était moquée de lui, il avait commencé à la bombarder de boules, puis chacun s'y était mis, et ç'avait été, sur la place de Clairvaux, ce samedi matin de janvier 1948, une drôle de sarabande, tous ces messieurs en costume noir sautillant dans la neige comme des corbeaux.

Tout à coup, Louis Melrieux avait poussé un cri bref et aigu, et, sur la place, ceux qui couraient, même les enfants, s'étaient immobilisés, se tournant vers cet homme trapu et chauve qui, en haut des marches, se tenait le front à deux mains, légèrement penché, comme s'il allait tomber en avant.

Ses filles, Fabienne et Catherine, les cadettes, puis sa femme Lucienne, née Comte — et ce n'était pas rien, à Lons-le-Saunier, que d'être héritière de l'étude de maîtres Comte, notaires depuis 1735 —, enfin Claire, faisant traîner sa robe blanche dans la neige boueuse, s'étaient précipitées vers lui. Il avait un instant disparu derrière ces chapeaux, ces voiles, ces tailleurs, ces corps qui l'entouraient, leurs bras mêlés le soutenant, puis, quelques secondes après, il avait lancé un hurlement sourd, long, rageur, râclant sa gorge. Ses filles et sa femme s'étaient écartées, comme effrayées, et on l'avait vu de nouveau, le plastron blanc taché de sang. « Une pierre, une pierre ! » avait-il répété, descendant lentement les marches, les gouttes rouges tombant sur le sol noirâtre d'avoir été piétiné.

Le docteur Desjardins lui avait pris le bras, l'entraînant vers sa maison, où devait se dérouler le repas de noce.

C'était, en face de l'église, une construction de pierres grises, massive, austère, presque revêche avec ses fenêtres étroites et son toit d'ardoises. Mais la porte à voûte gothique, dévorant la façade, donnait à l'ensemble — deux bâtiments de hauteur inégale — un air de noblesse, et l'on pouvait penser qu'il s'agissait là d'éléments du château de Clairvaux, la place du village occupant ce qui avait été autrefois la cour intérieure, qu'il suffisait de traverser pour rejoindre l'église seigneuriale. Mais la Révolution était passée par là et un paysan nommé Desjardins avait acheté comme bien national ce qui restait du château après que des émeutiers — déjà des « partageux » ! — l'eurent incendié, en 1789.

Invités et badauds s'étaient rassemblés devant la porte restée ouverte. On chuchotait. C'est un enfant, disait-on. Il avait ramassé la pierre sans la voir, avec la neige. On écoutait, on haussait les épaules. Quelle force il avait fallu ! murmurait-on.

Peut-être une fronde ? Mais alors, ce n'était pas un enfant, ni une boule de neige. On aurait pu tuer Melrieux.

On avait répété l'hypothèse. On se la repassait avec gourmandise. On interrogeait les gendarmes qui, eux aussi, hésitaient à pénétrer dans la maison. Et c'est alors qu'une voix, s'élevant de l'autre bout de la place, avait crié à deux reprises — mais on n'aurait su dire s'il s'agissait de la voix d'un homme ou d'une femme, peut-être même d'un enfant : « Crève, salope ! Crève, salope ! »

On s'était retourné, cherchant du côté du café-tabac, et les gendarmes avaient traversé la place d'un pas rapide, faisant irruption dans le café, en ressortant presque aussitôt, revenant vers la maison du docteur Desjardins. Puis, comme s'il fallait s'attendre de nouveau à quelque mauvais coup, les badauds s'étaient dispersés, les invités s'étaient glissés dans la maison pour y chercher refuge, laissant les mariés seuls en haut des marches. Claire s'était alors blottie contre François — souvent, au cours de sa vie, il se souviendrait, avec un sentiment où se mêlaient le désespoir et la révolte, du corps de Claire qui s'était mis alors à trembler —, et il lui avait semblé découvrir à ce moment-là qu'il faisait déjà presque nuit à cause des nuages bas que le vent poussait vers l'est. Parfois, de courtes rafales soulevaient la neige accumulée contre les façades, et s'y mêlaient de brusques et brèves chutes de gros flocons.

Il faisait le même temps, trois années plus tard jour pour jour, un samedi de janvier, donc, en 1951, et tous ceux qui assistaient à la messe et écoutaient sonner le glas se souvenaient du mariage de la petite Claire Melrieux avec François Desjardins. Cela faisait trois ans. Trois ans, vous croyez ? Mon Dieu, pauvre petite, elle n'en avait pas beaucoup profité, et lui non plus.

On l'appelait « petite », maintenant qu'elle était morte et qu'on savait que sa situation d'aînée des Melrieux ne lui avait rien épargné, au contraire même : mourir à vingt-trois ans, cela voulait dire qu'elle avait payé pour ce qu'elle était, ou pour ce qu'avaient fait les siens, allez savoir ; qu'on s'était acharné sur elle parce qu'elle avait apparemment tout eu : la fortune, la jeunesse, la beauté, et même l'amour — car ils s'étaient aimés, ces deux-là, Claire et François. Et, à présent, on la portait en terre, sans même que son mari fût présent : sans doute, là où il se trouvait (on disait en Indochine, au Tonkin), ignorait-il même que sa femme était morte. C'était bien la peine de tout avoir pour finir comme ça...

Au demeurant, ce mariage, il y a trois ans, est-ce que vous vous souvenez ? Ces vols de corbeaux qui étaient passés, mais si, mais si, ils avaient croassé comme jamais, tournant au-dessus de la place, juste à la sortie de la noce, puis quelqu'un avait lancé une pierre sur Louis Melrieux et crié, vous vous rappelez, « Crève, salope ! »

D'ailleurs, il n'était plus jamais revenu à Clairvaux, Louis Melrieux, et il n'assistait même pas à l'enterrement de sa fille. Non plus que sa femme, Lucienne Melrieux, née Comte. Seules les sœurs, Fabienne et Catherine, étaient présentes, mais si laides, comme si toute la beauté, c'était Claire qui l'avait reçue, pour rien ou pour si peu, puisqu'elle était morte. Et pourtant, le docteur Desjardins avait tout fait pour la sauver, il l'avait conduite jusqu'à Lyon, mais quand la mort a décidé, que peut-on y faire ?

C'est ce qu'avait dit l'abbé Tesson du haut de la chaire, mais il avait parlé si bas, comme s'il avait eu honte, que chacun avait tendu le cou, tourné la tête pour essayer de comprendre ce qu'il disait. Puis, parce que après les mots de mystère, de volonté de Dieu, de choix divin qui nous terrasse, il s'était mis à chuchoter, on avait baissé la tête, chacun pour soi, les uns parce qu'ils pensaient qu'ils avaient laissé un feu trop vif sous la cocotte où le frichtis mijotait depuis le matin, les autres parce qu'ils avaient froid et n'osaient reconnaître qu'ils avaient peur. Si la petite Claire Melrieux, vingt-trois ans, était morte, eux, qu'est-ce qu'ils allaient devenir ?

Dans les premiers rangs, il y avait eu alors un bruit de chaises qui avait distrait tout le monde, et même l'abbé Tesson s'était interrompu. Le docteur Desjardins s'était levé, le visage caché dans ses mains, et avait marché lentement dans l'allée centrale, les épaules secouées par les sanglots.

Il l'avait aimée comme sa fille, la petite Claire, et il devait souffrir pour son fils qui ne savait sûrement rien, là-bas, en Indochine, au Tonkin. Est-ce qu'on a idée, après une guerre, de faire de son fils un soldat, comme si on n'avait pas vu de près ce que c'est, la guerre, et ce que deviennent ceux qui la font ? Comme si François Desjardins n'aurait pas pu être médecin, prendre la succession de son père. Il avait la maison déjà chaude, la clientèle, le nom, ce qui compte beaucoup. Peut-être la petite Claire Melrieux ne serait-elle pas morte, car il y a des maladies, on le sait, qui viennent de la séparation et du souci qu'on se fait. Ils étaient si jeunes, tous les deux. Maintenant, qu'est-ce qu'elles allaient devenir, leurs petites?

On avait suivi des yeux, en tournant la tête, Henriette Desjardins qui, comme son mari, remontait à son tour l'allée centrale, à quelques pas derrière lui. Quant à l'abbé Tesson, il ne parlait plus, les mains crispées sur le rebord de la chaire.

Henriette Desjardins, tout en noir, tenait dans ses bras la dernière-née, Isabelle, un an à peine, cette fille que François Desjardins n'avait même pas vue naître, puisqu'il était déjà là-bas, pour faire quoi? Quelle guerre et à quoi bon? Pour qui?

Près de sa grand-mère marchait, elle aussi vêtue d'une robe noire, l'aînée, trois ans déjà, celle que Claire, la petite Claire, portait dans son ventre, le jour de son mariage, quand quelqu'un avait crié après avoir lancé la pierre avec une fronde : « Crève, salope! » Elle était belle, cette petite fille-là, tout le portrait de Claire Melrieux, mais ses yeux si bleus, si clairs étaient ceux de son père. Ils l'avaient appelée Aurore.

Aurore et Isabelle, ce sont de beaux prénoms; avec Desjardins, ça sonne bien, mais qu'est-ce qu'elles vont pouvoir devenir, leur mère morte, leur père Dieu sait où? Heureusement, il y a les grands-parents. Mais est-ce que ça peut remplacer une mère, un père?

Dire qu'il neigeait encore!

2.

Aurore et Isabelle Desjardins, ces deux enfants qu'on voyait traverser la place du village en se tenant par la main, habillées de la même manière, jupes à volants, chaussures noires, socquettes blanches, nœuds roses serrant leurs tresses — Aurore avait les cheveux noirs de sa mère, Isabelle était blonde comme son père —, restèrent, pour les gens de Clairvaux, les filles de la pauvre petite Claire Melrieux, celle qui avait tout juste eu le temps de se marier puis de mourir.

Quand on croisait Aurore et Isabelle, on soupirait presque malgré soi, comme si on pressentait qu'après ce qui était arrivé à leur mère ces deux fillettes-là étaient marquées. Elles n'auraient pas un destin comme les autres. Pourtant, les grands-parents qui les élevaient, Henriette et Joseph Desjardins, on ne pouvait imaginer mieux pour des enfants. Même pas trop vieux, un peu plus de la cinquantaine, du bien — les terres de la Gravelle, au-dessus du village, et les étangs des Monédières, sur le plateau, sans compter la maison de Clairvaux, la plus belle du village — et la clientèle du docteur qu'un jour une des deux filles reprendrait : car cela paraissait sûr, Aurore ou Isabelle, ou peut-être les deux, seraient médecins, et quand il parlait d'elles, c'était d'ailleurs ce que répétait le docteur Desjardins, disant que, devenu bien vieux, vraiment vieux, il aurait ainsi son médecin à lui, à demeure. Et il posait sa main sur la tête d'Aurore ou d'Isabelle.

Mais, au fond, personne n'y croyait vraiment, peut-être pas même le docteur Desjardins.

Souvent, quand il sortait avec ses deux petites-filles, on surprenait son regard. Il les observait avec une sorte d'inquiétude et d'étonnement, de la tristesse aussi, voire de l'accablement ; la tête un peu penchée sur l'épaule, se tenant à quelques pas en arrière, il semblait reconnaître qu'il n'aurait aucun pouvoir sur elles, qu'elles allaient vivre leur vie, car ce n'étaient pas des enfants comme les autres, avec cette mère morte si tôt et ce père qu'on ne voyait qu'une fois l'an, si rarement qu'on s'étonnait qu'il existât — on avait envie de lui dire, quand on le croisait sur la place, découvrant un galon de plus sur sa manche : « Tiens, François, toujours vivant ? » On lui en voulait presque, et on murmurait que si Claire, la pauvre petite Claire Melrieux, était morte, c'était peut-être que François avait rapporté de là-bas une de ces maladies qu'on ne sait pas soigner, une sorte de cancer, ou quelque chose de pire encore, une de ces bêtes qui se glissent dans le foie, un ver qui le ronge peu à peu, et de cela on ne réchappe pas.

Lui, comme tous les Desjardins, avait la peau dure.

Au début de l'hiver 1954, quand il était revenu en convalescence, les Viets l'ayant fait prisonnier à Diên Biên Phu puis relâché trois mois plus tard, on s'était dit qu'il avait son compte. Lorsqu'il était descendu de l'ambulance militaire, il avait chancelé. Ses deux filles, Aurore et Isabelle, debout devant la porte de la maison Desjardins, n'avaient pas bougé, et c'est le docteur qui avait reçu son fils dans ses bras. Son corps portait difficilement l'uniforme trop grand, trop large, les os de ses pommettes crevaient sa peau bistre, ses yeux étaient deux trous blancs qui lui dévoraient les joues. C'est à peine s'il avait semblé voir ses filles, et celles-ci s'étaient reculées, entraînées bientôt à l'intérieur de la maison par leur grand-mère.

Mais, quelques jours plus tard, François sortait déjà dans le village. Certains disaient qu'il paradait, et il n'y avait pas de quoi, car il avait laissé sa femme mourir seule, il avait en fait abandonné ses filles, et puis — on baissait la voix —, après tout, à Diên Biên Phu, ils s'étaient finalement rendus, non, tous ces officiers, ces légionnaires, et à des Viets encore ! Alors, est-ce qu'on a le droit de faire le fier, commandant Desjardins, ou capitaine... trois, quatre galons, quelle importance ? C'était comme en 1940. Ils nous coûtent cher, ils n'en ont jamais assez, à la fin ils lèvent les bras et, par-dessus le marché, il faudrait les traiter en héros ! Il n'y en avait qu'un qui valait quelque chose, c'était de Gaulle, et celui-là, ils ne l'aimaient pas, ils l'avaient même condamné à mort. Quant à l'autre, Pétain, le Maréchal — comme on dit, de Gaulle c'était l'épée et Pétain le bouclier, ils s'entendaient sûrement, l'un avait été l'élève de l'autre, tout ça, c'était comme cul et chemise —, Pétain, donc, ils l'avaient laissé mourir enfermé comme un bagnard, lui qui avait gagné à Verdun, vous vous rendez compte !

Et c'était vrai que le maréchal Pétain était mort le 23 juillet 1951, quelques mois à peine après le décès de Claire Melrieux, la mère d'Aurore et d'Isabelle.

Mais les pauvres petites n'avaient rien à faire avec toutes ces histoires d'une autre époque, et François Desjardins était leur père ; ses opinions, sa bravoure et la guerre qu'il avait perdue là-bas, d'où il avait rapporté ce microbe, peut-être même un ver qui avait tué leur mère, elles s'en moquaient bien, et elles avaient raison, car ce ne sont pas ces histoires-là qui font vivre, n'est-ce pas, au contraire : c'est à cause d'elles qu'on se tue et qu'on fait le malheur.

Pourtant, il fallait bien qu'elles écoutent ce qu'on disait autour d'elles, dans le salon des Desjardins, quand le docteur s'en prenait à ces nains, ces politiciens, ces charognards qui avaient détruit l'œuvre de la Résistance et chassé de Gaulle du pouvoir — mais qu'on ne se berce pas d'illusions chez ces messieurs, il reviendra, c'est l'évidence, parce qu'il est le seul recours, vous ne croyez pas que nous allons accepter cette décadence, mon fils et ses camarades ne se sont pas battus pour rien, vous avez vu dans quel état les Viets l'ont mis ? Il est tombé dans mes bras, je croyais embrasser un survivant d'Auschwitz, oui, d'Auschwitz !...

Aurore était la plus attentive. Elle levait la tête, interrompait ses jeux, s'écartait de sa sœur comme pour marquer qu'elle rejoignait le cercle des adultes, et elle les dévisageait les uns après les autres. Quand, une ou deux fois l'an, son père était là, elle ne le quittait pas du regard.

« Elle a les yeux de François », murmurait tout à coup sa grand-mère, Henriette Desjardins, puis, tout en contemplant son fils, elle ajoutait : « Mais plus beaux que les tiens, François, plus allongés, tu vois, plus grands. C'est une chance, pour une brune comme elle, des yeux si clairs, si bleus, des yeux de blonde... »

Elle soupirait avec un air de satisfaction et de tristesse mêlées, comme si elle mesurait que le temps avait glissé, de son fils à sa petite-fille, et qu'elle avait été emportée sans même s'en rendre compte, jeune mère hier, grand-mère aujourd'hui, ces deux moments de sa vie séparés par la mort de sa belle-fille, la petite Claire. Henriette se doutait bien que son fils ne s'en était pas remis, et dans sa tête rôdait l'idée qu'il cherchait peut-être à mourir en se battant, en postulant les missions les plus difficiles : parachuté l'un des derniers sur Diên Biên Phu, ainsi qu'il l'avait raconté à son retour, il aurait pu rester à Saigon, comme tant d'autres. Mais Henriette était persuadée qu'il ne tenait plus à la vie, et quand il était à Clairvaux, elle l'obligeait à s'occuper de ses filles :

« Elles ont besoin de toi, lui répétait-elle, un père, cela ne se remplace pas ; peut-être même est-ce encore plus important pour des filles, tu ne sais pas ce qu'elles vont imaginer si tu ne leur parles pas. Toute leur vie, leurs rapports avec les hommes, plus tard (elle baissait la voix comme si elle avait été gênée d'évoquer cela), c'est la manière dont elles auront vécu avec toi qui en décidera. Tu es responsable, François. »

François écoutait sa mère, impassible, les mains posées à plat sur ses cuisses, ou bien les bras croisés, puis, d'une voix sourde, il murmurait :

« Tu leur parles de Claire, tu leur dis ? Elles ne t'interrogent pas ? Elles savent bien qu'elles n'ont pas de mère. J'imagine qu'elles l'ont compris ? Qu'est-ce que tu leur expliques ? »

Avant que sa mère n'eût répondu, il se levait et, dans un mouvement de tout son corps, il se secouait, serrant ses épaules comme s'il avait frissonné. Mais que pouvait-on expliquer ? Qu'y avait-il à dire, sinon que Claire était morte à vingt-trois ans, qu'elles étaient seules, que lui-même était veuf et qu'on appelle cela la vie ? Après tout, n'est-ce pas, c'était comme à la guerre : on passe ou on casse. Claire n'avait pas eu de chance. On l'avait cassée.

Puis il se rasseyait, baissait la tête, s'apercevait qu'Aurore avait les yeux fixés sur lui, et, tendant la main vers elle, il disait :

« Tu sais que ta maman s'appelait Claire, que tu lui ressembles beaucoup ? Tu te souviens d'elle ? »

Aurore ne bougeait pas, paraissant ne pas avoir compris la question, mais elle ne baissait pas les yeux et c'était François qui détournait la tête, ajoutant d'un ton faussement joyeux qu'ils allaient sortir tous les trois, monter jusqu'aux étangs des Monédières, lui, Aurore, Isabelle : « Allons, venez, les filles ! » Isabelle se levait aussitôt, mais Aurore commençait à balancer la tête d'avant en arrière, les yeux démesurément ouverts, comme si ce mouvement la transportait ailleurs, loin de ceux qui l'entouraient, loin de son père qui balbutiait, répétant : « Aurore, voyons, Aurore, les étangs... »

Mais, peu à peu, les mots se décomposaient sur ses lèvres.

Henriette caressait la tête de sa petite-fille, murmurait elle aussi ce prénom, mais Aurore continuait et François s'enfuyait, laissant Isabelle en pleurs répéter qu'elle voulait, elle, sortir avec son papa.

Sitôt que François avait quitté la pièce, Aurore s'immobilisait, souriait et proposait à sa sœur de reprendre le jeu qu'elles avaient interrompu.

Henriette Desjardins les observait, écoutait leurs propos, Aurore qui chuchotait : « Tu sais que ma maman s'appelait Claire ? Je lui ressemble beaucoup. Toi, non. » Isabelle éclatait en sanglots, se précipitait vers sa grand-mère, se blottissait entre ses cuisses, et Henriette, essayant de masquer son émotion, expliquait que Claire était leur maman à toutes deux, que toutes deux lui ressemblaient : Aurore avait ses cheveux, Isabelle la forme de son visage ; c'était une très jolie maman qui avait été très malade et que le bon Dieu, parce qu'il ne voulait pas qu'elle souffrît, avait fait monter au ciel.

Henriette s'en voulait de parler ainsi. Elle se trouvait bête et maladroite. Pourquoi n'était-elle pas capable de dire la vérité, si simple et si injuste ? Croyait-elle même à ce Dieu qu'elle invoquait chaque fois qu'il lui fallait affronter le destin de Claire ? Sans doute, comme son fils, refusait-elle d'accepter cette mort, et pourtant elle savait consoler les proches des mourants, sa main ne tremblait pas quand il lui fallait chercher dans une peau flétrie, un corps amaigri, le point où elle piquerait une aiguille de plus. Mais, devant la disparition de Claire, elle était démunie, peut-être à cause d'Aurore et d'Isabelle, et elle se sentait coupable, comme si eux tous, François, Joseph Desjardins et elle, avaient laissé la fatalité s'accomplir sans réagir.

Elle se contentait donc de ces pauvres phrases conventionnelles qui, lorsqu'il les entendait, mettaient Joseph Desjardins en fureur. Il bougonnait d'abord, puis, lorsque les petites avaient le dos tourné, il agitait le bras, intimant à Henriette l'ordre de se taire, mais parfois la violence l'emportait. Devant Aurore et Isabelle il s'exclamait qu'on n'avait pas le droit de dire de pareilles conneries, même à des enfants. Dieu, qu'est-ce qu'il en avait à foutre, d'un cancer généralisé ? Qu'elle laisse Dieu aux imbéciles et qu'elle n'en parle pas dans la maison d'un médecin ! Combien elle et lui avaient-ils vu d'enfants mourir depuis qu'ils exerçaient, combien ? Dix, cinquante ? Lui ne savait même plus. Et Dieu, est-ce qu'il savait ce qu'était une leucémie, une hépatite, une méningite, ou bien une bonne rupture des cervicales à la suite d'un accident dans la côte des étangs des Monédières ? Et la mort sans cause du nouveau-né, Dieu la décidait-il ? C'était alors au tour d'Henriette de s'emporter, de prendre les fillettes par la main, de les entraîner loin de grand-père qui radotait et auquel elle lançait : « Tu n'as pas honte, devant des enfants ! Et tu es médecin, tu prétends être un homme de raison et de sang-froid ! »

Il gesticulait de nouveau, criait, oui, qu'il avait honte, mais elle n'avait qu'à cesser de répéter ses conneries. « Elles en entendront assez, elles en entendent déjà assez, et tu sais où, alors pas ici ! Pas ici ! »

Aurore semblait ne jamais rien perdre de ces brèves disputes d'à peine quelques minutes. Elle regardait son grand-père, puis sa grand-mère en souriant, comme on suit avec passion un match, et cette attention aiguë troublait Henriette. Mais elle se rassurait : les enfants oublient, ils vivent dans l'instant, ils ne raccordent pas entre elles les phrases qu'ils entendent. Dès qu'elle s'était éloignée de Joseph Desjardins, le laissant à ses humeurs, elle essayait de distraire Aurore et Isabelle. Elle traversait la place avec elles, leur achetait quelques sucreries au café-tabac ou à la petite épicerie derrière l'église. Elle s'arrêtait pour échanger deux ou trois phrases avec l'abbé Tesson, qui s'accroupissait pour parler aux deux fillettes, mais Aurore, chaque fois, se débattait, tournant la tête, montrant un visage hostile, la bouche boudeuse, les yeux mi-clos, le menton en avant, comme s'apprêtant à mordre. Plus tard, quand Henriette l'interrogeait, lui demandant pourquoi elle se comportait ainsi, Aurore répondait calmement qu'elle détestait l'abbé, qu'elle haïssait Dieu, qui avait emporté leur maman : « C'est toi qui l'as dit, grand-mère. Il n'a qu'à nous la rendre, puisqu'elle vit près de lui. Il n'a pas de maman, Dieu ? »

Henriette s'affolait, ne savait comment répondre, se bornait à murmurer qu'il ne fallait pas dire de bêtises : Dieu savait ce qu'il faisait ; quand elles seraient grandes, elles comprendraient.

Mais qui pouvait expliquer, admettre, imaginer ? C'était si facile, la mort des autres ; et si inacceptable, quand elle frappait ceux qu'on aimait.

Parfois, Aurore faisait mine d'être convaincue, elle prenait la main de sa sœur, lui faisait la morale à la manière d'Henriette :

« Tu entends ce que dit grand-mère ? Dieu, là-haut, il commande tout, il a toutes les mamans qui sont mortes autour de lui. Il les protège pour qu'elles ne souffrent pas. C'est bien comme ça que tu dis, grand-mère ? »

Henriette hochait la tête, apeurée, craignant le pire. Et le pire venait, la laissant sans voix.

« Et pour nous, qu'est-ce qu'il fait ? Il faut mourir, pour qu'il nous prenne aussi ? Alors on va mourir, Isabelle, on va se jeter toutes les deux dans l'étang, comme ça on rejoindra notre maman. C'est une bonne idée, non ? »

Isabelle tournait la tête, regardant sa sœur, puis sa grand-mère. Était-ce cela qu'il fallait faire ? Se jeter dans l'étang, s'y noyer ? Être mangées par les poissons ?

Henriette tentait de conserver son calme, feignant de ne pas avoir entendu, mais elle serrait Aurore et Isabelle contre elle, répétant : « Allons, allons, que voulez-vous que je vous achète ? »

Isabelle battait des mains, le visage illuminé, mais Aurore se dégageait, regardait sa grand-mère avec ironie, et Henriette pensait que cette petite fille se jouait d'elle, qu'elle était maligne, puis elle cherchait un autre qualificatif : perverse, oui, peut-être était-ce le mot juste, ou bien diabolique. Et elle se sentait tout à coup menacée, impuissante face à cette enfant qui répétait :

« Qu'est-ce que tu penses de mon idée, grand-mère ? Ou alors, il faudrait qu'on tombe vraiment malades toutes les deux, et que grand-père nous soigne mal. Comme ça, Dieu... »

L'Ambitieuse

Henriette s'emportait. Elle entrait malgré elle dans la logique de cette enfant et se le reprochait, mais comment ne pas répondre que leur grand-père les soignerait du mieux qu'il pourrait si elles étaient malades, que c'était un grand médecin, très expérimenté, qu'on venait le consulter de Lons-le-Saunier et même de Bourg et de Dole. « Vous imaginez? »

Une fois, une seule fois — mais cela avait suffi pour que le poison pénètre dans le cœur d'Henriette Desjardins et s'insinue lentement partout, puisqu'elle l'avait gardé en elle, n'en soufflant mot à Joseph Desjardins ni à François, craignant trop ce qu'auraient pu être leurs réactions —, une fois, donc, Aurore avait dit, le menton levé, fixant sa grand-mère d'un air de défi :

« Grand-père Melrieux et nos tantes, tante Fabienne et tante Catherine, ils disent que maman est morte parce qu'on l'a mal, très mal soignée, que grand-père est un docteur qui ne sait rien, qu'il n'a pas compris ce que maman avait. Voilà ce qu'ils disent! »

Henriette s'était tue, terrassée. Lui prenant la main, Aurore avait alors ajouté d'une voix douce que, naturellement, elle ne les croyait pas, puisque c'était Dieu qui avait décidé. « Il décide de tout, n'est-ce pas? Grand-père et grand-mère Melrieux, et tante Fabienne et tante Catherine pensent ça aussi. Donc, même si grand-père n'est pas un bon docteur, qu'est-ce que ça change? »

Ces objections et reparties d'Aurore — « Elle a une intelligence diabolique, murmurait Henriette, oui, diabolique, je ne vois pas d'autre mot, souvent elle me fait peur » —, l'ascendant qu'elle exerçait sur sa sœur Isabelle avaient à ce point inquiété sa grand-mère, de même que François, leur père, quand il séjournait (rarement, il est vrai) à Clairvaux, et, bien qu'il s'en défendît, Joseph Desjardins, que chacun des trois adultes avait d'abord cherché à les esquiver en laissant aux deux petites une liberté quasi absolue, ne les surveillant que de loin, manière de les tenir à distance pour ne pas recevoir en plein visage ces phrases ironiques, inattendues chez une enfant de cet âge — à peine six ans — et qui laissaient tout le monde sans voix.

« Mais où va-t-elle chercher ça? » se demandait souvent le docteur Desjardins, et, tourné vers sa femme, il ajoutait à mi-voix : « Tu crois que ce sont les Melrieux? Ce salaud de

Melrieux est bien capable de vouloir les dresser contre nous !
L'intérêt des enfants, il s'en moque ; ce qu'il désire, c'est nous
emmerder, m'emmerder ! Qu'est-ce que tu crois, qu'il a oublié
la frousse qu'il a eue en 44, quand il s'est enfui en Suisse ?
Combien de temps il y est resté ? Plus d'un an. Il a dû en remâ-
cher, des colères, en faire, des provisions d'amertume ! Quand il
a reçu cette pierre — peut-être un simple accident, un pur
hasard ? —, il a tout de suite pensé qu'on voulait le tuer, le lyn-
cher à cause de son attitude pendant l'Occupation. Il tremblait de
tous ses membres, de peur et de rage. Moi, ici, dans cette région,
j'incarne la Résistance, le gaullisme, le contraire de ce qu'il a
été, de ce qu'il pense. Ce mariage avec François, au fond, ils ne
l'ont accepté que parce qu'en 1948 ils avaient la trouille. Avec
toutes ces grèves, ils craignaient pour leur château, leurs
immeubles, leurs scieries, leurs usines. S'associer aux Desjardins, c'était l'union sacrée, pas plus, pas moins. Mais, crois-
moi, Melrieux n'a rien oublié. Et ça, c'est un comble : comme si
nous devions nous faire pardonner, nous, ce qu'il a fait, lui ! »

La voix de Joseph Desjardins s'amplifiait. Il pérorait.

« Il ne faut plus qu'elles aillent là-bas, chez les Melrieux,
concluait-il. Plus jamais ! »

Puis, après cette affirmation d'une volonté qui paraissait iné-
branlable, il toussotait, ajoutait sans regarder sa femme que
l'intérêt d'Aurore et d'Isabelle — après tout, c'était d'elles qu'il
s'agissait — était évidemment de rester en bons termes avec
leurs grands-parents Melrieux.

« La fortune, c'est eux qui l'ont, pas nous, n'est-ce pas ? Gaulliste ou collaborateur, pour les filles, peu importe : ce qui
comptera, c'est ce dont elles hériteront. Personne ne pourra leur
dénier qu'elles sont les filles de Claire Melrieux — ça, c'est
pour les banques ! — et qu'elles s'appellent Desjardins — ça,
c'est pour l'honneur ! Au fond, ce n'est pas si mal, comme
assemblage, non ? Qu'est-ce que tu en penses ? »

Henriette voulait simplement qu'Aurore et Isabelle soient
heureuses.

3.

« Pas heureuses, vos petites-filles ? »

Madame Secco, la bonne des Desjardins, avait répété la question en marquant d'un hochement de tête sa désapprobation. Puis elle s'était arrêtée de repasser, redressant le fer, appuyant sa paume gauche à la planche, et elle s'était tournée vers Henriette Desjardins qui, quelques secondes auparavant, à mi-voix, comme pour elle-même, assez haut cependant pour que madame Secco entendît, avait murmuré : « Je me demande si elles sont heureuses ici avec nous, je me le demande... »

« C'est comme si vous blasphémiez », avait ajouté madame Secco en recommençant à repasser à grands coups de bras d'avant en arrière, aspergeant parfois le drap de la main gauche.

Puis, sans relever la tête, elle avait repris :

« Je ne sais pas ce que vous avez, vous et le docteur, on dirait que vous voulez vous faire du mal. Mais regardez-les, vos petites-filles, au lieu de vous faire des idées ! Écoutez-les ! Moi, je les entends chanter toute la journée, ou parler, on dirait des pies. Les enfants malheureux, j'en ai vu, j'en vois, vous n'avez qu'à vous promener dans le village ou entrer dans une ferme, sur le plateau, il y en a, on dirait des animaux, on les traite pis que des bêtes. Alors, Aurore et Isabelle, vous vous demandez si elles sont heureuses ? Je ne sais pas, moi, ce que vous cherchez ! »

Madame Secco avait plié le drap et entrepris d'entasser le linge dans les grands placards de chêne qui se trouvaient dans une pièce attenante à la cuisine-office où Henriette Desjardins était assise, les coudes posés sur la table, regardant droit devant elle.

Une large baie permettait de découvrir le paysage de collines boisées qui, par ondulations successives, à peine marquées, menaient au plateau et aux étangs des Monédières. La maison des Desjardins, dont la façade donnait sur la place de Clairvaux et l'église, ouvrait ainsi par la cuisine et les chambres des filles sur un vaste jardin entouré de constructions basses — un hangar, une écurie — et la campagne. L'horizon entrait ainsi dans la maison, et quand le soleil se levait, il inondait ces pièces, faisant briller les dalles blanches et noires de la cuisine, la batterie de grandes casseroles de cuivre accrochées au mur de part et d'autre de la hotte et que madame Secco astiquait presque chaque jour.

C'était une femme d'une cinquantaine d'années qui parlait avec un accent italien prononcé, roulant les mots avec vigueur, semblant même y prendre plaisir, comme si cette façon de parler était chez elle une rondeur de plus, une manière de séduire. Car tout était rond chez elle : les hanches, la poitrine, le visage. C'était comme si, toute de chair rose et de muscles, elle n'avait pas eu de charpente osseuse. Il émanait de son corps une énergie rageuse ou joyeuse, selon les cas, mais toujours rayonnante. Le docteur Desjardins était attiré par elle ; Henriette le savait mais n'en éprouvait pas la moindre jalousie, étant elle aussi sous le charme. Quant à Aurore et Isabelle — surtout celle-ci —, dès qu'elles rentraient de l'école, elles se précipitaient vers madame Secco, la harcelaient, piaillant, s'accrochant à son tablier, réclamant qu'elle leur préparât vite le goûter, des tranches de cake ou de gâteau sec, sa spécialité, une pâtisserie de son pays — la région de Mantoue —, et du lait chaud. Quand elles trépignaient ainsi autour d'elle, exigeantes et bruyantes, madame Secco s'épanouissait. Elle avait des mouvements des bras, des épaules, des hanches, qui semblaient la faire tournoyer sur elle-même, lui conférer une légèreté qui, quand on la voyait immobile, si grosse, semblait inconcevable.

En l'observant, Henriette se sentait maladroite, empotée. La vitalité de madame Secco la rassurait. A petites phrases murmurées, elle lui faisait part de ses inquiétudes pour être rassurée, grondée — c'était le mot —, ramenée sur terre (cela, c'était plutôt une expression du docteur Desjardins). Après quoi, elle se sentait mieux. Elle préparait elle-même du café, puis invitait la bonne à en boire une tasse.

Elles s'asseyaient toutes deux côte à côte, dans la même attitude — les avant-bras appuyés au bord de la grande table rectangulaire qui occupait le centre de la cuisine —, les yeux tournés vers l'horizon. Elles pouvaient rester un long moment ainsi, à suivre le mouvement des nuages au-dessus des arbres, et parfois, l'hiver, le ciel était si bas que les cimes des sapins et des mélèzes disparaissaient dans l'étoupe noirâtre qui s'effilochait pour se reconstituer aussitôt, plus dense, déchirée souvent par des éclairs, le tonnerre faisant, eût-on dit, trembler les murs, l'averse heurtant avec violence la baie vitrée, puis c'était la neige qui s'installait et, avec elle, le silence. Encapuchonnées, Aurore et Isabelle se bombardaient de boules de neige et Henriette revoyait la scène devant l'église, sur la place, ce samedi matin de janvier 1948, jour du mariage de Claire et de François.

C'était toujours madame Secco qui se levait la première, prenant d'autorité la tasse d'Henriette Desjardins, bougonnant : « On n'est pas là pour rêver, non ? Tant qu'on vit, on bouge, on travaille. Allez, madame Desjardins, je suis sûre que le docteur a besoin de vous. Les filles vont rentrer, il y a le dîner à préparer. »

Elle soliloquait, remplissant la cuisine de sa voix et de ses mouvements, donnant vie à tout ce qu'elle approchait.

Tout à coup, c'était la cavalcade des filles dans l'entrée, la porte de la cuisine qu'elles poussaient en se bousculant. Elles avaient les joues rouges, les doigts gourds, de la neige collée à leurs cheveux et à leurs vêtements. Elles se brûlaient tant elles avaient hâte d'avaler leur bol de lait chaud que madame Secco sucrait avec du miel. Isabelle s'asseyait, buvait à petites cuillerées rapides. Aurore, debout, tenait son bol à deux mains. Grande et maigre, très brune, elle avait la peau mate ; ses cheveux, le plus souvent ébouriffés, bouclaient naturellement, et sans ces yeux bleu clair tirant sur le vert, on eût dit une métis ou bien une Tzigane.

L'un des amis du docteur Desjardins, un confrère de Lons-le-Saunier, le docteur Charlet, s'étonnait chaque fois qu'il apercevait Aurore et lui demandait d'approcher, la faisant pivoter sur elle-même en la tenant aux épaules — et Aurore baissait la tête, prenait une expression hostile ou renfrognée. Elle essayait de se dégager, mais son grand-père ou sa grand-mère lui intimait l'ordre de se montrer polie, obéissante, et elle se laissait alors tâter — il n'y avait pas d'autre mot — par le docteur Charlet, qui arrivait toujours à la même conclusion : Aurore avait la morphologie d'une Africaine. Il avait séjourné à Yaoundé, puis à Dakar, parcouru l'Afrique occidentale en tous sens, et il pouvait affirmer qu'à la pigmentation près, et encore, Aurore ressemblait à une petite fille peul, race admirable au demeurant, des hommes et des femmes d'une élégance aristocratique, grands, élancés, aux traits fins, « tout le portrait d'Aurore ». Il attirait la petite fille contre lui, l'embrassait et, au moment où elle s'échappait, lui donnait une claque paternelle sur les fesses.

Il avait la même attitude avec Isabelle, mais celle-ci semblait prendre plaisir à cet examen renouvelé. Le docteur Charlet lui soulevait les cheveux, examinait sa nuque, la forme de son crâne, insistait sur les différences qui opposaient les deux sœurs, la brune — il disait « l'Africaine » ou « la noiraude » — et la blonde, qu'il appelait « l'Aryenne ». Puis il riait, faisant glisser sa main sur la cambrure des reins qui commençait à se marquer, ajoutant que la morphologie pourtant ne trompait guère : elles sortaient bel et bien du même moule génétique et il n'y avait finalement entre elles que des oppositions secondaires, de simple apparence. Immobile près du docteur, Isabelle avait un petit sourire ironique lorsque celui-ci ajoutait : « Peut-être pas le même caractère... Votre Aurore, c'est la fougue, la révolte, les brunes sont souvent comme ça. Isabelle, elle, paraît plus docile, mais qui sait ? »

Quand elle traversait le salon ou la salle à manger pour servir et qu'elle entendait et voyait faire le docteur Charlet, madame Secco, par la manière heurtée dont elle marchait, secouant les épaules avec violence, manifestait qu'elle détestait cet homme-là. Dans la cuisine, elle répétait que ce médecin, elle n'en aurait même pas voulu pour une truie, que c'était un rien du tout, un sale type, elle le sentait. Elle, jamais elle n'aurait accepté qu'il touchât les petites comme il le faisait.

« Si j'étais chez moi, marmonnait-elle assez distinctement pour qu'Henriette Desjardins la comprît, il aurait déjà été flanqué dehors. Il suffit de voir ses yeux quand il reluque les petites, mais il y a des gens qui ne remarquent rien. Est-ce qu'ils sont aveugles, ou bien... »

Elle secouait la tête, ajoutant qu'elle ne comprenait vraiment pas qu'on ne sentît pas ces choses-là.

Brutalement, sans qu'elle eût conscience du malaise que provoquaient en elle les propos de madame Secco, Henriette exigeait que la bonne se tût. Le docteur Charlet était un homme respectable, un ami du docteur Desjardins. Il avait trois enfants.

« Vous êtes bête, madame Secco, par moments.

— Dites toujours, dites toujours, répliquait la bonne. Allez, heureusement, Aurore et Isabelle pensent comme moi. Mais Aurore ça la dégoûte, et Isabelle ça l'amuse. C'est ainsi, elles ont chacune leur caractère. Je ne me fais pas de souci, ces deux-là elles sauront se défendre, chacune à sa manière, oh oui, madame Desjardins, vous pouvez me croire, je leur fais confiance ! »

A mi-voix, la tête enfoncée dans les épaules, si bien qu'elle faisait penser, ainsi vue de dos, à une grosse boule d'où s'échappaient ses deux bras agiles et ses deux mains plongées dans l'évier, madame Secco ajoutait :

« Cet homme, on dirait qu'il vous a envoûtés, vous et le docteur Desjardins. C'est comme un serpent... »

A la fin, Henriette sortait en claquant la porte pour ne plus l'entendre, mais elle avait beau s'y essayer, elle ne parvenait pas à oublier le comportement et la méfiance de la bonne, et quand Charlet revenait, elle tentait toujours d'éloigner Aurore et Isabelle, les invitant à aller jouer au jardin, ou bien à monter dans leurs chambres. Aurore filait aussitôt, passant devant Charlet avec un air de défi moqueur ; Isabelle, au contraire, s'attardait, paraissant attendre que le docteur lui demandât d'approcher, et Henriette devait lui prendre la main, la conduire jusqu'à l'escalier ou à la porte de la cuisine, puis la pousser : « Mais va ! Tu as entendu ce que j'ai dit ? » Isabelle se retournait, narquoise, lançait un « Au revoir, docteur ! » d'une voix aiguë, déjà séductrice, et Henriette, Isabelle disparue, ne répondait pas à Charlet qui, en riant, s'exclamait qu'on lui retirait sa chair fraîche, qu'on craignait qu'il ne dévorât toutes crues ces gamines. On pouvait se rassurer : il n'était ni cannibale ni pervers.

Une seule fois, Henriette avait essayé de rapporter à son mari ce qu'elle avait appelé « les obsessions, ou les intuitions, si on veut — qui sait, je me demande moi aussi, parfois... » de madame Secco au sujet de Charlet. Joseph Desjardins s'était emporté. Il avait voulu se précipiter à la cuisine, hurlant : « Mais je la fous dehors, cette idiote ! Qu'est-ce qu'elle croit, qu'elle peut tout se permettre ? » Il avait reproché à Henriette sa familiarité. Elle traitait la bonne comme une amie et une confidente. Ces gens-là, parce qu'ils sont incultes, n'ont ni le sens des nuances ni celui des limites.

« Tu leur donnes ça, ils veulent tout ! Je les connais, ces culsterreux !

— Charlet est parfois bizarre, avait murmuré Henriette. On ne sait jamais... Elles sont si belles, on n'imagine pas ce qui peut se passer dans la tête d'un homme, même le meilleur. »

Elle était donc devenue folle, elle aussi ! avait crié Desjardins. Il avait rencontré Jean-Paul Charlet durant ses années de faculté à Lyon. Ils avaient tout partagé, une chambre, des femmes — mais oui, des femmes ! — et, pour finir, l'engagement dans la Résistance. Charlet était plus qu'un confrère ou un camarade, presque plus qu'un ami, un frère. Ils ne s'étaient perdus de vue que lors du séjour de Charlet en Afrique, mais, depuis lors, Henriette le savait, ils se voyaient chaque semaine. Et Desjardins était capable de jauger un homme. Il chassait et pêchait avec Charlet. Quand on reste des heures à guetter, quand on a froid, qu'on marche dans le brouillard, c'est comme à la guerre : les gens, on finit par savoir ce qu'ils ont dans le ventre ! La seule tocade de Charlet, c'étaient les races, les types humains. Il fallait qu'il palpe les crânes, qu'il les range en catégories. Il avait enquêté en Afrique et continuait ses relevés dans les villages des environs. Pourquoi pas ? Qu'est-ce qu'elle comprend à tout ça, notre madame Secco ? Connaît-elle même le mot morphologie ? Qu'elle se contente de faire ce pour quoi elle est payée. Et, pour le reste, qu'elle la boucle ! Sinon, dehors...

Mais le docteur Desjardins avait prononcé ces derniers mots à voix basse, car madame Secco avait fait son entrée, portant le plateau avec la cafetière, les deux tasses et le sucrier. Elle avait dit d'un air bougon : « Buvez-le, il n'est pas très chaud. » Puis elle avait regardé le docteur Desjardins d'un air de défi en secouant la tête, et elle avait ajouté (sans doute avait-elle entendu ses propos) : « On ne connaît pas les gens, on ne sait jamais de quoi ils sont capables, jamais ! Et quand on a des enfants, surtout des filles, on se méfie de tout le monde, et même de soi. »

Elle avait continué de fixer le docteur Desjardins, mais celui-ci n'avait pas relevé la tête, buvant lentement son café, le nez plongé dans sa tasse.

Peut-être était-ce à cause de ces discussions au sujet du docteur Charlet que Joseph Desjardins avait tout à coup décidé de reprendre en main l'éducation d'Aurore et d'Isabelle. Ça ne va pas, avait-il dit durant plusieurs jours à Henriette. On les gâte, on les amollit. Madame Secco les fait fondre dans son lait chaud. Tout ça, c'est trop doux ! Il avait même répété, sans se rendre compte de l'absurdité de sa remarque, qu'on était en train de faire d'Aurore et d'Isabelle des « bonnes femmes » — et ça, il ne le voulait pas !

Lorsque Henriette avait haussé les épaules, lui répliquant qu'il s'agissait en effet de deux petites filles qui seraient un jour des femmes, il avait répliqué d'un air résolu qu'il se comprenait, qu'il fallait à ces deux-là une activité physique un peu dure, de la discipline, qu'elles cesseraient ainsi de minauder, de pleurnicher, de jouer les coquettes. Pas de « bonnes femmes » chez lui ! Henriette avait tenté de lui remontrer que, s'il voulait donner à Aurore et Isabelle la même éducation qu'à François, il courait à l'échec. François était un garçon. « Tu n'as pas deux fils de plus, Joseph, mais deux petites-filles. Tu es leur grand-père, elles ne seront pas officiers parachutistes, heureusement ! Elles feront des enfants, ce seront des bonnes femmes, comme tu dis ! »

Mais Henriette connaissait assez son mari pour savoir qu'il était obstiné et elle avait attendu, essayant de prévenir Aurore et Isabelle du changement d'attitude de leur grand-père. « Il veut que vous soyez aussi fortes que des garçons, vous comprenez ? »

Elles avaient l'une et l'autre ricané. Mais elles étaient déjà aussi fortes ! Qu'est-ce qu'il imaginait, leur grand-père ? Que, dans la cour de l'école, là où filles et garçons se retrouvaient, elles se laissaient soulever les jupes ou enfermer dans les cabinets ?

Henriette avait été horrifiée. Il fallait qu'elle en parle à Joseph, qu'ils décident peut-être d'inscrire Aurore et Isabelle dans une institution catholique, à Lons ou à Bourg-en-Bresse, voire à Dijon. Les Melrieux seraient sûrement d'accord. D'ailleurs, leurs tantes, Fabienne et Catherine, avaient déjà suggéré une pareille solution : à l'école publique, on apprenait peut-être à lire, mais on négligeait l'éducation. Un internat, une instruction religieuse, des règles, voilà ce qui était nécessaire aux enfants, surtout aux filles. Elles, Claire la première, voilà ce qu'elles avaient reçu, et elles ne l'avaient jamais regretté. « Nous savons nous tenir. Nous n'aurions appris que cela, ce serait déjà considérable, n'est-ce pas ? »

Le docteur Desjardins avait rejeté cette suggestion avec violence. Est-ce qu'on voulait en faire des saintes nitouches, des laiderons, comme leurs tantes ? « Nous ne sommes pas des Melrieux ! » Aurore et Isabelle ne seraient ni des grenouilles de bénitier ni des bonnes femmes, simplement des Desjardins dont il se sentirait fier. Et il allait s'occuper de ça puisque leur mère était morte, que le père était ailleurs et que leur grand-mère était tombée sous la coupe d'une paysanne italienne illettrée.

Henriette avait craint le pire. Elle se souvenait de la manière dont, durant trois ou quatre ans, Joseph avait, comme il disait, *dressé* son fils. Lever à l'aube, longues marches dans la neige, exercices physiques obligatoires, devoirs de mathématiques supplémentaires, latin, grec. Tout cela pour fabriquer un soldat ! Henriette soupirait, mais elle tenait tête avec détermination à son mari : elle ne le laisserait pas faire n'importe quoi !

Aurore et Isabelle assistaient en spectatrices intéressées à cet affrontement dont elles comprenaient qu'elles étaient l'enjeu. Elles ne paraissaient pas inquiètes, continuant de jouer au jardin, de vivre sous la protection de madame Secco, insouciantes — peut-être heureuses, en effet.

Un matin, un jeudi d'avril, une longue camionnette s'était arrêtée à l'arrière de la maison, le chauffeur avait klaxonné à plusieurs reprises et le docteur Desjardins avait lui-même ouvert le portail de l'écurie. Henriette et madame Secco s'étaient avancées vers la baie vitrée de la cuisine et elles avaient vu le chauffeur faire descendre de la camionnette, en jurant, deux petits chevaux à peine plus hauts que des poneys, l'un noir, l'autre fauve. Desjardins avait saisi les rênes et les avait fait entrer dans l'écurie, puis, se tournant vers les deux femmes, il avait lancé :

« Le noir pour Aurore, le fauve pour Isabelle ! Où sont-elles, d'ailleurs ? »

Il avait levé la tête et les avait vues qui observaient la scène depuis la fenêtre de leur chambre.

« En bas ! » avait-il crié.

Elles s'étaient exécutées, dévalant l'escalier, s'approchant de l'écurie. Desjardins avait exposé que, désormais, elles auraient la charge des deux chevaux : nettoyage, pansage, nourriture. Chaque jour, en rentrant de classe, avant ou après leurs devoirs, comme elles voudraient, elles s'occuperaient d'eux. Une heure d'équitation par jour.

« J'ai demandé à Lucien Vignal, un jeune paysan, de vous expliquer. Il viendra tous les jours pendant un mois. Après, vous serez seules. D'ici là, il vous aura tout appris. C'est comme ça, les petites ! Allez, approchez, caressez-les, habituez-vous. »

Aurore et Isabelle avaient fait quelques pas dans l'écurie, puis s'étaient arrêtées. Les chevaux, énervés par le trajet, ruaient, hennissaient.

« Le poitrail, avait dit Desjardins, caressez-leur le poitrail ! A chacune son cheval, qu'il commence déjà à vous reconnaître, puis vous le commanderez. Allons, allons ! »

Aurore, la première, avait osé; Isabelle, après avoir hésité, l'avait imitée.

« Les flancs, maintenant ! » avait repris le docteur.

C'est Isabelle, cette fois, qui avait commencé.

« Vous apprendrez à les seller, à les monter. Une heure par jour, été comme hiver ! »

Le docteur était sorti dans le jardin pendant que les petites filles demeuraient dans l'écurie près de ces masses sombres de muscles et de chair qui grattaient le sol de la pointe de leurs sabots. Parce qu'il faisait encore froid, par cette matinée d'avril, leur museau était enveloppé d'une vapeur qui s'échappait de leurs naseaux.

Les mains sur les hanches, madame Secco avait contemplé la scène, puis, retournant vers le fond de la cuisine, elle avait dit à Henriette Desjardins, fascinée, inquiète — imaginant déjà des chutes, des fractures, Aurore et Isabelle emportées, projetées au bord d'une reculée, tombant avec leurs chevaux comme des pierres noires au fond d'un gouffre :

« Il n'est pas fou, le docteur Desjardins, ça non : un cheval, c'est plus difficile à dompter qu'un homme. Quand elles sauront... »

Elle avait ri, et tout son corps en avait été secoué.

4.

Aurore et Isabelle aimèrent les chevaux. Sans doute leurs vies, plus tard, auraient-elles été différentes si, en ce matin d'avril, elles n'avaient pas, d'abord hésitantes, caressé pour la première fois le poil ras, doux, soyeux, l'un noir, l'autre fauve, et senti la peau de l'animal frissonner d'un mouvement instinctif qui la faisait se plisser avant de se tendre à nouveau; elles avaient deviné les os, et la chaleur de la bête un peu moite les avait envahies.

Auraient-elles été les mêmes, plus tard, si elles n'avaient pas dû chaque jour — le docteur Desjardins se montrait intraitable et madame Secco veillait à ce qu'elles obéissent — brosser ces corps qui leur paraissaient énormes, presque monstrueux, menaçants. Mais elles les avaient peu à peu apprivoisés, dominant leur appréhension, toujours émues quand elles se glissaient sous le ventre du cheval (pour passer d'un flanc à l'autre, alors qu'on leur avait interdit d'agir ainsi, elles le faisaient quand même) et qu'elles découvraient ce pelage presque blanc qui, vers la croupe, s'assombrissait — et elles voulaient ne pas voir ce muscle rouge, épais et long comme un bras d'homme. Elles l'avaient cependant remarqué, fascinées, détournant vite la tête, n'osant même pas en parler entre elles, se contentant d'échanger des regards.

Souvent, madame Secco entrait dans l'écurie. En femme qui avait eu une enfance paysanne dans l'une de ces grandes fermes de la plaine padouane, elle y était à son aise plus encore qu'à la cuisine. Poussant les chevaux des deux mains, elle avait expliqué à Aurore et Isabelle qu'un animal se dresse d'abord avec ce qu'on a dans la tête. Il ne faut jamais hésiter, ne pas montrer sa peur ni ses doutes. Il faut agir en maître. Et puis il y a la voix, le ton, les mots. Cela doit claquer, mais aussi savoir être doux, comme une caresse. Elle lançait un ordre comme on donne un coup de cravache, et les chevaux se raidissaient, puis elle les flattait d'un murmure et de la paume. « C'est comme les hommes, disait-elle en s'éloignant. C'est comme ça qu'on les mène où on veut. Soyez des cavalières, pas des juments! Jamais, mes petites, sinon... » Sa voix se brisait, elle hochait la tête, s'arrêtait un instant avant de rentrer à la cuisine, puis lâchait (mais peut-être les filles ne l'entendaient-elles pas) : « ... Sinon, mes pauvres petites, vous serez comme moi, des domestiques, même si c'est vous qui gardez les clés de l'armoire à linge et si les draps vous appartiennent. Des domestiques! »

Elles avaient donc appris à se hisser sur la selle. Les chevaux, quoique petits, étaient encore trop hauts pour elles. Les premières semaines, ce fut Lucien Vignal, le paysan des Monédières, qui les aida à grimper.

C'était un jeune homme trapu mais au visage fin ; des cheveux bouclés couvraient son front, ses tempes et sa nuque. Le contraste était étonnant entre ses traits, son profil presque aristocratique, et la rudesse de son corps, la vigueur nerveuse qu'exprimaient ses jambes, ses bras courts et ses mains épaisses. Lorsqu'il saisissait Aurore et Isabelle sous les aisselles, ses doigts s'enfonçaient au-dessus de leurs seins naissants, ces seins qu'elles regardaient chaque soir. Isabelle prétendait que, bien qu'elle fût la cadette, les siens étaient plus gros déjà ; Aurore pressait sa poitrine comme si elle avait pu ainsi les faire jaillir de son torse.

Quand Vignal les soulevait avant de les coller au corps du cheval, elles restaient quelques secondes en l'air, entre l'animal et l'homme, serrées entre ces deux chaleurs, ces deux forces. Elles devaient ensuite enjamber le corps du cheval, s'agripper à sa crinière, presser leurs cuisses contre ses flancs et se sentir écrasées, là, entre leurs jambes, à cet endroit dont elles savaient — elles l'avaient appris de leurs camarades qui chuchotaient à la récréation, racontant comment, à la ferme, la vache avait vêlé, et ils avaient dû se mettre à plusieurs pour sortir le veau tout gluant ; pour les femmes, c'était pareil, il sortait par là, leur bébé — qu'on ne devait parler qu'avec précaution, jamais devant les enfants, alors que c'était cet endroit que les adultes évoquaient sans cesse, ne s'interrompant qu'au moment où elles entraient, mais elles avaient eu le temps de surprendre quelques mots : « Il l'a mise enceinte, bien sûr. Melrieux m'a appelé, il voulait que... vous comprenez, mais pas question ! » C'était le plus souvent le docteur Charlet qui en parlait, Aurore et Isabelle l'avaient remarqué.

Cet endroit-là, entre leurs jambes, elles l'écrasaient, le heurtaient, le martelaient contre le cuir de la selle quand elles entamaient le trot sur les sentiers qui, à partir de Clairvaux, montent vers les Monédières.

Une heure par jour, quel que fût le temps, elles devaient parcourir ainsi la campagne, baissant la tête pour passer sous les branches des sapins et des mélèzes, faisant parfois dégringoler la neige qui glissait dans leur cou. Elles frissonnaient, serrant encore plus fort leurs cuisses sur les flancs, galopant quand elles arrivaient près des étangs, sur les hautes terres déboisées, et l'une et l'autre, fouettées par le vent vif, ouvrant la bouche pour s'emplir la poitrine de ce froid limpide et tranchant, éprouvaient alors une sensation exaltante, comme si elles étaient d'une seule chair mêlée, cavalières et montures, le rythme de la course entrant en elles par le sexe. Elles haletaient, le souffle coupé.

Depuis la baie vitrée de la cuisine ou des fenêtres de sa chambre située à l'étage, Henriette Desjardins guettait Aurore et Isabelle. Pour elle, chaque jour, le calvaire se répétait. Elle tournait autour de ses petites-filles pendant qu'elles se préparaient, les aidant à enfiler leurs bottes, nouant les écharpes, leur tendant les gants, se contentant de leur répéter d'une voix qui se voulait calme : « Pas d'imprudence, n'est-ce pas ? »

Aurore se pendait à son cou :

« Tu as peur, grand-mère, tu imagines que nous allons tomber dans la reculée ? Quelle falaise ! Peut-être pourrions-nous nous envoler ? Je rêve d'un cheval qui aurait des ailes. Pégase, tu te souviens, tu m'as lu ce conte...

— Rentrez avant la nuit, je vous en prie, répondait sobrement Henriette.

— Il fait déjà nuit, disait Isabelle. Avec ce brouillard, on ne sait pas où on va et les chevaux s'affolent, ils ne veulent même pas avancer.

— On est comme des blocs de glace, renchérissait Aurore. Mais, si les sabots des chevaux viennent à glisser, on restera sous leurs corps ; ils gardent la chaleur, il paraît. C'est ce que nous a expliqué Lucien Vignal. »

Au début, Vignal les avait accompagnées, soit à pied, tenant les rênes, soit monté sur une bête de trait au poitrail large, à la démarche pesante. Mais Joseph Desjardins avait dit au bout de quelques semaines que les filles devaient partir seules. Et, à la surprise d'Henriette Desjardins, madame Secco lui avait donné raison.

« La vie, c'est ça, madame Desjardins. Nous, à cinq ans, on était dans les champs, pieds nus. Aurore et Isabelle, elles ne travaillent pas ; il faut bien qu'elles comprennent d'une autre façon, non ? Il faut qu'elles aient froid, chaud, qu'elles aient peur, qu'elles se révoltent : sinon, ce serait quoi, ces filles ? Hein, dites-moi, vous voulez en faire des femmes couchées ? Si c'étaient les miennes, je voudrais qu'elles soient debout, courageuses. Le docteur Desjardins, lui, a cette ambition pour elles. »

Elles s'éloignaient donc l'une derrière l'autre, le cheval noir d'Aurore ouvrant la marche, Isabelle suivant à quelques mètres.

Henriette les perdait vite de vue. Elles étaient dans les sous-bois où tout — « Tout, tu entends ! » murmurait Henriette à son mari — pouvait arriver. Puis commençait l'attente. Henriette essayait de ne pas consulter sa montre, de ne pas aller vers la baie vitrée, les fenêtres, mais, au bout de quelques minutes, elle se tenait le front appuyé aux carreaux, priant — elle priait, oui —, n'écoutant pas madame Secco qui racontait ses souvenirs d'enfance, ce cheval qui s'était emballé, cet autre qui l'avait mordue, et comment sa mère, une maîtresse femme, avait chassé à coups de fourche deux vagabonds qui, alors qu'elle rentrait seule des champs, conduisant une charrette, l'avaient arrêtée dans l'intention de la violer.

« Mais, croyez-moi, ils n'y seraient pas arrivés, même à deux. On peut toujours mordre, griffer, serrer les cuisses. Chevaucher comme elles font, Aurore et Isabelle, ça leur donne des muscles, là — d'un geste rapide, elle passait ses deux mains dans l'intérieur de ses cuisses —, et c'est bien utile parfois ! Le docteur a dû penser à ça aussi, j'en suis sûre. »

Enfin elles réapparaissaient, silhouettes se découpant sur l'horizon au sommet des collines, si menues sur leurs montures.

Elles se tenaient presque allongées sur l'encolure, sans doute pour se réchauffer, mieux résister au vent, serrant l'animal, faisant corps avec lui.

Lorsqu'elles rentraient, elles devaient encore panser les chevaux, les étriller ; souvent madame Secco les y aidait ; puis, en sueur malgré le froid, elles traversaient en courant la cuisine, montaient jusqu'à leurs chambres où Henriette avait préparé leurs vêtements et fait couler un bain brûlant.

Elles se déshabillaient en hâte, transies, silencieuses, puis se glissaient, toutes deux en même temps, dans l'eau, hurlant qu'elle était trop chaude. Henriette les frictionnait, découvrant chaque jour avec la même émotion cette peau lisse et neuve, satinée, ces formes à peine dessinées, les petits seins, la cambrure des reins, la taille qui commençait à se marquer, les longues jambes maigres. En même temps qu'elle se sentait apaisée, rassurée, Henriette mesurait combien, depuis la mort de Claire, le temps avait passé, et qu'Aurore et Isabelle seraient bientôt deux jeunes filles, des femmes. Elle souffrait, angoissée à l'idée que des hommes prendraient possession de ces corps, les ouvriraient pour les pénétrer, les blesseraient, que commencerait alors un long voyage jalonné de menaces, de chutes, d'avalanches, de pièges, et de ces ruades que la vie donne en traître comme fait un cheval vicieux.

Henriette serrait entre ses paumes le visage de ses deux petites-filles. Elle murmurait « Mes amours, mes amours, mes pauvres amours... », mais l'une et l'autre se dégageaient, Aurore disant qu'elle avait faim, Isabelle accusant sa sœur de l'avoir entraînée délibérément au bord de la falaise, peut-être pour qu'elle y tombât. Aurore, prétendait-elle en s'accrochant au cou de sa grand-mère, voulait toujours faire ce qui était interdit. « Elle m'oblige, elle me pousse, elle veut que je la suive. Moi, je sais que c'est dangereux, je ne veux pas... », ajoutait-elle en grimaçant, défiant sa sœur cependant qu'Henriette l'enveloppait dans un peignoir.

Aurore restait allongée dans la baignoire, ricanant, protestant, aspergeant sa sœur, Isabelle l'hypocrite, la moucharde, la peureuse...

Henriette tentait de les faire taire tout en découvrant combien les deux sœurs devenaient peu à peu différentes l'une de l'autre.

Aurore, le corps plus élancé, était presque maigre, « toute en

47

nerfs », comme disait madame Secco. Son teint mat s'était encore accusé et son visage, à cause du menton, était volontaire, osseux — « une tête de garçon », remarquait parfois non sans satisfaction Joseph Desjardins. Mais c'était faux : elle n'avait simplement aucune rondeur. Son profil dessiné d'une ligne ferme, son nez droit, son front haut et bombé, sa bouche un peu boudeuse marquaient la détermination et une ironie un peu méprisante. A plusieurs reprises, l'institutrice, madame Faure, s'était plainte — oh, de manière détournée : qui aurait pu, à Clairvaux, s'en prendre aux petites-filles du docteur Desjardins ? — du « caractère » (c'était l'expression de l'institutrice) d'Aurore :

« Elle est têtue, vous comprenez, elle ne cède jamais, elle veut toujours avoir le dernier mot. Sinon, elle se bute. On pourrait la battre, elle ne changerait pas. Votre petite Aurore, c'est du roc !

— Une tête de mule », renchérissait Henriette Desjardins en s'excusant, et l'institutrice se laissait alors aller. C'était vrai qu'elle était difficile, indépendante, indisciplinée, ne voulant en faire qu'à sa tête. Il fallait bien le reconnaître, ça ne s'était pas arrangé depuis que sa sœur et elle avaient leurs chevaux.

« Les autres enfants sont jaloux. Toutes deux — mais Aurore surtout — se croient à part, comme des princesses, vous voyez ; j'ai peur qu'elles ne s'imaginent que tout leur est permis. A Lons ou à Bourg, ce serait différent, mais ici, elles sont les petites-filles du docteur, vous comprenez... Et avec ces chevaux en plus, ces promenades quotidiennes... »

Lorsque Henriette avait rapporté ces propos à Joseph Desjardins, il s'était lentement essuyé les mains, cessant de graisser son fusil, puis rangeant les cartouches. « Maintenant, avait-il dit, je vais leur apprendre à tirer, elles m'accompagneront à la chasse. Comme ça, elles seront vraiment à part. Tu ne voudrais quand même pas qu'elles ressemblent aux autres enfants ? Moi — il s'était levé, avait raccroché son fusil, le contemplant avec satisfaction —, je suis fier qu'elles sortent du lot. On leur aura au moins donné ça, une personnalité. En fin de compte, c'est tout ce qu'on peut léguer aux enfants : un caractère. »

Celui d'Isabelle était apparemment plus commode. Parfois, Henriette se disait même qu'en effet elle était hypocrite, ainsi que l'en accusait Aurore. C'était une petite fille qui savait flatter, ronronner, se frotter à vous dans l'espoir d'obtenir ce qu'Aurore, pour sa part, revendiquait, arrachait, était peut-être capable de voler.

« Elle miaule », disait d'elle madame Secco en se laissant pourtant séduire, cédant aux supplications d'Isabelle qui, dès qu'elle avait reçu ce qu'elle désirait, s'éloignait, paraissant même ne plus savoir que l'autre existait. « Il a fallu qu'elle se défende, expliquait la bonne, c'est la plus petite. Qu'est-ce que vous voulez qu'elle fasse avec une sœur comme Aurore ? Il faut qu'elle ruse ! Aurore est une lionne, Isabelle une panthère. Mais, croyez-moi, elle saute aussi loin, et c'est peut-être la plus redoutable. Regardez-la, regardez-la donc ! » Madame Secco baissait la voix, montrant d'un mouvement du menton Isabelle en train de caresser la main du docteur Desjardins, de l'appeler d'une voix tendre « mon petit grand-père ».

Autant Aurore donnait une impression de raideur et de maigreur, autant Isabelle, blonde, blanche de peau, paraissait à présent toute en rondeurs, grassouillette, les fesses rebondies, les bras potelés, les joues pleines. Aurore faisait garçon manqué, Isabelle petite fille modèle, « jolie comme une poupée » : c'est ainsi que parlaient les imbéciles, et cette phrase convenue, contenant pourtant une part de vérité, irritait Henriette Desjardins, l'inquiétait aussi. Une poupée, cela attire, et elle préférait la rudesse sauvageonne d'Aurore à cette douceur un peu lascive de sa sœur. Mais, quand Henriette lui faisait part de ce sentiment, madame Secco secouait la tête : « Isabelle, c'est une eau qui dort. Comme une chatte, je vous l'ai dit : elle voit tout, elle sait tout. Il y a un proverbe de chez moi qui dit : *Acqua schietta scanna riva* — l'eau qui dort creuse les falaises. Elle est comme ça, Isabelle. Elle ne se laissera approcher que par ceux qu'elle aura choisis. Les autres, elle les écartera d'un coup de patte. Aurore, ma petite Aurore, elle, ira tout droit, si imprudente, si sûre d'elle-même qu'on la prendra souvent au piège. Mais elle vivra fort, elle se battra. Une lionne, je vous ai dit. »

Henriette fermait les yeux. Elle ne voulait plus voir, plus entendre, elle ne désirait plus imaginer. Elle avait mal d'anticiper, de sauter les années, de mesurer l'écart grandissant entre les deux sœurs.

Souvent, quand elle les découvrait assises côte à côte, un bras passé sur l'épaule de l'autre, leurs cheveux mêlés, les noirs, les blonds, toutes deux penchées sur un livre, elle souhaitait que le temps s'arrêtât, elle était sûre qu'il n'y aurait plus d'instant aussi parfait, de bonheur aussi simple, aussi pur. Elle s'approchait, enveloppait les deux petites filles de ses bras : « Mes amours, mes amours », murmurait-elle. Les petites filles ne bougeaient pas, elles se serraient au contraire l'une contre l'autre, se pelotonnaient contre leur grand-mère. Panthère, lionne, quelles bêtises ! Deux enfants désarmées qu'on poussait dans la vie avec brutalité, et il semblait à Henriette qu'eux tous — elle, madame Secco, mais surtout Joseph Desjardins — se comportaient en bourreaux insensibles, implacables. Elle avait envie de les protéger toujours, tout en sachant que ce ne serait pas possible. La sève était là qui montait, faisant d'Aurore et d'Isabelle deux fleurs à la fois différentes et semblables : la même pousse, la même forme de pétales, et cependant des coloris, des parfums opposés. C'était inéluctable et chaque jour plus sensible. Leurs deux personnalités s'affirmaient au fur et à mesure que la petite enfance s'éloignait. Elles se regardaient dans les miroirs, choisissaient elles-mêmes la couleur des rubans qui nouaient leurs cheveux. Elles demandaient à madame Secco de couper leurs plus longues mèches, de tailler une frange sur leur front. Parfois, quand elles traversaient la place de Clairvaux, en rentrant de l'école, des garçons les suivaient de loin, les sifflant ou leur lançant des boules de neige, et elles marchaient d'abord sans se retourner, bien droites, paraissant ne rien entendre, ne rien voir, puis, tout à coup, Aurore faisait face, s'élançait, et les garçons se dispersaient. Isabelle, elle, se contentait d'attendre sa sœur.

Elles reprenaient leur route du même pas, mais éloignées l'une de l'autre, balançant à contretemps leur cartable au bout de leur bras.

Souvent, quand elles sortaient à cheval, des garçons du village se tenaient en embuscade dans les sous-bois. On les insultait. Des mots qu'elles n'osaient répéter, mais qui les griffaient, les brûlaient : *Salopes, putains ! Il aime ça, ton cul ? Viens, vicieuse, descends que je te montre ma queue !*

Elles ne voyaient pas ceux qui les poursuivaient. Elles entendaient le bruit des branches cassées par leur course, elles tentaient de reconnaître ces voix rauques, ces rires, elles restaient figées sur leur selle, aux aguets, tremblantes ; parfois, on leur lançait les pierres, essayant d'affoler les chevaux pour qu'ils s'emballent. Mais elles tenaient ferme les rênes, prenaient le trot dès qu'elles le pouvaient. Derrière elles, enfin, on se lassait.

Jamais elles ne racontaient ces incidents à leur grand-mère ni au docteur Desjardins. Seule madame Secco, qui avait eu l'intuition de ce qui se passait et les avait questionnées, avait obtenu leurs confidences après qu'elles lui eurent demandé de ne rien rapporter aux grands-parents.

« Il faut que vous le sachiez, avait chuchoté madame Secco en les enveloppant de ses bras, on ne vous aimera pas. Vous êtes deux petites reines, vous comprenez ? Ils sont laids, jaloux, petits. Même ceux qui vous admirent vous détesteront. Vous êtes trop fortes pour eux. »

Dans la cour de récréation ou à la messe, elles se tenaient donc le plus souvent à l'écart et on disait d'elles : « Mais pour qui elles se prennent ? Leur mère était enceinte d'Aurore avant d'être mariée ! Tout le monde le sait. Et Isabelle, est-ce qu'on sait qui est son père ? François Desjardins n'était jamais à Clairvaux. La petite Claire Melrieux, elle allait souvent à Lons-le-Saunier, et on imagine bien qu'elle ne devait pas seulement tricoter ! A son âge, on a autre chose en tête. Quand François Desjardins est revenu, la seconde, Isabelle, était là ! Vous avez remarqué, elle est blonde, elle a la peau blanche comme du lait. D'où elle tient ça ? François, lui, n'a pas les cheveux comme ça. »

On ne croyait guère à ces commérages, mais on aimait les écouter, les reprendre, les amplifier. Ça faisait du bien, ça soulageait, parce qu'il était insupportable de voir les deux petites Desjardins marcher si droites, côte à côte, tirées à quatre épingles, les mieux habillées du village, belles de surcroît, paraissant ignorer tous ceux qu'elles croisaient.

« Au fond, ce sont deux petites pimbêches », murmurait madame Faure en corrigeant leurs rédactions.

Elle était assise en face de son mari, Martin Faure, le directeur de l'école, et lui lisait les quelques lignes écrites par Aurore ou Isabelle. Elles y évoquaient leurs promenades à cheval, ou le départ de leur père pour l'Algérie avec le grade de colonel, comme chef de poste dans le désert, ou bien encore l'élection de Louis Melrieux au Sénat. François Desjardins avait promis de leur faire visiter les oasis — elles citaient des noms : Tindouf, Laghouat, Ghardaia —, et leur grand-père de les faire assister à une séance au palais du Luxembourg.

« Deux merdeuses », répliquait Martin Faure, puis, haussant les épaules et faisant la moue, il ajoutait que ce n'était pas leur faute, qu'elles étaient le reflet de leur milieu, cette bourgeoisie vaniteuse, provinciale, réactionnaire, qui virait au fascisme : gaullistes ou pétainistes, Desjardins ou Melrieux, ils se retrouvaient tous main dans la main pour « casser du burnous », comme hier ils avaient « cassé du Viet ». Diên Biên Phu aurait pourtant dû leur servir de leçon, mais non, ils remettaient ça en Algérie ! Bornés, voilà ce qu'ils étaient, et leurs enfants, qu'est-ce qu'ils pouvaient être ? Prétentieux, arrogants. « Des merdeuses... »

Il fallait, ajoutait-il, se montrer juste avec elles, mais impitoyable, ne rien leur passer. A la moindre incartade, dehors ! Qu'elles déguerpissent et qu'on les expédie dans une école de curés. Il ne voulait pas qu'elles contaminent toute l'école avec leurs manières, leurs idées. On ne savait jamais ce qui se passait dans la tête des enfants.

« Et même... »

Martin Faure prenait un air songeur, marquant par une crispation du visage, un froncement des sourcils, qu'il parlait avec gravité, après avoir réfléchi, non sur un mouvement d'humeur. Il hésitait d'ailleurs encore, se passait la main dans les cheveux qu'il avait touffus, plantés bas sur le front. Sa femme lui demandait avec impatience ce qu'il avait à dire : avec lui, c'était toujours ainsi, il commençait des phrases, ébauchait une idée, mais il n'avait pas le courage ou la volonté d'aller au bout. Pour la licence d'histoire, ç'avait été la même chose : on se lance tout feu tout flammes, on va aller jusqu'au diplôme et à l'agrégation, puis on s'arrête au premier certificat de licence parce que le poste de directeur d'école, à Clairvaux, est peinard. On pêche, on chasse, le logement de fonction est confortable. On espère un jour être maire et, pourquoi pas, député...

Martin Faure se levait. Râblé, il avait la tête enfoncée dans les épaules, le front étroit, une silhouette de poupon obstiné et vigoureux. Il serait candidat, que ça plaise ou non à sa femme, marmonnait-il. Pour emmerder ces connards de Melrieux et de Desjardins, leur montrer que, même à Clairvaux, la gauche existait. Ça prendrait le temps qu'il faudrait, mais il avait trente ans devant lui.

Sa femme soupirait, reprenait la correction des cahiers. Que disait-il donc des petites Desjardins ? Il avait commencé une phrase...

Il bougonnait, puis, hochant la tête, il expliquait qu'il les avait observées dans la cour, ou bien quand elles traversaient la place, ou encore quand elles passaient sur leurs chevaux. « Regarde-les bien... » C'étaient déjà des coquettes, des allumeuses, des perverses. Un homme sent ça, même s'agissant de gamines de cet âge.

« Tu exagères ! » lâchait madame Faure.

Elle avait appuyé son porte-plume contre le goulot de la petite bouteille d'encre rouge. Elle avait les yeux perdus, braqués droit devant elle, et paraissait fascinée, effrayée.

« Crois-moi, reprenait-il. Perverses ! Je ne voudrais pas qu'elles me tournent la tête de deux ou trois pauvres garçons. Ça suffit pour gâcher une vie, tu comprends ce que je veux dire. Surtout quand on est un être sensible, naïf, rêveur, un peu bêta... »

Il haussait les épaules, puis s'insurgeait :

« Mais toi, tu ne vois jamais rien ! » lançait-il en quittant la pièce.

Madame Faure croyait étouffer. Une boule de chaleur lui avait envahi la poitrine, la gorge, et empourprait à présent son visage. Elle avait voulu se calmer, avait refermé les cahiers, revissé le bouchon de la bouteille d'encre, rangé son porte-plume, mais, comme si l'effort avait été trop grand, elle s'était levée brusquement, repoussant sa chaise avec violence, lâchant à mi-voix : « Les petites garces ! », puis : « Mais que je suis bête ! Quelle idiote je fais ! »

Elle revoyait toutes ces scènes qui l'avaient émue, dont elle avait été flattée, comme si c'était elle qui avait été choisie, distinguée, quand son fils Michel parlait dans un coin de la cour avec Aurore et Isabelle Desjardins. Il était plus grand qu'elles d'une demi-tête, et elles le regardaient en levant les yeux sur lui, souriantes, admiratives — du moins est-ce ce qu'avait imaginé madame Faure.

« Les petites garces ! » répétait-elle maintenant en traversant la pièce, puis l'entrée de l'appartement. C'était le luxe de ce logement de fonction, d'être assez vaste. Ils avaient pu y aménager un bureau pour eux deux, y placer leurs livres et le matériel scolaire, et ils disposaient en plus d'un salon-salle à manger et de trois chambres, dont une pour recevoir des amis, et une plus grande, la plus aérée, donnant sur les collines, pour leur fils Michel. A présent, elle s'en souvenait, elle l'avait souvent surpris, assis devant la fenêtre, un livre ouvert sur les genoux. Elle était heureuse de son goût pour la lecture, quelle idiote! Elle n'avait rien compris. Il devait guetter ces deux petites garces. Mais elles se prennent pour qui, celles-là? qu'est-ce qu'ils imaginaient, les Desjardins, qu'on était encore au temps des seigneurs, des aristocrates? un petit médecin de campagne, Joseph Desjardins, un pas-grand-chose : qu'est-ce qu'il avait à donner de pareilles habitudes à ses petites-filles? qu'espérait-il, qu'elles épouseraient un prince? Chaque soir, à heure fixe, après l'école, elles parcouraient à cheval les forêts et les crêtes. « Un idiot, mon Michel. Un pauvre idiot comme moi », avait murmuré madame Faure en pénétrant dans la chambre de son fils.

Elle se souviendrait longtemps de ce soir-là.

On était en juin, quelques semaines avant les vacances. Le crépuscule s'étirait, alangui, rouge au-dessus des collines et de la masse sombre des forêts. Pas un souffle de vent, comme si tout était suspendu de crainte de briser cette harmonie fragile, de faire venir la nuit ou la pluie, si proches que ce beau temps paraissait un miracle auquel on ne s'était pas encore habitué.

La fenêtre de la chambre était ouverte. Les odeurs de la forêt et des prés, entêtantes, l'avaient envahie. C'est ce que madame Faure avait d'abord noté, puis elle avait senti la fraîcheur et avait pensé : « Il va prendre froid. » Puis tout était allé si vite dans sa tête : l'inquiétude, l'affolement même en voyant le lit défait, la chambre vide, tachée par cette lumière pourpre qui l'angoissait, comme si les draps, les murs, les lattes du parquet, le bureau, les livres que Michel avait laissés ouverts avaient été imprégnés de sang.

Mais où était-il?

Elle s'était penchée à la fenêtre. Elle avait frissonné, saisie par l'humidité, et, tout en l'appelant encore à voix basse — elle ne tenait pas à alerter son mari, qui était bien capable de battre Michel —, elle s'était souvenue des deux ou trois premières années de son fils, de la toux qui ne le quittait pas. Le docteur Desjardins avait prétendu que le climat de Clairvaux ne convenait pas à cet enfant, qu'ils devaient peut-être envisager de solliciter un autre poste, plus haut, là où l'air était plus sec, ou bien dans le Midi, madame Faure n'était-elle pas née près de Grasse ? Comme si on pouvait, quand on était instituteur, obtenir facilement sa mutation hors du département ! D'ailleurs, Martin était persuadé que Desjardins souhaitait l'éloigner pour rester maître du village. Il n'en était pas le maire, mais il y régnait en fait. Et Martin enflait la voix : « Je suis un os, il m'a en travers de la gorge ! Je les réveille, ces fils de paysans. Après être passés ici, ils ne seront plus les mêmes. Et ça, Desjardins le sait ! L'avenir, c'est nous, c'est moi, et ça l'emmerde ! Alors, tous les prétextes lui sont bons. Mais Michel s'habituera ! »

A trois ou quatre ans, en effet, leur fils avait cessé d'avoir des bronchites à répétition et il avait vite grandi, aimant l'hiver, glissant sur les pentes, en luge d'abord, puis à skis. Un garçon vigoureux, grand, beau, au visage sensible, aux yeux en amande, presque ceux d'une fille, et dont le comportement réservé tranchait avec la rudesse des fils de paysans. Et ce n'était pas seulement l'opinion de sa mère : il suffisait de le voir, dans la cour, dépasser de la tête la plupart de ses camarades, alors qu'il était le benjamin de sa classe. « C'est votre fils, bien sûr, disaient les autres mères. Vous ne voudriez pas qu'il soit le dernier, non, ou qu'il redouble ? Il a ce qu'il faut chez lui. Il pousse là-dedans. » Et, d'un mouvement de tête, elles montraient les salles de classe.

Madame Faure avait repensé à tout cela — et à ce dont elle rêvait pour lui, un prix au concours général, une grande école, Normale supérieure ou Polytechnique, puis quelque chose de plus étonnant encore, écrivain comme Jules Romains, l'un de ceux qui commencent par être professeurs et s'imposent ensuite en quelques livres pour entrer à l'Académie française. Le père de Marcel Pagnol n'était-il pas instituteur ? Elle sentait que Michel possédait tous les talents, il fallait simplement qu'il évite de se laisser entraîner, car elle le devinait rêveur, peut-être faible.

Il suffisait d'une mauvaise influence pour que sa vie basculât. Il y en avait tant d'exemples ! Elle avait pensé à Rimbaud. Elle ne voulait pas qu'il soit Rimbaud, non, jamais, jamais !

Elle l'avait cherché, penchée à la fenêtre, tentant de l'apercevoir. Le crépuscule s'effaçait devant le bleu sombre de la nuit qui paraissait déborder des forêts, envahir peu à peu l'horizon comme si le ciel était occupé par une futaie noire et épaisse.

Où était-il? Jamais elle n'aurait imaginé qu'il pût quitter sa chambre.

Elle avait parcouru la pièce en tous sens, puis avait crié : « Martin ! Martin ! », ouvrant la porte, lançant le prénom de Michel, et son mari déjà apparaissait, le visage crispé, devinant aussitôt, maugréant : « Je le savais ! Ces deux salopes, ce sont elles, j'en suis sûr. Où veux-tu qu'il soit? Dans la cour, il est toujours fourré avec elles, comme un chevalier servant. Le petit con, qu'est-ce qu'il imagine? » Madame Faure avait plaidé. C'étaient des enfantillages. Michel et Aurore Desjardins n'avaient pas onze ans; Isabelle, à peine neuf. Que pouvait-il se passer entre eux, qu'est-ce qu'on pouvait craindre? Elle essayait de se convaincre elle-même, de lutter contre sa propre angoisse, cet affolement qui l'invitait à sortir, à courir chez les Desjardins, à insulter le docteur et sa femme, à gifler les fillettes — deux garces, oui !

« Il n'y a pas d'âge pour les conneries », avait conclu Martin Faure.

A dix ans, on pouvait jouer sa vie et la perdre. Quand une mauvaise herbe avait pris racine, elle envahissait tout. Pour Michel, les filles Desjardins, même à dix ans, étaient un poison. Comment elle qui était sa mère ne le comprenait-elle pas? Ces deux garces incarnaient l'esprit de facilité, de plaisir, de luxe.

« Tu ne les vois donc pas? »

Vêtements de prix, une morgue de bourgeois, leur mépris pour le reste du monde, ces chevaux, le chauffeur du sénateur Melrieux qui venait les chercher en voiture chaque samedi soir.

« Tu le connais, le château de Salière? »

Elle pouvait imaginer l'effet qu'il produisait sur les deux péronnelles, et comment elles devaient ensuite juger un Michel Faure. Et ce petit connard qui, au lieu de les ignorer, de les envoyer se faire foutre, comme faisaient les autres, des fils de paysans mais qui au moins comprenaient ça, les regardait, lui, comme si c'étaient des princesses ! Des putains, oui. Ce qu'elles voulaient, c'était un domestique. Michel avait d'ailleurs déjà pris le pli de la soumission. En cela, il ne faisait qu'imiter sa

mère. Croyait-elle que Martin ne l'avait pas vue en conversation avec Henriette Desjardins ? Une servante elle aussi, qui
s'excusait d'avoir à émettre quelques remarques sur le caractère
d'Aurore Desjardins. Scandaleux ! 1789 avait eu lieu, non ? Et
même 1917 ! Fini, le temps des esclaves ! Même les Arabes
avaient compris ça ! Mais ici, tout continuait comme s'il y avait
encore des maîtres et des sujets.

« Ce petit con, l'année prochaine, interne à Lons ou même à
Lyon, au lycée du Parc ! On verra s'il a le temps et le goût de
rêver ! »

On n'allait pas le laisser gâcher sa vie, quand même ?

En écoutant son mari, madame Faure se laissait convaincre de
la justesse de ce qu'il disait — elle partageait sa colère, son indi-
gnation, elle pensait qu'il fallait sévir, en effet, et vite, avant que
Michel ne s'engageât sur la mauvaise pente —, mais, en même
temps, elle avait l'intuition qu'il se trompait. Elle voyait les
vêtements de Michel rangés dans la penderie, ses pantalons et
ses chemises d'enfant, ses petites chaussures ; elle regardait ses
dessins maladroits collés aux murs, ses deux petits ours en
peluche suspendus au-dessus de son lit, qu'il chérissait pour les
avoir vus dès qu'il avait ouvert les yeux, tentant de les saisir
quand, dans son berceau, il avait esquissé ses premiers gestes.
Elle pressentait qu'il y avait de la folie à juger des enfants
comme on le fait des adultes, et qu'après tout, si Michel éprouvait pour ces deux fillettes pas ordinaires — cela, on ne pouvait
dire le contraire ! — de l'admiration ou un sentiment dont il
ignorait lui-même la nature, c'était peut-être ce qui donnerait à
toute sa vie sa couleur, et pourquoi serait-elle sombre ? Quant à
Aurore et Isabelle, peut-être le trouvaient-elles exceptionnel, son
Michel, tout simplement parce qu'il l'était, sa mère en était persuadée, et qu'elles le préféraient à tous les garçons qu'elles rencontraient — à Clairvaux, cela allait de soi, mais même au château de Salière, chez les Melrieux.

« Calme-toi, je t'en prie ! avait donc répondu madame Faure à
son mari. L'essentiel, c'est qu'il rentre. C'est tout ce que je
demande. »

Peu après, ils avaient entendu grincer le portail et s'étaient
cachés dans l'angle obscur de la pièce, voyant d'abord les deux

petites mains nerveuses de leur fils s'accrocher au rebord de la fenêtre. Puis ils avaient aperçu ses cheveux noirs bouclés, son front, et enfin son visage. Il était beau. Il avait l'air joyeux, assuré. Il avait fait une traction des avant-bras, s'était hissé et avait enjambé le balcon sans remarquer ses parents. Il s'était tenu immobile, guettant les bruits de l'appartement, puis s'était mis à siffloter en tirant les volets.

« Petit salaud, petit con ! » s'était écrié Martin en allumant le plafonnier.

Michel avait levé le bras, le coude protégeant son visage. Mais son père s'était contenté de le regarder avec mépris, et, au bout de quelques secondes, Michel avait mis les mains derrière son dos, lui faisant face, le défiant. Il n'avait pas répondu aux questions de Martin, sans jamais cesser de le fixer, sachant qu'il pouvait à tout instant recevoir une claque. Mais il paraissait ne plus le craindre. A la fin, son père l'avait menacé du poing, répétant qu'il serait interne dès la rentrée, loin de Clairvaux, peut-être à Lyon, que c'en était fini pour lui d'agir à sa guise, de se la couler douce dans l'école de ses parents, de faire le beau pour deux petites salopes, deux garces qui voulaient faire tourner en bourriques tous les garçons de Clairvaux. Lui, Martin Faure — d'autres pères le lui avaient rapporté — savait ce qu'elles faisaient dans les sous-bois.

« Tu veux que je te raconte, connard ?

— Ils n'ont que dix ans », avait objecté madame Faure en avançant d'un pas.

Son mari avait paru ne pas entendre.

« Elles montrent leur cul à qui leur donne cinq francs, tu entends, leur cul pour cinq francs ! Voilà ce qu'elles sont, les petites Desjardins, des graines de putains ! Oh, ce seront des putains de luxe, c'est sûr, mais des putains quand même ! »

Il avait ricané, baissé la tête, tout à coup honteux de ce qu'il venait de dire.

« Tu es un menteur ! avait hurlé Michel. Tu es un menteur ! » avait-il répété à plusieurs reprises d'une voix aiguë.

Puis il avait éclaté en sanglots, et sa mère s'était précipitée, le prenant dans ses bras, le berçant, lui caressant les cheveux, cependant qu'il continuait de murmurer : « Il ment, il ment ! »

Elle avait eu envie de pleurer, elle aussi, comme devant un saccage, comme si on avait souillé de traces noires un grand mur blanc. Elle avait été saisie de nausée.

58

« Va-t'en ! » avait-elle lancé à son mari d'un ton sourd et résolu.

Martin Faure avait claqué la porte.

Elle avait pris le visage de son fils entre ses paumes, s'était accroupie pour le regarder droit dans les yeux.

« Tu les aimes ? » avait-elle demandé.

Il avait fait oui de la tête.

« Elles t'aiment, tu penses ? »

Il avait souri en reniflant et en se frottant les yeux du revers de la main.

Elle l'avait cru ; elle en avait été heureuse.

5.

Lorsqu'il s'était retrouvé seul dans sa chambre, Michel Faure était resté un long moment immobile, couché sur son lit, les bras croisés sur la poitrine, la main droite posée sur la gauche, et il avait imaginé qu'il était l'un de ces princes morts, dont les gisants de l'église de Bourg reproduisent le corps pris dans son armure, les doigts enserrant le glaive.

Une fois, dans la forêt, presque au sommet de la colline qui domine Clairvaux, il s'était dressé devant les montures d'Aurore et d'Isabelle Desjardins. Il avait réussi à saisir la bride du cheval noir d'Aurore, et Isabelle avait arrêté le sien, le fauve, le plus petit. Toutes deux avaient mis pied à terre. Michel avait attaché les rênes au tronc d'un arbre. Il faisait presque froid dans les sous-bois. Les chevaux grattaient le sol couvert d'aiguilles de pin du bout de leurs sabots. Michel avait entraîné les deux filles jusqu'au bord de la falaise. De là, on découvrait toute la vallée, Clairvaux au premier plan, Lons-le-Saunier au loin dont on distinguait les clochers à bulbe. Plus à l'ouest s'étendait la plaine qui paraissait une mer sans limite, couverte de brume.

Ils s'étaient assis tous les trois, Michel entre Aurore et Isabelle. Il avait pris la main de chacune d'elles et ils s'étaient allongés côte à côte. Il avait placé les mains des filles sur sa poitrine, comme pour un serment, et ils avaient contemplé le ciel qui, par cette fin d'après-midi de mai, était d'un bleu léger, comme sont parfois les aubes d'été.

Sur son lit, il avait revécu ce moment d'émotion, il s'était souvenu du sentiment qu'il avait alors éprouvé — comme, il en était

61

sûr, Aurore et Isabelle — de ne plus être allongé sur la terre rugueuse, parmi les herbes, mais de flotter dans cette couleur délavée où les yeux se perdaient.

Ils n'avaient pas parlé, mais leurs mains étaient restées dans les siennes, pesant sur sa poitrine. C'était bien, entre eux, un pacte secret d'alliance qui avait été scellé. Il était le chevalier servant de ces deux reines, leur défenseur, leur troubadour, celui qui abaissait sa lance devant elles, dans les tournois, avant de vaincre — et, s'il le fallait, de mourir. Il était à elles et elles pouvaient le commander, disposer de lui, l'envoyer à la guerre.

Quand les chevaux s'étaient mis à hennir, Aurore avait dit : « Va les chercher, maintenant », et elles avaient l'une et l'autre retiré leur main. Il avait couru le plus vite qu'il avait pu jusqu'aux montures, les ramenant en les tirant par les rênes comme un valet d'armes. Et il s'était courbé, le dos arrondi pour qu'elles pussent remonter plus facilement en selle.

Elles avaient pris le trot et il avait essayé de les suivre en courant derrière elles, mais elles l'avaient rapidement distancé et il était rentré chez lui, heureux, exalté, en même temps désespéré de les avoir perdues.

Depuis ce jour, chaque fois qu'il se retrouvait avec elles, il subissait cette même tempête intérieure.

Il les voyait attendre que le chauffeur des Melrieux ouvrît les portières de la voiture, et il savait qu'elles se retourneraient pour regarder en direction de l'école, vers la fenêtre de sa chambre. Puis les portières claquaient et, en courant jusqu'au portail du jardin, Michel pouvait encore entr'apercevoir la voiture avant qu'elle ne disparût dans le virage.

Elles lui faisaient un petit signe par la lunette arrière et il n'avait plus qu'à attendre le lundi matin qu'elles reviennent du château de Salière, puisque c'était là qu'elles allaient. Durant ces deux jours, il lisait tard. Ses parents possédaient les œuvres de Hugo en un seul volume, un énorme ouvrage à couverture noire de la taille d'une encyclopédie, imprimé sur papier bible, et Michel s'y plongeait. Il était Jean Valjean et Marius, Olympio et Ruy Blas. Parfois il prenait un autre livre au hasard et, sans comprendre le sens de toutes les phrases, il s'y plongeait —

Chrétien de Troyes ou Michelet, Camus ou Sartre, Vallès ou Jaurès — pour que les heures s'épuisent plus vite sans qu'il ait à regarder le ciel.

Il se doutait bien qu'un jour ou l'autre ses parents découvriraient le pacte secret qui le liait à Aurore et à Isabelle Desjardins. Quand, à table, son père parlait avec hargne du docteur, de Louis Melrieux ou de François Desjardins, ces fascistes qui préparaient un coup d'État — « Ils ne s'en sortiront que comme ça, par un 2 décembre, avec de Gaulle en Louis Napoléon ! » —, Michel le fixait d'un air de défi, mais son père ne remarquait rien, agitant devant les yeux de sa femme et de son fils *Le Canard enchaîné* ou *Le Monde*.

« Qu'est-ce que je vous disais ? » répétait-il.

Les parachutistes se comportaient avec les Algériens comme les SS avec les résistants : tortures, exécutions sommaires...

« Ah, ils sont beaux, les gaullistes ! Desjardins doit être fier, lui qui prétend avoir dirigé le maquis. Je voudrais savoir ce qu'il pense de ce que fait son fils en Algérie ! »

Ces propos, Michel les écoutait comme autant d'insultes proférées à l'encontre d'Aurore et d'Isabelle. Mais il n'imaginait pas qu'il souffrirait autant quand son père s'en prendrait directement à elles, comme ce soir-là. Il n'avait pas été giflé, ainsi qu'il l'avait craint quand il avait découvert ses parents dans sa chambre. Mais chaque mot l'avait fouetté, et, allongé, il se sentait à présent rompu, meurtri. Il avait mal aux épaules, dans la nuque et aux mollets. Tout son corps, dedans et dehors, était endolori. La vulgarité de son père, pire que celle des fils de paysans qui s'insultaient dans la cour de l'école, l'avait blessé. Mais il n'osait soupirer ou geindre comme il en avait envie, l'appartement étant encore plein de bruits.

Il avait entendu les pas de sa mère aller et venir de la cuisine au bureau. Les portes avaient claqué, puis il y avait eu ces éclats de voix, ceux de son père — dont il avait tenté en vain de saisir le sens —, les plus forts, ceux de sa mère, aigus et brefs.

Que savaient-ils, l'un comme l'autre, d'Aurore et d'Isabelle ? Pourquoi les salissaient-ils ainsi, alors que lui-même les connaissait, fières et impérieuses comme des souveraines ? Pourquoi cette haine ? Peut-être son père était-il jaloux du docteur Desjardins, de Louis Melrieux, de François Desjardins ? Qu'est-ce que c'était, un instituteur, même directeur d'école ? Il ne s'occupait que d'enfants. Les autres avaient affaire aux hommes pour les soigner ou les vaincre. Michel comprenait que son père voulût, comme il disait quelquefois, se porter candidat à la mairie ou à la députation, mais c'était aussi une façon de reconnaître qu'il était insatisfait de son sort. Michel se sentait humilié pour lui, par lui.

Quand le silence finit par envahir l'appartement, Michel enfouit sa tête dans l'oreiller et put enfin se mettre à pleurer.

6.

Aurore et Isabelle ne parlaient jamais entre elles de Michel Faure et n'échangeaient avec lui que quelques mots, comme si, entre eux trois, les phrases étaient inutiles. Leurs regards se croisaient, puis se dérobaient. Michel restait le plus souvent tête baissée ; les deux fillettes, paraissant observer au loin, semblaient ignorer la présence du garçon, dont elles se tenaient pourtant proches. S'il faisait un pas, elles veillaient à rester près de lui, d'un mouvement insensible qu'elles faisaient sans bouger la tête.

Dans la cour de récréation, les plus grands, ceux qui en étaient à leur dernière année scolaire, se moquaient d'eux, mais craignaient Michel Faure, qui parfois bondissait, en saisissait un par les cheveux et roulait à terre avec lui. Alors, alors seulement Aurore criait « Michel ! » d'une voix aiguë, et Isabelle courait vers l'instituteur qui surveillait la cour afin de le prévenir que des garçons se battaient. Elle tendait le bras jusqu'à ce que le maître eût sifflé à deux reprises, et le son strident suspendait aussitôt la bagarre et les jeux, puis, peu à peu, l'animation de la cour reprenait et Michel se retrouvait aux côtés des deux fillettes, menaçant du poing ceux qui, de loin, les insultaient ou se moquaient des « amoureux ».

Isabelle pensait que Michel préférait Aurore. Quand il avait surgi en pleine forêt, c'est le cheval noir qu'il avait saisi par les rênes. Il avait paru ne pas voir Isabelle et celle-ci en avait ressenti de l'amertume et de la colère. Lui aussi, comme tous les autres, s'occupait donc d'abord d'Aurore, de la « grande sœur »,

65

comme disait leur grand-mère Henriette. Isabelle souffrait de cette hiérarchie injuste qu'on lui imposait. Aurore, l'aînée, ouvrait la route. Elle, la cadette, suivait. Au début, vers sa cinquième année, quand elle avait pris conscience du rôle qu'on lui avait attribué, elle avait essayé d'apitoyer ces adultes qui l'avaient reléguée à ce statut de doublure, de « petite sœur mignonne, blonde et gentille ». Mais elle avait vite compris que les pleurs, les bouderies ne servaient à rien, qu'au contraire on lui opposait le sérieux, la maturité de son aînée. Elle avait alors changé d'attitude. Elle ferait comme Aurore, en même temps qu'elle, mieux qu'elle.

Dans la forêt, elle était donc descendue de cheval et avait tendu les rênes à Michel. Et il avait bien fallu qu'il les noue avec celles de l'autre monture, au même tronc d'arbre. Puis elle avait marché près de lui, comme Aurore, vers la falaise. Un instant, elle avait craint que Michel ne saute avec celle-ci au fond de la reculée. Elle savait sa sœur capable d'une pareille folie. A plus d'une reprise, Aurore lui avait lancé des défis, d'un simple regard, sans la convier à l'imiter, mais Isabelle avait chaque fois compris qu'Aurore lui disait : « Tu veux être mon égale ? Eh bien, fais comme moi ! »

A son exemple, Isabelle avait ainsi engagé son cheval sur un sentier caillouteux qui descendait à flanc de falaise. Elle avait craché dans la casserole le jour où le docteur Desjardins recevait à déjeuner, après la chasse, le docteur Jean-Paul Charlet. Elle s'était tailladé la paume de la main droite pour ne pas rédiger le devoir de catéchisme que l'abbé Tesson avait exigé.

Et maintenant, elle était prête à se précipiter du bord de la falaise.

Mais Michel s'était allongé avec Aurore et elle avait pris place auprès d'eux ; il avait saisi sa main, l'avait posée sur sa poitrine, comme celle d'Aurore, et elle en avait éprouvé de la joie et de la fierté. Elle était bien l'égale et la rivale de sa sœur.

Longtemps, pourtant, Isabelle avait dû admettre qu'elle ne pouvait être dans la même classe qu'elle. Elle était plus jeune, lui répétait-on. Mais elle s'était obstinée. Elle n'acceptait pas d'être reléguée avec les « petites » au fond de la salle cependant qu'Aurore et les grandes trônaient au premier rang, travaillant seules, tandis que madame Faure se tenait parmi les plus jeunes, surveillant leurs devoirs. Dès qu'elles rentraient, Isabelle ouvrait le cartable d'Aurore, s'efforçait de lire ses livres, d'en résoudre les problèmes de calcul ou les exercices de grammaire, et, à la fin, madame Faure — sous la pression d'Henriette Desjardins, il est vrai — avait accepté de lui faire sauter une classe.

« Mon mari n'est pas d'accord, avait confié madame Faure, mais il veut bien fermer les yeux. C'est le directeur, mais ce sont mes élèves. C'est moi qui juge, n'est-ce pas, tout directeur et mari qu'il soit ! »

Elle avait ri.

Isabelle avait ainsi changé de rangée et obtenu d'être assise aux côtés d'Aurore, laquelle n'avait pas même tourné la tête quand sa cadette s'était installée, glissant son cartable sous le banc.

Durant les récréations, Isabelle s'adossait près de sa sœur, contre le même pan de mur, loin des autres filles si laides, si « mal fagotées », comme disait Henriette Desjardins. Presque toutes les élèves étaient engoncées dans des robes de laine cachées par des tabliers et des pull-overs. Isabelle et Aurore portaient au contraire des jupes écossaises, des chaussures fourrées, des chemisiers blancs, des manteaux bleu foncé à boutons dorés, ou bien, dès la belle saison, des souliers noirs vernis et des socquettes blanches. Elles étaient ainsi entourées de respect et de haine. Les filles les ignoraient, mais les garçons bravaient l'interdit qui les excluait de la cour des filles, et, passant en courant près d'elles, leur crachaient des noyaux de cerises et des mots crus, semblables à ceux qu'on leur jetait en forêt.

Isabelle guettait sa sœur du coin de l'œil en se rapprochant jusqu'à la toucher du bras. Elle avait besoin de la sentir, d'être ainsi rassurée, de savoir ce qu'il fallait faire. Le visage figé dans un sourire méprisant, la lèvre boudeuse, Aurore paraissait ne rien voir, ne rien entendre, mais son corps était si tendu qu'Isabelle s'attendait chaque fois à ce qu'elle bondisse, empoigne un des garçons par les cheveux, le griffe — et elle s'imaginait se joignant à sa sœur, toutes deux lacérant la figure d'un de ces porcs.

Porc, c'était le mot qu'employait madame Secco. En attendant qu'elle leur versât le lait chaud, elles lui répétaient à la cuisine ces grossièretés — « ces saletés », murmurait la bonne — qui emplissaient leur bouche d'une saveur âcre et brûlante.

« Ils vous ont dit ça, ces porcs ? » s'indignait madame Secco en secouant la tête.

Elles recommençaient leur récit : ils avaient couru vers elles, ils avaient dit *putain, cul*, ils avaient hurlé qu'ils mettraient leur queue dans la bouche et le cul des filles comme elles...

Madame Secco maudissait en italien ces gorets. Elle allait avertir le docteur et Henriette Desjardins. On devait les changer d'école, ou bien se plaindre au directeur, ce monsieur Faure, un bon à rien, il suffisait de le voir avec sa veste étriquée, sa moustache, ce n'était pas un vrai homme, pas même capable de dresser des enfants !

L'une et l'autre s'accrochaient au tablier de madame Secco, la suppliant de ne rien révéler de ce qui se passait à l'école. Elles ne voulaient pas quitter Clairvaux. Si la bonne parlait, elles la détesteraient, ne lui raconteraient plus rien. Elles ne seraient plus ses amies. Elles se montraient tour à tour autoritaires et larmoyantes, et, au bout de quelques minutes, tout en maugréant, madame Secco acceptait de se taire si les deux petites filles juraient de tout lui dire, à elle seule. « Tout, vous m'entendez ? Jurez-le-moi ! »

Elles sautaient de joie, tendaient le bras, paume ouverte, juraient, et, sitôt après, Isabelle, en chuchotant, entreprenait d'expliquer qu'elles étaient maintenant défendues par un garçon qui s'élançait sur ceux qui les insultaient, leur faisait des crocs-en-jambe. Il était fort. Les autres avaient peur de lui parce qu'il était le fils du directeur et de madame Faure.

Madame Secco s'asseyait, bras croisés. Il était comment, ce garçon-là ? Poli, au moins ?

« Il ne nous dit rien, il ne parle pas », répondait Isabelle.

Aurore, d'un signe de tête, confirmait.

Est-ce qu'il les touchait, est-ce qu'il les entraînait à l'intérieur de l'école après la classe ? ajoutait madame Secco, la bouche pincée, les sourcils froncés. Mais, devant l'étonnement et les dénégations que sa question avait suscités, elle répétait qu'il était bon qu'elles eussent un ami, surtout s'il était honnête avec elles.

« Honnête, vous comprenez ? »

Elles remarquaient que madame Secco pouvait le voir puisque, le soir, à la sortie de l'école, il portait leurs cartables.

« Celui-là..., marmonnait la bonne. Il fait ça ? Qu'est-ce qu'il veut ? Et vous acceptez ? »

D'un ample mouvement de tête, Isabelle acquiesçait, expliquant qu'il prenait les deux cartables, « celui d'Aurore et le mien », précisait-elle pour marquer l'égalité qu'elle avait conquise : car Michel avait d'abord pris le cartable d'Aurore, puis Isabelle lui avait présenté le sien, il avait paru hésiter, mais il avait cédé et elles avaient ainsi marché devant lui, ne se retournant même pas, cependant qu'il se coltinait les deux cartables. Il s'arrêtait à quelques mètres de la maison des Desjardins, tendant alors les cartables qu'Aurore et Isabelle empoignaient sans même le remercier, lui tournant aussitôt le dos.

Et il restait « planté là » — c'était l'expression de madame Secco après qu'elle eut assisté à la scène — à les regarder rentrer sous le porche.

Ce « pauvre garçon » lui faisait de la peine, ajoutait-elle, et, à mi-voix — mais les deux fillettes avaient entendu — :

« C'est un *coglione*. »

Elle ignorait qu'après avoir traversé la place en courant Michel Faure se précipitait dans sa chambre pour guetter Aurore et Isabelle quand elles sortiraient à cheval et qu'elles se dirigeraient, d'abord au pas, puis au trot, vers la forêt. Il les contemplait alors, silhouettes se découpant sur l'horizon, du côté des étangs des Monédières.

Quand il savait ses parents occupés, il sautait par la fenêtre de sa chambre et, à travers champs et jardins, gagnait les sous-bois pour marcher près des chevaux en tenant parfois les rênes, comme font les écuyers pour les châtelaines.

Madame Secco ne tint pas parole.

« Vous l'avez vu ? demanda-t-elle à Henriette Desjardins. Celui-là, elles le font déjà danser ! » Elle avait ri. « Pauvre garçon ! En plus, il n'est même pas laid. »

Henriette Desjardins avait alors remarqué cet enfant plus grand qu'Aurore, qui n'avait pas l'allure d'un fils de paysan. Ses cheveux noirs lui tombaient en désordre sur le front, mais, à ce détail près, il était, comme elle disait, « tiré à quatre épingles ». Il portait une chemise blanche, des pantalons de tissu sombre, un blouson de daim, et ses chaussures basses étaient cirées. Elle n'avait pas eu à questionner longtemps madame Secco pour connaître l'identité du « pauvre garçon », et elle en avait tiré un sentiment de fierté, un petit goût de victoire. Ces Faure qui se donnaient des airs, qu'est-ce qu'ils étaient, après tout ? Des « pions ». Que leur fils portât les cartables des filles de François Desjardins lui avait paru normal, satisfaisant.

Mais quand le docteur Desjardins l'avait interrogée — depuis la fenêtre de son cabinet, il avait remarqué le manège du garçon (« Assez beau, d'ailleurs, qui est-ce ? ») —, Henriette s'était dérobée. Elle ne savait jamais quelle pourrait être la réaction de son mari et craignait autant ses enthousiasmes que ses colères. Il pouvait débouler hors de chez eux pour administrer une claque ou un coup de pied à Michel Faure, ou bien au contraire l'inviter à prendre chaque jour le goûter avec Aurore et Isabelle. Joseph Desjardins était imprévisible, mais on pouvait être sûr de ses excès, dans un sens ou un autre.

Le docteur avait fini par percer lui-même l'identité du « pauvre garçon » (c'est ainsi qu'entre elles madame Secco et Henriette Desjardins appelaient désormais Michel). Celui-ci était alité depuis quelques jours, fiévreux, avec des nausées, une toux sèche. Madame Faure avait voulu téléphoner aussitôt au docteur Desjardins, mais son mari s'y était opposé. Fallait-il, pour une simple grippe, consulter le médecin, cet homme antipathique qui ne cherchait qu'à les humilier, « à fourrer son nez chez nous » ? Martin Faure ne voulait rien lui devoir.

Madame Faure avait insisté, demandé au docteur Jean-Paul Charlet, de Lons-le-Saunier, de monter jusqu'à Clairvaux. Mais Charlet avait refusé : Desjardins était un excellent confrère, un ami ; on n'avait qu'à faire appel à lui.

Martin Faure avait alors paru se désintéresser de la maladie de son fils, cette poule mouillée qui faisait le beau avec les filles. Moins d'une heure après que madame Faure l'eut appelé, le docteur Desjardins était entré dans la chambre de Michel. Il avait aussitôt reconnu l'enfant et avait éprouvé pour lui un mouvement de sympathie, presque d'affection. Ce garçon déjà amaigri par la fièvre l'observait avec une timidité inquiète. Ses grands yeux allaient du médecin à sa mère et il gardait serré contre lui un gros volume à couverture noire, au titre gravé en caractères dorés. Le docteur Desjardins s'en était emparé précautionneusement, veillant à ne pas brusquer Michel, disant d'une voix douce :

« Qu'est-ce que tu lis là ? »

Il avait hoché la tête en déchiffrant le titre : *Victor Hugo, Œuvres.*

« Serais-tu romantique ? » avait-il demandé en commençant à ausculter le jeune malade.

Au bout de quelques minutes, il avait rassuré madame Faure. Il ne s'agissait que d'une banale bronchite qu'il fallait soigner à l'ancienne : ventouses, cataplasmes de farine de lin, bouillon de poule, un peu d'aspirine. Et tenir ce garçon au chaud.

Michel Faure avait écouté, les mains posées bien à plat sur le drap. Il n'avait pas soufflé mot, paralysé par la présence du docteur. Celui-ci lui avait tapoté la joue, puis, en refermant sa trousse, d'un ton ironique et bienveillant, il avait dit à Michel qu'il le connaissait, qu'il l'avait vu porter les cartables de ses petites-filles, Aurore et Isabelle. Michel les aimait bien, n'est-ce pas ? Mais il fallait qu'il se méfie d'elles, c'était leur grand-père qui le lui conseillait. Elles étaient autoritaires, menaient tout le monde par le bout du nez. Michel ne voulait sûrement pas devenir le groom de ces demoiselles ? Ses parents avaient sûrement de grandes ambitions pour lui, bien méritées.

« Méfie-toi des femmes », avait conclu Desjardins en se tournant vers madame Faure.

Celle-ci se mordillait les lèvres, mal à l'aise, murmurant que son fils était serviable, que ce n'était pas là un défaut, mais une qualité qu'elle encourageait, même si, à Clairvaux, ce n'était pas un comportement courant. Il fallait donner l'exemple, n'est-ce pas ?

Elle avait voulu régler la visite et avait fait mine d'ouvrir son porte-monnaie, mais, avec autorité, haussant les épaules, Desjardins lui avait retenu le poignet. Elle n'y songeait pas ? Lui aussi était serviable, avait-il lancé dans l'entrée en riant. N'étaient-ils pas voisins ?

En se penchant, il avait salué d'un geste Michel, dont on apercevait le lit par la porte de la chambre restée entrouverte. Puis, à voix basse, comme s'il confiait un secret, il avait chuchoté à madame Faure qu'il savait combien son mari le détestait. Elle ne devait pas s'étonner : un médecin était une sorte de confesseur, les malades lui rapportaient tout. Mais elle pouvait rassurer monsieur Faure : les parachutistes que commandait François Desjardins en Algérie n'allaient pas sauter sur Clairvaux ! Et de Gaulle, s'il revenait au pouvoir, ne ferait pas fusiller les instituteurs, même socialistes ! Tout allait donc pour le mieux : Michel allait se rétablir, et, avec de Gaulle, la République se redresserait. Monsieur Faure pouvait préparer ses vacances, ses longues vacances, comme d'habitude.

En traversant la place pour rentrer à son cabinet, le docteur Desjardins avait regretté cette dernière phrase qu'il n'avait pu s'empêcher de prononcer. Mais, il devait se l'avouer, il n'aimait pas les instituteurs.

7.

Était-ce le traitement ordonné par le docteur Desjardins qui avait eu raison en quelques jours de la bronchite de Michel ? Ou bien la maladie avait-elle reculé au fait que le printemps s'annonçait, que les plaques de neige avaient disparu et que, durant ces premières journées de mai 1958, bleutées et diaphanes, le vent glacial qui avait des semaines durant enveloppé Clairvaux avait cessé de souffler, laissant place à une brise qui portait avec elle des parfums de fleurs des champs et des pépiements d'oiseaux ?

Madame Faure n'avait d'ailleurs que partiellement suivi les prescriptions du docteur Desjardins. Elle avait confectionné le cataplasme, se souvenant des gestes de sa propre mère qui, en toute occasion, à la moindre toux, plaquait sur la poitrine de ses enfants cette glu brûlante dont, en la faisant chauffer, elle-même avait retrouvé l'odeur écœurante, plus entêtante encore quand elle l'eut étalée avec une cuiller en bois sur le linge qu'elle allait refermer comme une grosse crêpe fourrée avant de le déposer entre les pectoraux de son fils. Elle avait également préparé six verres, des morceaux de coton, une bouteille d'alcool et des allumettes afin d'apposer les ventouses sur le dos de Michel, et elle lui avait déjà demandé de se retourner quand Martin Faure avait fait irruption dans la chambre. Il avait commencé par secouer la tête et, tout à coup, s'était mis à hurler : mais que faisait-elle donc, elle, une enseignante, et de gauche, par surcroît, dans cette seconde moitié du xxᵉ siècle ? Elle allait suivre une prescription aussi archaïque, rétrograde ? Et pourquoi Desjardins n'avait-il pas exigé qu'on saignât Michel, pendant qu'il y était ? Elle se

73

serait pliée à cela aussi ? Décidément, les Desjardins, la torture, ils aimaient ça : l'un sur les Arabes, l'autre, le grand-père, sur les enfants ! Des ventouses ! Pour un point de bronchite ! Mais peut-être ignorait-il l'usage des médicaments ?

« Je vais aller lui dire ce que j'en pense, moi, de sa médecine ! »

Madame Faure avait retenu son mari par le poignet. Qu'il se calme ! avait-elle commandé d'un ton ferme. Sa propre mère lui avait plus d'une fois appliqué des ventouses.

« Moyen Age ! » avait riposté Martin Faure en ricanant et en se dégageant pour quitter la chambre.

Sur le pas de la porte, il s'était retourné. Il n'irait pas chez Desjardins, bien sûr, puisqu'il y avait toujours des imbéciles pour gober n'importe quoi. Grand bien leur fasse ! Parfois, avait-il conclu, il se demandait si la dictature n'était pas le seul moyen d'imposer le progrès, les solutions modernes. Peut-être, après tout, les communistes avaient-ils raison, qui sait ? La démocratie, ce serait pour plus tard, quand les gens seraient devenus majeurs. Car — il avait montré les verres, les morceaux de coton, la bouteille d'alcool — même dans une école publique, on n'en était pas encore là !

Puis il avait claqué la porte.

Naturellement, avait pensé Madame Faure, comme à son habitude, Martin exagérait.

Elle avait donc poursuivi ses préparatifs, expliquant à son fils, qui la regardait non sans inquiétude, que le morceau de coton enflammé montait au fond du verre quand on le plaçait sur la peau, qu'il se consumait, qu'il absorbait ainsi une partie de l'air et que la peau, attirée par le vide, se congestionnait.

« Ça sert à quoi ? » avait murmuré Michel, aussi peu rassuré.

Elle avait haussé les épaules, répondu que les humeurs, les microbes étaient aspirés vers l'extérieur du corps, mais cette explication lui avait paru si insuffisante qu'elle avait fini par hésiter. Elle avait mis le feu à un petit morceau de coton, avait placé le verre sur la face intérieure de son propre bras, mais, quand elle avait vu la cloque se former, qu'elle avait ressenti une petite brûlure, sa peau devenant cramoisie, elle avait compris qu'elle n'oserait jamais appliquer un pareil traitement à son fils. D'ailleurs il allait mieux, n'est-ce pas ? avait-elle suggéré. On allait donc remettre les ventouses à plus tard, il pouvait se rhabiller.

Il avait tendu le bras, montrant le volume des œuvres de Hugo, et elle l'avait aidé à s'installer, le dos calé entre deux coussins. Lorsqu'elle l'avait embrassé, elle avait trouvé qu'il avait les joues et le front frais. Il toussait moins. D'ici quatre à cinq jours, il pourrait retourner en classe.

Il avait suffi de deux jours pour que Michel fût sur pied. Mais peut-être la rapidité de cette guérison n'était-elle due ni au traitement du docteur Desjardins ni aux effets de la légèreté et de la douceur de l'air en ce début de mai.

Sans doute Michel avait-il senti qu'on avait oublié — peut-être pour un temps seulement — son escapade d'une soirée et qu'il n'avait plus besoin de la maladie pour se protéger des reproches, des menaces ou des sarcasmes paternels.

Les incidents qui s'étaient succédé — son père était venu le chercher dans la cour, le tirant par l'oreille devant tous les élèves, afin de l'éloigner d'Aurore et d'Isabelle : « La cour des filles est interdite à tous les garçons, et tu es un garçon comme les autres, tu entends ! » avait vociféré Martin Faure — paraissaient effacés, comme si un coup de vent avait brusquement chassé leur souvenir. Martin Faure parlait toujours des Desjardins et des Melrieux avec la même hargne, mais d'Aurore et d'Isabelle il n'était plus question.

Michel l'avait compris au cours des deux derniers jours qu'il était resté alité, la porte de sa chambre, restée grande ouverte, lui permettant de suivre les allées et venues dans l'appartement, d'écouter les propos de son père et des amis qu'il recevait.

Ç'avait été, durant quarante-huit heures, une succession de visites. Michel avait reconnu Paul Garand, directeur d'école à Poligny, Laurent Josse, un enseignant de Morez, et deux jeunes femmes dont il avait deviné qu'elles étaient institutrices aux Rousses. De temps à autre, les conversations s'interrompaient et tout le monde écoutait les journaux parlés à la radio. Le soir, durant le journal télévisé, c'était le même silence attentif. Puis les voix s'élevaient, celle de son père dominant toutes les autres. Il avait prévu les événements qui se déroulaient, disait-il, le complot d'Alger, l'appel à de Gaulle, le refus d'un « Diên Biên Phu diplomatique » — cette formule-là, c'était un socialiste en peau de lapin, Robert Lacoste, qui l'avait employée. Savait-on qui composait le Comité de salut public que présidait, à Alger, le général Massu? Massu, est-ce que les collègues se rendaient compte? Un parachutiste, un général tortionnaire qui avait sur les mains le sang de Maurice Audin, cet universitaire torturé, abattu sans doute! Donc, le colonel François Desjardins faisait partie du Comité de salut public. Mais oui, le fils du docteur Desjardins! Et le sénateur Louis Melrieux, le collabo, qui lançait à présent une proclamation réclamant un gouvernement de Gaulle et une nouvelle République!

« C'est la dictature militaire! » martelait Martin Faure, et Michel, quand il entendait sa voix tonitruante, s'enfonçait sous les couvertures comme s'il avait craint que son père ne se souvînt tout à coup des fautes de son fils et, oublieux de la politique, n'en revînt aux affaires privées, à Aurore et Isabelle, et à lui, Michel.

Mais l'inquiétude du garçon avait était vaine et, peu à peu, au fur et à mesure que son père paraissait plus préoccupé, que les voix montant du bureau se faisaient plus sonores, pour s'interrompre tout à coup, laisser place à une information : « *Notre correspondant à Alger... Une déclaration du général Salan...* », il se sentait redevenir vigoureux, joyeux comme s'il avait été le complice de ces Algérois qui manifestaient, de ces colonels Trinquier, Thomazo, Desjardins, ou de ce général Massu qui effrayait tant ses parents et leurs amis. Il était de leur côté, partisan de De Gaulle, qui se déclarait prêt à assumer les pouvoirs de la République. Ce qui se passait ressemblait à un roman de Victor Hugo, mais de Gaulle était Napoléon le Grand qui avait ramassé le sceptre de Charlemagne, et tous les autres, des nains : son père et les enseignants venus se réunir autour de lui allaient être balayés, et lui, on le laisserait tranquille, il pourrait voir autant qu'il le voudrait Aurore et Isabelle, les filles du colonel François Desjardins.

Il y avait quelques semaines à peine, le colonel avait refait une brève apparition à Clairvaux, traversant la place du village plusieurs fois par jour en s'appuyant sur une canne. On l'avait dit blessé par l'explosion d'une mine que les Algériens avaient placée sur une piste à la sortie d'une oasis.

« Ils sont bien meilleurs combattants qu'on ne la raconte, avait remarqué Martin Faure. La censure dissimule nos pertes, mais voilà... »

Il avait tendu le bras en direction de la maison des Desjardins.

« On découvre qu'ils peuvent blesser un de nos invincibles soldats. Un peuple qui croit à sa cause, rien, aucune armée, même la meilleure, ne peut le vaincre ! »

Quelques jours plus tard — ce devait être le 9 mai —, quand on avait appris que le FLN, en guise de représailles après le bombardement d'un village tunisien qui lui servait de base de repli, avait exécuté trois soldats français détenus depuis 1956, Michel, n'osant lever la tête, avait marmonné que c'étaient des salauds, ces fellaghas. Son père s'était tourné vers lui :

« Qu'est-ce que tu racontes, qu'est-ce que tu as dit ? »

D'un ton excédé, madame Faure avait juré que Michel n'avait pas ouvert la bouche. Ils n'allaient pas se disputer maintenant à propos de la guerre d'Algérie !

« Toutes les guerres sont stupides, barbares, voilà ce que je veux que mon fils sache, avait-elle conclu.

— *Mon* fils, *mon* fils..., avait répété Martin Faure. J'aimerais qu'il soit aussi un peu le mien et qu'il pense droit ! Mais... »

Il s'était levé, avait brutalement repoussé sa chaise contre la table, puis lancé :

« Cela ne fera qu'une déception de plus ! »

Michel n'avait pas bronché, la tête simplement un peu plus enfoncée dans les épaules, sa peur mêlée à présent à un sentiment de joie, presque de jubilation.

Une fois de plus, il avait marqué qu'il était différent.

Le souvenir de cette scène lui était revenu lorsqu'il avait entendu son père lire à ses amis, d'une voix de stentor, comme s'il dictait en classe, détachant chaque syllabe, un appel pour la constitution, dans chaque ville et village du Jura, d'un Comité d'action antifasciste pour la défense de la République et la paix en Algérie.

Il fallait rassembler les forces de gauche, se tenir prêt à faire face au coup de force. Ça donnerait à réfléchir à Desjardins, à Melrieux et à ceux qui les suivaient.

« Parfait, parfait, Martin ! » avait lancé une voix, sans doute celle de Paul Garand. Il avait proposé que Martin Faure fût élu président du comité départemental qui fédérerait les groupes locaux. Martin n'était-il pas déjà secrétaire départemental de la Fédération de l'Éducation nationale ?

Michel avait eu un mouvement de colère, haussant les épaules avec une moue de mépris quand il avait entendu son père répondre d'une voix hypocrite — la même qu'il avait employée quand l'inspecteur d'académie avait assisté toute une matinée aux différentes leçons et que Martin Faure l'avait présenté à sa femme et aux élèves... — que c'était une lourde responsabilité, qu'il ne se sentait pas à la hauteur, qu'il était certes capable d'assumer les risques de la fonction, mais que...

« Tu es un politique, Martin, on le sait. C'est toi et personne d'autre ! »

Il y avait eu, couvrant la réponse de Martin, une petite salve d'applaudissements, puis les collègues étaient repartis les uns après les autres, et Michel, les yeux mi-clos, feignant de dormir, les avait regardés prendre congé.

Ils se ressemblaient tous : plutôt petits, un peu voûtés, arborant une moustache, des vestes étriquées. Il ne les aimait pas. Ils n'étaient pas beaux. Ils paraissaient gênés aux entournures, empruntés. Malgré sa canne et sa claudication, François Desjardins semblait cent fois plus à l'aise.

Michel osait à peine se l'avouer : il aurait aimé être le fils du colonel Desjardins. Comme ça, il aurait été le frère d'Aurore et d'Isabelle.

Mais un frère ne peut épouser sa sœur...

Il allait mieux. Il s'était levé, avait ouvert la fenêtre. Dans la nuit claire et douce, il avait entendu, montant des étangs, le coassement lointain des grenouilles. Il lui avait semblé que, pour la première fois, il en comprenait le sens. C'était un chant joyeux et syncopé, effronté, presque ironique, sûr de soi. Michel avait eu envie de mêler sa voix à ce refrain sans cesse repris, à cette allégresse limpide qui jaillissait et rebondissait sans fin dans la nuit lumineuse de mai.

8.

Presque chaque nuit de ce mois de mai, Aurore Desjardins s'était réveillée en sursaut. Elle ne parvenait plus à s'enfoncer dans le sommeil, à s'y perdre comme Isabelle, dont elle entendait la respiration régulière, les longs soupirs exprimant l'apaisement, la quiétude, le plaisir d'un corps dont elle ne devinait que trop bien les mouvements : le lit de sa sœur, placé à l'autre extrémité de leur chambre, grinçait, ce qui achevait de la tenir éveillée.

En fait, il suffisait du craquement d'un plancher ou bien d'un battement d'ailes dans la nuit — un oiseau qu'un chat avait débusqué sous la gouttière et qui cherchait à fuir — pour que le mince engourdissement qui l'enveloppait se déchirât.

Elle était en sueur, les cheveux collés à son front, à sa nuque, à ses tempes. Elle avait envie de se lever, et parfois, marchant sur la pointe des pieds, elle passait sur le balcon qui dominait la cour, le hangar et l'écurie. Son cheval, comme s'il l'avait guettée, hennissait, battait le sol du sabot, et Aurore, saisie par le froid, se plaquait contre la façade de la maison. Elle écoutait chaque bruit ; la nuit lui paraissait vibrante, pleine de rumeurs et de dangers, d'attraits et d'inconnues. Par intervalles, le coassement des grenouilles, dont elle imaginait le grouillement dans les étangs des Monédières, s'interrompait pour de courtes secondes. Avant même que le chant ne reprenne là-bas, dans les herbes des berges, c'était tout à coup le silence rompu par la voix du docteur Desjardins qui résonnait à l'intérieur de la maison. Il répondait au téléphone dont la sonnerie avait fait sursauter Aurore. Il disait — elle le devinait plus qu'elle ne l'entendait —

79

« Ne vous affolez pas. » C'était elle, Aurore, qui s'affolait. Elle sentait dans le bas de son ventre des crampes la cisailler d'une hanche à l'autre. Elle s'allongeait. Elle imaginait la malade dans la ferme, le mari courant jusqu'à la maison voisine pour téléphoner au médecin, dont on savait qu'il se déplaçait à toute heure, quel que fût le temps. Aurore voyait la femme couchée, les jambes écartées et repliées, le visage couvert de sueur. Elle était secouée par des spasmes et, à chaque fois, des flots de sang surgissaient d'entre ses jambes, se répandant dans la pièce, laissant des caillots noirs sur le drap, le plancher, et ce jaillissement saccadé n'en finissait pas, il couvrait la terre entière, l'imbibait, pénétrait dans la maison Desjardins, jusque dans sa chambre, il montait, entrait en elle par cette fente moite sur laquelle elle posait la main, qu'elle caressait comme pour l'apaiser, la refermer, mais qui s'ouvrait au contraire, devenait plus humide, et Aurore se cambrait, écartant les jambes, les repliant, haletant comme la femme, là-bas, dans la ferme.

En ce mois de mai 1958 — c'était bien tôt, avait estimé le docteur Desjardins quand sa femme, avertie par madame Secco, qui avait vu les draps et les culottes d'Aurore, puis recueilli ses confidences, lui en avait parlé —, elle avait donc eu ses premières règles, ou, en tout cas, avait précisé le docteur, quelque chose qui les annonçait ou leur ressemblait.

Henriette Desjardins avait hoché la tête pour marquer sa surprise. On avait ses règles ou on ne les avait pas : qu'est-ce que c'était que ça, l'« annonce » de la « chose » ? Aurore avait saigné, voilà tout. Les femmes savaient ce que cela signifiait. D'ailleurs, la bonne avait expliqué à Aurore et Isabelle ce qu'elles devaient penser de ce saignement régulier :

« C'est la nature des femmes, leur force. Elles fabriquent chaque mois ce qu'il faut, c'est la vie ; quand ça s'arrête, c'est la fin des saisons, on est alors dans l'hiver qui dure jusqu'à la mort. »

Avaient-elles compris ? Aurore avait haussé les épaules et montré par une grimace qu'elle était déjà au courant. Isabelle avait ajouté qu'elles avaient lu l'encyclopédie médicale de leur grand-père, qui comportait des planches en couleurs ; l'une d'elles montrait même comment font les hommes pour pénétrer le corps des femmes afin d'y déposer leurs graines.

« Le sperme, idiote ! » avait corrigé Aurore.

Et elle avait quitté la cuisine, laissant madame Secco stupéfaite et Isabelle vexée.

« Le sperme ! » avait répété la bonne.

Est-ce qu'on pouvait parler comme ça à cet âge, même sous le toit d'un médecin ? Dans la soirée, lorsqu'elle avait rapporté ces propos à Henriette Desjardins, elle avait ajouté :
« Moi, vos deux petites, elles me font peur. »

Henriette Desjardins s'inquiétait elle aussi. Elle trouvait Aurore tantôt excessive, emportée, tantôt rêveuse. Elle avait essayé d'interroger la cadette : s'entendait-elle toujours bien avec sa sœur ? Aurore avait-elle — Henriette avait cherché le mot — des soucis, des projets ? Désirait-elle quelque chose de particulier, est-ce qu'Isabelle en avait eu vent ? Bien sûr, si elle se confiait, cela resterait entre sa grand-mère et elle. Mais Isabelle s'était bornée à répondre qu'Aurore s'ennuyait peut-être.

« Comme moi, avait-elle ajouté. On attend. »

Elles attendaient ? s'était étonnée Henriette. Mais quoi, mon Dieu ? Les vacances ? Isabelle avait fait la moue.

« On attend », avait-elle répété.

Elles attendaient d'abord leur père. François Desjardins écrivait rarement et peu, des cartes postales glissées dans des enveloppes qui arrivaient couvertes de cachets portant de nombreux emblèmes, des aigles tenant la foudre entre leurs serres, des parachutes marqués d'une croix de Lorraine. Elles se disputaient ces enveloppes, puis Aurore les abandonnait à sa sœur ; alors qu'elle avait revendiqué leur possession avec violence, elle paraissait soudain indifférente, et si Isabelle s'approchait, lui offrant de garder la plus récente, puisqu'elle avait déjà conservé les précédentes, Aurore ne répondait même pas, considérant sa cadette avec mépris.

François Desjardins envoyait aussi des caissettes de dattes qui restaient ouvertes en permanence sur le buffet de la cuisine. Madame Secco obligeait les deux filles, chaque fois qu'elles rentraient, à en manger au moins une chacune : « C'est de votre père, pour vous, disait-elle. C'est comme une hostie. »

Elles obéissaient. Aurore gardait longuement le noyau du fruit dans sa bouche, le suçant avec bruit, gonflant ses joues, si bien que madame Secco, impatiente, criait qu'elle devait cesser, jeter ça, n'avait-elle pas honte ? Aurore prenait alors un air naïf, mais plein de défi et d'ironie, et continuait son manège, avançant puis rétractant sa bouche de manière que la pointe du noyau, sa fente blanchâtre apparût entre ses lèvres. Dès que sa sœur cessait, Isabelle s'y mettait à son tour et la bonne, accablée, disait qu'elles la feraient devenir folle, qu'elle allait demander son congé, car elle ne voulait pas voir ce qu'il adviendrait de ces deux gamines dont personne ne s'occupait vraiment. Elle, qu'est-ce qu'elle y pouvait? Elle n'était qu'une domestique. Ah, si ç'avaient été ses filles, elles auraient compris ce que c'est qu'une éducation!

Dès que François Desjardins séjournait à Clairvaux, madame Secco lui tenait ce discours tout en lui servant le café, ou bien en repassant ses chemises d'uniforme.

C'étaient des filles, comprenait-il? Les garçons, finalement, ça pousse tout seul, c'est de la mauvaise herbe, mais les filles, votre Aurore et votre Isabelle, c'est comme les arbres fruitiers: si on veut qu'elles donnent, il faut les soigner, les surveiller, faire des greffes, les arroser, les tailler, est-ce que vous imaginez?

« Si vous vous remariiez, au moins... »

D'un geste, François Desjardins interrompait la grosse Italienne. Il connaissait la rengaine et ne voulait plus l'entendre. Parfois il haussait le ton, redevenait monsieur le fils Desjardins parlant à la bonne de ses parents, mais, le plus souvent, il se montrait bienveillant, ajoutait que madame Secco s'était liguée avec sa mère pour le harceler, mais qu'elles ne réussiraient pas à le faire capituler. Il tiendrait la position. Et mieux qu'à Diên Biên Phu!

Durant les quelques jours qu'il avait passés à Clairvaux à la fin d'avril et aux premiers jours de mai, il avait essuyé comme à l'habitude ces conseils de sa mère et de la domestique, et il avait fui la maison, marchant dans la campagne, se réhabituant à poser son pied blessé, à plier le genou, surmontant la douleur pour ne s'appuyer qu'en dernière extrémité à sa canne.

Il avait été touché par l'enthousiasme de ses filles: Aurore lui avait sauté au cou et avait failli le déséquilibrer; Isabelle avait crié:

« Tu vois bien que papa est blessé! »

Elles l'avaient alors entouré, le prenant chacune par une main, s'efforçant de l'aider à monter les escaliers afin de lui montrer leur chambre, leurs cahiers, puis elles avaient sorti les chevaux et il les avait lentement suivies vers les collines, les attendant dans le sous-bois.

Là, tout à coup, il avait vu surgir un garçon brun, les cheveux tombant en désordre sur le front, qui s'était élancé vers les chevaux. Il avait deviné qu'Aurore et Isabelle s'étaient arrêtées, puis elles avaient pris le trot et le garçon avait dévalé le sentier, passant près de François sans le regarder mais en lui jetant un « Bonjour, monsieur » essoufflé.

Le soir, lorsque François Desjardins avait interrogé Aurore et Isabelle, assises à sa droite et à sa gauche à la grande table de la salle à manger, elles avaient pouffé comme devant un conte pour enfants, prenant des mines, rougissant, et il avait été désemparé par leur comédie. C'est le docteur Desjardins qui avait, du bout de la table, lancé qu'il s'agissait du « groom de ces demoiselles, Michel Faure, le fils du directeur d'école ».

Henriette Desjardins avait repris son mari. Elle détestait que l'on traitât ainsi ce pauvre garçon qu'Aurore et Isabelle faisaient tourner comme un cheval au manège.

« L'amusant, avait expliqué le docteur Desjardins, c'est que le père du garçon est un partisan de la paix en Algérie, qu'il accuse l'armée — toi, en particulier ; enfin, les parachutistes — d'être composée de tortionnaires. Pas un jour qu'il ne rédige, au nom de la Fédération de l'Éducation nationale, ou que sais-je, un tract ou un communiqué qui nous mettent en cause, moi, toi — oh, jamais vraiment directement, car ce genre de bonhomme est prudent et habile : un instituteur, quoi ! — et Louis Melrieux, surtout depuis qu'il est sénateur et a pris les positions que tu sais, Algérie française et appel à de Gaulle, ce qui, de toi à moi, est plutôt cocasse et un peu répugnant quand on connaît le passé de Melrieux, mais enfin, ce sont les lois de la politique. Bref, le groom de nos demoiselles, de tes filles — il leur porte leur cartable, et je ne désespère pas de le voir panser les chevaux —, est le fils de notre ennemi juré. On se croirait dans une pièce de Corneille ! »

Le docteur Desjardins avait ri seul, car personne n'avait partagé sa gaieté, Aurore le fixant même avec colère, Isabelle regardant son père, et Henriette baissant la tête vers son assiette, accablée.

« Si c'est le garçon que j'ai vu en forêt, avait dit François en se penchant d'abord vers Aurore (mais elle avait détourné la tête), puis vers Isabelle (qui, soutenant son regard, avait fait oui), il m'a semblé sympathique. Timide, non ? avait-il ajouté.

— Tu ne le connais pas, papa ! s'était écriée l'aînée avec fougue. Personne ne le connaît. Alors, qu'on ne parle pas de lui ! »

Elle s'était levée et avait traversé la pièce en courant, gagnant l'escalier, et on avait entendu la porte de la chambre claquer.

François Desjardins avait regardé autour de lui, sa mère, puis son père, hésitant entre l'étonnement, la colère, la tentation de se lever et d'aller chercher Aurore. Mais Henriette Desjardins avait secoué la tête : il ne fallait pas trop prêter attention à ce mouvement d'humeur, avait-elle dit.

Isabelle s'était levée à son tour, et, d'un pas lent et déterminé, avait quitté la pièce.

« Ce sont des petites filles, avait murmuré Henriette. Un peu gâtées, c'est vrai.

— Des femmes, avait protesté le docteur Desjardins. Déjà des femmes ! »

9.

Déjà des femmes, Aurore et Isabelle, ou bien des petites filles espiègles et capricieuses auxquelles leurs grands-parents laissaient la bride sur le cou ?

Durant les quelques jours qu'il avait passés à Clairvaux, François Desjardins avait observé ses filles tout en paraissant se désintéresser d'elles, si bien qu'elles s'étaient montrées à nouveau aussi affectueuses, se pendant à ses bras, Aurore s'excusant même d'avoir quitté la table sans y avoir été autorisée.

François était resté réservé mais bienveillant, regardant et écoutant.

Un soir, appuyé au portail de l'église, dans l'ombre, il avait vu un curieux cortège traverser la place : ses deux filles marchant en tête, droites et fières, et, à quelques pas derrière elles, ce garçon, Michel Faure, portant leurs cartables et se retournant pour menacer les cinq ou six enfants — garçons et filles — qui, de loin, leur lançaient des quolibets, des insultes et, à une ou deux reprises, des pierres. François Desjardins avait ri silencieusement tout en éprouvant un certain malaise quand, devant la maison Desjardins, Michel Faure avait tendu les cartables comme on fait une offrande. Aurore et Isabelle s'en étaient saisies, puis, d'un mouvement impérieux de la tête, elles avaient congédié le garçon, qui était parti en courant, se précipitant vers la petite bande moqueuse qui s'était aussitôt égaillée.

François s'était senti solidaire de ce garçon, et, ce soir-là, il avait presque décidé de sévir, de placer ses filles dans une institution de Lyon, de Bourg ou de Lons, et il s'en était ouvert dans la cuisine à madame Secco, qui, dans un premier temps, avait paru l'approuver. Oui, il fallait des tuteurs à ces deux arbres-là, si on voulait qu'ils poussent droit. Mais, avait-elle poursuivi, François Desjardins savait-il ce qui se passait dans les internats de filles ? Elle, on l'avait mise quelques mois chez les sœurs, à Parme, sa mère ayant été malade, eh bien, elle le disait tout de go à monsieur François, et elle le lui aurait même dit s'il avait été général : heureusement qu'on l'avait sortie de là, sinon elle serait devenue quoi ? Une vicieuse, une femme de mauvaise vie, en Italie on dit une *troia*, une truie ! Tout se fait par en dessous, là-dedans : on ment, on se cache, on est hypocrite, et les mains sous les couvertures, vous imaginez ? Les envoyer alors chez leurs grands-parents Melrieux ? Qu'est-ce que vous voulez qu'elles y trouvent ? Il y a leurs tantes, madame Fabienne et madame Catherine, mais, d'après ce qu'on dit, ce sont des originales, même pas mariées, et quant à monsieur le Sénateur, avait conclu madame Secco, « moi, je préfère un bon médecin, quelqu'un qui soigne les gens, plutôt qu'un homme qui les endort avec de belles paroles ! »

François n'avait osé évoquer cette question avec ses parents, qui n'imaginaient même pas, il le devinait, qu'on pût leur retirer leurs deux petites-filles. Pourtant, c'était sans doute ce qu'il fallait faire.

Il s'était encore accordé quelques jours de réflexion avant de trancher, quand il avait reçu un ordre de mission du commandant de la place de Besançon. Il devait rentrer immédiatement en Algérie : son unité était mutée dans les environs d'Alger et rejoignait ainsi les autres régiments parachutistes chargés du maintien de l'ordre dans la ville. Une voiture de la garnison attendait déjà sur la place de Clairvaux afin de conduire François à l'aéroport de Lyon, d'où un avion militaire devait décoller pour Alger.

Il n'aimait pas ça. Il était officier de parachutistes, non officier de CRS ou de gendarmerie. Il l'avait dit à son père en fermant sa valise, cependant qu'Aurore et Isabelle se tenaient près de lui, accrochées aux manches de sa veste.

« Ne sois plus blessé, papa », avait murmuré Isabelle.

Aurore avait ajouté qu'elles ne feraient pas de bêtises.

« Il ne faut pas croire tout ce qu'on dit, tu sais », avait-elle ajouté en souriant.

Elles étaient si belles, si touchantes qu'il en avait eu stupidement les larmes aux yeux, tant elles ressemblaient à Claire. Mais se souvenait-il vraiment de Claire ou bien l'imaginait-il à partir de leurs deux filles, des cheveux noirs d'Aurore et des traits d'Isabelle ?

Pour dissimuler son émotion, il s'était mis à parler de la situation en Algérie comme il ne l'avait jamais fait durant son séjour. Un coup de torchon était inévitable, l'armée n'était plus commandée ; ses camarades, qui avaient fait comme lui l'Indochine, en avaient marre. Ils voulaient balayer le gouvernement pour pouvoir se battre sans être entravés. Mais, il en était sûr, ils se faisaient des illusions.

« Un jour ou l'autre, l'Algérie nous échappera !

— C'est toi qui dis ça ? Toi ? » avait murmuré Joseph Desjardins.

Oui, et il fallait que ce fût dans les meilleures conditions, sans nouveau Diên Biên Phu, proprement. Pour cela aussi, il fallait qu'à Paris les politiciens fussent renvoyés.

Tout en serrant son père contre lui, François Desjardins lui avait tapé sur l'épaule :

« Il n'y a que de Gaulle, papa. Tu vois, nous sommes d'accord sur l'essentiel. »

Henriette Desjardins pleurait, tenant ses deux petites-filles contre elle, mais Aurore et Isabelle s'étaient dégagées pour s'accrocher de nouveau à leur père. Il leur avait passé la main dans les cheveux, disant d'une voix sévère qu'à la moindre incartade il les mettrait en pension, qu'il l'avait presque décidé, mais qu'on l'avait rappelé à temps :

« Les dieux sont avec vous », avait-il conclu.

Aurore s'était haussée sur la pointe des pieds et, se tenant à ses épaules, se hissant ainsi jusqu'à la hauteur de son visage, elle lui avait demandé s'il parlait sérieusement lorsqu'il évoquait la pension, l'internat, leur départ de Clairvaux.

Il avait confirmé ses intentions, répété :

« A la moindre incartade... »

Aurore l'avait alors regardé avec gravité, puis, d'une voix résolue, calme, détachant chaque mot, elle avait dit :

« Si tu m'enfermes, papa, je me tue. »

Il était sûr qu'elle ne plaisantait pas, et, dans la Jeep qui descendait en cahotant vers Lons-le-Saunier, il avait gardé les yeux fermés comme pour conserver le souvenir du visage déterminé d'Aurore.

C'était lâche, peut-être, mais, tout compte fait, il préférait rentrer à Alger. A cet instant, il lui avait semblé plus facile de commander à des hommes et d'affronter la guerre.

10.

Aurore et Isabelle avaient d'abord senti peser sur elles le silence comme si, en partant, leur père avait vidé la maison de tout bruissement de vie, si bien que choses et gens s'étaient alourdis, solidifiés, et que toutes deux s'en étaient trouvées comme écrasées. Peut-être était-ce cela, le désespoir de l'absence ?

Madame Secco elle-même, qui travaillait en chantonnant ou en soliloquant en italien, heurtant les objets les uns contre les autres dans la mesure où elle paraissait ne pouvoir vivre qu'entourée de sons, se taisait, soucieuse, devant sa planche à repasser ou ses casseroles.

« Mais qu'est-ce qu'il y a, enfin ? avait demandé Aurore. Vous êtes tous comme morts, ici ! Papa n'a pas encore été tué, non ? »

La bonne s'était signée.

« Ne blasphème pas, ne provoque pas le bon Dieu ! avait-elle chuchoté. Tu le vois bien, ce qui se passe... »

Le docteur Desjardins, qui, depuis le départ de son fils, se contentait de bougonner, lisant les journaux à table, ne les déplaçant pas lorsqu'ils couvraient son assiette et que madame Secco voulait servir — il fallait qu'elle les repousse d'autorité —, avait annoncé sans lever la tête que le FLN venait de fusiller trois soldats français qu'il retenait prisonniers depuis 1956.

« Nous autres, avait-il murmuré, jamais on n'a fusillé d'Allemands, et pourtant c'était autre chose. Mais — il avait soupiré — les Arabes... »

Henriette Desjardins avait tamponné ses yeux et le bout de son nez avec un mouchoir :

« Mangez, mes pauvres chéries, mangez », avait-elle dit sans regarder Aurore et Isabelle ; puis, à mi-voix, comme si elle avait parlé dans la nef d'une église : « J'espère qu'il ne lui arrivera rien, avec ce qu'il a déjà souffert. Pourquoi l'ont-ils encore envoyé là-bas ? Finalement, il l'a dit lui-même, on abandonnera l'Algérie aussi, alors, à quoi bon ? Qu'on en parte le plus vite possible, au moins il n'y aura plus de victimes. Ces trois soldats, leur mort, à quoi, à qui elle sert ? »

Elle s'était levée de table cependant que Joseph Desjardins continuait de lire son journal, et, élevant la voix, elle avait ajouté que François n'avait qu'à démissionner de l'armée. Il avait droit à une pension, il pourrait au moins s'occuper de l'éducation de ses filles. C'est à elles qu'il devait penser d'abord.

« Qu'il pense à lui ! » avait riposté Aurore.

Joseph Desjardins avait sursauté, regardé sa femme en exprimant par une grimace son désarroi. Aurore les surprenait souvent par la violence ou la brutalité de ses propos et, peu à peu, ils s'étaient mis à craindre ses réactions, l'influence qu'elle pouvait exercer sur Isabelle, qui, les yeux rivés sur sa sœur, avait répété que leur père devait en effet, comme l'avait dit Aurore, faire son métier d'officier. Elles, elles étaient grandes maintenant.

« Et puis, on est avec vous », avait-elle ajouté.

Ces derniers mots, cette façon de faire plaisir, de flatter, c'était bien la manière d'Isabelle, si différente de la rude franchise d'Aurore, qui, Joseph Desjardins en était sûr, allait payer cher, toute sa vie, ce caractère tranché qu'il aimait néanmoins, imaginant que c'était le double du sien. Il avait donc pour elle des accès de tendresse, ce qu'Henriette Desjardins appelait des faiblesses — coupables, bien sûr, ajoutait-il, puisque Henriette était si comme il faut, si conformiste qu'une faiblesse était à ses yeux toujours coupable.

« J'entends la protéger, ajoutait avec une soudaine gravité le docteur. Sinon, elle va prendre tous les coups. Isabelle, elle, avec ses sourires, ses minauderies, est une habile. »

Selon Joseph Desjardins, il suffisait de comparer le comportement des deux sœurs chez leurs grands-parents Melrieux, ou bien avec leurs tantes Fabienne et Catherine, pour imaginer comment l'une heurterait les gens et l'autre se jouerait d'eux.

Henriette Desjardins haussait les épaules. Son mari exagérait : Isabelle, il le reconnaissait lui-même, admirait son aînée, cherchait à l'imiter, n'avait de cesse de la rattraper malgré leurs années d'écart.

« Parfois, ajoutait-elle, j'ai l'impression que ce sont des jumelles, l'une brune, l'autre blonde ; c'est toute leur différence : seulement la couleur des cheveux. Je ne vois pas autre chose. »

Henriette exagérait. En fait, elle sentait bien qu'elle avait en face d'elle deux personnalités qui avaient commencé à se différencier peu à peu, même si la plus jeune s'efforçait encore d'imiter et de rejoindre l'autre.

Lorsque, à la fin de mai, ils s'étaient rendus avec Aurore et Isabelle au château de Salière, chez les Melrieux, Henriette avait observé avec plus d'attention ses deux petites-filles.

Le portail franchi, alors que la voiture s'engageait dans la grande allée bordée de chênes conduisant au château, dont on distinguait l'escalier monumental à double révolution — « comme à Fontainebleau », avait coutume de dire Louis Melrieux — qu'un précédent propriétaire avait fait construire contre l'austère façade du bâtiment, Aurore avait pris un air boudeur exprimant l'ennui et la réprobation, au contraire d'Isabelle qui souriait, le visage avenant, les yeux brillants.

Le grand hall — plafond à caissons, cloisons lambrissées, lattes de chêne, sol dallé de plaques de marbre noir et blanc — suscitait chaque fois les sarcasmes de Joseph Desjardins : « Le mauvais goût par excellence, un château pour film américain, mais Melrieux aime ça, il faut que ça sonne et que ça trébuche », puis il imitait le propriétaire des lieux : « Vous savez combien ça m'a coûté à réparer, mon cher Desjardins ? C'est incroyable le prix de la construction, aujourd'hui. Pour entretenir ce château (après tout, il fait partie du patrimoine national), je devrais recevoir une subvention de l'État ! » Louis et Lucienne Melrieux s'avançaient, suivies de leurs deux filles, grandes toutes deux, un air de cheftaines, des tailleurs beiges de coupe militaire soulignant leurs larges épaules et leurs hanches fortes. Le docteur Desjardins disait toujours en les voyant : « Ces deux-là, elles sont faites pour mettre bas dix rejetons chacune ! L'ennui c'est que, malgré leur héritage, personne ne prendra le risque d'entrer dans leur lit de peur d'être écrasé, ou alors il faudrait un cheval de trait, un paysan du genre Vignal : ça, c'est un homme, un spécialiste du premier sillon, dit-on dans tout le département ! »

Henriette le faisait taire, lorgnant vers Aurore et Isabelle qui paraissaient ne rien avoir entendu.

Lucienne Melrieux embrassait ses petites-filles, pleurnichait un peu, disant qu'elle ne les voyait pas assez : une fois par semaine, vous ne vous rendez pas compte, vous qui les avez chaque jour. Elles ressemblent tellement à Claire ! « Un peu Desjardins quand même, non, ma chère amie ? » ripostait le docteur Desjardins. Mais Louis Melrieux l'avait déjà pris par le bras :

« J'ai rassemblé quelques amis. »

Au salon, une dizaine de couples bavardaient devant un buffet, des enfants assis sagement sur les fauteuils paraissaient surveiller la scène comme s'ils avaient été les adultes accompagnant leur progéniture à une fête un tantinet ridicule. Ils restaient silencieux, cependant que leurs parents devisaient avec vivacité. Des noms revenaient : de Gaulle, Coty, Massu, Pflimlin. « Vous avez vu l'attitude des socialistes ? entendait-on. Guy Mollet : assez habile... Il y a aussi Mitterrand et Mendès, les communistes, mais ceux-là... »

Louis Melrieux avait frappé dans ses mains et le silence s'était établi. Aurore et Isabelle étaient demeurées debout, appuyées à l'une des fenêtres, séparées ainsi des adultes et des enfants, Aurore arborant toujours une expression méprisante, Isabelle esquissant le même sourire angélique, mains jointes, regardant autour d'elle alors que sa sœur, le front plissé, se détournait.

Au moment où Melrieux s'était mis à parler, Lucienne Melrieux l'avait interrompu d'une voix aiguë, expliquant que les enfants devaient aller jouer dans le parc, où le déjeuner leur serait servi :

« Pour une fois que nous avons beau temps, il faut qu'ils en profitent, vous ne trouvez pas ? »

Elle avait fait signe aux enfants de se lever et avait pris la tête du petit groupe — Aurore et Isabelle suivant à quelques pas derrière — afin de le conduire sur la pelouse.

Melrieux avait attendu avec impatience le départ de sa femme, allant et venant, sa grosse tête chauve enfoncée dans les épaules, les mains derrière le dos, puis, dès qu'elle s'était éloignée, il avait repris son exposé.

Les événements appelaient à un rassemblement de tous les Français responsables autour du général de Gaulle, avait-il martelé d'une voix aiguë qui contrastait avec son corps trapu. En tant qu'élu du département, il en avait pris l'initiative, d'autant plus que fleurissaient çà et là, animés par les adversaires de toujours de l'unité française, communistes ou socialistes communisants, des comités dits antifascistes, en fait complices des assassins de nos soldats en Algérie.

« Or, chers amis, nous avons parmi nous l'un des héros de la Résistance, le docteur Desjardins, auquel, vous le savez, des liens familiaux m'attachent. Il est le père d'un de ces officiers qui, aujourd'hui, autour du général Massu, ont constitué le Comité de salut public sans lequel le président Coty n'aurait pu faire appel au général de Gaulle, je veux parler du colonel François Desjardins, qui était, vous le savez, le mari de Claire — un soupir, un silence —, ma fille aînée, décédée... François Desjardins, mon gendre, donc, d'une certaine manière, mon fils par alliance... »

11.

La voix stridente du sénateur portait loin et Aurore avait essayé de ne pas l'entendre. Elle n'aimait pas son grand-père Melrieux. Il avait des mains courtes et larges, couvertes de poils gris. Leur peau était dure comme de la corne. Il mangeait bruyamment, la tête penchée, ne regardant personne, puis, tout à coup, il se rejetait en arrière, prenait sa respiration, semblant découvrir les convives assis à sa table : « Alors, mes petites, toujours aussi mal élevées ? » disait-il.

Sa voix donnait des frissons à Aurore : elle était grinçante, pointue, comme si chaque mot griffait. Elle ne parlait jamais à son grand-père et détestait Isabelle quand celle-ci minaudait, acceptait de répondre au véritable interrogatoire auquel on les soumettait dès leur arrivée au château. C'était rituel. Elles s'avançaient chaque samedi après-midi dans le hall et Lucienne Melrieux, le visage sévère, les détaillait avant même de les embrasser, puis, tout en les serrant contre elle, elle tirait sur leurs jupes, repoussait une mèche, disait que, décidément, cette pauvre Henriette ne réussirait jamais à les rendre présentables. Si ça continuait, à vingt ans elles seraient aussi élégantes que des filles de ferme. « Ça, je ne l'accepterai pas, en souvenir de Claire ! Vous êtes mes petites-filles, alors un peu de tenue, un peu d'orgueil. Votre grand-père n'est pas n'importe qui. Vous pouvez le comprendre, n'est-ce pas ? »

Aurore écoutait malgré elle Louis Melrieux. Sa voix, par les fenêtres du rez-de-chaussée, parvenait jusqu'à la pelouse où

Lucienne Melrieux avait fait installer trois petites tables rondes, à quelques mètres des arbres.

C'était comme si la forêt sombre et humide avait été maintenue à distance par des forces invisibles qui veillaient, défendaient les allées couvertes de gravier blanc, les massifs de fleurs, le gazon. Lucienne y avait guidé la quinzaine d'enfants, les répartissant avec autorité, séparant Aurore d'Isabelle :

« Vous êtes les maîtresses de maison, avait-elle dit, vous présidez chacune une table, et tâchez d'animer le déjeuner. Faites les présentations, commencez à tenir votre place. Toi, Aurore, ici... »

Elle avait pris la main de l'aînée, l'avait dirigée vers la première table, poussant trois autres enfants, une fille d'une douzaine d'années — Karine : son père était secrétaire général des Industries du bois et salarié de Louis Melrieux — qu'Aurore n'avait pas même regardée, tant elle paraissait bêtasse avec ses nattes, son chemisier rose et sa robe bleue, et deux garçons, Marc et Julien : le premier, blond, le visage joufflu, avait rougi en lui tendant la main, expliquant que son père était négociant en vins ; le second, Julien, très grand, lui avait-il semblé, brun comme pouvait l'être Michel Faure, mais avec des lunettes, était le fils du docteur Jean-Paul Charlet.

« On va vous servir, vous n'avez plus à bouger », avait recommandé Lucienne Melrieux.

Elle reviendrait au moment des desserts, et après, mais seulement après, ils pourraient rejoindre la balançoire.

« Aurore et Isabelle sont chez elles, elles connaissent, elles vous guideront. »

Ils s'étaient tus, et Aurore, à plusieurs reprises, avait pu entendre Louis Melrieux prononcer le nom de François Desjardins. Elle détestait la manière dont il s'emparait des choses et des gens, la façon dont ses mains vous serraient le poignet : « Tu n'es pas chez le docteur Desjardins, ici ! Tu vas plier et te tenir correctement, compris ? » lui disait-il parfois quand, malgré elle, elle laissait éclater sa colère ou tempêtait parce que la femme du sénateur tenait à les conduire toutes deux chez sa couturière, à Lons.

« Vous ne pouvez pas rester attifées comme ça, de quoi aurions-nous l'air ? » leur répétait Lucienne Melrieux.

Aurore ne supportait pas ces séances d'essayage, ces longues stations debout dans le petit atelier surchauffé, avec cette femme qui, agenouillée devant elle, rectifiait un ourlet : « Est-ce que vous trouvez que c'est assez long, madame Melrieux ? »

Il fallait modifier d'un centimètre en plus ou en moins, puis revenir à la longueur précédente : « Finalement, je crois que c'est mieux. Qu'est-ce que vous en dites ? »

Cela se reproduisait trois ou quatre fois l'an, et Aurore avait chaque fois envie de hurler. A rester ainsi debout, immobile, elle avait mal dans tout le corps, et, à l'un des derniers essayages, elle avait décidé de ne plus résister à la tentation qui, depuis longtemps, s'était glissée en elle comme une manière de riposter à la douleur et à l'ennui. Elle avait crié fort, et, avant de fermer les yeux, elle avait vu la terreur se peindre dans les yeux de sa grand-mère et de la couturière, cependant qu'Isabelle, surprise, cherchait à comprendre s'il s'agissait d'un jeu ou d'un vrai malaise, puis elle avait battu des bras comme une noyée et plié les genoux, tombant sur le sol avec un bruit sourd, l'épaule endolorie mais si heureuse, si joyeuse de sentir l'affolement autour d'elle, d'entendre Lucienne Melrieux répéter :

« Mais qu'est-ce qu'elle a, une crise d'épilepsie ? Mon Dieu, mon Dieu, ouvrez vite les fenêtres, il faut appeler un médecin, un médecin ! »

A ce moment-là, Aurore avait rouvert les paupières, s'était redressée et avait dit d'une voix qui se voulait étonnée et affaiblie :

« Où suis-je ? »

Sa grand-mère n'avait pas été dupe, lui ordonnant aussitôt de se relever et, une fois Aurore debout, la giflant à toute volée :

« Tu ne te moqueras plus du monde, crois-moi ! »

Le soir, Louis Melrieux, mis au courant, l'avait saisie par le poignet avec sa grosse patte :

« Si tu veux qu'on te dresse à la manière forte, on le fera. Je sais faire ça, demande à Fabienne et à Catherine, elles s'en souviennent encore ! »

Il avait bien fallu qu'elle baisse la tête, les joues brûlantes, comme si, des heures après les avoir reçues, les gifles continuaient de la faire souffrir.

« Qu'est-ce que tu imaginais, lui avait soufflé Isabelle, le soir, dans leur chambre. Qu'on allait te croire ? Tu joues mal... »

Aurore avait eu envie de se précipiter sur le lit de sa sœur, de lui marteler le visage de ses poings fermés, mais elle avait préféré ne pas répondre, sachant que le silence, le mépris étaient ce qu'Isabelle supportait le plus mal.

... Dans le parc, Isabelle était assise à la troisième table en compagnie de deux garçons, et Aurore l'entendait parler d'une voix posée, expliquant que son père, le colonel François Desjardins, était un ami personnel du général Massu et du général de Gaulle, que son grand-père, le docteur Desjardins, chez qui elle habitait, à Clairvaux, avec sa sœur, avait son nom imprimé dans tous les livres, parce que, pendant la guerre...

Aurore s'était levée et avait rejoint la table de sa cadette :

« Tu veux te taire ! avait-elle dit. Tais-toi ! »

Puis, au lieu de retourner s'asseoir à sa propre table, elle s'était élancée en courant vers la partie boisée du parc. Après quelques dizaines de mètres de course, lorsqu'elle s'était retournée, elle n'avait déjà plus vu la pelouse ni les trois petites tables, et c'est à peine si elle avait encore aperçu, entre les branches basses des mélèzes, la façade du château.

Elle avait couru encore plus vite, escaladant les fagots, les branches mortes que les jardiniers et les forestiers de Melrieux déposaient de place en place. Elle accrochait ses cheveux, les manches de sa veste aux buissons bordant le sentier qu'elle avait emprunté et qui zigzaguait entre les arbres. Il faisait frais. Elle respirait, elle haletait, elle ne pensait plus à rien, exaltée par la vitesse, le parfum des bois, la profondeur de la futaie, et quand elle s'était retournée une nouvelle fois, la façade du château elle-même avait disparu.

Elle s'était arrêtée un instant et avait imaginé Isabelle se précipitant pour prévenir ses grands-parents Desjardins et Melrieux de la fuite de sa sœur. Elle s'était alors jetée en avant avec plus d'énergie et de détermination, comme si elle avait été l'un de ces gueux — elle l'avait lu, et Michel Faure le lui avait raconté — qu'on traquait comme des bêtes sauvages, quand ils avaient osé s'insurger contre l'autorité seigneuriale, en lançant à leur poursuite des meutes de chiens. Peu après, elle avait entendu sa grand-mère crier et avait reconnu la voix du chauffeur des Melrieux, puis celle de sa grand-mère Henriette : « Aurore !

Aurore ! » Elle avait hésité quelques secondes, reprenant son souffle, appuyée à un arbre.

Elle aimait ses grands-parents Desjardins. Mais pourquoi se soumettaient-ils aux Melrieux comme s'ils avaient été leurs domestiques ?

Elle s'était remise à courir, et, tout à coup, elle s'était retrouvée devant un étang. Elle avait marché dans la terre spongieuse, écartant les hautes herbes et les roseaux, chassant devant elle des canards qui s'envolaient, battant l'eau de leurs ailes avant de s'arracher à la surface noirâtre. Elle avait chaud et avait ôté sa veste, puis l'avait lancée d'un ample geste du bras aussi loin qu'elle avait pu dans le lac. Et elle l'avait longuement regardée s'enfoncer à demi, sans disparaître : de loin, on aurait cru voir un corps englouti.

Ils vont me croire noyée, avait-elle pensé. Elle avait aussitôt éprouvé un sentiment de remords à l'idée du désespoir d'Henriette et de Joseph Desjardins. Isabelle pleurerait-elle ?

Puis elle s'était ravisée : quand ils la retrouveraient, plus tard, beaucoup plus tard, ils seraient si heureux qu'ils la laisseraient tranquille.

Elle s'était remise à courir. La futaie avait recommencé, puis s'était éclaircie, et, au bout de quelques centaines de mètres, elle avait rejoint le mur clôturant la propriété. Au-delà, il y avait la route.

Elle avait écouté le bruit des voitures et avait entrepris, en s'agrippant aux pierres sèches, d'escalader le mur.

Parvenue sur le faîte du mur, assise à califourchon, les mains, les genoux et les cuisses endoloris, griffés par les pierres rugueuses, elle fut saisie de panique. Elle n'osait ni redescendre du côté du parc, ni sauter sur le talus longeant la route. Elle avait envie d'appeler, de hurler, même, afin que ses grands-parents, Isabelle, tous ceux qui devaient la chercher vinssent lui tendre les bras. Mais elle avait trop peur pour crier, comme si cet effort l'eût déséquilibrée. Lentement, déchirant sa robe, sa peau, ses paumes, elle se laissa pendre au-dessus du talus, puis, autant parce qu'elle ne pouvait plus tenir ainsi, à cause des éclats de pierre qui lui entaillaient les mains, que parce qu'elle le voulait, elle lâcha prise, tombant sur le sol détrempé, étonnée de pouvoir se relever, marcher, courir, à nouveau joyeuse.

Elle ne s'arrêta qu'une fois parvenue au monument de granit qui, adossé au mur, comme soudé à lui, représentait le corps d'un homme cisaillé en deux par une rafale, mort mais debout.

Elle avait souvent aperçu ce monument en descendant en voiture de Clairvaux vers le château de Salière, mais elle ne l'avait jamais vraiment examiné. L'homme était nu, les poignets liés, ses mains aux doigts écartés protégeant son sexe, qu'on devinait. Les côtes apparaissaient sous la peau, en relief. S'approchant, Aurore suivit ces lignes du bout de l'index, jusqu'au centre de la poitrine. Puis elle caressa le granit froid, les bras, les pectoraux, et elle resta ainsi un long moment contre cette statue, et ce n'est que lorsqu'elle entendit le moteur d'un véhicule qu'elle s'écarta.

Elle s'employa alors à déchiffrer la plaque rappelant le sacrifice des dix-sept fusillés. Et, tout à coup, ce nom dans la liste : *Georges Faure, dix-huit ans.* Elle imagina qu'il s'agissait du frère de Michel, peut-être même de son véritable père, car il était impossible que le directeur de l'école, si petit, si laid, eût Michel pour fils.

Elle commença à s'éloigner du monument, secouant d'un geste machinal la terre et les herbes qui s'étaient accrochées à sa robe. Elle savait à présent pourquoi elle était partie : elle voulait voir Michel.

12.

Michel avait aussitôt reconnu cette voix impérieuse et avait bondi jusqu'à la fenêtre de sa chambre. Aurore était là, dans le jardin.

« Viens, viens ! » avait-elle dit en lui intimant d'un geste l'ordre de la rejoindre.

Il n'avait pas hésité, avait enjambé la fenêtre et sauté, se retrouvant aussitôt près d'elle, qui lui avait pris la main puis s'était mise à courir vers la forêt en direction des étangs des Monédières.

Tout en haletant, elle lui avait raconté qu'elle s'était enfuie du château de Salière, que Lucien Vignal, qui remontait à Clairvaux, l'avait aperçue sur la route et l'avait déposée à l'entrée du village. Puis elle s'était arrêtée, lui avait fait face : savait-il qu'on avait fusillé quelqu'un qui s'appelait Georges Faure contre le mur du parc du château ? Elle avait découvert ce nom. Et si c'était son vrai père ? Il avait haussé les épaules, fait la moue. Ce n'était que son oncle, qu'il n'avait évidemment pas connu, le frère cadet de son père, mort à dix-huit ans.

Elle s'était remise à marcher. Ils étaient parvenus dans la forêt et le silence les avait enveloppés, troublé seulement par des froissements dans les buissons ou des battements d'ailes vers les cimes. Il faisait frais, le soleil ne parvenait pas à percer les frondaisons et l'obscurité était parfois si dense qu'on aurait cru qu'un orage s'apprêtait à éclater, des nuages bas couvrant le ciel.

« Est-ce que tu es courageux ? » avait tout à coup demandé Aurore.

Michel avait alors remarqué que sa robe était déchirée, qu'elle avait les mains et les genoux griffés, qu'il y avait dans ses cheveux des brins d'herbe. Il n'avait pas répondu. Elle avait tendu la main et, du bout des doigts, lui avait touché les côtes, puis, de sa paume posée bien à plat, elle avait pesé sur sa poitrine.

« Tu mourrais pour moi ? »

Il avait balbutié, la gorge serrée, le corps couvert de sueur. Il avait peur de la décevoir, peur d'elle, de ce qu'elle exigeait. Il pensait à ses parents, partis pour Poligny afin de rencontrer Paul Garand, leur collègue, et tenir la première réunion du Comité antifasciste local pour la paix en Algérie et la défense de la République. Ils avaient préféré que Michel restât à Clairvaux. On ne savait jamais : il pouvait y avoir une provocation fasciste, la droite était excitée à l'idée que de Gaulle allait prendre le pouvoir, ils voulaient sûrement faire disparaître toute opposition, et c'est pourquoi la réunion de Poligny était si importante. Il fallait créer d'emblée un rapport de forces, avait expliqué Martin Faure au téléphone, afin que la droite comprît que, de Gaulle ou pas, la gauche résisterait, qu'on ne l'effacerait pas comme ça. La France n'était pas l'Espagne ; si de Gaulle voulait jouer les Franco, il trouverait à qui parler. Cependant, il fallait se montrer prudent. Ils s'étaient donc rendus seuls à Poligny, mais n'allaient pas tarder à rentrer, et le premier geste de madame Faure serait d'ouvrir la porte de la chambre de son fils. Michel entendait déjà son cri, il pouvait imaginer la colère de son père. Cette fois, il n'échapperait ni aux coups ni à l'internat.

« Tu mourrais pour moi, oui ou non ? » avait redemandé Aurore.

Elle avait laissé sa paume plaquée sur la poitrine de Michel. Elle pesait. Elle brûlait. Michel avait reculé, butant sur une branche, tombant. Aurore s'était allongée sur lui, les mains sur ses épaules, le regardant, et il avait eu peur de ces yeux bleus, comme s'ils avaient été capables de savoir et de comprendre ce qu'il pensait avant qu'il ne le sût lui-même.

Puis, alors qu'il fermait à demi les yeux pour se dérober, elle s'était redressée et avait commencé à s'éloigner sans se retourner.

Il l'avait suivie à quelques pas, mais elle lui avait lancé :

« Va-t'en ! Va-t'en ! »

Il avait balbutié quelques mots, puis s'était enfui en courant, pensant qu'avec un peu de chance il arriverait avant le retour de ses parents.

Sur la place de Clairvaux, il avait vu s'arrêter la voiture du docteur Desjardins.

Henriette Desjardins en était descendue en hâte, criant : « Madame Secco, madame Secco ! », puis ç'avait été Isabelle, et enfin le docteur.

Lorsque Isabelle avait aperçu Michel, elle s'était précipitée vers lui, disant qu'Aurore avait disparu, que c'était terrible, qu'on avait retrouvé sa veste flottant dans un étang du château, qu'on avait fouillé tout le parc, sondé l'eau avec des perches. Tout en parlant vite, elle dévisageait Michel et s'était brusquement interrompue. Il savait où elle était, n'est-ce pas ? Qu'il le lui dise, sinon elle avertirait son grand-père, et Michel subirait sa colère.

Il avait murmuré qu'elle était dans la forêt, du côté des étangs, mais...

D'un geste affectueux, Isabelle lui avait caressé la joue, puis elle avait couru vers la maison, criant que Michel Faure avait vu Aurore.

Michel avait reculé. Il avait envie de pleurer. Il était donc comme son père.

DEUXIÈME PARTIE

La longue clé

13.

Je n'avais pas revu Michel Faure depuis vingt-trois ans, presque jour pour jour, mais je le reconnus sur-le-champ.

J'étais assise avec Jean-Marie Borelli, un ami journaliste, à l'une des petites tables de ce restaurant de la place Maubert où François Mitterrand venait en voisin depuis la rue de Bièvre. Son élection n'avait guère changé ses habitudes, disait-on, d'autant moins qu'il n'était pas encore officiellement installé au palais de l'Élysée.

Borelli n'avait cessé de guetter la porte ; tout à coup, il y avait eu une bousculade devant l'entrée du restaurant, des flashes de photographes, et le nouveau Président était apparu, souriant, détendu. J'avais été frappée par sa petite taille et la manière impériale dont il avançait, ne regardant pas autour de lui, se laissant guider vers une table ronde d'une dizaine de couverts placée dans une partie surélevée de la salle. J'avais fait remarquer à Borelli qu'il y avait du Napoléon chez cet homme, mais il ne m'avait pas écoutée, occupé qu'il était à dévisager les convives.

C'est alors que j'avais aperçu Michel Faure. Il se tenait à quelques pas derrière le Président, attendant que celui-ci lui désignât sa place. Il portait un gros dossier à couverture verte, comme il avait jadis tenu nos cartables, avec le même air soumis que le petit garçon aux cheveux noirs tombant sur le front que j'avais à l'époque traité avec tant de hauteur, de rudesse et, le dernier jour, de mépris.

Mais méritait-il mieux ?

La salle du restaurant n'était pas grande, la table où je me trouvais avec Borelli n'était située qu'à quelques mètres de celle du Président, mais je savais que Michel ne me verrait pas.

Sans doute avais-je changé, et entre une femme de plus de trente ans et une fillette d'une dizaine d'années, la différence est plus grande qu'entre un garçon de cet âge et l'homme qu'il est devenu vingt ans plus tard. Je portais maintenant les cheveux tirés en arrière. Ma robe noire à pois blancs était d'une coupe stricte, bien qu'un peu décolletée. J'étais maquillée, car j'avais plaidé dans la matinée et j'avais l'habitude de souligner mes lèvres par un rouge vif, persuadée que les juges, même les plus blasés, étaient attirés par une bouche bien dessinée et n'en écoutaient que mieux ce qu'elle avait à leur dire. Michel Faure, lui, ne me remarquerait pas : il ne détachait pas les yeux du Président, à la gauche duquel il s'était finalement assis.

Moi, je ne perdais rien de ses mimiques. Je les retrouvais. Il avait une expression douce, un peu veule. Il hochait la tête pour approuver et, sur un signe du Président, se penchait vers lui et écoutait son chuchotement, les yeux à demi fermés, comme on recueille un oracle. Puis il se baissait, fouillait sans doute dans son dossier, en tendait un feuillet au Président qui le parcourait et le lui rendait sans même lui lancer un regard ou le remercier d'un hochement de tête.

A le voir ainsi, en ce 19 mai 1981, je revivais ce que j'avais éprouvé vingt-trois années plus tôt, ce jour qui, d'une certaine manière, avait changé ma vie ou, en tout cas, lui avait imprimé son style.

Tout en mangeant avec une avidité que je ne lui connaissais pas, Borelli me désignait à mi-voix les invités du Président. Les noms ne m'étaient pas inconnus, mais je ne me souciais pas assez de l'actualité politique pour reconnaître d'emblée les visages de Jospin, Fabius, Bérégovoy, Attali, Dumas, Édith Cresson, Mauroy.

« C'est le futur gouvernement, ou bien le cabinet de l'Élysée », murmurait Borelli.

Je l'avais alors interrogé sur cet homme encore jeune que nous apercevions de trois quarts et qui montrait de temps à autre des papiers au Président.

Borelli avait fait la moue, nommé rapidement Michel Faure, le fils d'un député socialiste du Jura, dont on disait qu'il serait candidat dans la circonscription de son père. Comme il le faisait souvent, le Président s'était entiché de ce Michel Faure, énarque comme Attali, agrégé et ancien élève de Normale supérieure comme Fabius, bref, l'une des « grosses têtes » du Parti socialiste.

« Nos nouveaux maîtres », avait conclu Borelli. Ils n'étaient pas pires que les précédents, avait-il ajouté, peut-être même meilleurs. En tout cas, des hommes qu'on ne connaissait pas encore. Pour la presse, c'était un peu d'air frais. Borelli allait renouveler son inspiration.

Je l'avais écouté tout en me remémorant ce dimanche de mai 1958 — il y avait vingt-trois ans déjà, était-ce possible ?

On ne sait pas consciemment, quand on est encore une enfant, que les événements que l'on vit, les gestes que l'on accomplit vont changer sa vie, mais on le pressent parfois. Lorsque j'avais sauté le mur de clôture entourant le parc du château de mes grands-parents Melrieux, j'avais eu l'impression de commettre un acte qui allait décider de toute mon existence. Michel Faure avait été malgré lui mêlé à cette journée, associé à cet événement.

L'avais-je aimé, fût-ce à la manière naïve de la gamine que j'étais ? Que savais-je alors des sentiments amoureux ? Rien, mais c'est ce jour-là que j'ai pour la première fois innocemment touché le corps d'un garçon, et c'était celui de Michel Faure. Je crois que je ne l'aimais pas pour autant, mais il était le seul garçon de Clairvaux qui, comme disait mon grand-père, ne sentait pas le lait caillé. Ma grand-mère elle-même admettait qu'il était « comme il faut ». Je le trouvais presque beau, avec ses trop longs cheveux noirs, contrastant avec son allure stricte de fils d'instituteur.

Je crois que j'appréciais surtout en lui sa soumission, le fait qu'il me fît ainsi découvrir mon pouvoir.

Je lisais beaucoup, au cours de ces années d'enfance, et il me semble que mes journées se partageaient entre les livres et mon cheval. Quand je parcourais le sous-bois, que j'avançais sur les crêtes, vers la falaise ou les étangs des Monédières, je me remémorais en fait ce que j'avais lu, je le revivais.

Michel Faure était lui aussi un gros lecteur, et peut-être rejouions-nous sans le savoir les scènes que nous découvrions dans les romans et les contes. J'étais une reine exigeante ; lui, un écuyer ou un chevalier épris et dévoué.

Je l'avais cru. Puis il y avait eu ce dimanche de mai 1958 où je m'étais enfuie du château de Salière et où j'avais réussi à regagner Clairvaux.

Je savais qu'ils allaient tous me rechercher, craindre que je ne me fusse noyée dans l'un des étangs du parc.

A l'époque, je parlais beaucoup de ma mort. J'en menaçais mon père et madame Secco. Je jonglais avec cette idée, car je ne pouvais concevoir ce qu'elle signifiait vraiment, constatant seulement que ceux qui étaient morts semblaient laisser une trace ineffaçable, qu'on parlait d'eux avec émotion et respect, qu'en somme on les aimait.

Ma mère était morte et on ne prononçait le nom de Claire qu'à voix basse, les yeux mouillés : « notre pauvre Claire », « votre pauvre mère », « si vous l'aviez connue, elle était si belle, un ange... ah, Claire, quel malheur, mon Dieu, quel malheur ! » répétait-on.

J'aspirais peut-être à cet absolu et sentais qu'en parlant de me donner la mort, en faisant croire que j'étais capable d'accomplir ce geste fatal — que je ne pouvais me figurer, sinon comme un grand saut dans le vide —, j'acquérais un prestige et un pouvoir qui me protégeaient.

Même Isabelle, qui m'épiait à chaque instant et me soupçonnait toujours de jouer la comédie, était impressionnée. Elle m'imaginait poussant mon cheval dans la reculée, et quand je la forçais, par défi, à suivre des sentiers à flanc de falaise, alors qu'elle montait plus mal que moi et que son cheval était plus nerveux que le mien, je savais qu'elle tremblait, mais je ne pouvais que m'incliner devant son orgueil courageux. Elle n'aurait pas renoncé, même au péril de sa vie, à m'égaler, et son but était en fait de me dépasser, de me contraindre à reconnaître que, tout en étant ma cadette, elle m'était supérieure.

Sans doute estime-t-elle aujourd'hui qu'elle a prouvé qu'elle valait plus que moi. Pauvre sœurette, qu'a-t-elle vécu ? Mais peut-être aussi commence-t-elle seulement sa vie maintenant, à plus de trente ans — pourquoi pas ?

Jean-Marie Borelli, qui est un homme nerveux, très italien par la vivacité de son intelligence, que j'ai connu au Palais de justice, dont il hante les couloirs à l'occasion des grandes affaires, celles à relents politiques, n'avait cessé de parler à mi-voix comme s'il avait craint d'être entendu de la table présidentielle.

Il dévidait les ragots et commérages des salles de rédaction avec cette gourmandise des initiés qui connaissent le dessous des cartes. Nous agissions de même lors des procès; ce qui m'avait attirée vers le barreau, c'était d'ailleurs précisément qu'à l'instar des journalistes ou des romanciers — ces deux activités continuaient de m'attirer — nous entrions par effraction dans les vies, nous les retournions afin de savoir ce qu'elles cachaient dans leurs doublures, nous reniflions, tentions de reconstituer pour expliquer, accuser ou défendre. Mon grand-père avait rêvé que je devienne médecin, comme lui. Je lui avais un jour répondu que les vrais malades étaient les gens sains qui accomplissaient des actes illégaux, que c'était cette pathologie-là qui m'intéressait.

Borelli avait donc entrepris de me raconter les intrigues de la cour du nouveau monarque, puis, tout à coup, il s'était interrompu.

« Mais voyons, maître Desjardins... » avait-il commencé avec une emphase mi-affectée, mi-ironique. N'étais-je pas apparentée à Isabelle Desjardins, qui avait été l'un des pivots de l'équipe présidentielle durant toute la campagne électorale, que le nouveau chef de l'État allait sûrement nommer à son cabinet à l'Élysée, dont il ferait peut-être même l'un de ses ministres?

« C'est ma sœur cadette », avais-je répondu comme si la chose allait de soi, alors que cette phrase me coûtait autant que l'aveu à un coupable.

Même si je m'en voulais de cette émotion, ma voix m'avait paru sourde, trop grave, presque tremblante.

Je voyais peu Isabelle. Nous nous téléphonions quatre ou cinq fois par an. Je savais qu'après l'ENA elle avait été nommée dans un ministère. Elle m'avait révélé en passant, comme un détail sans importance, qu'elle faisait un peu de politique pour se distraire de ses dossiers. « Socialiste », avait-elle précisé. Et, au silence qui avait suivi ce mot qu'elle avait répété, j'avais compris qu'elle avait sans doute cru m'étonner. N'étions-nous pas, par tradition familiale, aux antipodes de cet engagement? Louis Melrieux était toujours sénateur indépendant du Jura, doyen d'âge de la haute assemblée; on savait qu'après avoir soutenu le général de Gaulle en 1958 il avait aidé, au moment de l'indépendance de l'Algérie, les partisans de l'OAS en favorisant leur passage en Suisse. Il avait même alors été question de lever son immunité parlementaire. Mon grand-père Desjardins était gaulliste depuis les années 40, antisocialiste d'instinct, comme il disait, et la dernière fois que je lui avais téléphoné, quelques jours avant l'élection présidentielle, il m'avait juré que si le candidat de gauche était élu, il s'exilerait. Il ne voulait pas être gouverné par les communistes, les corrompus de la IVᵉ République et les instituteurs. « Si la gauche l'emporte, Martin Faure sera ministre. Tu vois quelle serait ma situation à Clairvaux? » Quant à mon père, le général François — comme l'appelait notre vieille et bonne madame Secco —, il avait été l'un des proches collaborateurs de De Gaulle durant près d'une décennie. Je savais donc ce qu'étaient les engagements politiques — presque une affaire de famille! — et, cependant, je n'étais pas choquée qu'Isabelle fût entrée au Parti socialiste.

Dès l'enfance, quand mes grands-pères ou mon père soliloquaient (le discours politique est toujours un monologue), excommuniaient — le plus souvent Martin Faure! —, puis se traitaient réciproquement d'hérétiques, les uns ayant bradé l'Algérie française (mon grand-père Desjardins et mon père), l'autre ayant une nouvelle fois trahi la République (mon grand-père Melrieux), je les trouvais plutôt ridicules. Leurs propos me paraissaient outrés, truqués. Je pensais qu'ils se racontaient des histoires qui avaient encore moins de réalité que celles auxquelles je m'efforçais de donner vie en m'imaginant châtelaine, suzeraine. La politique m'était apparue comme un grand jeu réservé à certains adultes et j'avais été persuadée dès ce moment-là que ce ne serait pas celui que je choisirais.

Borelli, maintenant proche de moi à me toucher, m'interrogeait : ma sœur ne m'avait-elle fait aucune confidence?

« Ce n'est pas possible, maître... Entre sœurs, entre femmes comme vous, si intelligentes, si curieuses... Vous savez bien que le Président n'est pas un homme indifférent et on dit que...

— Quoi ? Que ma sœur couche ? » l'avais-je interrompu brutalement.

Je n'en savais rien et m'en moquais bien.

J'avais pourtant regardé le Président, sa nuque étroite, ses cheveux lisses. Je n'apercevais de son visage qu'une joue un peu tombante, une peau très blanche, marmoréenne. Puis, parce qu'il levait le bras, j'avais remarqué ses petites mains très courtes, potelées. Était-il concevable qu'Isabelle se laissât effleurer par ces doigts-là ? Mais que savais-je d'elle, de sa vie intime ? Nous avions partagé notre adolescence et il m'arrivait parfois, quand je repensais à certains épisodes, de demeurer un long moment stupéfaite par mon audace, mon absence de préjugés ou — auraient dit mes grands-parents et mes tantes — de morale. J'avais souvent entraîné Isabelle, ou plutôt elle m'avait suivie, quelquefois même incitée à agir. Mais depuis ? Lorsque nous nous rencontrions à Clairvaux, je m'étonnais simplement, comme par politesse, de la voir seule, sans enfant, sans mari, elle qui était haut fonctionnaire, c'est-à-dire quelqu'un qui avait choisi d'être « conforme ». « Plus tard, me répondait-elle. Je ne veux pas être déçue ni surtout perdre mon temps. » Elle soutenait mon regard et je savais qu'elle voulait me faire comprendre qu'elle condamnait et méprisait ce que nos grand-mères appelaient avec effroi « les aventures », « les hommes d'Aurore ». Pour mes tantes Fabienne et Catherine, j'étais une sorte de Messaline, de femme entretenue, en tout cas une femme perdue ; d'ailleurs, ma situation de mère divorcée — car j'avais eu un fils à l'âge de vingt et un ans — me damnait à leurs yeux. Christophe, mon fils, qu'elles aimaient — que tout le monde aimait, puisqu'il était le seul garçon parmi toutes ces filles —, était toujours « le pauvre garçon », comme nous avions été, Isabelle et moi, « les pauvres petites » du jour où notre mère était morte. Et sans doute eût-on préféré que je fusse morte, moi aussi, mais j'étais vivante et bien décidée à le rester. Isabelle sans mari, sans homme, sans enfant, était, elle, tout à fait convenable. Une inspectrice des finances pouvait-elle d'ailleurs trouver un époux à sa mesure ?

Et voici que Borelli m'apprenait qu'elle était peut-être l'une des favorites du nouveau monarque, mais ce n'était bien entendu qu'une médiocre rumeur. Ce qui était sûr, en revanche, avait-il poursuivi, c'est qu'elle couchait avec Michel Faure — et cela, c'était officiel. D'ailleurs, avait à nouveau chuchoté Borelli, le Président adorait les couples dans son entourage : il aidait à les former, c'était une sorte de patriarche, de chef de tribu, les hommes et les femmes lui étaient dévoués, il fascinait et subjuguait les femmes et utilisait le talent et le zèle des hommes, tout cela composait une grande famille élargie, un clan. Amusant, n'est-ce pas, chez des gens qui se disaient socialistes ?

Je n'avais pas répondu. Isabelle, naturellement, ne m'avait soufflé mot de ses relations avec Michel Faure. Était-elle gênée ou bien voulait-elle remporter, à son heure, une victoire définitive sur moi, imaginant le jour où elle me terrasserait, m'assenant : « Il prenait les rênes de ton cheval. Il voulait porter ton cartable. C'est toi qu'il suivait en forêt. Moi, c'est à peine s'il me voyait. Mais c'est avec moi qu'il vit maintenant. Il est proche du Président. Il va être député. Il est ceci, cela. Il est à moi, pas à toi. Je te l'ai pris. J'ai gagné, grande sœur. Gagné ! »

Tout à coup, ç'avait été le silence dans le restaurant. Le Président s'était levé et Michel, pour la première fois, avait considéré les gens attablés dans la salle avec une expression de dédain ironique et de morgue.

J'avais senti ses yeux glisser sur moi, peut-être s'arrêter un instant, hésiter, mais il n'avait pu s'attarder, chercher dans sa mémoire ce que lui rappelaient ces traits, ces yeux, cette bouche. Il s'était précipité pour ouvrir la porte au Président et je m'étais souvenue du visage du petit garçon d'il y avait vingt-trois ans, quand je lui avais demandé s'il voulait mourir pour moi — ah, ce jeu de la mort, comme je le pratiquais alors avec délectation et inconscience ! Et, s'il m'avait répondu oui, qu'aurais-je réellement exigé de lui ? Lui aurais-je saisi la main pour l'entraîner vers la falaise, qui sait ? Je voulais que cette journée du 30 mai marquât ma vie et peut-être aurais-je alors décidé de sauter en l'entraînant, en l'unissant à moi ?

Mais peut-être aussi — je connais mieux aujourd'hui l'espèce de duplicité spontanée de mon esprit, disons mon intuition — voulais-je simplement, en lui posant cette question, vérifier ce que je pressentais déjà : qu'il allait renoncer, s'enfuir dès que je lui aurais lancé « Va-t'en, va-t'en ! », et, peu après, j'entendrais la petite voix mielleuse d'Isabelle mêlée à celles de mes grands-

parents et de madame Secco : « Aurore, Aurore, montre-toi !
Michel nous a dit que tu étais là, il nous l'a dit, Aurore ! »

J'avais éprouvé un curieux sentiment, le dégoût de la trahison.
Michel était donc un chevalier félon. Un homme pouvait ainsi
livrer sa suzeraine. Cette leçon, je la retiendrais. Mais, en même
temps, la lâcheté de Michel — il me *lâchait* comme une corde
qui glisse entre les mains : les paumes brûlent, la peau se déchire
— me remplissait d'une sorte de jubilation. Il n'était donc que
cela, ce Michel Faure. J'avais eu raison de le traiter avec hauteur, de le tenir à distance. Un homme ne méritait pas mieux. De
cela aussi, je me suis souvenue. Et, tout en écoutant Borelli, en
lui souriant, je ressentais pour Michel ce même mépris que
j'avais manifesté pour la première fois à l'endroit de ce petit garçon qui n'osait pas être courageux et qui m'avait dénoncée.

Je le voyais, vingt-trois ans plus tard, tenant la porte pour que
le Président la franchît à son allure tranquille. Un empereur
bedonnant ou une reine un peu replète ? Un être que je ressentais
comme asexué, un personnage comme on en décrit dans les
contes orientaux, aux chairs un peu flasques, dont la jouissance
se nourrit de la domination exercée et du regard posé sur les
autres.

Parmi eux, au premier rang, Michel, dont j'apercevais le
visage obséquieux et rayonnant, le corps à demi courbé. Il avait
aussi tenu la porte à Édith Cresson, Fabius, Jospin, Attali,
Dumas, Bérégovoy, deux ou trois autres membres de l'entourage, et était sorti le dernier du restaurant, son dossier vert sous
le bras.

J'avais quitté Jean-Marie Borelli peu après sur le boulevard
Saint-Germain. Je voulais rentrer à pied au Palais de justice.
Borelli, lui, restait dans les alentours pour recueillir quelques
notations d'atmosphère, donner ainsi un peu de couleur à son
article, m'expliquait-il.

Il me parlait sans me voir, regardant vers l'orée de la rue voisine où des photographes se pressaient et où des cameramen,
malgré la pluie, avaient installé leurs trépieds. Je mesurais une
fois de plus la vigueur de cette passion qui attire les hommes
vers les détenteurs de pouvoir, alors que tout cela, depuis
l'enfance — depuis les discours de mon grand-père Melrieux
dans le grand salon du château de Salière — m'avait paru déri-

soire, comique ou pathétique selon les cas. Isabelle était-elle dupe, elle aussi ? De l'imaginer avec Michel Faure, plaçant l'un et l'autre leurs pions, alliés et rivaux, cherchant à plaire au Président ou à tel autre puissant, me comblait, comme si je tenais là une vraie preuve de ma supériorité.

Borelli m'avait embrassée. Si j'apprenais quelque chose par ma sœur, je l'appelais, n'est-ce pas ? Il pouvait compter sur moi ? Je l'en assurai. Nous redéjeunons quand ? avait-il aussitôt demandé. C'était le rituel de notre tribu ; nous sortîmes l'un et l'autre nos agendas, les abritant de la pluie.

Puis j'avais marché le long du boulevard.

J'étais presque seule sur le large trottoir balayé par le vent et inondé de pluie, et on devait me prendre pour une folle à me voir déambuler ainsi sans parapluie, dans un imperméable trempé, avec toute cette eau qui me coulait dans le cou, achevait de défaire mon chignon, glissait sur mon visage. Mais j'aimais cette pluie, ce vent. Ils me décapaient, m'insufflaient de la force. Pauvre Isabelle, pauvre Michel ! Ils aspiraient à gouverner une nation et se conduisaient en enfants, comme autrefois. Qui était adulte ?

Quand les clients s'asseyaient dans mon cabinet, qu'ils commençaient à me raconter leurs déboires, cette femme ou cet homme qui les trompait, dont ils voulaient se séparer, ils attendaient mes conseils, se confessaient, m'investissaient d'une autorité et d'un pouvoir qui faisaient de moi une sorte de père et de mère qu'ils payaient — ce qui accroissait d'autant ma puissance à leurs yeux. Mais étais-je dupe ?

Dès cette année 1958, année de rupture dans ma vie d'enfant, j'avais mis en doute les pouvoirs de ceux qui décident.

Au lendemain de ma fugue, mon père, averti, avait télégraphié d'Alger pour que je fusse placée avec ma sœur à l'institution Sainte-Geneviève, rue des Glycines, à Lons-le-Saunier. Je n'avais même pas haussé les épaules quand mon grand-père Desjardins avait annoncé cette décision d'une voix grave et hésitante.

Comment n'avaient-ils pas compris, ceux qui croyaient me sanctionner, que j'étais satisfaite d'être ainsi éloignée de Clairvaux ? Cette petite place, cette église grise, ces sous-bois, ces étangs, ces sentiers avaient perdu en une seule journée tout ce qui m'émouvait en eux jusqu'alors. Je devais changer ; ceux qui croyaient me punir exauçaient mes désirs.

Quelques semaines plus tard, ma grand-mère Desjardins,

venue nous rendre visite au foyer de Sainte-Geneviève, nous avait appris que Michel Faure avait été inscrit comme interne au lycée du Parc, à Lyon, et avait donc lui aussi, avant même le terme de l'année scolaire, quitté Clairvaux.

Isabelle s'était exclamée qu'il s'agissait là d'une injustice de plus qui frappait Michel, comme elle avait été frappée, elle qui avait dû payer pour moi, pour les folies d'une autre : « Tu ne regrettes même pas, j'en suis sûre ? » avait-elle demandé.

Qu'aurais-je pu ou dû regretter ? Une autre vie commençait pour moi, j'en avais pleinement conscience, toute enfant que j'étais.

J'avais eu plusieurs fois mon père au téléphone. Je le devinais inquiet. Ne lui avais-je pas dit que, s'il m'enfermait, je me tuerais ?

« Pas de bêtises, n'est-ce pas ? » m'avait-il répété.

Lui non plus n'avait pas compris que j'étais déjà une autre.

« Quelles bêtises, papa ? » avais-je demandé.

Il avait bafouillé.

Pouvais-je lui expliquer que je n'avais plus besoin d'être libre à Clairvaux, puisque Michel Faure était ce pleutre hésitant que je retrouverais vingt-trois ans plus tard, tout aussi emprunté et servile ?

Comme tous les hommes... ?

Cette question m'obsédait déjà quand, en ce printemps de 1958, sœur Marthe éteignait la lumière dans notre dortoir.

14.

Je n'ai jamais retrouvé nuit aussi dense, aussi palpable que celle que sœur Marthe, durant mes sept années d'internat, d'un geste que je guettais, jetait et répandait sur moi.

Elle se tenait debout près du paravent, constitué d'un panneau de bois, qui protégeait son lit de nos regards. Nous venions de réciter la prière du soir, agenouillées au pied de notre propre lit, le front posé sur le bord des couvertures, mains jointes.

« Il faut s'abîmer dans la prière et la méditation, mesdemoiselles », nous disait-elle.

Le murmure de nos voix s'élevait dans cette salle immense comme une nef. Il était comme le frémissement d'un essaim avant son envol. Puis venaient le silence et les pas de sœur Marthe qui faisaient craquer les lattes du vieux parquet. Elle frappait alors dans ses mains et, durant quelques minutes, nous parlions comme si nous étions ivres, pour oublier que la nuit allait tomber des murs de pierre percés d'étroites fenêtres en ogives, une obscurité humide et froide, parcourue de courants d'air.

Durant ce répit, je contemplais le plafond où déjà les ténèbres s'accrochaient. Chaque soir, j'y imaginais des oiseaux nichés dans les recoins, des chauves-souris qui s'apprêtaient à fondre sur moi, et quand sœur Marthe lançait : « Au lit, maintenant, mesdemoiselles ! », je m'enfonçais sous les draps rêches en grelottant de peur et de froid, car les poêles placés aux extrémités de la salle avaient beau être chauffés au rouge, ils ne réussissaient pas à faire disparaître l'humidité dont la literie était imprégnée.

119

« On se tait, on dort ! » lançait sœur Marthe.

Elle avait déjà le bras levé vers l'interrupteur placé à droite du paravent. L'une d'entre nous — ce fut souvent moi — bondissait alors hors de son lit, s'excusait, disant qu'elle avait oublié, et courait vers le fond de la salle où se trouvaient les douches et les toilettes. Les portes battaient. Sœur Marthe accordait quelques minutes de sursis en ronchonnant, s'impatientait, menaçait de privations de sortie. Puis elle répétait : « Bonne nuit ! » Je voyais son geste, fermais les yeux. Quand je les rouvrais, la nuit était là.

Le dortoir était si vaste que les lits étaient séparés les uns des autres de plus de deux mètres, si bien que nous ne pouvions ni parler ni nous toucher du bout des doigts. Nous voguions sur des barques solitaires et perdues.

Après avoir écouté mes grands-parents, la directrice avait décidé de placer Isabelle à l'autre extrémité du dortoir. Nous étions devenues tout à coup des étrangères qu'on avait pris soin de séparer aussi en classe, et quand nous nous retrouvions, le week-end venu, dans la voiture de l'un de nos grands-pères — un samedi, grand-père Desjardins ; le suivant, grand-père Melrieux —, nous nous tenions éloignées l'une de l'autre, nous parlant à peine, Isabelle m'accusant de surcroît, dès qu'elle le pouvait, d'être seule responsable de notre *emprisonnement*.

Ce mot, c'est notre grand-père Desjardins qui l'avait prononcé lorsqu'il nous avait conduites pour la première fois rue des Glycines. S'était-il laissé tromper par le nom de la rue, les couleurs fanées qu'il évoquait, le parfum émollient qu'il dégageait, ces fleurs douceâtres balancées par la brise ? Nous l'avions senti hésiter quand il avait découvert la façade de l'institution Sainte-Geneviève, lisse comme celle d'un couvent fortifié, aux ouvertures étroites comme des meurtrières.

En lui, l'homme qui aimait par-dessus tout l'indépendance, les routes désertes des hauts plateaux qu'il parcourait, visitant les fermes isolées, celui qui avait durant l'Occupation vécu dans les forêts comme un hors-la-loi, puis, chaque saison, avait ouvert la chasse, retrouvant le pas lent du combattant aux aguets, s'était cabré. Il s'était tourné vers notre grand-mère :

« Mais c'est une prison ! On les met là-dedans ? »

Isabelle, qui avait entendu comme moi, s'était agrippée à son bras et mise à pleurer. J'avais hésité quelques secondes. Je me souviens encore de la tentation que j'avais eue de hurler, de me rouler sur le sol; je savais, imaginant la scène, que j'aurais pu les contraindre à renoncer, qu'ils auraient téléphoné à notre père, expliqué que ce n'était pas possible, que nous allions tomber malades, qu'il fallait ménager des transitions; puis ils auraient affronté les Melrieux, et mon grand-père Desjardins aurait, avec une joie contenue, expliqué que même les filles de Claire Melrieux étaient des Desjardins, et que chez les Desjardins on avait le goût de la liberté. Il en avait fait des amazones, intrépides comme des garçons, comme l'avait été son fils François; pouvait-on décider de les incarcérer? Après tout, aurait-il plaidé, ma fugue n'avait été qu'un caprice de petite fille qui s'ennuyait!

Mais, par défi, par orgueil, parce que je voulais par-dessus tout changer, affronter autre chose que ce qu'il m'était donné de vivre à Clairvaux, j'avais regardé ma sœur avec mépris, puis empoigné ma petite valise, et je m'étais avancée vers le porche de l'institution.

Ils avaient voulu me punir et m'enfermer? Je transformais leur jugement en libre choix. C'était encore moi qui décidais puisque j'aurais pu, j'en étais sûre, échapper à leur verdict. Le soir, j'aurais à nouveau couché, aux côtés d'Isabelle, dans notre chambre, et, le lendemain, nous aurions chevauché comme à l'habitude dans les sous-bois, sur les crêtes. Mais ma fuite du château de Salière, ce mur franchi, ces écorchures à mes paumes, mes genoux, mes cuisses, ce défi que j'avais lancé à Michel Faure, puis sa trahison, tout cela, que j'avais vécu comme une rupture, n'aurait alors été qu'enfantillage, caprice de petite fille espiègle, non la première décision d'une *aventurière*.

Ce mot, je l'avais entendu prononcer par mes tantes Fabienne et Catherine, puis par ma grand-mère Melrieux. Elles disaient en se penchant, leurs têtes proches l'une de l'autre comme des sorcières complotant en vue de jeter un sort: « C'est une aventurière! » J'écoutais. Elles parlaient alors de quelque femme que je ne connaissais pas, mais qu'aussitôt j'enviais et admirais.

« Une aventurière? répétait ma grand-mère avec une mimique exprimant la peur et la fascination.

— Mais oui, mère, une aventurière. Vous n'ignorez pas qu'elle s'est enfuie avec... »

Elles prononçaient le nom à voix si basse que je n'entendais pas, devinant seulement qu'il s'agissait d'un homme.

121

Michel Faure, lui, m'avait trahi, et peut-être tous les hommes trahissaient-ils. Celui qu'avait choisi l'aventurière lui avait-il été fidèle ? Si je voulais demeurer fière de ce que j'avais accompli, il me fallait, sans doute comme elle, en accepter toutes les conséquences.

Parvenue devant le porche, face à cette lourde porte dans le panneau de bois noir de laquelle s'ouvrait une petite lucarne grillagée, je me suis donc retournée, j'ai dit que je les attendais, que, s'ils ne tenaient pas à m'accompagner, j'entrerais seule dans l'institution Sainte-Geneviève. J'ai ajouté comme une perfidie que je me devais d'obéir à mon père.

Ils sont restés sur le trottoir, devant la voiture, hésitants, prêts à céder. Ma grand-mère Henriette caressait les cheveux d'Isabelle, lui murmurant qu'ils reviendraient nous voir chaque semaine, que nous sortirions tous les samedis. « Madame Secco vous préparera... », chuchotait-elle.

Elle se mettait à raconter un conte de fées douceâtre et crémeux.

Moi, je voulais l'amertume. Je voulais qu'on me punisse !

Peut-être avais-je espéré l'enfer qui aurait conféré à mon acte toute l'importance que je désirais ; ce ne fut qu'un internat banal pour filles appartenant aux bonnes familles de la région. Comme l'avait dit la directrice en nous recevant, les parents recherchaient d'abord « une éducation comme il faut, des principes, afin que, plus tard, vos petites filles soient des épouses et des mères respectables et puissent transmettre ce qu'elles auront appris ici : un comportement, une morale, une religion ».

Les journées se déroulaient sagement, monotones. Nous priions avant le petit déjeuner, durant la messe matinale, avant le déjeuner, avant le dîner. Nous nous rendions en rang dans nos classes. Nous portions de longs tabliers bleus ou roses, selon que nous appartenions au premier cycle ou au second. Nos professeurs arboraient des petits chapeaux de feutre, des jupes plissées, des broches épinglées à leur veste de tweed, des chaussures à talons plats. Les cours de catéchisme, de latin et d'histoire étaient assurés par des religieuses dont la voix lente nous faisait somnoler. Au bout de la première journée, je songeai à m'enfuir, tant cette morne discipline me paraissait opposée à mon caractère. Rien n'y était excessif, stimulant. On s'assoupissait.

L'ennui était tel qu'on ne se rebellait même pas. C'était comme un brouillard qui s'insinuait en moi, pareil à celui qui envahissait, le soir, la cour pavée qu'aucun arbre ne venait égayer.

Puis il y avait eu ce dortoir, sœur Marthe, ces heures obscures qui m'angoissaient, à l'écoute du moindre bruit, ma peur des oiseaux nocturnes, et bientôt, les années passant, mes seins devenant plus lourds, ce désir de poser mes mains entre mes cuisses, ce mouvement de mes doigts que j'interrompais, tant je redoutais que dans le silence on perçût ma respiration haletante, le frottement de mes bras contre le drap, le cri que j'étouffais quand la jouissance venait, surgissant et montant du centre de mon ventre, roulant jusqu'à l'extrémité de mes doigts — j'espérais toujours la contenir, mais elle m'emportait, me cabrait, et je me mordais les lèvres pour ne pas hurler. J'imaginais que, derrière son paravent, sœur Marthe me guettait, allait s'avancer, braquer sur moi le faisceau de la lampe de poche qu'elle promenait par intervalles dans la nuit ; à la sueur qui perlait à mon front, elle aurait aussitôt deviné ce que j'avais fait.

Les nuits étaient mon enfer et mon refuge. Je les craignais, souhaitant chaque jour que la sonnerie de fin d'étude ne nous oblige pas à regagner notre dortoir, mais, dans le même temps, c'étaient ces heures noires, par l'angoisse délicieuse qu'elles faisaient naître, qui me permettaient de supporter la trop tranquille ordonnance des jours dans une institution religieuse de province.

En fait, c'était toute la vie qui me paraissait terne, morne. Isabelle avait noué des amitiés avec des filles auxquelles je refusais de parler et qu'elle invitait à Clairvaux ou au château de Salière. Je les entendais jouer, seller les chevaux — je leur abandonnais le mien —, ou bien organiser dans le parc des parties de cache-cache, puis, plus tard, des matches de ping-pong, des soirées dansantes, et leurs rires, leurs éclats de voix, ces chansons de Sylvie Vartan, de Johnny Hallyday ou de Sheila qu'elles fredonnaient, se dandinant autour d'un tourne-disque, échangeant des quarante-cinq-tours, me paraissaient aussi ridicules que futiles.

« Tu ne flirtes pas ? » me demandait parfois Isabelle avant de s'éloigner en compagnie de Marc ou de ce Julien Charlet qui ne me déplaisait pas, qui me regardait longuement en silence, mais que je semblais effrayer. Flirter sous la surveillance de ma grand-mère Melrieux et de mes tantes ? Se contenter de s'effleurer du bout des doigts ? Quel plaisir pouvait-on trouver à cela ? Je restais avec les adultes. Entre eux, c'était le temps des disputes. Louis Melrieux accusait mon grand-père Desjardins et mon père d'avoir trahi les pieds-noirs, et de Gaulle d'être parjure à ses engagements. Devant mon père, le sénateur avait salué le courage de ceux qui avaient monté l'attentat du Petit-Clamart contre le Général : « Bastien-Thierry, avait-il dit, voilà un officier français, un vrai, qui a le sens de son devoir ! » Mon père s'était levé et avait dit : « Monsieur Melrieux, je vous méprise et ne mettrai plus les pieds chez vous ! »

Mon grand-père Desjardins avait suivi. Mais les femmes, ma grand-mère Henriette, nous, pouvions continuer à fréquenter le château.

Je trouvais ces disputes, ces engagements tout aussi vains que le twist que dansait Isabelle. Danser, oui, pourquoi pas ? S'engager, peut-être. Mais je voulais chaque fois que ce fût jusqu'au bout. Je n'étais pas choquée qu'on fusillât ce colonel Bastien-Thierry. Belle mort ! Tout comme je défendais ces Français qui portaient, comme on disait, des « valises » pour le compte du FLN. Ils trahissaient ? Mais qui ? Ils vivaient, en tout cas. C'était le temps où je lisais Malraux, Sartre, Camus, comme tout un chacun, ailleurs, mais sûrement pas comme les filles de l'institution Sainte-Geneviève.

Pourtant, à la fin des week-ends ou des vacances, j'étais impatiente de retrouver la rue des Glycines. Isabelle se lamentait, soupirait, prétextait une grippe pour arracher quelques heures de liberté supplémentaires. Moi, j'attendais, lisant, assise sur mon lit, guettant le coup de klaxon du chauffeur de Louis Melrieux ou l'appel de mon grand-père Desjardins. Je dévalais l'escalier ; mon entrain, confinant à l'enthousiasme, surprenait mes grands-parents. Mais j'étais, comme disait mon grand-père, une « excentrique ». Pourquoi leur aurais-je expliqué que j'aimais ma peur dans le dortoir plongé dans les ténèbres ? Comme, plus tard, j'aimerais mon désir, cette fente qui s'ouvrait et me partageait en deux d'un grand coup de lame donné entre mes jambes ? Comment leur dire que j'éprouvais un intense plaisir à n'être qu'avec moi, confrontée à mes terreurs et à mes rêves, tendue, pleine, habitée seulement par moi, et non plus distraite par un Michel Faure, le dernier quarante-cinq-tours de Françoise Hardy ou les résultats du référendum ?

Je me repaissais de moi.

Tout, quand je ne pouvais être avec moi seule, me paraissait gluant, fade, spongieux, médiocre, en fait, sans tension. Le monde, les autres — presque tous les autres —, les événements étaient sans consistance, gélatineux, informes comme des méduses.

Moi, je vivais en ma compagnie des absolus.

Oui, j'ai connu l'angoisse absolue, les premières nuits, dans le dortoir, quand il me semblait que les chauves-souris, dès que l'obscurité envahissait la salle, allaient venir me frôler, planter leurs serres dans mes cheveux, me picorer les yeux. Je m'enfonçais sous les couvertures, claquant des dents. Mais cette terreur, qui me tendait si fort les muscles qu'ils en devenaient douloureux, était si épicée que tout ce que je vivais ensuite — les leçons, les bavardages surpris dans la cour, les chamailleries entre filles, les week-ends, les discours de mes grands-pères à propos de De Gaulle, et jusqu'à la visite de mon père, si fier de ses étoiles de général, si heureux d'être affecté à l'état-major particulier du Président — me paraissait sans saveur.

Comment faire comprendre ce qui était pour moi une évidence? Ils ne savaient donc pas faire naître en eux-mêmes cette intensité de sentiments, réduits à se contenter eux aussi de jeux d'enfants?

Tous les adultes étaient-ils ainsi? Étais-je la seule de mon espèce?

Une nuit, alors que j'étais terrorisée et heureuse de l'être, la peur m'imprégnant de sensations extrêmes, je me mis à crier: tout à coup, sœur Marthe avait dirigé sur moi le faisceau de sa lampe de poche.

J'étais si repliée sur moi-même que je ne l'avais pas entendue approcher. Elle était restée un long moment à mon chevet, m'interrogeant à voix basse: craignais-je quelque chose? me sentais-je fiévreuse? Comme, par des mouvements de tête, je répondais par la négative, elle avait ajouté que je devais prier, prier.

J'ai commencé à réciter et sœur Marthe a éteint sa lampe et posé sa main sur mon front.

C'est cette nuit-là que je me suis dit qu'elle appartenait à la même espèce que moi. Je me suis mise alors à l'observer, à l'imiter, à vouloir attirer son attention pour qu'elle reconnaisse en moi sa semblable.

Dans la cour, quand elle nous surveillait, je m'approchais d'elle et, sans lui parler, je la regardais jusqu'à ce que, gênée, elle m'obligeât d'un signe à m'éloigner, mais, de plus loin, je continuais à la dévisager. Je lui trouvais un visage de sainte, avec ses joues blanches que comprimait le tissu noir de la coiffe. J'en arrivais à penser qu'elle n'avait pas de besoins, qu'elle ne mangeait pas, n'urinait pas, ne voyait pas sortir de son corps ces matières fétides dont la présence dans mon ventre m'obsédait si bien qu'au cours de cette période je me mis à manger de moins en moins, persuadée qu'ainsi j'allais me purifier.

Sœur Marthe s'était-elle rendu compte de l'attirance qu'elle exerçait sur moi, des privations que je m'imposais au réfectoire ? Un soir, elle m'avait convoquée derrière son paravent.

Elle était assise à une petite table sur laquelle étaient posés ses livres de prière, le cahier d'appel et de punitions. Jusqu'à cet instant, je n'avais jamais vu que ses mains — parfois ses poignets — et son visage ; elle n'était pour moi qu'une voix et un regard. Son corps devait s'être « abîmé » dans la foi. J'aspirais à être comme elle. Et voilà que je la découvrais sans sa coiffe, de longs cheveux blonds tombant sur ses épaules. Je fus émue par la beauté de son visage ainsi révélée, par la splendeur de ses mèches qui s'enroulaient comme des anglaises.

J'étais restée debout devant elle, ne baissant pas les yeux, et c'est elle qui, au bout de quelques minutes, avait soupiré, détourné la tête.

J'étais orgueilleuse, avait-elle dit. Je me croyais différente, au-dessus des autres. Ce n'était pas un bon chemin. Je devais apprendre l'humilité, la générosité.

« Je veux être comme vous, ma sœur, avais-je répondu. Je vous admire. »

Je tremblais en prononçant ces mots ; j'avais envie de pleurer. Jamais je ne m'étais trouvée ainsi dans la dépendance d'un autre être. J'aimais cette situation dans la mesure où j'étais prête, moi, à mourir pour sœur Marthe. J'aurais voulu le lui dire, me coucher devant elle face contre terre, bras en croix, comme au moment de l'ordination ou de la consécration des vœux.

« Retourne à ton lit », avait-elle répliqué d'une voix sourde, et elle avait remis sa coiffe, enserré ses joues. « Je vais éteindre. »

Je n'avais pas bougé. Quand elle s'était approchée de moi, le bras tendu, m'invitant à sortir du box qui lui tenait lieu de chambre, je m'étais avancée vers elle, me plaquant contre son corps, l'implorant par chaque parcelle de ma peau.

Pour obtenir quoi ? Peut-être un droit d'entrée dans cet absolu où j'imaginais qu'elle se mouvait, que je souhaitais partager avec elle ? Peut-être étais-je poussée par une de ces pulsions d'adolescentes qui ne réussissent pas encore à dessiner le visage précis de leur désir ?

Sœur Marthe avait eu un mouvement de recul, ses lèvres tremblantes répétant comme dans une prière que je devais regagner mon lit, qu'il me fallait prier, m'agenouiller, qu'elle ne voulait pas me punir pour ce que j'avais fait et dit, mais qu'elle n'y manquerait pas si je récidivais.

Je suis alors retournée à ma place, comme assommée. Me punir ? C'était une injustice si monstrueuse qu'elle me laissait fascinée et que, dans mon malheur et ma stupeur, elle me satisfaisait. Elle était à la mesure de mon attente. J'étais bien dans l'absolu.

Je me souviens d'être restée agenouillée bien après que sœur Marthe eut donné l'ordre de se mettre au lit.

Elle me voyait, je le sentais. Les autres filles chuchotaient entre elles, commentant mon comportement. J'étais « abîmée » dans la prière. Marthe exigea le silence, puis coupa la lumière. Je n'ai pas bougé, malgré le froid que l'obscurité semblait aiguiser. Il pénétrait en moi entre les omoplates, me transperçait la poitrine, glissait plus bas comme une main glacée sous ma chemise de nuit, meurtrissait mon sexe. Il me déchirait. J'étais une martyre injustement punie, mais je devenais ainsi une sainte.

Je suis simplement tombée malade et, quand mon grand-père m'a rendu visite à l'infirmerie de l'institution, il a diagnostiqué un point de pleurésie, si bien que j'ai quitté la rue des Glycines pour plusieurs semaines. Quand je suis rentrée, au printemps, mon corps avait changé. J'avais grossi, mes seins pesaient. Chaque mois, mon ventre gonflait ; durant quelques jours, j'étais nerveuse, irritable. Je me souciais de ne pas tacher les draps de sang ; je me disais que je pouvais avoir, si je le désirais, un enfant. Je ne priais plus que du bout des lèvres. La nuit n'était plus l'espace de mes terreurs, mais celui de mes désirs.

J'ai succombé à ces besoins du corps avec la même démesure. Je me cabrais. Me cambrais. Me dédoublais. Mes doigts, mes mains appartenaient à un autre que moi. Mon esprit se divisait. Je me voyais pénétrée, léchée, caressée. Je commandais à l'autre le rythme et les gestes que je souhaitais et mes mains — ses mains — m'obéissaient. Lorsque sœur Marthe s'approchait de moi — à présent, j'étais aussi grande qu'elle, mes seins arrondissaient mon tablier que je tirais vers le bas afin que la forme de ma poitrine se remarquât —, je la regardais avec impertinence et il me semblait que sous l'indifférence ou la bienveillance distante qu'elle me manifestait perçaient le désarroi, le malaise. Je voulais qu'elle devinât que j'étais désormais entrée dans un autre absolu, celui de mon corps, de mon plaisir, et que si j'avais pu m'approcher de sa foi — je continuais d'être croyante, mais comme on respire, sans y penser —, elle-même ne connaîtrait jamais ce qu'il m'était donné de ressentir, que je la considérais comme inférieure dans la mesure où elle avait emprisonné son corps et où le mien, au contraire, mûrissait, se fendillait comme une figue parvenue à maturation.

Un jour, peu avant le baccalauréat — ce devait être en juin 1965 —, nous nous étions heurtées dans un couloir et étions restées ainsi, face à face.

« Aurore, avait-elle lâché enfin, que vous ai-je fait ? Je ne veux pas que vous nous quittiez sans que je sache ce que vous me reprochez. »

J'ai eu alors — je retrouve ce mouvement de l'épaule gauche — un geste de dédain, d'indifférence. Mais rien, rien, qu'allait-elle imaginer ?

« Que vous êtes fière, orgueilleuse, Aurore. Vous n'avez pas appris l'humilité. Vous allez souffrir. »

J'ai ri. Je crois que j'ai répliqué que j'aimais bien souffrir. Sœur Marthe a secoué la tête.

« Allez-vous-en vite, a-t-elle dit tout à coup. J'en ai assez de vous voir ici. »

Brutale, le visage hostile, elle me bouscula pour forcer le passage.

« Je vais vivre, ma sœur, vivre ! » lui lançai-je.

Mon tablier rose, privilège des élèves de terminale, débou-tonné, voletant autour de mes hanches, je dévalai l'escalier quatre à quatre.

15.

Vais-je continuer le récit de ma vie ?

Il est trois heures du matin, ce 22 mai 1981. L'orage m'a réveillée. J'habite un cinquième étage qui domine les toits alentour. Je suis dans le ciel. Mon appartement d'angle est une proue en surplomb de la rue Saint-Jacques et de la rue Pierre-et-Marie-Curie. Quand le vent souffle, comme cette nuit, j'ai l'impression que les murs bougent, qu'il suffirait d'une rafale plus forte pour m'emporter.

Une fois de plus, écoutant dans mon sommeil le tonnerre rouler, c'est de cela que je rêvais. Tout à coup, il m'a semblé que j'entendais la pluie pénétrer dans le salon par les trois fenêtres ouvertes. J'ai imaginé la chambre de Christophe envahie et me suis levée d'un bond, courant jusqu'au lit de mon fils. Il dormait, roulé en boule, le pouce enfoncé dans la bouche ; je n'ai pas eu le courage de le lui retirer. Quand il est ainsi, pelotonné, les genoux repliés sous le menton, qu'il retrouve, malgré ses douze ans, cette attitude de bébé, je sais qu'il est inquiet, qu'il cherche à se rassurer, à me rejoindre à sa manière en prenant cette pose, parce que je lui manque.

Je n'ai pas été beaucoup avec lui, depuis trois jours.

C'est comme si d'avoir vu Michel Faure dans ce restaurant de la place Maubert, d'avoir entendu Jean-Marie Borelli me parler d'Isabelle, avait soudain libéré une bonde et que mon enfance et mon adolescence, que je n'avais guère évoquées depuis vingt-trois années, m'avaient tout à coup submergée.

Quand, après avoir quitté Borelli, je suis arrivée au Palais de justice, trempée, j'étais déjà emportée : c'était comme si tous les

129

confrères que je croisais ouvraient de nouvelles vannes pour mieux me noyer, me contraindre à atteindre le fond de moi-même.

Le premier que j'ai croisé, Benoît Rimberg, m'a prise par le bras avec la familiarité des anciens amants, cette complicité amicale et un tantinet ironique qui ne trompe pas. Mais je me moque du qu'en-dira-t-on et, contrairement à la plupart des autres avocats, j'ai de l'estime pour Benoît, je ne suis pas dupe de son cynisme. Je sais qu'au fond il est indifférent à sa propre réussite, qu'elle ne lui importe que comme une provocation de plus, une gifle administrée à tous ces médiocres, ces envieux qui ne supportent pas de savoir que son cabinet, situé Quai de l'Horloge, est l'un des plus prospères de la capitale, au point qu'il lance souvent à ses visiteurs, en leur montrant la vue depuis sa fenêtre (colonnade du Louvre, Pont-Neuf, Seine) : « Je ne suis que le fils d'un petit juif qui ne parlait que le yiddish, n'est-ce pas, et pourtant je suis là, que voulez-vous, je suis une provocation antisémite [1] ! »

J'ai été sa maîtresse durant trois ou quatre mois, peut-être six, j'ai effacé de ma mémoire les bornes de certains épisodes de ma vie comme si l'imprécision pouvait diminuer l'importance de ce que j'ai vécu. Je n'ai jamais cherché à dissimuler cette liaison.

« Tu couches avec maître Rimberg », m'avait dit un jour Isabelle d'un ton scandalisé. Sa voix au téléphone était hostile : « Tu te rends compte ! »

J'avais été surprise qu'elle fût au courant. Dès qu'elle m'eut laissée enfin l'interrompre, je lui avais manifesté mon étonnement.

« Mais Rimberg le proclame, et tout se sait à Paris ! avait-elle repris. Mes collègues de l'inspection des Finances et du ministère m'en ont parlé, oh, avec délicatesse, mais j'ai mesuré leur réprobation. Rimberg répète partout que c'est la première fois qu'il couche avec la fille d'un général gaulliste et la petite-fille d'un sénateur pétainiste. Connais-tu sa formule ? "Je couche avec la France incarnée par le plus beau cul du barreau de Paris !" Tu vois, je suis au courant de tes frasques. Naturellement, comme je m'appelle aussi Desjardins, ça me concerne... »

---

1. Voir *La Fontaine des Innocents*, roman, Fayard, 1992.

J'avais cessé de voir Rimberg, j'étais restée son amie et quand, des mois plus tard, je lui avais raconté ce qu'on rapportait au ministère et à l'inspection des Finances, il n'avait pas nié. Il ne m'avait pas calomniée en soulignant mon « privilège » — c'était son mot —, mais rendu hommage. Quant à mon père et à mon grand-père, avait-il menti à leur propos ? Il avouait ne pas avoir été très élégant ni discret, mais il ne l'était jamais pour ce qui concernait sa vie privée.

« Toi non plus ? »

J'avais dû le reconnaître.

« Sans rancune, alors ? »

Nous nous étions embrassés.

Il m'avait donc serré le bras, ce 19 mai 1981. Mais pourquoi étais-je ainsi trempée ? D'où arrivais-je ?

J'avais évoqué mon déjeuner place Maubert, non loin de la table autour de laquelle le nouveau Président avait rassemblé son futur ministère ou bien son cabinet, comme Borelli me l'avait expliqué.

Rimberg avait fait une grimace. Il avait soulevé ses lunettes, les coinçant sur son front. Avais-je besoin de Borelli pour comprendre que nous allions assister à une « vraie-fausse rupture » ? Il avait répété sa formule. Les hommes seront différents, la politique sera la même, les imbéciles seront satisfaits et les cocus innombrables. Ce sera — il m'avait forcée à m'asseoir sur l'un des bancs de la salle des pas perdus — une présidence d'avocats. Le Président lui-même était inscrit au barreau, on affirmait que Robert Badinter serait garde des Sceaux ; Roland Dumas resterait le conseiller de l'ombre jusqu'au jour où il faudrait faire donner la vieille garde, quand les illusions seraient tombées et que viendrait le temps des habiles et des roués.

Il avait remis ses lunettes. Il y avait aussi Kiejman qui s'agitait beaucoup, rappelait ses mérites, piaffait...

« Et toi, ma chère Aurore, prendras-tu ce train ? »

Il m'avait enveloppée de son bras.

Pourquoi, chuchotait-il, pourquoi ne lui avais-je jamais parlé de ma sœur, cette Isabelle Desjardins dont on disait que... « Mais oui, le Président... » N'allais-je pas en profiter ? Elle serait peut-être ministre ou conseillère du Prince à l'Élysée. On avait toujours besoin de juristes au Conseil d'État, à la Cour des comptes, dans les cabinets ministériels.

« Cours ta chance. Un peu d'ambition, Aurore ! »

Il m'avait embrassée, serrant mes mèches défaites dont l'eau s'égouttait.

« Sèche-toi, avait-il dit avec affection, sèche-toi ou tu vas prendre froid. »

J'avais été interpellée plusieurs fois dans la bibliothèque du Palais par des confrères qui ne m'abordaient jamais et qui, tout à coup, venaient me féliciter du rôle qu'Isabelle — « votre sœur, n'est-ce pas ? » — allait jouer aux côtés du chef de l'État.

Ce n'est que le soir, en rentrant chez moi, que je découvris que *Le Monde* dressait une liste de proches collaborateurs qui devaient se retrouver, dans les heures suivantes, membres du cabinet à l'Élysée, ou bien titulaires d'un ministère. Ma sœur était nommée en bonne place comme secrétaire d'État aux Affaires sociales ou bien chargée du même secteur à la Présidence. On soulignait qu'elle était la fille du général François Desjardins, qui avait appartenu au cabinet du général de Gaulle, et la petite-fille de Louis Melrieux, doyen d'âge du Sénat, homme de droite, voire d'extrême droite. La nomination d'Isabelle marquait à quel point, selon le commentateur, la nouvelle majorité avait su recruter, parmi les nouvelles générations, bien au-delà des clivages traditionnels. « C'est la clé de son succès et un gage de réussite pour les années à venir. »

Je m'en étais voulu, lisant cela, de laisser les souvenirs me recouvrir. Au cours du dîner, Christophe avait dû sentir à quel point j'étais préoccupée. Il m'avait questionnée puis, n'obtenant pas de réponse, il avait allumé la télévision, poussant le son au maximum pour me contraindre à réagir, et, à la fin, en effet, je m'étais levée, j'avais éteint, exigeant qu'il allât se coucher.

Sans doute avait-il pleuré ou hurlé, mais j'avais laissé sa porte fermée.

J'avais téléphoné à Jacques Vanel, le député de Dole, avocat lui aussi, que je connaissais précisément depuis cette année 1965, lorsque, après mon succès au baccalauréat, j'avais quitté l'institution Sainte-Geneviève et avais passé mes vacances à Clairvaux et au château de Salière. Si je poursuis ce récit de ma vie, j'expliquerai quel rôle il a joué pour moi. On l'imagine :

il avait une quarantaine d'années en 1965, j'en avais dix-sept. Mais j'y reviendrai, car on imagine souvent trop ou trop peu...

Je l'appelais chaque fois que ma vie bougeait, qu'il me fallait donc un repère, une personne à qui parler, me confier, et qui savait écouter en silence.

Je l'interrogeai : que savait-il d'Isabelle et de Michel Faure ? Comme député de Dole, il ne pouvait ignorer que Michel s'apprêtait, m'avait-on assuré, à succéder à son père au deuxième siège du département. Il s'était étonné : je m'intéressais donc à la politique ? aux élections ? Voilà qui était nouveau ! A moins que je ne me fusse souciée que des relations entre Isabelle et Michel Faure ? Ce sont deux spadassins, m'avait dit Vanel. Leurs dents creusent le sol tant elles sont longues : des socialistes nouveau modèle. Comparé à son fils, le père, Martin Faure, était un idéaliste, un pur. Michel appartenait à la génération suivante. Est-ce que je comprenais ? Il y avait eu Jaurès et Blum, il y avait le nouveau Président. Il y avait Martin Faure, il y aurait Michel Faure. « Tout se dégrade, ma chère Aurore. Isabelle est votre cadette ? Chez vous aussi, cela s'est altéré. Mais on la dit supérieurement douée. Vous la voyez ? Elle a sept ans pour s'imposer. C'est long, mais il faudra qu'elle se batte, elle n'est pas seule, loin de là ! Le Président adore susciter des rivalités entre ses proches, il sait jouer de l'un contre l'autre. Je le soupçonne de préférer encore les jalousies de femmes. Plus excitant, non ? »

Je raccrochai.

Et si moi, j'étais jalouse d'Isabelle ? Du rôle qu'elle allait tenir, de ses liens avec Michel ?

C'est ce soir du 19 mai que je me suis mise à écrire.

Je viens de relire ces pages dont j'ai corrigé les dernières lignes hier, en rentrant avec Christophe de la rue Soufflot. Je ne voulais pas qu'à la sortie du lycée il se retrouvât seul dans la foule qui avait envahi le quartier au moment où le Président se rendait au Panthéon.

Nous avions tenté de l'apercevoir parmi les proches qui remontaient la rue à ses côtés, au milieu desquels j'avais reconnu Roland Dumas, contre qui j'avais parfois plaidé. J'avais toujours résisté à ses tentatives de séduction, lui préférant Benoît Rimberg, son rival. Il ne me l'avait pas pardonné et, depuis lors, il m'ignorait, feignant de ne pas me reconnaître. Je le voyais rayonnant dans cette longue rangée d'hommes qui se tenaient par le bras et avançaient, occupant toute la largeur de la rue. Puis, tout à coup, le ciel s'était obscurci et l'averse, poussée par le vent, s'était abattue, drue, sur les musiciens et la foule. Christophe et moi nous réfugiâmes sous un porche. Nous vîmes passer un cortège improvisé de jeunes hommes et de jeunes femmes qui allaient, leurs vêtements dégoulinants de pluie, les cheveux collés au visage. Ils criaient en frappant dans leurs mains : « Treize ans déjà, coucou, nous revoilà ! »

Cette phrase reprise et chantée à tue-tête me bouleversa. Treize ans ! 1968 ! J'appartenais à cette génération-là, et Isabelle aussi, et l'arrivée de la gauche au pouvoir représentait donc, quelle que fût la manière dont je la ressentais, une nouvelle étape dans ma vie. Quelque chose commençait pour Isabelle, sans nul doute, puisqu'elle allait dès le lendemain accéder au pouvoir, mais aussi pour moi.

Peut-être au demeurant n'étais-je si atteinte, émue, troublée par ce que j'entendais, que parce que ces mots proférés joyeusement sous la pluie me révélaient ce que je savais déjà. Ma vie, en ce mois de mai 1981, avait déjà changé. Je vivais seule. J'avais emménagé depuis quelques jours seulement dans cet appartement du coin de la rue Pierre-et-Marie-Curie, abandonnant mes meubles et mes livres à l'homme que j'avais quitté. Je ne regrettais pas cette décision, mais elle me remettait une fois de plus en cause. Pourquoi errais-je ainsi ? Pourquoi ces déceptions successives, peut-être depuis ce mois de mai d'il y avait vingt-trois ans, en forêt de Clairvaux, quand j'avais crié à Michel Faure : « Va-t'en ! Va-t'en... » ?

Sans doute est-ce pour cela que j'avais ressenti le besoin d'écrire, de retrouver la petite fille en tablier bleu, puis cette adolescente en tablier rose qui avait été moi, dont j'étais issue.

Je m'étais remise à écrire comme à chaque fois que, dans ma vie, j'avais voulu marquer que s'achevait ce que j'appelais « une histoire » : ce pouvait être une affaire à laquelle je m'étais consacrée, un métier que j'abandonnais, un homme que je rejetais.

« Les avocats, m'avait dit Rimberg, les bons avocats sont tous des artistes frustrés, des acteurs, peintres, chanteurs, écrivains ratés.

— Et toi ? » lui avais-je demandé.

Il avait fait une pirouette et déclaré à voix basse, le visage grave durant quelques secondes, que s'il avait eu le loisir de vivre, et pas seulement de vaincre, de s'imposer, il aurait aimé, oui, réfléchir, passer son temps entre Marx et Kafka. Puis il avait éclaté de rire, m'avait qualifiée de maître écrivain, lui-même n'étant qu'un maître chanteur...

Je l'avais bien aimé, je l'aimais bien encore, Benoît Rimberg.

J'ai donc relu ces lignes.

Je n'ai rien changé à la vérité de ce que j'ai vécu. Et cependant, il me semble que je n'ai saisi de ma vie d'alors, ces sept années passées à l'institution Sainte-Geneviève, que des morceaux épars, comme si la réalité était passée entre mes doigts, ne laissant que quelques traces : sœur Marthe, mes nuits dans le dortoir, mes premières émotions à découvrir que mon corps pouvait m'emporter. Je n'ai rien dit — pourquoi ? — des messes matinales dans la chapelle glacée, quand nous battions la semelle pour nous réchauffer, et parfois chantions à pleins poumons comme si nos voix avaient pu dégeler et éclairer cette nef étroite où la voix aiguë du père Paul, notre aumônier, résonnait. Je n'ai rien dit des mensonges de la confession, quand il me fallait m'agenouiller et inventer des fautes vénielles pour ne rien avouer de cette faille brûlante et moite qui me cisaillait le corps.

Si j'écris, je dois dire le pire, ce qui se cache dans les replis. Sinon, à quoi bon ?

Je suis sortie sur le balcon. Il borde tout l'appartement comme une passerelle suspendue autour d'une coque. L'orage plane au-dessus de Paris. De temps à autre, un éclair tombe, illuminant le dôme du Val-de-Grâce, et si je me retourne, j'aperçois la tour Eiffel dans un halo jaunâtre et hachuré.

L'orage, comme toujours, comme autrefois.

16.

J'avais attendu l'orage jour après jour durant tout le mois de juillet 1965. J'étouffais dans la chambre de la maison de Clairvaux que je partageais à nouveau avec Isabelle. Je me sentais épiée. Il me semblait que ma sœur, mais aussi bien madame Secco et mes grands-parents, devinaient qu'au milieu de la nuit je me réveillais la gorge sèche, la peau moite. Je serrais ma main entre mes cuisses. Mon sexe était douloureux. Je me mordais les lèvres. J'imaginais. Je désirais être femme, enfin. J'aspirais à ce qu'un homme me fît franchir la frontière. Le moment était venu.

J'étais sûre qu'Isabelle partageait mes obsessions, mais elle avait une autre manière de les vivre. Elle invitait ceux qu'elle appelait ses « copains ». Julien Charlet, toujours aussi timide, mais dont je me demandais, quand il se déshabillait au bord du lac, s'il aurait été capable, lui, de me conduire là où je voulais aller. Il était élancé, presque maigre. Je regardais ses hanches étroites, son maillot. Saurait-il ? Avait-il déjà connu une femme ? Il y avait Marc, Robert, deux ou trois autres garçons dont les noms m'échappent, des jeunes gens qui me paraissaient sans vigueur ni personnalité et auxquels je ne faisais aucune confiance pour mon initiation.

Isabelle plaçait son transistor sur l'herbe, les copains s'allongeaient en cercle autour de l'appareil. Ils fredonnaient. Parfois, l'un d'eux invitait ma sœur ou une autre fille à danser. Les corps presque nus se serraient.

Je me tenais à l'écart. De loin, Julien Charlet, tourné vers moi, le menton appuyé sur un coude, me lançait : « Vous ne dansez pas ? » — devant les autres, il me tutoyait. J'avais envie de lui riposter : « Je suis vierge. Faites-moi l'amour ! »

Je me levais, courais me jeter dans le lac. L'eau était froide. Les longues herbes m'enveloppaient les chevilles et les jambes. Je sortais presque aussitôt, mais la chaleur torride, au bout de quelques minutes, avait séché ma peau, vite brûlante, percée, me semblait-il, de piqûres semblables à autant de minuscules décharges électriques.

L'orage ne venait toujours pas.

Nous rentrions sous un ciel bas avec, au loin, vers la Suisse, les grandes zébrures blanches de la foudre et le grondement du tonnerre qui venait, assourdi, mourir sur nos plateaux.

Nous prenions rarement nos chevaux. J'avais prétexté la nervosité du mien, et Isabelle m'avait imitée. En fait, je ne pouvais plus supporter le contact de cette peau, du crin, de la transpiration d'un corps de bête. Le frottement de mon sexe sur la selle m'était devenu si douloureux que j'en aurais crié.

Je traversais donc la place de Clairvaux à pas lents, puis j'attendais au bord de la route que Julien Charlet vînt avec sa voiture nous conduire au lac.

Des hommes passaient, dont je sentais les regards. Je portais une minijupe. J'avais les bras nus. Isabelle, habillée — ou déshabillée ! — comme moi, tenait son transistor sous l'aisselle. La musique hurlait. Nous restions à quelques mètres l'une de l'autre. Des voitures ralentissaient parfois, puis les conducteurs nous reconnaissaient, nous saluaient, narquois ou gênés.

Nous étions les petites-filles Desjardins, les deux bachelières, celles qu'on avait placées comme internes à Sainte-Geneviève pour les dresser — « mais qui sait ce qu'elles ont fait là-bas ? Elles ont une de ces allures, moi ça me choque ! »

C'étaient les femmes de Clairvaux qui s'exprimaient ainsi, et madame Secco rapportait leurs propos, expliquant qu'elle nous défendait — en tout cas, leur rétorquait-elle, le baccalauréat, nous l'avions réussi, et du premier coup, Aurore avec mention bien, et Isabelle assez bien : « Elles peuvent un brin s'amuser, non ? Et la mode, c'est pas elles qui l'ont faite ! »

Mais quand madame Secco nous voyait « à demi nues », comme elle marmonnait, elle secouait la tête, ronchonnant qu'on ne s'exhibait pas ainsi quand on était des jeunes filles comme il

138

faut, que c'était une mode faite pour exciter les hommes, pour celles qui n'avaient rien d'autre à offrir, mais des personnes intelligentes, bachelières, qui seraient bientôt étudiantes, qui avaient un avenir, un nom, du bien, est-ce qu'elles devaient se conduire comme ça ? « Vous n'avez pas besoin de montrer... » — elle hésitait, hochait la tête, puis, menaçant de la main, ajoutait : « Oui, de montrer vos fesses ! On dirait... vous savez qui ! »

Elle ne prononçait pas le mot, mais il remplissait ma bouche et ma tête. *Putain* : les copains d'Isabelle répétaient ces syllabes avec des rires, des clins d'œil, c'était un mot interdit mais qu'ils avaient le droit d'utiliser pour évoquer ces deux ou trois femmes qui, sur des talons hauts, oscillaient dans les phares des camions à la sortie de Lons, en direction de la Suisse.

Nous les avions remarquées quand nous remontions vers Clairvaux. A l'intérieur de la voiture — que ce fût celle de Louis Melrieux ou celle de Joseph Desjardins —, il me semblait brusquement que l'air devenait irrespirable, épais, que mes grands-parents, Isabelle et moi étions paralysés, tout le temps que nous apercevions ces femmes, ces *putains* — quand la route était embouteillée, cela pouvait même durer plusieurs minutes. Nous nous taisions. C'était comme si elles n'existaient pas, et pourtant on ne voyait plus qu'elles, parfois sous la pluie, dans le vent, incongrues, ces femmes dévêtues, si grandes, si étonnantes qu'on les eût crues, avec leurs collants noirs, leurs minijupes en cuir, leur petit boléro, leurs cheveux trop blonds ou trop noirs, et surtout leurs seins énormes, descendues de l'une des affiches de films qui bariolaient chaque semaine les panneaux publicitaires dans les rues de Lons. Mais nos regards paraissaient ne pas les remarquer.

Un jour de la fin juillet, pourtant, alors qu'Isabelle et moi attendions Julien Charlet à la sortie de Clairvaux, j'ai dit, comme une voiture ralentissait : « On va nous prendre pour deux putains, comme celles de Lons... »

J'avais prononcé le mot. J'avais violé l'interdit. Je n'avais pas accepté que seuls les garçons, les hommes pussent jouer de ce mot-là, de la fascination qu'il exerçait. C'était ma façon de ne pas admettre que des femmes eussent pour métier de faire l'amour quand moi j'étais toujours vierge, stupide, exclue de la vie.

Isabelle avait éclaté d'un rire nerveux comme si, en exprimant ce qu'elle avait elle aussi en tête, je l'avais libérée.

Nous nous sommes entre-regardées et, pour la première fois depuis des années, j'ai su que nous étions à cet instant très proches, complices comme dans notre petite enfance. J'ai alors voulu marquer que j'étais toujours l'aînée, celle qui osait.

Je me suis avancée sur le bord de la chaussée. Je me souviens de la manière — je retrouve l'angoisse et l'excitation qui me serraient la gorge — dont je me suis cambrée, faisant jaillir mes seins, mon pubis gonflant ma minijupe, et, penchant un peu la tête, comme pour une invite, j'ai fait un geste en direction de l'automobiliste. Il a freiné brusquement, s'immobilisant devant moi. C'était un homme d'une quarantaine d'années, aux cheveux noirs rejetés en arrière. Il avait le visage carré, les traits réguliers. J'ai vu ses lèvres minces, comme si sa bouche n'était qu'un trait incisant les joues d'une ligne rose un peu tombante aux extrémités. Il m'a semblé que je le connaissais.

« Tiens, lâcha-t-il, les filles Desjardins ! »

Il a jeté un coup d'œil à Isabelle qui se tenait en retrait, mais je savais que c'était moi qu'il regardait, ses yeux glissant de mon visage à mes jambes.

« Vous voulez quoi ? » reprit-il d'une voix ironique, un peu éraillée.

Il s'est penché vers moi, le menton appuyé sur son avant-bras qui dépassait de la portière.

A cet instant, la voiture de Julien Charlet est arrivée et Isabelle s'est précipitée en lançant : « Viens ! »

Je n'ai pas bougé. Ma sœur a répété d'une voix autoritaire, irritée, qu'elle n'allait pas m'attendre, qu'ils allaient partir.

L'homme a alors murmuré :

« Moi, je peux vous accompagner, si vous voulez. »

J'ai adressé un geste à ma sœur, et quand Julien Charlet a démarré, j'ai fait lentement le tour de la voiture de l'homme, passant devant le capot, sentant que son regard me suivait.

Penché, il a ouvert la portière, et quand je me suis assise, j'ai frôlé son bras.

Je veux tout dire : la chaleur qui montait jusque dans ma gorge, la brûlure de mon sexe, le désir et l'appréhension qui m'étouffaient au point que je ne pouvais parler, répondre aux questions que l'homme me posait.

Je le connaissais, j'en étais certaine. Ce profil au menton

volontaire, cette cicatrice barrant la tempe, je les avais déjà remarqués. Mais je ne pouvais en retrouver le souvenir, comme si tout en moi, corps et mémoire, avait été ankylosé, en fusion. J'étais paralysée, mes idées se décomposaient. Une seule, comme une boule rugueuse à laquelle je me déchirais, résistait : c'est cet homme-là, c'est aujourd'hui.

Il roulait lentement. Nous avons traversé Clairvaux. Il jetait des coups d'œil rapides vers mes seins, mes cuisses. Il me dit avoir plusieurs fois rencontré mon grand-père, le docteur Desjardins ; puis il ajouta qu'il voyait souvent le sénateur Melrieux.

Je me suis tout à coup remémoré cette soirée organisée dans le parc du château de Salière. Mon grand-père avait voulu fêter conjointement notre réussite au baccalauréat et sa réélection à la présidence d'une commission du Sénat. Parmi la centaine d'invités, cet homme était passé à plusieurs reprises près de moi, bavardant avec les uns et les autres, apparemment attentif à leurs propos ; pourtant, j'avais deviné qu'il me dévisageait, m'observait, jaugeant mes jambes, ma poitrine. Moi, j'avais remarqué et retenu ce profil, cette cicatrice. A la fin de la soirée, il s'était approché, m'avait tendu la main en s'inclinant, s'était présenté — et son nom à présent me revenait.

« Vous êtes Jacques Vanel, ai-je dit, le député de Dole.

— Aurore, n'est-ce pas ? Aurore Desjardins... »

Nous approchions des étangs des Monédières. Il avait ralenti.

« Où allons-nous ? » demanda-t-il.

Puis, presque aussitôt, il me questionna sur mon âge : seize, dix-sept ans ? Mineure, de toute façon. Est-ce que je savais que le détournement de mineurs était sévèrement puni par la loi ? Lui-même était un homme public, n'est-ce pas ? Député. Circonstance aggravante !

Il s'arrêta devant le chemin conduisant au lac.

« Vous descendez », dit-il, et, se penchant pour ouvrir la portière, il s'appuya contre mes seins.

Il resta ainsi quelques secondes oppressantes, puis, comme pour lui-même, il murmura :

« Vous êtes mineure. »

Où ai-je trouvé la force de dire, tout en restant immobile :

« Je suis vierge ! Je ne veux plus ! »

Il répéta, en se redressant :

« Descendez. »

J'ai hésité. Il balbutiait, le visage cramoisi, la lèvre inférieure tremblante, répétant qu'il ne fallait pas, qu'il ne pouvait pas. Plus tard, si je voulais...

C'était un adulte. Un homme grand, au cou fort, qui, au cours de la fête du château de Salière, avait été très entouré. Je l'avais entendu rire, je l'avais vu parler à des femmes : chaque détail de cette soirée me revenait, à présent. Et le voici qui bégayait d'émotion, comme ce pauvre petit Michel Faure, et il approchait sa main de mes seins, les effleurait tout en balbutiant :

« Vous comprenez, nous serons amis, plus tard... Je peux vous aider, téléphonez-moi... »

A un moment donné, je crois qu'il a dit — c'était la première fois de ma vie qu'on me parlait ainsi — que j'avais un corps superbe.

Superbe, quel drôle de mot ! Il ajouta en me pressant les seins qu'il ne m'avait pas oubliée, depuis cette soirée au château, que j'avais dû remarquer — d'autres aussi, peut-être — qu'il avait alors essayé de me parler, mais qu'il en avait toujours été empêché par quelque gêneur.

« On ne me lâche jamais, je ne suis pas libre, Aurore... Un homme comme moi ne fait pas ce qu'il veut. »

J'avais jadis crié à Michel Faure : « Va-t'en ! Va-t'en ! » Ces mots montaient déjà à mes lèvres, mais je me tus.

Il effleura mes cuisses du bout des doigts, les retirant comme s'il s'y était brûlé, puis il reprit d'une voix étranglée, comme si les mots s'échappaient de sa gorge en la râpant :

« Téléphonez-moi, je vous prie. Vous allez me hanter. C'est si rare, une jeune fille comme vous, si rare, vous n'imaginez pas ! »

J'ai — je me souviens de ce geste — passé alors ma main sur son visage comme pour m'assurer qu'il existait vraiment, cet homme qui paraissait maintenant bouleversé, vérifier qu'il n'était pas seulement, comme dans mes nuits, un rêve fugitif. Puis je suis descendue de voiture et j'ai marché le long du chemin de terre, vers le lac.

Ce chemin que j'avais parcouru des dizaines de fois, à cheval ou bien en accompagnant mon grand-père à la pêche, ou encore avec Isabelle et ses copains, moi marchant derrière eux, seule, les autres sautillant au rythme de la musique du transistor, il me semblait que je le découvrais, ce jour-là, comme si les minutes passées en tête à tête avec cet homme avaient métamorphosé mon regard et jusqu'à mon corps.

Il me semblait que je n'avais plus le même rapport aux noisetiers, aux mélèzes, aux buissons, aux petites fleurs jaunes et violettes qui poivraient les talus.

Le souffle me manquait. Je me suis allongée dans l'herbe, jambes écartées, bras en croix, les yeux perdus dans le ciel, en sueur. La chaleur humide de l'orage pesait sur moi.

Je n'avais nulle envie de rejoindre Isabelle, dont je distinguais la voix, ni Julien Charlet, dont je reconnaissais le rire. J'étais plus que jamais différente d'eux. Jacques Vanel, cet homme qui parlait d'égal à égal avec mes grands-pères, m'avait distinguée, et, en quelques phrases, par ce trouble qu'il n'avait pu dissimuler, m'avait octroyé un insigne privilège. *Superbe*, avait-il dit. Ce mot me grisait. Je me suis mise à toucher mes seins comme il les avait touchés. Je pensais à lui avec reconnaissance et me félicitais de ne pas l'avoir éconduit, méprisé, chassé quand il avait refusé de me servir de passeur.

Il m'aimait. Ce verbe que je n'avais jamais conjugué, je me le répétais. Je me sentais forte, déterminée. Je reconstituais les moments que j'avais vécus dans la voiture, depuis celui où j'avais frôlé son bras en m'asseyant, jusqu'au geste que j'avais esquissé en le quittant.

J'avais caressé le visage d'un homme. J'avais la certitude, par ce mouvement, de m'être, comme dans une fable, emparée de son corps et de son âme.

A cet instant, l'orage a éclaté, d'abord sans même que le soleil disparaisse. La pluie s'est mise à tomber à grosses gouttes qui s'écrasaient sur moi et sur la terre avec un bruit sourd. Puis le vent s'est levé, froid, sifflant entre les branches des arbres, courbant les herbes, les buissons, et le ciel s'est obscurci en quelques minutes. Je suis restée à proximité du chemin où couraient sans me voir Isabelle et ses copains. Julien Charlet était le dernier. Je l'ai regardé s'éloigner. J'ai eu la tentation de l'appeler pour qu'il vienne s'allonger près de moi, mais il a rejoint les autres, et, peu après, j'ai entendu le moteur de sa voiture, cependant que l'orage continuait de rouler au-dessus de moi.

Quand la pluie s'est interrompue, je me suis dirigée vers la route. Mes vêtements collaient à mon corps comme une peau froide.

J'ai ôté mes chaussures et ai marché pieds nus sur la chaussée dans l'eau boueuse qui y dévalait.

Au bout de quelques centaines de mètres, une fourgonnette s'est arrêtée à ma hauteur.

« Qu'est-ce que tu fais là, tu es devenue folle ? m'a demandé Lucien Vignal en ouvrant la portière. Grimpe, je te descends à Clairvaux. »

C'est lui déjà qui, sept ans auparavant, m'avait reconduite, ce jour de mai où je m'étais enfuie du château de Salière.

« Tu es toujours sur les routes, m'a-t-il lancé. Tu te souviens ? »

Il ne me regardait pas, conduisant penché en avant, la tête enfoncée dans les épaules. Il portait un tricot de peau largement échancré qui laissait voir ses bras musclés, son torse ; quand il prenait un tournant, je devinais la touffe de poils noirs sous son aisselle.

« Tu ne fais plus de cheval ? »

Il m'a jeté un coup d'œil.

Il n'avait pas changé, depuis le temps où il m'aidait à monter, me serrant contre lui, me soulevant, plaçant ses mains sous mes bras, le bout de ses doigts touchant mes seins naissants.

« Tu n'es plus une petite fille, maintenant », a-t-il constaté.

Il a regardé mes jambes.

« Tu t'habilles drôlement, a-t-il repris en faisant la moue. Tes grands-parents n'y voient rien à redire ? »

J'ai répondu que je m'habillais comme bon me semblait.

L'averse avait repris. Il a freiné brutalement et je me suis rendu compte qu'il s'était rangé sous les arbres, à quelques mètres de la chaussée, dans une échancrure du versant envahie par les herbes et où s'entassaient des troncs que la pluie avait rendus luisants.

« Je n'y vois plus rien, a-t-il dit. Avec ce qu'il tombe... »

Il s'est tourné vers moi. Sa poitrine était osseuse, couverte de poils.

« On peut attendre ici », a-t-il soufflé en remontant la glace de la portière.

Je crois qu'en posant sa main sur mes cuisses il m'a demandé si j'avais déjà connu un homme. J'ai secoué la tête en le regardant droit dans les yeux.

17.

Ont-ils su ? Qu'ont-ils imaginé ?

Quand Lucien Vignal, sans même me regarder, m'a dit, en arrêtant la fourgonnette à l'entrée du village : « Maintenant, tu descends », je me suis tout à coup souvenue de la veuve Morand, et je n'ai pas bougé. Il s'est penché vers moi et son épaule a écrasé mes seins. Je me suis enfoncée dans le siège pour éviter ce contact qui me donnait la nausée, fuir cette odeur de sueur et de rance.

« Descends », a-t-il répété en se redressant, puis, en me pinçant le menton, il a ajouté : « Si t'en veux encore, tu sais où me trouver. »

Je suis descendue. La pluie tombait toujours dru ; les rafales de vent la soulevaient avec une violence telle que, parfois, elle me frappait au visage comme si on l'avait projetée sur moi.

Qu'avais-je vécu ? Avais-je seulement rêvé ? Étais-je Lady Chatterley, une des héroïnes des romans que je lisais et qu'un valet de ferme, un homme fruste, violait et aimait ? Ou Esmeralda ?

J'ai fait quelques pas vers la place, toujours pieds nus ; l'eau qui dévalait me glaçait les chevilles. J'avais du mal à marcher, comme si les muscles de mes cuisses étaient crispés par des crampes ; au bout de quelques mètres, j'ai ressenti une douleur dans le bas-ventre, comme une traînée — que j'imaginais rouge, brûlante — qui coulait en moi.

Je suis arrivée sur la place et j'ai pensé de nouveau à la veuve Morand, à ces mètres qu'elle avait autrefois parcourus. A plu-

145

sieurs reprises, mon grand-père Desjardins avait entamé le récit de cette journée d'août 1944 où, à la tête de son groupe de maquisards, il avait quitté les forêts et les hauts plateaux pour libérer Clairvaux. Chaque fois, ma grand-mère l'interrompait, mais j'avais réussi à reconstituer cette scène qui le hantait. « Je n'ai rien pu faire, répétait-il, ils étaient tous comme fous. Ce jour-là, j'ai compris qu'on était comme des animaux, pire même : eux ne font pas ça... » Ils avaient rasé les cheveux de la veuve Morand, qui avait passé la plus grande partie de la guerre à Bourg et à Lons, et n'était revenue à Clairvaux qu'à la mi-juillet 1944. Son mari, un Vignal, avait été tué au front en novembre 1939. Peut-être était-ce la vérité, ou bien des calomnies pour la dépouiller des terres et des sapinières qui avaient appartenu par le passé à la famille Vignal ? Est-ce qu'on sait ? Les Vignal avaient prétendu qu'elle avait couché avec les Boches, qu'elle avait vécu de ça, qu'il fallait le lui faire payer, à cette putain, à cette salope. Mon grand-père n'avait pu empêcher les hommes de Clairvaux — « il y avait aussi des femmes ; elles, elles hurlaient, on aurait dit des corneilles ou des pies, ce sont elles qui la frappaient, la griffaient » — de déshabiller la veuve Morand, de la couvrir de bouse de vache, de purin, de lui raser les cheveux et de la pousser sur la place de Clairvaux, et peut-être l'aurait-on tuée si les gendarmes et mon grand-père ne lui avaient enfin passé les menottes, jeté une couverture sur les épaules, et ne l'avaient embarquée dans une fourgonnette.

« C'est notre bonne madame Melrieux qui aurait dû connaître ça... Elle, oui ! » marmonnait parfois mon grand-père, et ma grand-mère s'indignait : Joseph savait-il devant qui il parlait ? Les petites-filles de Lucienne Melrieux ! Le docteur Desjardins se levait. C'était pourtant la vérité. Il claquait la porte et s'en allait faire quelques pas sur la place en mâchonnant sa pipe.

J'avais connu la veuve Morand. Elle était femme de service à l'école. Elle branlait la tête, les yeux perdus. Elle ne parlait pas. Les Vignal avaient repris leurs biens et la logeaient dans une remise.

Peut-être est-ce en ce jour de juillet 1965 que je me suis dit que j'aurais aimé défendre cette femme-là, que j'ai imaginé ce que j'aurais pu répondre à ses accusateurs. J'aurais parlé des hommes qui s'étaient servis de cette femme. D'elle, qui n'avait pas voulu que la guerre éclate. L'avait-on d'ailleurs jamais consultée sur rien? Peut-être est-ce ainsi, alors qu'il me semblait qu'on allait sortir des maisons pour m'insulter, me couvrir d'excréments, me cracher au visage, me lacérer, qu'est née ma vocation d'avocate. J'en prends conscience — ce n'est peut-être là qu'une hypothèse, la reconstruction d'un passé qui doit beaucoup plus au hasard; mais écrire, n'est-ce pas essayer de suivre les racines qui plongent au plus profond de la mémoire? — en retrouvant ce mélange de peur et d'orgueil, de honte et de fierté, d'angoisse et de détermination que je ressentais, immobile sur la place.

Allaient-ils comprendre, deviner?
Il me semblait que tout mon corps constituait un aveu, que mon bas-ventre avait gonflé à éclater, que ma jupe était maculée de sang. J'essayai de remettre de l'ordre dans mes vêtements, mais l'averse avait collé le tissu à ma peau. Je me sentais nue, vulnérable. J'avais à nouveau envie de m'enfuir, de courir sur la route, je me voyais comme les putains de Lons dans l'attente qu'une voiture ou un camion s'arrêtât.
J'ai eu peur d'avoir, comme une imbécile, par défi, refus de me plier aux règles, gâché toute ma vie. Les leçons de morale qu'on nous avait prodiguées durant sept années à l'institution Sainte-Geneviève, les propos de toutes ces femmes qui m'entouraient — mes grands-mères, mes tantes, madame Secco — me revenaient. Comme sœur Marthe me l'avait prédit, je m'étais voulue supérieure; la vie, les autres allaient se venger, me punir. J'allais payer, comme la veuve Morand.

Isabelle a ouvert la porte de notre maison. Elle devait me guetter. J'ai avancé vers elle d'un pas désinvolte et résolu.
Elle me dévisageait. Je sentais son regard, j'entendais les questions qu'elle n'osait encore me poser. Elle tentait de sourire, mais son visage n'exprimait ni l'ironie ni le sarcasme, plutôt l'avidité, presque de la voracité. Elle avançait les lèvres; je devinais ses petites dents. Elle aurait voulu me mordre, m'avaler, pour connaître ce qu'elle imaginait que j'avais vécu. Dès que je l'avais aperçue, j'avais su que, depuis qu'elle m'avait vue monter dans la voiture de Jacques Vanel, elle n'avait cessé de penser à moi, à ce qu'elle aurait voulu vivre, elle aussi, me détestant parce qu'une fois encore, malgré tous ses efforts, j'étais la première, j'osais avant elle ce qu'elle rêvait de faire.

« Alors ? m'a-t-elle demandé en s'effaçant pour me laisser passer.

— Alors quoi ? »

Je ne l'avais même pas regardée. Déjà, madame Secco et ma grand-mère m'entouraient. On me séchait, on me poussait vers la cuisine. La bonne me frictionna les cheveux. Elle voulut m'ôter mon chemisier et ma minijupe, mais, brusquement, je me suis rebellée. L'espace de quelques instants, j'avais retrouvé mon corps et mon attitude de petite fille heureuse, rassurée d'être dorlotée, secouée par les gestes brusques de madame Secco ; mais, tout à coup, sans que j'eusse senti monter en moi cette révolte, je ne supportais plus la présence de ces deux femmes aimantes et maternelles, comme si j'avais craint bien davantage leur désir de me maintenir dans l'état d'enfance que j'avais quitté, dont j'avais rompu les liens, quoi qu'il m'en coûtât, en me livrant au premier venu, que le risque de me savoir découverte.

J'ai crié : « Laissez-moi, enfin, laissez-moi ! » et je me suis enfuie dans ma chambre. J'ai entendu ma grand-mère qui s'interrogeait, affolée, sur ce que j'avais, sur les raisons de ma nervosité subite, et madame Secco qui soupirait : « On sait bien ce qu'elles ont, ce qu'elles font à cet âge-là, ça nous a toutes tourné les sangs. Ça lui passera, mais... » — sans doute avait-elle hoché la tête, secoué les épaules : « La petite fille, c'est bien fini, madame Henriette. Bien fini..., avait-elle répété. Mon Dieu, il me semble que c'était hier... »

Je me suis lavée, frottant au savon et au gant de crin jusqu'à m'arracher la peau. J'ai dirigé le jet brûlant de la douche vers mon sexe, je me suis mordu les lèvres tant la douleur était brutale. Puis je me suis aspergée d'eau de Cologne, car il me semblait que l'odeur de Lucien Vignal m'imprégnait tout entière. Je voulais me décaper, oublier, et qu'il ne restât de cet après-midi qu'une étape franchie. Le baccalauréat et ça, ai-je pensé, et j'ai ri toute seule, silencieusement, coupant l'eau chaude, m'aspergeant à présent d'eau glacée, hurlant à cause du froid qui me saisissait.

Quand je suis rentrée dans la chambre, Isabelle était assise sur son lit ; sans lever la tête du livre qu'elle avait posé sur ses genoux, elle m'a questionnée.

Il était comment, Jacques Vanel, sympathique ? Est-ce que je devais le revoir? Est-ce que je savais ce qu'on disait de lui? C'était Julien Charlet qui lui avait rapporté l'information. Qu'il était homosexuel. En tout cas, on ne lui connaissait ni épouse ni liaison. Peut-être à Paris, mais à Dole, à Lons, rien. Avais-je maintenant une opinion à ce sujet? Non?

Elle m'a regardée.

« Aucune opinion », ai-je répondu.

Elle s'est remise à lire cependant que je m'habillais, l'observant dans le miroir de l'armoire. Elle me jetait des coups d'œil rapides, disant qu'elle avait pourtant cru, cet après-midi... Après tout, pour une première fois, avec Jacques Vanel, un homme de quarante ans, ce n'était pas une si mauvaise idée, non?

Elle était si anxieuse de savoir, si désireuse de m'imiter, voire de me devancer, si impatiente de devenir elle aussi une femme, d'en finir avec l'adolescence, qu'elle ne dissimulait même pas ce qu'elle pensait, mais se montrait plus franche et directe qu'elle ne l'avait jamais été.

« Tu n'as rien fait alors? », a-t-elle redemandé.

Je la sentais à la fois rassurée et déçue, presque méprisante, comme si elle avait toujours attendu de sa sœur aînée des exploits qui la surprissent. Et, par provocation sans doute, j'ai répondu d'une voix suave :

« Avec lui, rien. »

Elle est restée un long moment silencieuse, les yeux écarquillés, la bouche entrouverte, la stupéfaction déformant ses traits et lui donnant un air stupide. Elle s'est levée, s'est approchée à me toucher.

Je pouvais lui dire, chuchota-t-elle. Jamais elle ne m'avait trahie.

Je me suis retournée. Nous étions poitrine contre poitrine, alors que cela faisait des années que nos corps s'ignoraient. Ils se frôlaient, maintenant. Elle s'appuyait à moi, me suppliait : elle voulait, devait savoir. Je devais l'aider.

« Tu l'as fait? » a-t-elle interrogé.

J'ai incliné la tête.

Elle voulait savoir avec qui, elle me pressait, m'en adjurait. J'ai répondu brutalement, en la repoussant, que c'était avec un paysan, Lucien Vignal. Elle le connaissait, non? Notre grand-père répétait souvent que c'était un spécialiste du premier sillon. Lucien Vignal, donc!

Elle avait avancé le visage vers moi, comme égarée, répétant ce nom : « Lucien Vignal », puis elle avait éclaté de rire, haussant les épaules. Imaginais-je qu'elle allait gober ça ? Sa voix se transformait sous l'effet de la colère. Je ne voulais donc rien lui dire, je ne lui faisais pas confiance. Elle savait bien que je n'avais que mépris pour elle, mais elle se vengerait. Elle, elle était venue vers moi, toujours, pleine d'admiration, mais je l'avais à chaque fois repoussée. A présent, elle en avait assez de jouer les admiratrices. A chacun sa vie, chacun pour soi !

« Ne me gêne pas, sinon... »

Elle m'avait toisée, avait ouvert la porte, jurant qu'elle m'écarterait de sa route à coups de pied.

J'ai compris ce jour-là que rares sont ceux qui osent croire la vérité.

18.

La vérité? Moi non plus, comme Isabelle, je n'ai pas voulu la voir. Et cela a duré des années. Je le comprends, je le sais maintenant, parce que j'écris et qu'écrire, pour moi, n'a de sens que si on traque le mensonge, si on met à nu les plaies, si on cherche à établir ce que l'on est sans détourner la tête devant un souvenir, mais en acceptant le jugement d'un proche qu'on a d'abord rejeté.

Sans doute était-ce vers la mi-septembre 1965, je m'apprêtais enfin à partir pour Paris. Les dernières semaines de l'été avaient été pour moi un calvaire. Je vivais dans la crainte de croiser dans le village Lucien Vignal. Il me semblait qu'il me guettait, garant sa fourgonnette devant le café-tabac, de l'autre côté de la place, restant adossé à la portière, fumant lentement ou bien discutant avec d'autres paysans, gesticulant; j'imaginais alors qu'il parlait de moi, qu'il se vantait d'avoir ajouté la petite-fille du docteur Desjardins, l'aînée, à son tableau de chasse, et j'en transpirais de honte, d'humiliation. Fuir Vignal, Clairvaux, était aussi pour moi échapper à la vérité de mon acte.

Ce jour-là Madame Secco avait refermé la porte de la cuisine, s'y était adossée et, d'un ton autoritaire, le visage fermé, elle m'avait désigné la chaise en face d'elle, m'intimant l'ordre de m'y asseoir.

J'avais soupiré, esquissant un mouvement d'humeur et de moquerie, mais je lui avais obéi. Elle avait alors commencé un long soliloque, évoquant sa propre enfance; il me semblait que je connaissais déjà tout cela : le travail aux champs, les religieuses dans cet orphelinat de Parme où on l'avait placée quelques semaines, puis son départ pour la France. Je l'écoutais, manifestant mon ennui, mon impatience, comme on tolère une vieille femme qui radote.

Elle n'avait qu'une cinquantaine d'années, mais je n'en avais que dix-sept et elle était déjà pour moi au-delà de l'horizon.

Tout à coup, elle s'était avancée, s'appuyant aux deux montants de la chaise :

« Tu sais pourquoi je suis partie ? »

J'avais son visage contre le mien, je ne pouvais me dérober. Il me fallait affronter ses yeux, la franchise brutale de son regard.

Elle s'était offerte à un homme, avait-elle expliqué, comme ça, dans les champs, parce qu'elle voulait savoir. Naturellement, elle ne l'aimait pas ; lui non plus ne l'aimait pas.

« Et tu vois, Aurore, quand on commence comme ça, qu'on fait les choses sans amour, eh bien, après, on n'arrive plus à aimer, peut-être jamais plus : c'est comme si on était coupée en deux, on n'est plus jamais liée, la mayonnaise ne prend pas, tu comprends ? Et les autres le devinent. Ça n'est pas parce que tu n'es plus vierge : aujourd'hui, les hommes s'en moquent presque tous. Non : c'est autre chose ; ils comprennent que tu n'es plus capable d'aimer vraiment, alors ils te prennent pour ce que tu as dans la tête (et tu en as !), ou pour ton héritage, ou bien pour ça — elle s'était donné une claque sur les fesses —, en somme, pour coucher. Mais te donner, toi entière, ils savent que tu ne peux plus. Sauf s'ils sont bêtes et que tu joues bien la comédie ! »

Elle s'était redressée, puis s'était dirigée vers la porte, et, la main sur la poignée, elle m'avait dit qu'elle craignait beaucoup pour moi, qu'elle avait peur que je ne reste toute ma vie coupée en deux. Elle ne voulait pas savoir avec qui je l'avais fait, mais elle savait que je l'avais fait, comme elle : sans amour. Et comme j'étais déjà une petite égoïste — oui, elle devait me le dire, et Isabelle était comme moi : des filles auxquelles on avait tout donné, mais dont on n'avait rien exigé —, eh bien, elle me plaignait. Peut-être que je n'aimerais jamais, peut-être que je serais un monstre.

C'était un mot qu'elle avait employé souvent au cours de notre enfance. « Vous êtes deux petits monstres ! » criait-elle. Ma sœur et moi nous nous esclaffions, tournions autour d'elle, l'enlacions, l'entraînions, reprenant en chœur : « Nous sommes des monstres ! », et nous riions toutes trois.

Je me suis abstenue de rire quand madame Secco a rouvert la porte. Je suis passée devant elle sans la regarder. J'ai dit, je crois m'en souvenir : « Tant mieux, si je suis un monstre. Tant mieux ! » Puis je suis montée dans ma chambre.

Depuis notre affrontement, Isabelle n'y dormait plus, couchant chez les grands-parents Melrieux au château de Salière.

Ma grand-mère s'était inquiétée pour moi. Contrairement à Isabelle, je n'avais pas de « copains », je ne sortais pas en boîte — elle m'en félicitait peut-être, « mais quand même, tu pourrais t'amuser un peu » —, je passais mon temps à lire. Je prétextais mon entrée prochaine à Sciences politiques, où j'avais été admise grâce à ma mention au baccalauréat, alors qu'Isabelle, elle, était inscrite à la faculté de droit de Dijon.

« Vous vous séparez », constatait ma grand-mère en reniflant.

Elle le regrettait, ne comprenait pas ce choix de l'Institut d'études politiques. Puisque je comptais suivre des cours de droit à Paris, j'aurais pu aussi bien rester avec Isabelle à Dijon.

« Est-ce que vous vous aimez encore ? » me demandait-elle sur un ton angoissé. Nous nous étions disputées ? Pour un garçon ? Pour Julien Charlet, le fils du médecin de Lons ? On le voyait toujours fourré avec Isabelle, mais ma grand-mère prétendait qu'il fallait être aveugle pour ne pas comprendre que c'était moi qui lui plaisais. Quand il me regardait, assurait-elle, il en était transfiguré. N'avais-je pas remarqué ?

Je haussais les épaules. J'exprimais mon mépris par une mimique de dégoût. Julien Charlet ? Qu'est-ce que c'était ? Rien : un lycéen qui venait de passer son bac, qui allait faire médecine à Lyon, comme son papa. Comment aurais-je pu m'intéresser à un garçon comme lui ? J'avais d'autres ambitions. J'avais fait d'autres rencontres.

Ma grand-mère insistait. Mais Isabelle ? Nous aimions-nous encore ? reprenait-elle.

« Avant, vous étiez comme des jumelles, vous vous racontiez tout. Jamais l'une sans l'autre... Isabelle toujours dans tes pas... Et maintenant ?

— Dans la vie, on finit par se séparer », murmurais-je, sentencieuse.

Et, comme ma grand-mère hochait la tête, dubitative, je lui dis que je souhaitais lire, ajoutant :

153

« Maman est bien morte, non, elle nous a bien quittés ? C'est comme ça. »

Cet été-là, enfermée dans la maison de Clairvaux, je pensais beaucoup à ma mère. Je pouvais rester de longues minutes à contempler son portrait, me demandant quelle jeune femme elle avait été, si mon père avait été son premier homme. D'après ce que je savais de leur amour d'adolescence, je me persuadais qu'il en avait été ainsi, et j'en éprouvais de la joie ; une sorte de douceur m'envahissait, puis je me renfrognais comme si ma mère m'avait abandonnée, rejetée, condamnée. Oui, j'étais bien le monstre qu'avait décrit madame Secco, moi qui m'étais *donnée* — j'employais ce mot à dessein, je le trouvais ridicule, humiliant, convenu, mais je le répétais : je m'étais donnée à un paysan que je n'aimais pas, comme une putain. Ce mot aussi m'écorchait la bouche, quoiqu'il répandît en moi comme une chaleur diffuse.

Je n'aimerais personne, jamais. J'étais un monstre. J'en étais blessée mais fière.

Aujourd'hui, en ce mois de mai 1981, je regarde en femme de trente-trois ans cette gamine de tout juste dix-huit ans qui essayait de faire face à ce qui lui arrivait : vivre, devenir femme, penser et choisir par soi-même, établir avec les autres — ces vieux d'une trentaine ou d'une quarantaine d'années — des relations, et, pour ne pas se laisser dominer, écraser par eux, dresser autour de soi des murs, s'y abriter, s'y cacher, ne jamais avouer ce que l'on ressent, de crainte de révéler la faille. Et, malgré tous ces risques, cette angoisse, avancer, vouloir découvrir, pour prendre la mesure du monde, des autres et de soi-même. Savoir ce que l'on peut faire, de quels pouvoirs on dispose.

Je m'étonne quand je vois s'engager dans la rue de la Chaise, au mois de septembre 1965, cette jeune fille — moi — qui va déposer sa valise au foyer des chanoinesses de Saint-Augustin, à quelques centaines de mètres de l'Institut d'études politiques, rue Saint-Guillaume, à Paris. Je suis surprise, admirative, en tout cas émue par sa détermination, sa duplicité aussi.

Dans le hall d'entrée du foyer, elle avait les mains sagement posées sur les genoux. Elle portait non pas la minijupe des étés à Clairvaux, mais une robe écossaise plissée, des chaussures noires et basses, des socquettes blanches. C'est une jeune fille de la bourgeoise provinciale recommandée à la directrice par le sénateur Louis Melrieux et madame, née Comte, ses grands-parents, et fille du général François Desjardins, membre du cabinet du général de Gaulle, qui serait évidemment le correspondant parisien d'Aurore et qui avait donné pour adresses : Ministère de la Guerre, rue Saint-Dominique, et palais de l'Élysée, rue du Faubourg-Saint-Honoré.

La directrice faisait ses recommandations, parce qu'il le fallait bien, c'était son devoir, mais elle ne recevait au foyer que des jeunes filles déjà bien élevées, à l'éducation soignée.

« Vous avez fait toutes vos études à l'institution Sainte-Geneviève ?

— Oui, madame la directrice.

— Baccalauréat : mention bien. Bons résultats. Sciences politiques, pourquoi ? L'influence ou le conseil de votre père, de votre grand-père ? »

La jeune fille avait baissé les yeux. C'était un bon choix, en tout cas, avait conclu la directrice. La faculté de droit, de surcroît ? C'est à votre portée.

On était très strict sur les horaires, expliquait-elle. La porte du foyer était fermée dès vingt heures et il fallait une autorisation pour rentrer plus tard.

« Tout le monde se plie à cette règle, Aurore. Je sais que je n'aurai pas de problème avec vous. D'ailleurs, les jeunes filles qui n'acceptent pas nos contraintes, je les renvoie. Mais... »

La directrice avait posé la main sur l'épaule de la jeune fille, signifiant qu'elle disait cela par habitude, par respect des usages, mais que ses propos ne s'appliquaient évidemment pas à elle, Aurore Desjardins.

Aurore devait saluer de la part de la directrice le sénateur Louis Melrieux et sa femme. La directrice savait combien le sénateur était soucieux du sort des institutions catholiques. Qu'Aurore n'hésite pas à se confier si elle en éprouvait le besoin.

« D'ailleurs, nous avons notre chapelle, et le père, si vous le désirez, accueillera votre confession comme il se doit. J'espère vous voir à la messe. »

Ne recevant pas de réponse, la directrice avait ajouté d'une voix pincée que ce n'était pas une obligation : le foyer était internâtional et les pensionnaires pratiquaient la religion de leur choix.

Je revois ce hall du foyer des chanoinesses. Je retrouve cette émotion, cette peur qui me saisissaient quand, chaque matin vers huit heures, puis le soir, quelques minutes avant vingt heures, j'en franchissais l'entrée.

La directrice, dont j'entends encore la voix aux inflexions le plus souvent douceâtres, mais qui pouvaient devenir tranchantes, méprisantes, voire menaçantes, se tenait fréquemment à l'affût, nous dévisageant, et nous savions qu'il fallait baisser les yeux, feindre l'humilité, la crainte, le respect, arborer ce qu'elle appelait une tenue décente, ce qui excluait tout ce dont nous rêvions, qui s'étalait sur les panneaux d'affichage à quelques mètres seulement du portail d'entrée : collants noirs, pantalons, bas résille, minijupes. Je faisais mine de ne pas voir, mais je m'arrêtais devant le kiosque à journaux de la rue de Sèvres, presque à l'angle du boulevard Raspail, regardant avec avidité les couvertures de magazines, ces jeunes femmes au visage maquillé, aux yeux faits, aux lèvres rouges, entrouvertes. Comme disait parfois la directrice : « La ville est pleine de tentations, à vous de savoir ce que vous voulez être, ce que vous voulez devenir. Le portail refermé derrière vous, je ne puis plus vous protéger, mesdemoiselles. Vous êtes livrées à vous-mêmes, sous le regard de Dieu. Mais, jusqu'à cette limite, je serai intraitable ! »

Nous n'avions droit ni au parfum, ni à la poudre, ni bien sûr au rouge à lèvres.

Je craignais même — Stéphanie de Laudreuil, comme moi inscrite à Sciences-Po, qui habitait le foyer et qui, dès les premiers jours, était devenue mon amie, m'avait prévenue du risque — que la directrice ne m'obligeât à ouvrir mon sac ou mon porte-documents afin de vérifier si je n'y cachais pas un bâton de rouge ou une paire de bas.

Je rôdais, pleine de désirs, rue de Sèvres, rue Bonaparte, rue du Vieux-Colombier, rue de Grenelle, devant les boutiques de mode, les magasins de chaussures. J'entrais chez Guerlain, face au square du Bon-Marché, à seule fin d'y respirer les parfums.

A Sciences-Po, dans le hall, les premiers jours, je me suis tenue à l'écart des autres, la tête obstinément baissée pour ne pas voir ces jeunes filles à la mode dont la désinvolture, les sourires, les éclats de voix m'irritaient, mais que j'enviais. J'avais le sentiment d'être ridicule, comme si j'avais appartenu à une tribu sauvage ignorant tout des rites de cette civilisation dans laquelle je pénétrais.

Je pense avec tendresse et pitié à ce que je fus alors. Je sais, on dira que je regarde mon passé, ce que je dois bien appeler ma jeunesse — j'ai trente-trois ans, un fils de douze ans, je suis avocate, je conseille des chefs d'entreprise, des salariés en rupture de contrat, des pères qui veulent obtenir la garde de leurs enfants, des femmes maltraitées, que sais-je ? Aux yeux des autres, je suis pleine de savoir, de ressources, de conseils. Je peux donc, hélas, parler de ma jeunesse ! — et l'on m'accusera sans doute de complaisance.

Mais comment pourrais-je ne pas être touchée par cette jeune fille qu'on n'avait avertie de rien, qu'on avait seulement menacée de l'enfer sans lui expliquer comment elle pourrait vivre, connaître la joie, le plaisir, ceux du corps et ceux de la vérité, sans pour autant devoir se cacher, mentir, avoir le sentiment — oh, que de fois la prédiction de madame Secco m'est revenue en mémoire ! — d'être « coupée en deux ».

En même temps, quand je songe à ces années-là, je suis stupéfaite par l'élan vital — c'est bien cela, la jeunesse — qui me faisait m'adapter, inventer, trouver des subterfuges. Mon envie de vivre était si forte que rien n'aurait pu me retenir. Je ressentais comme un scandale et une injustice d'être obligée de dissimuler dans mes manches un tube de rouge à lèvres ou du Rimmel. J'étais humiliée de devoir, dès que j'arrivais à Sciences politiques — parfois, je le faisais dans les toilettes du café Basile qui fait l'angle de la rue Saint-Guillaume et de la rue de Grenelle —, me maquiller, puis m'arrêter dans la rue, le soir, pour effacer de mon visage ce rouge et ce noir, madame la directrice risquant de nous guetter et de nous intimer l'ordre, de sa voix la plus dédaigneuse, de « nettoyer ces saletés » : « Pas de ça ici, mademoiselle ! Ce n'est pas un hôtel, mais un foyer de jeunes filles. Et que ce soit la dernière fois, n'est-ce pas ? »

Jamais je n'ai été prise. J'étais un modèle de ponctualité et de vertu. J'éprouvais même, à tromper ainsi la directrice, le sentiment d'une revanche. On m'humiliait en m'imposant des règles que je récusais ? On m'interdisait d'être en toute franchise telle que je le souhaitais ? Croyait-on que j'allais m'agenouiller, soulever les voiles noirs du confessionnal, puis chuchoter en me martelant la poitrine, avouer dans la pénombre l'étendue de mes fautes ? J'avais déjà trompé sœur Marthe et le père Paul à l'institution Sainte-Geneviève, imaginait-on que j'allais ici courber la nuque, faire acte de contrition ? J'allais mentir au-delà de tout ce qu'ils imaginaient. J'allais vivre une double vie : chaussettes blanches et talons plats d'un côté, collants noirs et talons aiguilles de l'autre.

C'est ce que j'ai voulu, décidé dès le premier jour.

Je me demande aujourd'hui si je serais encore capable d'une telle puissance de révolte, d'une telle volonté de vivre à ma guise.

Benoît Rimberg me dit parfois avec ironie que je suis « sociologiquement conforme » : une fille de la bonne bourgeoisie provinciale qui n'a commis qu'une incartade — il ne connaît que celle-là ! —, si banale, au demeurant, aujourd'hui ; un divorce, des amants, un fils qu'elle élève, comme on dit ; mais, pour le reste, profession libérale, avocate à la Cour. Ma foi, le grand-père médecin, le père général peuvent respirer, leur descendance a fait un parcours tout à fait honorable, classique, digne de celui de la fille cadette : inspection des Finances, ENA. Une bonne distribution des pièces familiales sur l'échiquier social. Bravo, mesdemoiselles Desjardins !

Il ne m'accuse pas. Il constate. Me félicite. Qu'est-il, lui ? Un avocat connu, mais scandaleux. Une belle réussite financière, mais une marginalité de fait. Ce n'est pas à lui qu'on penserait, dans l'entourage du Président, pour un maroquin ministériel ! On ne le situe même pas à gauche. Pourtant, il a défendu les porteurs de valises du FLN, il est juif, ses parents ont été déportés à Auschwitz en passant par Drancy, convoyés par la police française, celle de monsieur Bousquet, une relation du Président, dit-on. Il aurait tant voulu être comme tout le monde, prétend-il, amasser un gros patrimoine, avoir un cabinet d'affaires international, écrire quelques livres, entrer au gouvernement ou à l'Académie. Mais non : Rimberg, ça ne sonne pas clair. « Ça n'est pas digeste, un homme comme moi. Toi, Aurore, on t'a finalement assimilée. Tu seras heureuse, tu l'es déjà, n'est-ce pas ? »

J'écoute Rimberg. Peut-être a-t-il raison. Peut-être n'ai-je plus en moi que le désir d'être semblable aux autres — tels qu'on les imagine. D'ailleurs, je retourne depuis des années à Clairvaux, je traverse le village en tenant mon fils par la main. Je rends visite à mes grands-parents Melrieux. Par certains côtés — tout en étant la femme divorcée, celle qui a fait scandale, ce qu'on n'oublie pas —, je suis même mieux acceptée qu'Isabelle. Je ne fais pas de politique, moi. Je ne suis pas derrière ce nouveau cheval de Troie des communistes. Je ne me commets pas avec les Faure père et fils, ces enseignants — instituteur ou professeur, quelle importance ? —, des paresseux qui ne savent que revendiquer, mettre dans la tête des enfants des idées fausses, sans même leur apprendre à lire et à compter.

Peut-être suis-je en effet devenue cette femme raisonnable qui a fait graver son nom, ses diplômes, sa fonction sur une plaque de cuivre apposée à l'entrée de son cabinet, rue de Sèvres, et dont on suit les conseils.

Et si j'écrivais aussi pour retrouver le désir, l'impétuosité, la hargne et la colère, la gaieté, l'enthousiasme, l'étonnement de la jeune Aurore de mes vingt ans ?

J'avais d'abord observé les gens, les rues, les autres étudiants, les jeunes filles du foyer. Le matin, j'avais franchi le portail donnant sur la rue de la Chaise en compagnie de Stéphanie de Laudreuil. Elle était blonde, comme Isabelle, et d'ailleurs ses traits réguliers, l'ovale presque parfait de son visage, son maintien même — de la raideur, de la morgue — me faisaient aussi penser à ma sœur. Nous avions marché côte à côte, d'abord sans nous parler, puis nous avions découvert que nous étions toutes deux inscrites à Sciences politiques, mais, à l'entrée de l'Institut, elle m'avait chaque fois abandonnée, m'indiquant qu'elle me retrouverait dans le grand amphithéâtre ou bien dans l'une des salles où se tenaient les conférences. Elle me rejoignait en effet, parfois après le début du cours ; le professeur était un instant distrait par son entrée, mais ne s'interrompait pas pour autant. Je l'avais quittée vêtue comme moi d'une jupe plissée, d'un blazer et d'un chemisier blanc, comme rapetissée par ses chaussures plates ; quand elle venait se glisser entre les rangées, sa minijupe dévoilant ses genoux, ses longues jambes étaient parfois serrées dans des cuissardes, un manteau de peau retournée battait ses talons hauts, un pull moulait sa poitrine.

Je n'exagère pas. Elle ne paraissait d'ailleurs pas noter ma stupéfaction. Les premières fois, je n'osai la questionner sur sa transformation. Le soir, quand je la croisais dans le couloir du foyer des chanoinesses — nos chambres étaient situées au même étage —, elle était redevenue la jeune fille discrète dont on ne remarquait que les mèches blondes couvrant ses épaules. Chaque fois, madame la directrice exigeait qu'elle les rassemblât en chignon ou, mieux, qu'elle portât des tresses, en tout cas qu'elle ne laissât pas ses cheveux comme ça, en désordre, — « ou alors coupez-les, si faire des tresses vous ennuie ».

Mon silence, ma timidité ou ma discrétion durent l'étonner, lui déplaire, peut-être même l'irriter. Un matin, sitôt le portail refermé, elle m'avait proposé, si je le souhaitais, certains jours, quand son ami ne l'occupait pas, de l'accompagner jusqu'au studio qu'elle partageait, boulevard Saint-Germain, avec cet ami. C'est là qu'elle... D'un mouvement des doigts, elle avait simplement effleuré son blazer et sa jupe.

Je n'avais pas répondu. Mais, durant les cours, les jours suivants, les mots *mon ami*, qu'elle avait répétés, et *studio* — je ne faisais qu'en imaginer la disposition, car je n'avais jamais encore pénétré dans un de ces lieux que le mot ouvrait comme une formule magique, un coup de baguette métamorphosant Cendrillon en reine de bal, — ces mots-là ne cessèrent de résonner à mes oreilles, m'empêchant d'écouter les propos du maître de conférences (j'avais remarqué qu'il ne quittait pas Stéphanie des yeux tout en parlant).

Un jour à l'issue du cours, alors que nous nous levions, je me penchai vers Stéphanie, et, tout en n'ayant nullement préparé ma question, je lui demandai comment elle faisait pour sortir la nuit du foyer de la rue de la Chaise et rejoindre son ami dans leur studio.

Elle me dévisagea. Elle avait aussi les yeux d'Isabelle, étirés et un peu ternes, mais cela leur conférait un aspect mystérieux qui pouvait attirer, fasciner. J'avais donc compris ! me répondit-elle tout en saluant d'un signe de tête le professeur qui s'attardait, rangeant ses feuillets sans cesser de la regarder. Elle avait un double de la clé de la porte du jardin, laquelle donnait elle aussi sur la rue de la Chaise. Si je voulais, elle pourrait me la prêter afin que je la fasse reproduire. « Mais attention, seulement toi et moi ! » Je sentis qu'elle souhaitait à présent que je sorte de la salle de cours. J'ai tendu la main. Elle a hésité, puis y a glissé la clé.

J'ai alors quitté la salle. Stéphanie y est restée seule. Le professeur remontait l'allée, se dirigeant vers elle.

J'ai eu ma clé. Elle était longue, lourde, noire. Je la serrais dans ma main, la caressais du bout des doigts lorsque je lisais dans ma chambre. Elle ne me quittait pas, et parfois l'angoisse me saisissait. L'avais-je oubliée, perdue ? J'explorais mes poches, fouillais mes vêtements. La laisser dans la chambre eût été d'une imprudence impardonnable, car Stéphanie, qui en était à sa deuxième année de séjour rue de la Chaise, m'avait avertie que les sœurs inspectaient nos armoires, nos tiroirs, retournaient les poches de nos manteaux, ouvraient nos valises et nos sacs afin de trouver des indices qui auraient dévoilé nos errements, peut-être nos turpitudes. Une pensionnaire avait ainsi été renvoyée chez elle parce qu'on avait découvert dans le tiroir de son bureau deux plaquettes de pilules contraceptives. Horreur, scandale, sacrilège ! Dehors, la jeune fille perdue ! Mais les condamnations n'avaient pas prise sur moi.

Stéphanie connaissait un médecin qui me délivra une ordonnance, un laissez-passer pour cette liberté qui, rien que d'y penser, me donnait le vertige.

Chaque fois que, depuis cette année-là, j'entre dans la pharmacie à l'angle de la rue Bonaparte et de la rue du Four, je redeviens pour quelques minutes la jeune fille qui hésitait à s'avancer vers le comptoir, attendant qu'une pharmacienne fût disponible, n'osant s'adresser à un homme, mais qui, tout à coup, comme en se pressant, fit deux pas en avant, tendant le bras vers le jeune commis en blouse blanche, tout en le regardant droit dans les yeux. Il avait déchiffré avec indifférence le texte de l'ordonnance, sans même voir qui la lui tendait, annonçant le prix, déposant le ticket sur le comptoir. J'avais été à la fois soulagée et déçue. Si simple, si banale, cette liberté-là...

J'avais donc toujours gardé sur moi, les cherchant souvent, les serrant dans ma main, la clé noire et la boîte de pilules. J'avais néanmoins refusé les propositions de Stéphanie qui m'invitait à sortir avec elle. Nous quitterions le foyer peu avant minuit, m'expliquait-elle. Son ami, Pierre Maury, l'attendait au café de Flore, à Saint-Germain. Nous passerions préalablement au studio pour nous y changer. Elle me prêterait des vêtements, puis nous rentrerions vers deux ou trois heures du matin. Au Flore, m'avait-elle dit, Pierre Maury avait des tas de copains, « tu ne resteras pas seule, il suffit que tu te mettes en valeur ». Elle décrivait les vêtements parmi lesquels j'allais choisir, un corsage très décolleté, une minijupe sexy.

J'étais tentée. Pourtant, je refusai.

Ma liberté m'appartenait. C'est moi qui déciderais du moment où je franchirais la porte du jardin. Moi seule. Je n'avais besoin d'aucune aide. Il me semblait que si j'acceptais la proposition de Stéphanie, je ne ferais qu'échanger des règles contre d'autres, une contrainte contre une soumission. Plus tard, si j'avais un studio, un ami, quand j'aurais exploré le territoire de ma liberté, quand je serais devenue l'égale de Stéphanie, alors peut-être le parcourrais-je avec elle.

Je lui étais reconnaissante de m'avoir conduite jusqu'à la frontière. A moi de la franchir seule, de tracer ma route. Comme je l'avais fait quand j'étais montée dans la fourgonnette de Lucien Vignal.

Est-ce ce souvenir qui m'a conduite à agir, ou bien, avant même de passer à l'acte, avais-je déjà élaboré un plan, pensé à ses chances de réussite, médité sur ce que je devrais dire et faire ?

Un matin, de la cabine qui se trouvait dans le hall de l'Institut, j'ai téléphoné à Jacques Vanel, à l'Assemblée nationale. J'ai donné mon nom à son assistant. « Un moment, a-t-il répondu, je vais voir s'il est là. »

Je n'avais jamais envisagé que Jacques Vanel pût se dérober ou m'avoir oubliée. Pourquoi cette conviction ? A cause du pouvoir que j'avais senti qu'il me reconnaissait au cours des brefs instants que nous avions passés dans sa voiture, de ses yeux embués de larmes, de ce numéro de téléphone qu'il m'avait laissé, de ce qu'il m'avait déclaré alors ?

Je m'étonne aujourd'hui de cette audace, de cette assurance, du calme avec lequel j'accueillis ses propos.

Il me dit qu'il attendait mon appel, qu'il savait par Louis Melrieux, qu'il avait vu peu de jours auparavant au Sénat, que j'étais à Paris, étudiante à Sciences politiques, qu'il était passé plusieurs fois par la rue Saint-Guillaume en revenant de l'Assemblée. Il souhaitait me rencontrer le plus vite possible.

Il s'était mis à chuchoter, établissant entre nous une complicité équivoque, faisant renaître ce qui s'était noué entre nous dans sa voiture, par ce jour d'averse, près des étangs des Monédières.

Il disposait d'un pied-à-terre à Paris — il prononça ensuite ce mot *studio* que j'attendais, ce mot de passe ! —, accepterais-je de venir l'y retrouver ? Mais j'avais sans doute des contraintes d'emploi du temps ? Melrieux lui avait indiqué que je logeais au Couvent des Oiseaux — il se mit à rire, je ris aussi —, rue de la Chaise. On était à cheval sur les horaires, non ? Il ne voulait pas me compromettre, il ne pouvait tout de même pas se présenter à la directrice comme mon tuteur, n'est-ce pas ?

Je lui ai dit — j'entends ma voix, posée, résolue — que j'avais la clé de la porte de la cage, mais que je ne pouvais l'utiliser que très tard. Minuit, chez lui ? Où ?

Il en bégaya, me répéta l'adresse, rue du Bac, l'étage, le quatrième, à droite sur le palier. A droite...

Minuit, donc ?

Ce jour-là, je n'ai pas suivi les cours. Je me suis promenée jusqu'à l'île Saint-Louis, laissant glisser ma main le long du mur qui surplombe les quais de la Seine, lisant les plaques des hôtels particuliers rappelant les noms de leurs premiers propriétaires. Qui savait encore ce qu'avaient été les vies de ces gens-là ? Qui saurait jamais, dans cent ans, ce que j'aurais ressenti, vécu ? J'allais à pas lents sur le trottoir recouvert de feuilles mortes.

Écrivant cela, je retrouve l'air d'une chanson de Gainsbourg que j'avais perdu et qui me revient tout à coup comme un souffle de nostalgie :

L'Ambitieuse

Cette chanson, Les Feuilles mortes,
Parle encore à mon souvenir,
Cette chanson des amours mortes
Qui n'en finissent pas de mourir
Je ne sais par où commence,
Par où finit l'indifférence,
Vienne l'été, Vienne l'hiver,
Vienne la chanson de Prévert...

Les mots se bousculent en désordre dans ma mémoire. Mais ils accompagnent, tandis que j'écris, cette jeune fille qui, dans la nuit d'automne qui commence à tomber, regagne la rue de la Chaise, serrant dans sa main droite, enfouie dans la poche de son blazer bleu à boutons dorés, si classique, si austère, une longue clé noire et une boîte de pilules contraceptives.

19.

Près de seize ans déjà — est-ce possible? J'avais à peine dix-huit ans! — ont passé depuis que je me suis engagée pour la première fois sous le porche de cet immeuble de la rue du Bac, presque à l'angle de la rue de Varenne, au quatrième étage duquel, à droite sur le palier, Jacques Vanel possédait un pied-à-terre où il loge encore lors des sessions de l'Assemblée nationale.

Nous ne nous y sommes plus retrouvés depuis sept ou huit ans, alors que nous continuons à nous voir régulièrement, à déjeuner ou à dîner, une à deux fois par mois. Nous sommes amis. Nous avons, je crois, confiance l'un en l'autre. Nous nous parlons librement.

J'arrive toujours en retard à nos rendez-vous, car les audiences s'étirent, le juge d'instruction est plus long que prévu, ou bien je ne réussis pas à renvoyer un client qui imagine que sa vie, son problème sont les seuls qui me préoccupent, et je dois en effet le lui faire croire. Je peste, je m'emporte contre ce métier.

« Allons, allons, Aurore, que voudriez-vous faire d'autre? » me dit Jacques Vanel.

Selon mon humeur, je m'incline ou au contraire m'insurge : je voudrais écrire un roman, des analyses psychologiques, mettre à nu tous ces ressorts cachés qui font agir; parfois, j'ajoute : « découvrir ce qui motive des hommes comme vous, Jacques, ce qui les pousse à rester sur le devant de la scène, à faire croire qu'ils agissent pour le bien public et peut-être même à s'en persuader. Voilà ce qui m'intéresserait : démonter vos petits rouages, vos mobiles, étaler tout ça ! »

« Une autopsie », conclut-il en me prenant le poignet. Il me tend la carte : « Choisissez, Aurore. Je vous conseille le plateau de fruits de mer. »

Nous n'en restons jamais là. Nous parlons vraiment. Parfois, je m'irrite de la manière dont, dans la salle de ces restaurants où il m'invite, rue de Bourgogne ou bien — pis encore — à celui de l'Assemblée, il ne cesse de regarder autour de lui, s'évertuant à attirer l'attention, à se faire remarquer des tables voisines. Je le lui reproche et il s'en défend mollement, l'admettant même quelquefois ; il chuchote alors, penché vers moi : « Il faut bien que je vous utilise un peu, ma chère Aurore ; vous êtes ma gloire, on me prête beaucoup quand on vous voit avec moi. » L'un ou l'autre de ses collègues se lève, s'approche, me dévisage avant d'incliner la tête. Je sais que Jacques Vanel, du ton dont on vante un bien qu'on possède et qu'on veut vendre, va déclamer que maître Aurore Desjardins, du barreau de Paris, est, vous le connaissez sûrement, la fille du général Desjardins et... un temps d'arrêt... la petite-fille de Louis Melrieux.

« Le doyen d'âge du Sénat ? s'étonne le collègue. Mais oui, mais oui... »

J'ai appris à ne plus rougir, depuis plus de seize ans. Je sais aussi me retenir de faire un éclat par pur plaisir ou simple provocation. Mais, quand je me retrouve à nouveau seule avec Vanel, je lui fais payer cher son sens des convenances, ma bonne éducation, la maîtrise de mes indignations. Car ces gens m'indignent ! Et je ne le lui envoie pas dire ! Ils sont les élus du peuple ? Mais que connaissent-ils du peuple, ces rougeauds qui se gobergent ici entre eux, ces hépatiques qui, blafards comme des parchemins, élaborent des complots de sous-préfecture pour qu'un de leurs amis soit élu conseiller général, en échange d'un appui à quelque autre ami candidat au siège de sénateur ! Que Vanel vienne dans mon cabinet écouter comment on vit ! Moi, je sais comment ils sont vraiment, ces messieurs si dignes, quand ils referment sur eux la porte de leur appartement et que, faisant irruption dans leur chambre en pans de chemise, ils découvrent leur épouse qui s'y envoie en l'air !

« Savez-vous ce qu'ils font, Vanel ? Ils se rhabillent, referment la porte de la chambre et partent sur la pointe des pieds faire un tour à la buvette de l'Assemblée, parce qu'ils sont des hommes publics et ne veulent pas de scandale. Je me trompe?

— Comme vous êtes excessive, Aurore! »

Mais il parle d'une voix lasse, comme si je l'avais personnellement blessé.

Nous continuons à manger en silence.

Jamais nous n'avons évoqué au cours de ces rencontres — seize ans, cela en fait, des tête-à-tête, des regards échangés, des verres entrechoqués, des cartes de restaurant tendues, des questions (« Une coupe de champagne pour commencer, Aurore, pour nous mettre en train? »), des genoux frôlés, des discussions animées : Pompidou, Messmer, Chirac, Giscard...; en seize ans les acteurs défilent, on croit que le spectacle change, mais, à présent que je rassemble mes souvenirs, il me semble qu'on joue toujours la même pièce, une pantomime ridicule, et c'est ce que je disais aussi à Jacques Vanel —, non, jamais nous ne sommes revenus sur cette première nuit, rue du Bac, ni même sur les premières années de notre relation, si bien qu'à nous entendre on pourrait croire que nous nous connaissons depuis toujours et qu'à l'origine nous étions déjà ainsi, interprétant chacun notre rôle, lui, l'homme public approchant de la soixantaine, informé, encore curieux des choses, de moins en moins en acteur qui attend d'entrer en scène, plutôt en spectateur qui connaît le répertoire, remarque les imperfections, guette le numéro réussi, un député cynique qui aime à rencontrer une jeune et déjà vieille amie qui ne le ménage guère, mais justement, c'est un plaisir de plus, une pincée de poivre qui relève quelque peu la monotonie des jours qui ne surprennent plus. On cherche à étonner ses collègues avec les mouvements de crête d'un coq exhibant sa conquête — le fait que je m'insurge fait encore partie du plaisir —, ou bien on souhaite aussi me surprendre, moi qui ne me veux pas dupe des apparences du jeu politique. On se montre alors détaché, on se hisse au-dessus de la mêlée, lucide, on exagère même son cynisme, pensant qu'il me plaira.

« Bien sûr, Aurore, vous ne voudriez pas que je sois dans l'opposition, comme Martin Faure? Un député socialiste dans le Jura, il n'y a pas place pour davantage. Je suis donc avec la majorité, à ma façon, indépendante. D'ailleurs, il faut prendre ses précautions, Giscard ne sera pas réélu, et moi, vous imaginez bien, je tiens à l'être! »

Il me disait cela il y a quelques mois, en mars, alors qu'on continuait de donner le candidat de gauche battu. Il pérorait, heureux de m'étonner :

« Bien sûr, si Giscard est renvoyé, ce ne sera pas à cause de l'affaire des diamants. Qui croit que Giscard ait empoché les cadeaux d'un roi nègre ? On fait semblant de le penser, de s'indigner, parce qu'on ne veut plus de lui, c'est tout. Et savez-vous pourquoi ? Parce que les Français sont un peuple aux racines paysannes, qu'ils sont propriétaires de leur sol depuis quelques siècles, qu'ils ont encore brûlé des châteaux en 89. Or, Giscard joue au châtelain. Plus grave encore, ce hobereau est intelligent mais veut toujours avoir raison. Il n'accepte pas qu'on truque sur le poids du blé qu'on lui doit, on le juge insupportable. Il ne joue pas le jeu. Il devrait fermer les yeux : "Vous me roulez ? Je suis d'accord. Je ne vois rien." Lui, on sait qu'il voit. Un polytechnicien : assommant ! Parlez-moi de Pompidou, un physique de maquignon qui s'attable, ou de Mitterrand, l'avocat rusé qui sait régler tous les conflits de voisinage, les problèmes de mitoyenneté, de bornage, auquel on pourra dire la vérité, comment on trempe son vin, comment on mouille son lait ; d'ailleurs il le sait, il ne vous trahira pas si vous êtes de son côté, il jurera même que vous êtes honnête. Les Jurassiens, Aurore, sont des paysans ; cette fois, ils ne voteront pas pour Giscard, mais pour son adversaire. D'ailleurs, croyez-vous qu'au fond ce soit différent ? Ils le sentent bien : il y a les discours et puis la réalité des choses. Ils préfèrent un avocat, c'est moins dangereux ; ça ment par métier... »

Nous parlions, nous parlions. Déjà trois heures. C'était lui ou c'était moi qui avait un rendez-vous, une audience ou une séance de commission à l'Assemblée. Nous restions quelques minutes face à face, debout sur le trottoir : « Vous m'appelez, Aurore ? suppliait-il tout à coup, d'une voix qui tranchait sur le ton sarcastique de ses propos de table. Ou bien je vous appelle ? On se revoit bientôt, n'est-ce pas ? »

Il me prenait par les épaules, se collait à moi, m'embrassait sur les joues, et parfois sa bouche effleurait le coin de mes lèvres.

Cela s'était passé ainsi la première nuit.

Une nuit ? Quelques heures à peine, puisque j'étais arrivée au coin de la rue de Varenne et de la rue du Bac — à quelques centaines de mètres de la rue de la Chaise — peu avant minuit.

J'avais attendu, pour quitter ma chambre, que plus une latte du parquet du foyer ne craque. J'avais glissé le long des couloirs, collée aux murs, descendu l'escalier, m'arrêtant à chaque marche, traversé le jardin, courbée, essayant de me dissimuler derrière les haies.

Je me voyais. Je m'exaltais comme la spectatrice d'un film à l'intrigue angoissante, qui en ignore encore les rebondissements et le dénouement.

Le boulevard était désert. Novembre ou décembre ? On épiloguait encore sur l'élection de De Gaulle, sur sa mise en ballottage par Mitterrand. J'ai parlé de l'automne en me souvenant de la chanson de Gainsbourg, des feuilles mortes, mais peut-être était-ce déjà l'hiver — « *Vienne l'hiver* », disait d'ailleurs aussi la chanson. Traversant la chaussée, puis le terre-plein central du boulevard, puis à nouveau la chaussée — je notais chaque détail comme si j'avais été le petit Poucet, obligé dans quelques heures de retrouver son chemin —, je ne parvenais pas à imaginer ce qui allait se produire. A peine réussissais-je à me souvenir du visage de Jacques Vanel. Je me persuadais qu'il était beau. Tout en marchant, je reconstituais les minutes que nous avions passées ensemble dans sa voiture. Il m'avait caressé les seins. Je m'affolais. Toute une partie de la soirée, je m'étais lavée, récurée, faudrait-il dire, car — j'en étais paralysée — il me faudrait être nue. C'était à cela que servait un studio. Ce lieu, je ne parvenais pas à le dessiner dans ma tête : une grande pièce, peut-être un escalier débouchant sur une loggia, une salle de bains, des tapis, des lumières tamisées, bien sûr, de la musique et des parfums, puis des alcools disposés sur une table basse ?

Une fois encore, je suis émue par la naïveté — quelqu'un qui ne m'aimerait pas dirait la bêtise, les idées toutes faites, le conformisme — de cette jeune fille de dix-huit ans qui marche d'un pas décidé comme si elle craignait, en avançant plus lentement vers la rue du Bac, de ne pas avoir le courage d'aller jusqu'au bout et de rebrousser chemin, de retourner rue de la Chaise, de traverser à nouveau le jardin, mais en courant, de se précipiter sur son lit, peut-être de pleurnicher sur son manque de courage ou, au contraire, sur la folie qu'elle a failli commettre.

Mais parcourir la rue de Varenne entre le boulevard Raspail et la rue du Bac ne prend que quelques minutes, trois ou quatre quand on va vite, et j'avais marché à grands pas.

Je ne m'étais pas arrêtée au carrefour, obliquant à droite dans la rue du Bac, comme me l'avait indiqué Vanel, m'éloignant aussi rapidement que je pouvais des deux gendarmes en faction sur le trottoir d'en face et qui, je l'avais remarqué, avait interrompu leur conversation pour m'observer, suivre du regard cette jeune fille à l'allure si sage qui trottinait sur ses talons plats, rentrant chez elle un peu trop tard, et que son père, l'un de ces bons bourgeois du 7e arrondissement, guettait peut-être pour la tancer.

Puis ils avaient repris leur dialogue et j'avais encore distingué leurs silhouettes en me retournant à l'instant de m'engager sous le porche. Traversant la cour pavée, j'avais pris l'escalier, négligeant l'ascenseur, comme pour m'accorder un nouveau répit, le temps de m'arrêter à chaque palier, dans la pénombre, car je n'avais pas allumé la minuterie, me contentant de la lumière qui venait de la cour et qui éclairait de gris les marches de bois.

C'était un vieil immeuble.

Au quatrième étage, je n'ai pas eu le temps d'hésiter. La porte s'est ouverte, j'ai été prise dans un rectangle de lumière vive qui m'aveuglait et m'empêchait de discerner Jacques Vanel, dessinant seulement les contours de sa silhouette.

Il s'est avancé, répétant : « Aurore, Aurore, c'est vous ! » — sa voix angoissée, un peu haletante, me rassurait, elle me rendait mes forces, m'attribuait un pouvoir — et c'est à ce moment qu'il m'a saisie aux épaules, se collant à moi, m'embrassant sur les joues, sa bouche effleurant la mienne, comme il le fait chaque fois depuis lors.

Nous n'avons plus jamais évoqué cette nuit-là, je devrais plutôt dire ces quelques instants-là, puisque j'ai quitté la rue du Bac vers trois heures du matin et qu'il m'a raccompagnée, m'obligeant à faire un détour pour ne pas passer rue de Varenne : il m'expliqua que ces gendarmes qui surveillaient l'hôtel Matignon, on ne sait jamais, *dans les circonstances actuelles* — était-ce l'affaire Ben Barka, ou l'élection présidentielle, de Gaulle mis en ballottage, la télévision donnant la parole à Mitterrand ? C'était la première fois que je découvrais le visage de celui-ci, je n'aimais pas ces pattes noires descendant presque au bas des oreilles, soulignant les traits avec arrogance, ces lèvres minces, ces dents qui, quand la bouche s'entrouvrait, paraissaient jaillir, acérées, menaçantes —, pouvaient nous réclamer nos papiers, or j'étais toujours mineure. Mais, ajouta-t-il en me prenant le bras, c'était différent : à présent, on était à Paris, pas à Clairvaux. Là-bas, dans le Jura, tout se savait, on le guettait. Ici, personne, même dans le quartier, ne le connaissait, il y avait tant de villes dans Paris ! Il souhaitait me les faire connaître. La prochaine fois, il me confierait une clé de son pied-à-terre, si je voulais bien — à nouveau l'intonation suppliante —, je pourrais m'y changer, car j'avais encore l'apparence d'une pensionnaire, d'une collégienne bon chic bon genre, l'allure Couvent des Oiseaux, et j'étais à l'âge où je devais me vieillir un peu pour sortir avec un homme comme lui, si je voulais bien...

Nous avons remonté ensemble le boulevard Raspail et il m'a abandonnée au coin de la rue de Varenne :

« Demain soir, comme ce soir ? »

Je sais que je n'ai pas répondu. Mais avais-je prononcé plus d'un mot durant ces trois ou quatre heures ?

Qu'aurais-je su dire ?

Le silence était ma défense. J'observais, j'écoutais. La pièce était spacieuse, mais le plafond bas, les poutres apparentes, l'étroitesse des deux fenêtres donnant sur la cour accusaient encore l'impression d'étouffement que j'avais ressentie en entrant. Deux canapés de cuir noir se faisaient face et, une fois assise, j'avais mieux respiré. Vanel allait et venait, parlant, m'interpellant depuis ce que j'imaginais être la cuisine.

« Une coupe de champagne pour commencer, Aurore, pour nous mettre en train ? »

Que de fois, depuis, cette phrase est-elle revenue comme un signe de reconnaissance, celui de notre première rencontre chez lui ?

Je me disais : où se couche-t-on ? J'ai cherché la porte qui devait conduire à une seconde pièce. Ce n'était donc pas un studio, et j'en étais quelque peu déçue, comme si le fait qu'il s'agisse d'un appartement — petit, certes, mais plus commun — me faisait quitter la fable, la magie, le rêve pour la banalité.

Mais Vanel, en me tendant la coupe de champagne et en

171

posant le seau à glace sur la table basse — il y avait bien une table basse entre les canapés — m'avait lancé :

« Vous avez vu mon studio, Aurore ? Ce n'est pas grand, mais proche de l'Assemblée, de Matignon, des ministères. Pratique, pour moi. »

Qu'aurais-je pu dire ?

J'avais des souliers plats et une jupe plissée, du rouge à lèvres et les yeux faits.

Comment allait-il s'y prendre ?

Il m'a d'abord parlé de l'Institut d'études politiques. Il y avait jadis donné quelques conférences comme avocat, spécialiste du droit constitutionnel. Mais, depuis lors, il avait abandonné le barreau, la réflexion, l'étude, pour la politique. Un jour, la politique serait investie par les femmes, ajoutait-il : ne formaient-elles pas la majorité du corps électoral ? Que diriez-vous d'une candidature dans le Jura ? J'avais tous les atouts.

Il s'est assis près de moi, épaule contre épaule.

J'étais une Desjardins — le docteur Desjardins connaissait tous les électeurs du département —, fille du général Desjardins, petite-fille du sénateur Melrieux. « Et moi, je peux vous aider... »

Il m'a enlacée, courbée, pesant sur moi ; je l'ai laissé agir, muette, passive. Ne l'aidant pas quand il se mit à chercher les boutons de mon chemisier, faisait glisser les manches de ma veste. Il passa la main sous mon soutien-gorge, me caressa les seins.

Je ne sentais que le froid de ses doigts. Je ne répondis pas quand il chuchota que je n'étais sûrement plus vierge. Qu'il avait tant regretté, autrefois, mais qu'il avait mieux valu, n'est-ce pas ?

Il s'est mis alors à caresser mon ventre, mes hanches, mes cuisses ; il murmurait en haletant que j'avais un corps superbe — il me l'avait déjà dit, je m'en souvenais, n'est-ce pas, dès notre première rencontre.

De ses deux mains il écarta mes cuisses, s'agenouilla, souleva ma jupe.

Je décris ces moments-là avec la même indifférence que je les vécus alors. C'était comme si j'étais sortie de moi et contemplais la scène, assise sur le canapé d'en face, en voyeuse qui note chaque geste et s'étonne.

Pourquoi Jacques Vanel se redressait-il, tirant ma jupe sur mes genoux d'un lent mouvement de la main, comme s'il accomplissait un acte sacré, puis lissant le tissu du plat de sa main tout en répétant mon nom : « Aurore, Aurore », comme une prière ? Allait-il en rester là ?

Il s'est éloigné, se plaçant à l'extrémité du canapé, me servant une nouvelle coupe de champagne, la tête baissée comme un domestique fautif.

Je buvais à petites gorgées, ne le quittant pas des yeux, devinant qu'il n'oserait plus me regarder, que j'affirmais ainsi ma domination. Et je pensais : c'est ça, un homme ? J'ai eu envie de poser ma main sur sa tête — comme, autrefois, dans les sous-bois, je l'avais posée sur la poitrine de Michel Faure — pour le forcer à s'incliner encore.

C'était donc ça ?

J'ai tout à coup repensé à ce que m'avait confié Isabelle à propos de Vanel. Aucune liaison connue, disait-on. Julien Charlet avait ajouté : « Homosexuel, sans doute. »

Il s'est à nouveau rapproché, a posé sa tête sur ma poitrine et, d'une voix monocorde, m'a dit : « Je vous en supplie, laissez-moi regarder vos seins, les embrasser. Enlevez votre soutien-gorge, je vous en supplie. »

Homosexuel ?

Je me répétais ce mot tout en me contorsionnant pour, sans bouger mon corps sur lequel Vanel était appuyé, dégraffer mon soutien-gorge de la main gauche. Il poussa un petit râle quand mes seins se libérèrent, les embrassa en geignant.

Homosexuel ? Mais pourquoi était-il là à me prendre par les aisselles, à me lécher la poitrine, à répéter qu'il avait sans cesse pensé à moi, que j'étais bien trop jeune, trop pure pour comprendre — et qu'il ne voulait pas, est-ce que je comprenais, il ne voulait pas aller plus loin.

Qu'aurais-je su, qu'aurais-je pu lui dire ?

J'ai continué de me taire et lui ai abandonné mon corps. Je ne ressentais rien.

A aucun moment il n'a fait un geste pour m'entraîner vers cette petite porte que j'avais remarquée, dans le coin gauche de la pièce, ouvrant sans nul doute sur une chambre. Il ne voulait donc pas coucher avec moi, cet homme-là. Je n'en éprouvai aucune déception. C'était donc cela qui pouvait advenir aussi dans un studio avec un homme qui allait être, comme Pierre pour Stéphanie de Laudreuil, mon « ami ».

Cela, je le voulais avant même que, dans la rue du Bac, puis boulevard Raspail, en me raccompagnant, il me l'eût proposé.

C'est lui qui, se redressant, remettant de l'ordre dans mes vêtements, déclara qu'il était près de trois heures et qu'il fallait sans doute que je rentre.

Même à ce moment-là, je n'ai pas parlé, me levant à mon tour, retrouvant la même sensation d'étouffement, remettant mon soutien-gorge — je sentais qu'il détaillait chacun de mes gestes en haletant —, puis reboutonnant mon chemisier. Mais, tout à coup, alors que j'avais déjà enfilé ma veste, il s'est agenouillé, serrant mes cuisses entre ses bras, posant la tête contre mon ventre, sa bouche à la hauteur de mon sexe. Il s'est mis de nouveau à geindre, et peut-être est-ce dès cette première fois — ou le lendemain? mes souvenirs se superposent — qu'il a murmuré qu'*il ne pouvait pas*, est-ce que je comprenais? Il me donnerait tout ce que je voudrais si je l'acceptais tel qu'il était, étais-je d'accord? Il m'en suppliait.

J'ai eu la tentation de lui prendre le visage entre mes mains — comme je l'avais caressé dans sa voiture, autrefois —, mais je n'ai pas bougé, pas répondu. Peut-être ai-je eu l'intuition que c'était ce qu'il attendait de moi. Il m'a serrée, écrasant ses lèvres contre le tissu. J'ai pensé — j'ai ri en retrouvant ce moment-là, seize ans plus tard, encore étonnée de ce que peuvent être les relations entre un homme et une femme, de la manière dont chacun vit l'instant, si séparé de l'autre, si inaccessible à lui, alors même que les corps se joignent —, j'ai pensé : pourvu qu'il ne tache pas ma jupe!

Il est resté un long moment ainsi, puis, sans que j'aie bougé, il s'est redressé, a ouvert la porte, m'a dit d'un ton presque froid :

« Vous n'oubliez rien, Aurore? Hâtons-nous, je crois qu'il est plus de trois heures. »

C'est ainsi — les nuits se sont répétées durant des années, puis nous nous sommes vus à déjeuner et à dîner, et nous n'avons plus jamais évoqué les heures passées rue du Bac — que nous sommes devenus amis, de vrais amis, Jacques Vanel et moi.

Mais, même si nous ne remuons jamais nos souvenirs, le

trouble parfois affleure, comme un peu de boue — de boue ?
c'est là un mot d'adolescente ; je ne sais même plus, aujourd'hui,
ce qu'est la boue —, de sable gris, plutôt, qui remonte du fond
de nos mémoires.

20.

Est-ce d'oser écrire ce que j'ai vécu, de m'être souvenue des premières mains d'homme à m'avoir caressée vraiment, qui m'a ainsi troublée?

C'est l'aube. Je n'ai pas réussi à dormir. Je me suis levée et recouchée dix fois. J'ai eu envie d'un corps d'homme contre le mien. J'ai voulu jouir seule, pour me calmer. Mais je suis restée tendue, au bord, sans que le plaisir jaillisse. A la fin, j'ai rouvert ce cahier, j'ai relu et je m'interroge en me remettant à écrire.

Peut-être mon malaise vient-il au contraire de ma prudence, de mon hésitation face à la vérité? Je suis restée en deçà — au bord, là aussi —, sans parvenir à me délivrer. Or, je sais qu'il faut que je m'enfonce profond, que c'est le moment d'en finir avec les affleurements. Je veux pénétrer dans ce qui fut ma vie, et tant pis si je crie, tant mieux! Je veux, je dois savoir — et, pour cela, écrire.

J'ai noté hier soir mon indifférence, comment je regardais Jacques Vanel, relevais ses gestes et m'étonnais de son attitude. J'étais bien ainsi, cette première nuit. Mais j'avais aussi envie qu'il me serre à m'étouffer, je transpirais, je haletais, même si je restais silencieuse, ouvrant tout à coup la bouche pour aspirer une grande goulée d'air.

Après quelques rendez-vous rue du Bac, quand j'ai compris que Jacques Vanel était impuissant — ce mot que je n'ai pas voulu écrire hier soir —, j'ai été comme folle. Il me regardait changer de vêtements (il m'avait acheté des jupes, des chaussures, des pulls, un manteau), il me touchait, me caressait,

177

m'embrassait, et, peut-être parce que j'étais déjà plus audacieuse, plus curieuse, plus libre, je le touchais à mon tour, laissais ma tête partir en arrière — je sens encore ce mouvement dans ma nuque — afin que mes seins se gonflent, l'attirent, qu'il les embrasse, les lèche, et que mon sexe s'ouvre. Arquée, j'attendais, je n'admettais pas qu'il se contentât de me caresser, je voulais qu'il vînt en moi. Même si je ne gardais de Lucien Vignal qu'un souvenir de douleur et parfois de honte, je savais bien qu'un homme, c'était cette façon de glisser la main sous les reins, ces hanches qui heurtaient le corps, cette sensation d'être tenue, prise. Je pensais qu'avec Lucien Vignal j'avais connu le pire, la caricature de ce que devait être l'amour, un déchirement nécessaire. Je ne pouvais en rester là. Mais Vanel me conduisait au bord, puis se dérobait, me laissant irritée, nerveuse, mécontente de lui et de moi, avec le sentiment que j'étais malchanceuse, victime d'une malédiction à une époque qui s'ouvrait, jouissait, et où je devais me contenter, moi, l'imbécile, de faire renouveler mon ordonnance de pilules contraceptives pour rien.

Comment aurais-je pu en rester là maintenant que, comme Stéphanie de Laudreuil, j'attirais aussi les regards ?

En sortant du foyer, je passais rue du Bac. J'avais la clé du studio, mes tiroirs, mon placard. En fin de compte, Vanel était rarement là : trois jours par semaine durant les sessions parlementaires ; parfois, il partait en mission ou bien un rendez-vous le retenait à Dole ou à Besançon.

J'étais presque chez moi. Je pouvais me maquiller aussi longtemps que je voulais dans la salle de bains, essayer un collant noir ou des bas résilles, me préparer du café et fumer, allongée sur le canapé, tout en relisant mes notes de cours.

Mais pourquoi tout cela ?

Ici, il faut que j'ose franchir le pas et ne pas me contenter de phrases qui s'enroulent les unes aux autres et ne font que décrire ma vie d'alors. C'est de mes sentiments, de mes désirs, de mes rêves que je dois parler.

Si je ne l'ai pas fait hier soir, si j'ai passé la nuit à me retourner, à me redresser, à me lever comme si les draps me collaient à la peau, m'excitaient sans me satisfaire, peut-être est-ce que, seize ans plus tard, il me semble parfois — c'est pourquoi l'angoisse me tient, le malaise s'agrippe à ma gorge — que je suis toujours la même : insatisfaite, dormant seule, en sueur, le souffle court quand mes doigts s'arrêtent sur mon sexe.

Je voulais — je veux, oui, j'ose l'écrire — un homme.

Hier soir, quand je me suis levée pour la première fois, n'imaginant pas que j'allais ainsi rôder toute la nuit, j'ai lu *Le Monde* de la première à la dernière ligne. On analysait et commentait les premières mesures du gouvernement Mauroy, tout en revenant sur les nominations décidées par le Président. On parlait d'une jeune garde présidentielle qui se trouvait en réserve à l'Élysée et dont la figure la plus représentative était Isabelle Desjardins, conseillère pour les Affaires sociales et la Santé. « Un futur ministre, pour peu que le septennat aille à son terme », notait-on.

Sous la rubrique « Mouvement diplomatique », on relevait qu'avaient été élevés à la dignité d'ambassadeurs de France des hommes encore jeunes, des fidèles du Président qu'il nommait à des postes clés en dépit des réserves du Quai d'Orsay, toujours hostile aux nominations politiques.

Peut-être ai-je passé une nuit d'insomnie tout simplement parce que, parmi les noms cités, j'ai lu celui de Jean-Louis Cordier, qui allait représenter la France à Rome ?

Cordier avait un peu plus de trente ans dans les années 1965-1968. Il était maître de conférence à l'Institut d'études politiques. Quand il avait terminé son cours de relations internationales, il s'attardait, rangeait lentement ses feuillets, puis, se balançant d'un pied sur l'autre dans un curieux mouvement de droite et de gauche — à quel acteur me faisait-il penser ? peut-être à Gregory Peck —, il s'approchait de Stéphanie de Laudreuil et lui parlait avec une ironie un peu goguenarde — je pensais alors plutôt à Clark Gable —, cependant que je m'éloignais, quittant la salle.

« Tu sais ce qu'il me propose ? » m'avait confié un jour Stéphanie — au printemps, peut-être — alors que nous nous apprêtions à pénétrer dans la salle où Cordier se trouvait déjà, étalant ses dossiers sur la chaire. « De dîner avec lui ce soir ! »

Elle avait fait la moue. Elle hésitait. Pierre Maury était jaloux, amusant ; il connaissait tout Paris. Cordier, lui, était intelligent, mais avais-je regardé sa peau ? Blanchâtre. Il ne s'intéressait qu'à la politique. Il avait soutenu Mitterrand. « Il m'ennuie déjà, avait-elle conclu. Lit et discussions, coucher et travailler. Pas de place pour autre chose. »

Cette fois-là, je suis restée dans la salle quand Cordier s'est approché de Stéphanie. Debout, j'étais aussi grande que lui sur mes talons hauts. J'ai attendu qu'ils échangent quelques mots, puis, quand Cordier, d'un air dépité, a commencé à remonter vers sa chaire, je l'ai interpellé. Peut-être avions-nous étudié ce jour-là la question d'Orient, ou bien les origines lointaines du premier conflit mondial. Il m'a regardée avec une expression d'ennui, comme s'il ne me voyait pas, devait affronter l'une de ces étudiantes qui tentaient de se faire connaître pour changer de sujet d'exposé ou obtenir des indications bibliographiques supplémentaires.

Est-ce que je lui ai vraiment dit : « Vous n'allez jamais au cinéma, monsieur ? »

Il a sursauté, écarquillant les yeux, me découvrant, puis il s'est mis à sourire, son visage marqué par l'étonnement et une gaieté qui effaçaient les rides déjà profondes qui, lorsqu'il parlait, plissaient son front, creusaient ses joues.

Il a dû répondre : « Pardon ? »

Je n'ai pas répété ; j'ai attendu, debout devant lui. J'avais confiance en moi. Je serrais dans ma main — c'était une habitude — non plus seulement la clé de la porte du jardin du foyer, mais celle du pied-à-terre de Jacques Vanel, absent pour la semaine.

J'ai senti le regard de Cordier qui m'appréciait, tentait peut-être de reconnaître la petite étudiante sage des premiers cours, celle qui servait de faire-valoir à Stéphanie de Laudreuil. Il cherchait encore Stéphanie, mais celle-ci avait quitté la salle, devant la porte de laquelle se pressaient les étudiants de la conférence suivante. Il m'a dit : « Il faut sortir d'ici. On peut prendre un café, si vous voulez. »

Nous avons marché sur le boulevard Saint-Germain, à quelque distance l'un de l'autre, lui indifférent, lisant de temps à autre une ou deux lignes, un titre en première page du *Monde* qu'il avait acheté rue Saint-Guillaume, me demandant de l'attendre ; c'était, chaque fois qu'il regardait son journal, comme s'il m'oubliait, et j'en étais meurtrie, vexée, mais, en même temps, ce défi — conquérir cet homme-là, le tenir, l'avoir en moi... je ne peux plus reculer, il me faut écrire ces mots, mon désir, mon rêve d'alors — m'excitait et m'exaltait.

Nous nous sommes assis à la terrasse du café de Flore. A l'autre bout, Stéphanie de Laudreuil, en compagnie de Pierre Maury et de ses copains, me salua d'un geste joyeux de la main.

« Vous la connaissez depuis longtemps ? » me questionna Cordier.

Il avait à nouveau ouvert *Le Monde*, le feuilletait, s'arrêtait parfois longuement sur un article, sursautant quand le garçon l'interrogeait.

« Qu'est-ce que vous prenez ? me demanda-t-il comme s'il se souvenait de ma présence.

— Vous êtes avec Mitterrand ? ai-je fait. Vous croyez en ce type ? Il a une drôle de tête, quelque chose de pas net. Chez moi, on ne l'aime pas. »

J'avais parlé avec brutalité, comme par provocation. Il avait replié le journal avec lassitude.

« Vous jugez les projets économiques et sociaux sur la mine des hommes politiques ? »

Il avait secoué la tête avec une bienveillance paternelle mêlée à une sorte d'accablement.

Est-ce que je croyais que de Gaulle avait des traits plus avenants ? Et Pompidou ? L'un, une tête de vieux reître, l'autre, de courtisan ou d'évêque retors et jouisseur. Mais lui, Cordier, ne jugeait pas la Ve République au faciès de ses dirigeants. Il n'était pas opposant pour des raisons esthétiques.

« Pour quoi, alors ? »

Il soupira, consulta sa montre. N'avais-je pas parlé de cinéma ? J'ai fait oui. Il a hésité. Est-ce que je dînerais avec lui, après ? J'ai calculé. Il me fallait rentrer, puis sortir du foyer, rue de la Chaise. Tard, ai-je dit. Il a penché la tête pour m'observer. Je lisais ses questions, ses doutes sur son visage. Il avait précisément une réunion publique avec Mitterrand, dans le 15e arrondissement. Il pouvait passer me chercher après. J'ai fait oui. J'ai donné l'adresse de la rue du Bac. Est-ce que j'habitais seule ? me demanda-t-il en se levant. En ce moment, oui. Il retint un sourire. Et sinon ? Un ami me prêtait son studio.

J'ai eu peur de l'avoir inquiété. J'ai lancé une carte, peut-être un atout :

« Nous pourrons parler de De Gaulle, ai-je ajouté. Mon père, François Desjardins, le général, appartient à son cabinet. »

Il en est resté sans voix, mais, au bout de quelques secondes, il a lâché : « A tout à l'heure. »

Jean-Louis Cordier a été mon premier amant.

Durant plusieurs années, nous nous sommes retrouvés rue du Bac, chez Jacques Vanel, puis, quand je n'ai plus disposé de la clé du studio, mes relations avec Vanel ayant changé, chez moi — j'avais désormais un chez-moi, un petit trois pièces, rue des Archives — où je logeais avec mon fils. Mais Christophe s'endormait tôt et Jean-Louis Cordier arrivait tard. Il allait sans cesse de réunion en comité, de bureau de ceci en convention de cela.

Parfois je l'accompagnais et m'asseyais derrière lui. Il avait toujours une information à partager avec ceux qu'il appelait des camarades, entre lesquels il se plaçait pour préparer un vote, une résolution, une intervention.

J'ai aperçu quelquefois Mitterrand. Il m'était déjà apparu petit, sans élégance avec son béret enfoncé sur le front, des pattes noires encadrant son visage. Je n'avais pas apprécié la façon dont il m'avait fixée. Je savais maintenant ce que signifiait l'insistance d'un regard.

Quand nous rentrions, Jean-Louis ne cessait de parler, m'expliquant la stratégie de ses camarades, comment ils allaient changer la majorité du parti, s'emparer de la direction, puis rassembler les forces de gauche. Est-ce que je comprenais ?

C'était avant ou après les journées de Mai 68, avant ou après mon mariage et la naissance de Christophe. Nous continuâmes à nous rencontrer irrégulièrement. Il se maria ; puis il divorça, comme moi. Nous faisions jeu égal. Mais, quand je me suis inscrite au barreau, que je suis entrée comme stagiaire dans le cabinet de Benoît Rimberg et que je suis devenue peu après sa maîtresse, nous avons cessé de nous voir.

Lui, dans le nouveau Parti socialiste, était toujours assis à la droite de Mitterrand. Parfois, à la télévision ou dans les journaux, je l'apercevais, penché vers le leader de la gauche unie, recueillant son avis ou lui chuchotant quelques mots.

J'avais chaque fois un mouvement de nostalgie, de regret, peut-être d'amertume et d'incompréhension, de doute sur moi.

J'ai retrouvé ces sentiments hier soir en lisant ce nom, Jean-Louis Cordier, ambassadeur de France à Rome. « Fidèle parmi les fidèles de François Mitterrand, commentait le journaliste, Cordier a franchi une étape décisive ; on peut penser que le Président veut ainsi lui donner l'occasion d'une expérience directe des affaires internationales et qu'il le destine à des fonctions plus politiques dans un proche avenir. »

Nous avions été à Rome, Jean-Louis et moi : trois jours dans un petit hôtel près de la place du Panthéon, dans le vieux quartier. Il partait tôt le matin pour assister aux débats de l'Internationale socialiste ; je le rejoignais pour le déjeuner et pour le dîner.

Nous avions été mariés l'un et l'autre, nous étions divorcés, libres de nous revoir, donc ; pourquoi n'avons-nous pas franchi le pas ? Peut-être un de ces soirs-là, rentrant par les ruelles aux pavés disjoints dans la chaleur moite de l'été, parmi cette rumeur des voix qui envahissaient les rues et les places, me l'a-t-il proposé, plutôt comme une question : « Et si... ? »

Peut-on répondre oui quand il y a tant d'hésitation dans l'offre qu'on vous présente ?

J'ai retiré mon bras appuyé au sien, j'ai haussé les épaules, j'ai dû dire : « Voyons, Jean-Louis, tu parles sérieusement ? »

Trop ironique, mon intonation, trop incrédule. Il était fier et sans doute incertain. Il a ri.

Nous ne nous sommes plus revus après notre retour de Rome.

C'est tout cela qui m'a fait mal, cette nuit. J'ai le sentiment, malgré Christophe qui dort à quelques pas du salon où j'écris, d'avoir raté ma vie. Je ne regrette pas Jean-Louis Cordier. Est-ce que je l'aimais, ce premier amant ? J'avais découvert avec lui ce que c'était que dormir nue contre le corps d'un homme. Je savais combien était lourd ce corps, combien il pouvait se révéler maladroit, brutal, fragile, et comme ces défauts pouvaient attirer. Mais — c'est de là sans doute que me viennent cette impression d'échec, cette amertume —, au bout de la nuit, quand il fallait me rhabiller et partir pour regagner la rue de la Chaise — au temps du studio de la rue du Bac —, puis, plus tard, quand je regardais Jean-Louis nouer ses lacets de chaussures ou boutonner sa chemise pendant que j'étais encore au lit, chez moi, rue des Archives, et qu'il s'apprêtait à rejoindre son bureau du

183

Quai d'Orsay, il me manquait quelque chose : cette joie, cette sensation de plénitude que j'aurais dû, me semblait-il, éprouver.

J'avais été *au bord* — je me souviens de cette expression —, j'avais senti le vide et j'avais voulu y sauter, m'y enfoncer, mais je restais agrippée, suspendue, le corps tremblant, en sueur, gênée d'apparaître vulnérable. Et parce que j'imaginais que cela devait se passer ainsi, il m'arrivait de pousser un cri pour faire naître une véritable émotion, me laisser enfin sombrer, et surtout permettre à Jean-Louis de se redresser, heureux de m'avoir fait jouir.

Je lui en voulais alors de sa crédulité, de son visage satisfait et détendu, de la manière dont il recommençait à parler de questions politiques qui le préoccupaient, à nouveau tranquille, ayant clos le chapitre de l'amour qui, pour moi, j'en avais la conviction, restait à écrire.

J'ai rempli bien d'autres pages de brouillon au cours de ces seize années, et il faudra que je défroisse mes souvenirs, les lisse de la paume, pour être à même de relire ces phrases tracées si maladroitement. Je m'en veux de ces tentatives inutiles et j'en viens à penser que madame Secco avait raison, que « la mayonnaise ne prendra jamais », comme elle disait ; quelquefois, je me demande même si elle ne m'a pas jeté un sort, si sœur Marthe ne m'a pas elle aussi maudite, si je ne paie pas pour mes mensonges. Si je ne suis pas, en effet, ce monstre que l'orgueil, la vanité plutôt, a rendu incapable d'aimer vraiment. Écrivant cela, j'ai peur, comme si je m'attendais à un châtiment plus sévère encore, et je crains pour ceux que j'aime. Pour m'atteindre, on peut les frapper.

Mais quel est ce « on » qui me menacerait ?

J'essaie de me rassurer — c'est aussi pour cela que j'écris — en me répétant que ma vie est d'une banalité désespérante, sociologiquement conforme, comme dit Benoît Rimberg. Que Dieu — je crois toujours en Dieu, mais de manière si vague qu'Il n'est plus qu'un léger voile enveloppant toutes les vies, flottant au-dessus et autour d'elles : une atmosphère, rien de moins, rien de plus — est charité, non vindicte. Que je n'ai voulu qu'être moi, devenir moi-même, peut-être avec trop d'impatience, mais sans jamais ourdir le mal, même quand j'ai pu blesser et faire souffrir.

Cependant, je me sens parfois surveillée, traquée, comme si ce « on » me guettait, prêt à me rouer de coups pour me forcer à m'agenouiller, moi qui suis trop fière, qui me crois unique — n'est-ce pas, sœur Marthe ? —, moi qui suis un monstre — n'est-ce pas, madame Secco ?

Et je sais bien ce qui m'étrangle de peur. J'en parlerai aussi. Plus tard, j'en ferai le récit.

Mon père est peut-être le seul à pressentir ce que j'éprouve. Et cela, depuis que nous nous sommes retrouvés, à Paris. Ou plutôt trouvés, car je l'avais si peu vu quand j'étais à Clairvaux ou à Lons, à l'institution Sainte-Geneviève...

Le samedi, il envoyait une voiture me chercher rue de la Chaise. Le chauffeur, un jeune soldat à peine plus âgé que moi, m'ouvrait la portière et je m'installais à l'arrière. Quelques minutes plus tard, nous pénétrions dans la cour de l'hôtel de Brienne, siège du ministère de la Guerre, ou bien dans celle du palais de l'Élysée — c'était selon l'emploi du temps de mon père, ses rendez-vous. Nous déjeunions en tête à tête dans de petits salons. A l'Élysée, mon père était en civil ; rue Saint-Dominique, au ministère, en uniforme.

Il m'observait, ne me questionnait pas, me parlait d'Isabelle, qu'il voyait peu mais qui lui donnait régulièrement de ses nouvelles. Je savais, bien sûr, qu'elle songeait à présenter le concours de l'ENA ?

Fallait-il que je lui dise à quoi je me destinais ? J'avais aussi songé à l'ENA. Vanel et Jean-Louis Cordier me l'avaient l'un et l'autre conseillé. Mon grand-père Melrieux l'avait également souhaité. Mais, peut-être parce que Isabelle l'envisageait pour elle-même, ou parce que j'avais rencontré avec Jean-Louis Cordier trop de ces jeunes gens pleins d'assurance — de gauche, puisqu'ils étaient ses camarades —, si sûrs de remplacer un jour les maîtres du pouvoir, de s'installer dans leurs fauteuils et d'y caler leurs fesses avec un tel plaisir, une telle morgue, j'avais choisi une autre voie.

Benoît Rimberg était venu faire une conférence à Sciences politiques, invité par l'Association des élèves, et sa verve, son détachement sarcastique, son cynisme et son amertume, ce désespoir que je sentais perler sous l'exposé brillant, m'avaient séduite au point que j'étais allée lui parler, lui demandant s'il pensait que la profession d'avocat serait intéressante pour moi. Il s'était esclaffé :

« La pire des professions ! Vous êtes à la fois prêtre et prostitué, vous dites la vérité dans le mensonge, et vice versa. Il y a dix fois trop d'avocats. Vous êtes craint et méprisé. C'est le plus vieux métier du monde... avec l'autre ! D'ailleurs, je vous l'ai dit, ce sont les mêmes. En tout cas — il avait reculé d'un pas, m'avait jaugée —, si vous êtes un jour avocate, venez me trouver, je vous promets un stage formateur. Je m'occuperai personnellement de vous... »

Avocate ? Bon, avait dit mon père. Il ne me contredisait pas, comme s'il avait craint d'ajouter encore des difficultés à celles qu'il devinait que j'affrontais. Spontanément, je lui avais alors parlé de mes amis.

« Je vois Jacques Vanel », lui avais-je dit.

Il avait haussé les sourcils.

« C'est un ami, sans plus, avais-je ajouté, voulant maintenant enrober d'un mensonge la vérité que j'avais livrée.

— Un homme ambigu, avait observé mon père. Habile, mais trop, à mon goût. Intelligent, rusé, sans doute corrompu. Bref, je ne l'aime pas.

— Moi non plus », avais-je hasardé.

Je ne mentais pas ; je dissimulais. Après tout, ma vocation était peut-être vraiment de devenir avocate.

Puis j'avais cité Jean-Louis Cordier, que mon père avait rencontré à plusieurs reprises lors de réunions qui se tenaient au Quai d'Orsay ou au ministère de la Guerre.

« Décidément, avait-il remarqué, ta sœur et toi vous plaisez à vous opposer aux engagements familiaux : Mitterrand et les siens vous attirent ! »

Est-ce que je savais qu'Isabelle, à Dijon, animait un groupe d'étudiants proches de la Convention des institutions républicaines, le groupuscule — mon père avait eu une moue de mépris — de Mitterrand ? Quant à Cordier, il avait été chargé des relations internationales au sein du Parti socialiste ! C'était un garçon doué, mais pourquoi s'était-il fait le porte-serviette d'un coquin ?

Je n'avais pas défendu Mitterrand ni tenté d'expliquer ce que pensait Jean-Louis Cordier. Je le savais sincère, à sa manière, c'est-à-dire désireux de réformer une société qu'il décrivait comme injuste — elle l'était, je le reconnaissais volontiers — sans pour autant perdre un seul des avantages dont lui-même bénéficiait.

Je l'avais plus d'une fois choqué en lui répondant que ses amis et lui voulaient simplement s'emparer de la passerelle en promettant à l'équipage une amélioration de l'ordinaire —, un peu plus de vin, un peu plus de viande — mais le bateau continuerait sa route, les officiers resteraient les officiers, un simple changement de têtes, donc, rien à voir avec le *Cuirassé Potemkine*, ce film que j'avais vu dans une petite salle de quartier en compagnie de Cordier et de deux ou trois de ses amis dont les noms sont maintenant précédés ou suivis des mots *ministre d'État, secrétaire d'État*, et qu'on photographie sur les marches du palais de l'Élysée, côté parc, entourant ce petit homme que j'avais vu en béret, avec ses rouflaquettes touffues, ses canines que, raconte la presse, il a fait limer pour que son sourire paraisse moins inquiétant, moins carnassier.

A présent que le pouvoir est à eux, qu'ils y sont installés depuis quelques jours, que mon père, depuis le départ du général de Gaulle en 1969, n'est plus qu'un cadre de réserve qui partage son temps entre Clairvaux et un studio à Paris — il y vient tous les deux ou trois mois, autant pour me voir que pour se faire examiner à l'hôpital du Val-de-Grâce —, je pourrais formuler comme une certitude ce dont j'avais déjà l'intuition il y a une quinzaine d'années, que j'avançais sans preuves à Cordier — ce qui le mettait en rage, et il s'emportait alors contre moi : bourgeoise endoctrinée, ignorante du mouvement social, de la complexité du processus historique, etc., etc. ! — : qu'il ne s'agissait là que de jeunes ambitieux dissimulant leur avidité sous les grands mots et qui avaient choisi le plus ambitieux, parmi le personnel politique, pour parvenir au pouvoir, sûrs qu'ils étaient, avec lui, de ne pas se perdre ou s'enliser dans des questions de principe et de morale — son passé était là pour le prouver —, mais d'aller droit à l'objectif, sans vains scrupules. D'ailleurs, Cordier me l'avait dit si souvent à sa manière : Mitterrand était le plus malin. « Il les possédera tous, ajoutait-il avec jubilation, il va tous les entuber sans même qu'ils s'en rendent compte ! »

C'était fait.

Ils avaient réussi leur vie. Leurs noms — celui de ma sœur

aux côtés des leurs — s'étalaient dans les journaux. On retrouvait même celui de Michel Faure, candidat aux législatives de juin dans la circonscription de Lons-le-Saunier, puisque son père, Martin Faure, se retirait.

« *Et moi, et moi et moi...* »

Ce devait être une chanson de Dutronc que je fredonnais en ce temps-là.

21.

Moi ?

Mon nom n'est apparu dans les journaux, mon visage n'a été photographié et filmé, je n'ai dû répondre à des interviews qu'en une seule occasion : le procès Marc Gauvain, dont Rimberg m'avait contrainte d'assurer conjointement la défense.

De ces semaines durant lesquelles, dès mon arrivée au Palais, puis dans la salle d'audience, et jusque dans la rue, devant le cabinet de Rimberg ou place Dauphine, les journalistes nous guettaient — Rimberg, parce qu'il connaissait mes réticences, me poussait en avant : « Maître Aurore Desjardins, ma collaboratrice, connaît mieux le dossier que moi et va vous répondre. Je vous en prie, maître... » —, je garde le souvenir d'une période angoissante, comme si j'avais été surveillée en permanence, traquée, harcelée ; j'en avais eu la voix voilée, la respiration hachée, ne recouvrant mon calme, par quel miracle, qu'au moment des plaidoiries, peut-être parce que je sentais alors sur ma nuque le regard anxieux de Marc Gauvain, que je croyais sinon à son innocence — je ne la plaidais d'ailleurs pas —, du moins à sa qualité d'homme qui, parfois, me paraissait supérieure à celle de tous ces individus qui prétendaient un jour gouverner le pays.

C'est ce que j'avais dit à Jean-Louis Cordier, rencontré par hasard dans la salle des pas perdus du Palais alors que nous ne nous voyions déjà plus ; durant les premiers mètres que nous avions parcourus côte à côte, j'avais eu de la joie à le retrouver.

« C'est la gloire ! » m'avait-il lancé, et j'avais perçu de l'envie et de l'étonnement dans ses propos.

Il m'avait vue au journal télévisé, mes réponses aux questions des journalistes avaient été, disait-il, concises et claires. Il en avait aussitôt conclu que je devais m'inscrire au Parti socialiste : on y cherchait des jeunes femmes de talent ; présentée par lui, avec le retentissement que la presse donnait au procès Gauvain, je pouvais faire une entrée fulgurante en politique.

« Tu te retrouveras au secrétariat ou bien au bureau exécutif, qui sait ? On nous a imposé il y a peu une jeune femme comme toi, chacun sait bien pourquoi — il avait haussé les épaules —, mais tu ne seras même pas obligée d'en passer par là, ta notoriété et ton talent suffiront. »

Évidemment, j'avais refusé avec fureur.

Je me revois, gesticulant face à Cordier, surpris par ma véhémence.

J'avais tout à coup compris qu'il ne saisissait pas les raisons de ma colère, qu'il était aveugle et sourd à ce que je ressentais comme des évidences éclatantes. Aujourd'hui encore, quand je tombe dans les journaux sur son nom ou celui de ma sœur, j'éprouve le même étonnement furieux, bien plus fort que l'envie qui m'habite peut-être aussi, assortie d'un brin d'amertume et de regret de ne pas avoir saisi ma chance à ce moment-là, quand le train se formait, qu'il y avait place dans les wagons de tête, mais je sais que, malgré les conseils de Rimberg, malgré tous ces vieux copains, comme on dit, qui occupent les postes de décision, ministres, ambassadeurs, et ma sœur conseillère du Président, je ne m'accrocherai pas au convoi pour obtenir une place. Ce serait pourtant facile, m'a encore répété Rimberg il y a quelques jours ; je devrais y réfléchir.

« Vous leur rendriez service. Ils auraient une alliée compétente et sûre. C'est rare, dans la haute administration. Et vous, ma foi, vous échapperiez aux contraintes et aux incertitudes du barreau. »

J'avais dit non il y a des années, j'ai réitéré mon refus.

« Il faut, me semble-t-il... »

C'est ce que j'avais plus calmement expliqué à Cordier, après mon accès de fureur, en traversant la place Dauphine. Il m'avait invitée à déjeuner dans ce restaurant italien, *Il Delfino*, situé presque à l'angle du Pont-Neuf. Chaque fois que je m'y retrouve, parfois seule, avant une audience, je songe à ce dernier jour passé avec lui ; après le déjeuner, sans nous expliquer, nous avons décidé de rester ensemble, l'après-midi et la nuit, peut-être pour voir ce que nous avions gardé de nos élans, si nous pouvions reprendre ou aller plus loin, mais tout avait été décevant : la chambre d'hôtel, rue de Seine, si exiguë, les draps déjà froissés, et nos corps qui ne se retrouvaient pas, ou si mal, tentant de donner le change ; ç'avait été comme un épilogue superflu et raté à notre histoire...

... Il faut, me semble-t-il, une assurance, une vanité ou bien un aveuglement proches de la pathologie pour vouloir parler au nom d'un groupe, prétendre représenter les autres, décider en leur nom, solliciter leurs suffrages, être leur délégué. Et pour résoudre quoi ? Transformer quoi ? Il n'existait à mes yeux que des individus. On ne les rassemblait en groupe, classe, nation, parti, que pour mieux les tromper, les oublier dans leur individualité, leur destin singulier.

Agir pour et au nom d'un groupe ? Une illusion ou un subterfuge afin d'acquérir pour soi du pouvoir, les satisfactions qu'il procure, le sentiment de sa propre importance.

Moi, je n'avais pas assez de courage, de folie ou de cynisme pour m'imaginer pouvoir aider les autres. Trouver des solutions pour résoudre les problèmes de quelqu'un en particulier, ça, je m'en sentais capable, c'était mon métier, comme celui de mon grand-père avait consisté à formuler un diagnostic pour le malade qui lui faisait face et à essayer de le soigner. La vie, la mort n'appartiennent qu'aux individus, elles s'incarnent en eux seuls. Eux dont on tranche le cordon ombilical et dont on fermera les yeux. Le reste n'est qu'illusion et prétention.

Je n'étais donc pas faite pour la politique, cette parade devant les foules, parmi la rumeur et les lumières.

« Je n'aime pas ce théâtre », avais-je conclu.

Nous en étions à nous rhabiller, Cordier et moi, déçus, mécontents de nous-mêmes, donc pleins de reproches l'un envers l'autre. Moi, j'évitais de le regarder ; lui me répondait durement en me tournant le dos. Il ricanait : qu'est-ce que je faisais, sinon tenir un rôle, et par-dessus le marché en costume — il désignait la mallette dans laquelle il m'avait vue, quelques heures auparavant, remiser ma robe d'avocate —; je plaidais devant un public, je déclamais comme pas un homme politique n'aurait osé encore le faire. En fait, j'étais monstrueusement égoïste, alors que l'action politique exigeait du dévouement, de l'altruisme, qu'elle demandait qu'on mît sa vie au service d'une espérance, et c'était ainsi que l'humanité avançait : Spartacus, Rousseau, Jaurès, Blum...

« ... Mitterrand ! avais-je lancé en m'esclaffant. Mitterrand, l'altruiste !... »

Nous avions l'un et l'autre interrompu nos plaidoiries inutiles et nous étions quittés sur le petit mot de « salut », en nous effleurant les doigts.

J'étais rentrée chez moi amère ; je me reprochais d'avoir cédé en essayant de renouer avec Cordier, en désirant simplement vérifier si c'était encore possible.

N'avais-je pas compris ?

J'avais surpris la baby-sitter en train de regarder la télévision alors que Christophe pleurait. Elle ne m'attendait pas si tôt dans la soirée. J'avais claqué des portes et m'étais agenouillée au pied du lit de mon fils, posant ma tête sur sa poitrine pour qu'il pût m'entourer le cou de ses bras, geindre afin que je le rassure, le console.

Qu'y avait-il de plus vrai, de plus profond, de plus désintéressé que ce don qu'un enfant faisait de sa faiblesse à sa mère ? Qu'est-ce qui valait plus que d'avoir fait naître de soi cette vie dépendante, qu'il fallait protéger et conduire ? Cordier pouvait-il imaginer que je serais dupe d'autre chose ? La politique ? A la rigueur, s'intéresser au sort d'un individu, d'une vie, dénouer les liens qui l'enserraient, les entraves qui la retenaient, le filet qu'on avait fait tomber sur elle ou bien dans lequel, bêtement, elle s'était précipitée. Comprendre une vie, oui ! Mais ces foules, ce moutonnement de têtes, de visages levés, de mains ou de poings dressés, saluant qui ? Un Mitterrand ? Un Cordier ? Demain, ma sœur ? Comment pourrais-je croire à cela ?

Je n'ai pas changé d'avis depuis lors, bien au contraire.

Pourtant je savais bien, dès ces années-là, qu'on n'échappe pas, qu'on le veuille ou non, au destin collectif.

Je me souviens qu'après avoir bercé, câliné, endormi Christophe, j'ai passé la nuit à étudier une nouvelle fois les dossiers de l'affaire Gauvain. J'avais tout fait pour ne pas avoir à assurer la défense de cet homme brun, musclé, au visage maigre, aux yeux brillants et fixes, qui avait exactement mon âge, vingt-sept ans en 1975. Mais Rimberg s'était emporté ; il exigeait que je m'occupe de l'affaire, que je sois à ses côtés à la barre, il voulait que j'en plaide l'aspect humain, psychologique, lui-même se réservant de démolir l'accusation. J'avais objecté :

« Mais c'est un assassin ! »

Gauvain avait en effet, en cambriolant une grande surface, abattu l'un des deux vigiles qui le traquaient après l'avoir surpris dans le parking. Ils avaient ouvert le feu les premiers et le procès se jouait sur la notion de légitime défense. Le ministère public prétendait que Gauvain avait menacé les deux hommes, tiré même ; Rimberg entendait démontrer que Gauvain avait tenté de s'enfuir, ne ripostant d'un seul coup de feu qu'à l'instant où on allait l'abattre, au terme de l'hallali.

« Il n'a fait que donner un coup de corne, c'est instinctif, avait conclu Rimberg. Mais il faut que vous peigniez la vie de Gauvain comme un long calvaire, et surtout, je veux que vous soyez présente à la barre, car Gauvain est de votre génération, il a eu vingt ans en 68, comme vous, ma chère Aurore, ne l'oubliez pas. »

Je ne l'oublie pas. Quel cours aurait pris ma vie sans ces cris qui déferlaient le long du boulevard Saint-Germain, sans ces nappes de gaz lacrymogène qui flottaient longtemps encore, le matin, dans la rue Saint-Jacques, sans ces amoncellements de carrosseries de voitures brûlées ?

Comme tant d'autres, comme Marc Gauvain — Rimberg, une fois de plus, avait eu l'intuition juste —, j'avais été moi aussi ballottée, entraînée puis rejetée par la vague de mai.

Je ne veux pas m'engager en politique, je me défie de ceux qui prétendent représenter les autres, mais l'Histoire, elle, m'a bousculée, elle a poussé ma vie, comme tant d'autres, dans une direction que, hors d'un tel contexte, je n'aurais sans doute pas prise.

J'étais une bonne étudiante qui, entre la rue Saint-Guillaume et la place du Panthéon, l'Institut d'études politiques et la fac de droit, avait organisé méthodiquement sa double existence. Je n'étais pas plus gaie pour ça.

Vanel et Cordier — et quelques autres disparus de ma mémoire, mais pourquoi les rechercher, ils se sont dissous en l'espace d'une ou deux nuits, ne laissant rien qu'un peu de rougeur sur mes joues quand ils ne se rasaient pas d'assez près — ne me comblaient pas. Ils occupaient mon emploi du temps et, au fond, me rassuraient. L'un amical, utile et presque paternel ; l'autre, amant respectable que je pouvais même présenter à mes grands-parents : énarque, haut fonctionnaire au Quai d'Orsay, socialiste, certes, mais socialiste bien élevé, maître de conférences à Sciences politiques et non pas simple directeur d'école, comme Martin Faure à Clairvaux.

Je continuais donc de rêver. J'ai dû voir trois ou quatre fois — j'étais bête, n'est-ce pas ? — *Un homme et une femme*, parce qu'à la première séance Cordier m'avait empêchée de me laisser aller, ricanant, relevant les tics de Trintignant, la publicité insidieuse que Lelouch — « Un faiseur ! disait-il. Rien, du vent, des pages glacées de magazine féminin, et tu te laisses prendre à ça ? » — intercalait çà et là à l'aide de longs plans dédiés à telle ou telle marque. Je suis donc retournée voir le film seule, simplement parce que je rêvais d'amour, d'un homme qui aurait roulé vers moi à tombeau ouvert — ah, mourir, *Mourir d'aimer*, cet autre film, plus tard, à la projection duquel j'avais aussi pleurniché, midinette que j'étais —, et nous nous serions retrouvés au bord de la mer, au crépuscule.

J'étais *dissociée*.

Vanel m'invitait à dîner dans les boîtes à la mode. Il me montrait. Il remplissait mes placards et mes tiroirs — chez lui ! — de vêtements et de bijoux (mais en plaqué or seulement...) et me regardait, voyeur impuissant, le visage empourpré. Cordier, lui, me faisait l'amour, bien ou mal, sans que je ressentisse rien d'autre qu'une insatisfaction irritée. Et maintenant je rêvais, enfoncée dans mon fauteuil, au cinquième ou sixième rang d'une salle de cinéma du boulevard Saint-Germain. Parfois, dans cette salle, un homme s'asseyait à côté de moi, mais je me souviens mieux du film que de lui, même si j'acceptais de passer, comme ils disaient tous, un moment avec lui.

Vivre pour vivre, n'est-ce pas ? Je jouais à *La Chinoise*. J'aimais à la fois Lelouch et Godard.

Lorsque les premières grenades ont explosé, que les cortèges ont dévalé les boulevards, je n'ai été qu'une de ces étudiantes qui prenaient le bras de leur voisin et sautaient avec lui en cadence.

Dès les premiers jours, Jean-Louis Cordier m'avait entraînée dans des réunions où des jeunes gens en veste de tweed et cravate de laine, comme lui, ou en costume croisé, comme nombre de ses camarades, se demandaient comment « récupérer le mouvement social » pour lui donner un « débouché politique » en neutralisant les « groupuscules irresponsables », gauchistes, trotskistes, anarchistes, les Krivine, Cohn-Bendit et compagnie, tout en empêchant les communistes d'utiliser la situation à leur profit : « Attention au coup de Prague ! Ils sont restés staliniens, vous le savez ! » Ils opinaient doctement, gravement à ces avertissements que lançaient des hommes mûrs qui avaient eu vingt-cinq ans en 1948, année de ma naissance.

Puis, la réunion finie, commençaient les conciliabules entre Cordier et ses plus proches camarades. Là, debout devant le café où venait de se tenir la réunion — et même, une fois, dans le studio de Vanel, comble du cocasse ! —, on complotait, on élaborait des stratégies ; il fallait se méfier de Mendès France, populaire chez les étudiants. Je cachais ma stupéfaction et mon mépris : c'était donc ça, des alliés ! ? Il fallait isoler Rocard, qui pouvait tenter de doubler tout le monde en s'appuyant sur les gauchistes, parmi lesquels il comptait beaucoup d'amis. Mitterrand, car c'était à lui qu'on destinait la mise, devait apparaître comme le seul recours à l'ensemble de la gauche, l'anti-désordre, l'anti-de Gaulle.

« C'est jouable », concluait Cordier. Encore fallait-il que ces cons comprennent qu'il n'y avait pas d'autre issue ; « que, s'ils n'arrêtent pas leurs conneries, on va avoir le retour du bâton, et on en prendra pour vingt ans de plus ! »

Puisqu'ils pensaient cela, j'étais dans la rue avec les cons.

Vanel, bloqué dans le Jura, m'avait téléphoné, me conseillant de rester chez lui, de ne pas prendre de mauvais coups. De toutes façons — il me l'expliqua dès les premiers jours de mai —, ce mouvement ne déboucherait sur rien de ce qu'imaginaient ceux qui y participaient.

« Ils croient faire la révolution, ils ouvrent simplement la succession de De Gaulle, ce qui arrange bien Pompidou et Giscard. Mais, pour cette fois, je parie sur Pompidou ! »

Vanel, Cordier : leurs voix se ressemblaient, et moi je n'entendais que les chants et les cris. J'errais dans l'Institut, un peu sage malgré les affiches, les réunions dans les amphithéâtres. Je préférais de loin la Sorbonne. Je portais la tenue de saison : baskets et jeans. Madame la directrice du foyer de la rue de la Chaise avait préféré déserter le hall plutôt que de capituler. Les sœurs nous laissaient sortir et rentrer dans cet « accoutrement ». Mais les parents avaient été prévenus que le foyer déclinait toute responsabilité, compte tenu des circonstances exceptionnelles. La directrice recommandait aux familles de rappeler les jeunes filles en province.

J'ai eu le temps, juste le temps de coucher avec Branko, un homme comme je n'en avais jamais connu, silencieux mais aux mains larges, avec une barbe de trois jours, étudiant aux Beaux-Arts, sculpteur, qui modelait mon corps avec ses doigts. J'étouffais, tant il me serrait fort. Il partageait un atelier avec des amis peintres, du côté de Denfert-Rochereau, et il m'avait entraînée — oh, il n'avait pas eu de mal à le faire ! — quand le cortège était passé sur la place. « Tu viens ? » m'avait-il demandé. J'étais restée accrochée à son bras, me dégageant de l'autre garçon qui me tenait.

Quand j'ai commencé à préparer ma plaidoirie en faveur de Marc Gauvain, j'ai souvent réfléchi à ce que nous aurions pu devenir, Branko comme moi, si nous n'avions été l'un et l'autre arrimés à quelque chose, lui à ses blocs qu'il taillait au burin, comme un primitif, moi tout simplement à ma famille. Mon père, un jour de la mi-mai, envoya deux officiers de la sécurité militaire, en civil, me chercher à l'atelier. Comment avait-il su que j'avais déserté le foyer et le studio de Vanel pour vivre là ? Peut-être Cordier — car je m'étais confiée à lui par défi, pour le blesser, lui montrer qu'il y avait une autre façon de vivre ce mois de mai qu'en rédigeant des communiqués envoyés ensuite aux agences — lui avait-il téléphoné pour me sauver du pire ? Peut-être n'avait-il pas eu tort...

Oui, Branko et moi aurions pu dériver et nous retrouver seuls, quelques semaines plus tard, et croire, comme Marc Gauvain, qu'on pouvait continuer, alors que la société s'était refermée, à courir les rues, à défier les hommes en uniforme, ceux de la police d'État ou de la police privée d'une grande surface.

Branko était fils de militaire; son père n'était pas général, comme le mien, mais adjudant-chef — tout un programme! Sa mère avait divorcé; elle ne voulait plus suivre son mari d'une garnison à l'autre : Landau, Besançon — tiens, Besançon... jadis, une voiture avait été envoyée par le bureau de garnison de Besançon à Clairvaux pour conduire mon père à l'aéroport de Lyon, d'où il devait décoller pour Alger, je m'en souvenais —, ces villes d'Europe, passe encore, mais Aïn Temouchent, mais Constantine, pourquoi aurait-elle dû subir la chaleur, les mouches, l'eau qui sentait le chlore, et craindre les fellaghas?

Marc Gauvain avait, lui aussi, été élevé par sa mère...

Et je pensais, la nuit, chez moi, rue des Archives, à Christophe qui voyait si peu son père.

Le père, qui était-ce?

Les officiers de la sécurité militaire m'ont saisie par le bras, délicatement mais fermement.

« Toi, ont-ils dit à Branko qui tentait de s'interposer, si tu tiens à être bouclé, tu n'as qu'à faire un seul geste, dire un seul mot : l'avis de recherche te concernant est à la signature, on passe un coup de fil à la préfecture — ils montraient l'appareil posé par terre — et, dans une heure, on les attend ici avec toi bien calmement, les inspecteurs seront là. Quatre heures plus tard, tu te retrouves en cabane. C'est ça que tu veux? Non? Alors, taille tes pierres et laisse mademoiselle Desjardins rentrer gentiment chez elle. »

Ils ne m'ont pas parlé de tout le trajet. Les routes étaient désertes, la campagne, après Troyes et Chaumont, apaisante. Il faisait beau. Paris et Branko, les manifestations et Cordier, le studio de Vanel, tout cela s'effaçait.

Je somnolais, j'oubliais, rassérénée comme je ne l'avais plus été depuis des années, comme rassurée, heureuse d'être prise en charge, satisfaite qu'on m'ordonnât et me contraignît sans que je pusse même discuter, m'opposer. Peut-être, depuis le début de mon adolescence, avais-je abusé de ma volonté, fourni trop d'efforts pour devenir, décider, choisir. Laissant mon regard vaguer sur les paysages aux formes arrondies et douces que nous traversions, je sentais mes muscles se détendre comme si c'était enfin la pause, l'étape après Lucien Vignal, Vanel, Cordier, Branko, les autres, cette rigueur dans l'organisation et le mensonge qu'exigeaient ma double vie et mes études. Je me sentais lasse, mais délivrée de n'avoir plus à résister, à inventer.

Aujourd'hui, je pense que c'est mon corps qui réclamait cette paix, qui m'imposait cette acceptation nonchalante.

J'étais enceinte et ne l'imaginais même pas. N'avais-je pas pris la pilule avec régularité?

Banalité des vies, je sais... Mai 68, puisque c'est ainsi qu'on désigne ces journées, a incurvé bien des destins. Et c'est ce que j'ai cherché à dire, parlant pour Marc Gauvain. Qu'y pouvait-il, lui, si la foule se répandait dans les rues, si les usines se mettaient en grève, si tous les liens se relâchaient, si l'envers devenait l'endroit, l'espace de quelques jours?

« Qu'y pouvions-nous, monsieur le Président, mesdames et messieurs de la Cour, mesdames et messieurs les Jurés? Qu'y pouvions-nous si nous avons été pris dans ce mouvement, emportés par cette tempête que mon client n'avait ni préparée ni souhaitée, mais qui l'a entraîné comme tant d'entre nous? Mais nous n'avions pas tous une famille pour nous accueillir après la tourmente, après l'ivresse, nous pouvions nous retrouver, comme Marc Gauvain, à errer seuls, ne comprenant plus, cherchant toujours la plage alors qu'il n'y avait plus de pavés, simplement le bitume noir des lendemains de fête, de désordre et d'illusion... »

« Belle plaidoirie! » m'avait chuchoté Rimberg en me prenant par l'épaule, en s'appuyant à moi pour se lever, puisqu'il allait plaider à son tour.

Je m'étais retournée pour regarder Marc Gauvain. Il s'était un peu penché vers moi et les gendarmes, déjà, avaient avancé les mains pour le retenir. Comme à chaque fois que je l'avais vu en cellule, ses yeux m'avaient frappée par leur fixité. Jamais Gauvain n'avait cherché à dissimuler les faits, à mentir. Il avait au contraire déclaré: « Je suis responsable; je me suis laissé prendre; j'ai tué un homme. Je ne le voulais pas, mais j'étais armé, je n'aurais pas dû l'être. Ils ont tiré sur moi les premiers, je le jure. Mais c'était leur métier. J'aurais dû me laisser abattre. D'ailleurs, que vais-je faire de ma vie? »

Il parlait d'un ton froid, monocorde et résolu. Aucune affectation, mais une volonté de rigueur, de vérité. J'avais de l'estime pour ce coupable.

Avec sa minutie implacable de chirurgien isolant chaque détail, confrontant les témoignages, Rimberg démontra que les deux vigiles avaient voulu tuer, qu'ils n'avaient fait aucune sommation, qu'ils avaient attendu que le vol fût commis et que Marc Gauvain fût sorti du magasin pour le viser, comme au stand de tir, alors qu'ils auraient pu l'interpeller à l'instant où il y entrait, ou bien durant le cambriolage. « Une tentative d'assassinat avec préméditation! » osa-t-il dire. Formule que je jugeai dangereuse pour Marc Gauvain, trop choquante pour la cour et les jurés.

Gauvain écopa de dix ans. Rimberg referma posément ses dossiers, cependant que je restais assise, paralysée, entendant Gauvain nous remercier d'une voix claire. Je calculai : dix ans; avec les remises de peine, il sortirait vers 1981...

Nous y sommes. Peut-être est-il libre, au moment où j'écris?

Moi, je n'avais pas eu à chercher le sable sous les pavés. On m'avait confiée à ma famille — mes familles, plutôt. J'avais passé quelques jours à Clairvaux, puis mon père avait insisté pour que j'habite chez les Melrieux avec qui, compte tenu des circonstances, il s'était réconcilié. Peu m'importait : j'étais indifférente, passive, tranquille. Mon grand-père Melrieux s'emportait à tout instant : ses ouvriers étaient en grève, ses locataires avaient du retard dans le règlement du terme. Il ne voulait plus quitter le Jura : Paris était la ville de la Commune et des exécutions sommaires, et les communistes, les gauchistes étaient bien capables de s'emparer du pouvoir — oh, seulement à Paris, mais il pouvait y avoir des torrents de sang. Et de Gaulle, où était-il passé, celui-là? Il se croyait encore en 40? Il était reparti pour Londres?

Heureusement, le 30 mai, les Champs-Élysées avaient été envahis par un million de manifestants. Un car était parti, la veille, de Lons-le-Saunier et mon grand-père Desjardins avait tenu à être du voyage. Il faut leur montrer, n'est-ce pas? On avait vu, on avait entendu, télévision et radio avaient montré la foule, enregistré les cris : « De Gaulle n'est pas seul ! Les cocos au poteau ! Le drapeau, c'est bleu, blanc, rouge ! Allez, de Gaulle ! » Et une fois, une seule, un journaliste déclara même avoir cru entendre — hallucination, peut-être : « Cohn-Bendit à Auschwitz ! »

« C'est vrai, ça, à la fin ! avait commenté mon grand-père Melrieux. Ceux-là, ils sont toujours là où il ne faut pas. Après, ils s'étonnent quand on les persécute et qu'on les enferme dans des camps ! »

J'étais si calme...

Isabelle était venue passer quelques jours au château, s'étonnant de ma présence nonchalante.

« Tu es malade ? » m'avait-elle demandé en me toisant.

Julien Charlet me rendait visite chaque après-midi. Assis près d'Isabelle, qui annonçait son prochain départ pour Dijon, où la faculté était paisible, où on passait les examens comme à l'habitude, il ne me quittait pas des yeux. Je sentais ma sœur exaspérée. Cela m'amusait. Je m'étirais. Il faisait chaud, je portais un débardeur rose, et, malgré les regards courroucés de mes tantes, je ne mettais pas de soutien-gorge. Je brunissais vite et Isabelle, assise en face de moi, blonde et blanche, se levait parfois avec brusquerie : « Je vous laisse », lâchait-elle.

Julien restait encore un long moment et je ne baissais pas les yeux. Puis ma sœur l'appelait. Il devait la descendre à Lons ou la monter à Clairvaux. C'était selon.

Je bâillais. Mes seins étaient gros. J'avais envie qu'on les caresse. Je me sentais lascive.

Quand, quelques jours plus tard, Julien me demanda si je ne voulais pas l'accompagner à Lons, boire un verre — il parlait d'une voix rauque, voilée par la timidité et l'émotion —, je me levai en répondant :

« Oui, mais je ne me change pas.

— Comme vous voulez », réussit-il à articuler.

Je voulais.

22.

A ce point de mon récit, je me suis arrêtée d'écrire. J'ai rangé ce cahier sous mes dossiers comme si j'avais souhaité l'oublier, et, durant plus de trois mois, je n'ai pas osé le reprendre. Peut-être craignais-je d'aller au-delà, de raconter ces journées qui séparent le moment où je traversai le parc du château de Salière, en short et débardeur rose, insouciante, tout mon corps envahi d'une force, d'une énergie qui me le faisaient ressentir comme une part charnelle de la nature, à l'instar d'une rivière, du vent, de la terre et des nuages, et ce moment où, à la clinique de Lons, alors que j'étais cassée, déchirée par la douleur, on me tendit le petit corps nu de ce nouveau-né, mon fils, et où je perdis connaissance, quelques minutes, ne me réveillant qu'emprison-née, un masque à oxygène sur le visage, des liens enserrant mes poignets et mes chevilles — car, m'expliquait-on, j'avais hurlé que je voulais mourir, et on me rassurait : ce n'était que l'expression, certes démesurée, de la dépression d'après accou-chement, le contrecoup des souffrances que j'avais endurées pendant plusieurs heures, il fallait donc à présent que je reste tranquille, que je dorme. Mais comment trouver le sommeil quand on est entravée et qu'on ne sent pas son fils contre soi ?

J'ai repris ce cahier hier soir en rentrant de Clairvaux, seule. Je sais maintenant que je dois continuer d'écrire, puisque je connais le terme de ce récit. Je l'ignorais encore, à la fin du mois de mai et au début de juin, mais je le pressentais, au fur et à mesure que j'approchais de l'été, puis de l'hiver 68, de ces mois auxquels chacun ne pense qu'avec un sentiment de gêne, comme

201

si c'était durant cette période précédant la naissance de Christophe que j'avais été le plus monstrueuse, comme ils disent. Je leur ai lancé à eux tous, les plus cinglants défis, et d'abord à mes tantes qui, du perron du château, me regardèrent partir en compagnie de Julien Charlet, par cet après-midi de mai ; et je me dandinais, prenant la main de Julien pour les provoquer, car j'étais alors sûre de moi, décidée à jouer un bon tour à mes grands-parents, à ma sœur qui, me laissant au château, sachant que Julien viendrait m'y voir, devait bien se douter — et redouter — que j'allais une fois de plus la devancer, mais qui n'imaginait sans doute pas que, quelques mois plus tard, dans l'église de Clairvaux, en robe blanche, alors que mon ventre était déjà bien rond — « comme celui de sa mère, la petite Claire Melrieux », murmurait-on sur mon passage, et je devinais ces mots dans tous les regards qu'on me lançait —, je me marierais avec Julien Charlet. L'idiot — je le dis sinon avec tendresse, du moins avec une sympathie mêlée de pitié — ne se doutait pas que cet enfant que je portais avait plus de chances d'être né des œuvres de Branko que des siennes ! En tout cas, c'était ce que je désirais, comme un nouveau refus de l'ordre que, pourtant, en me mariant, je faisais mine de respecter, mais que je méprisais et souhaitais faire éclater. Plus tard, quand mon fils serait né, qu'il aurait ce père, bientôt médecin établi, ces immeubles à Lons, cette villa à Cannes, alors je divorcerais : qu'avais-je à faire de toute une vie aux côtés de Julien Charlet ? Que ma sœur le reprenne ! — et je lui ai lancé cela comme une gifle.

Je me suis arrêtée d'écrire il y a trois mois, j'avais trop peur de raconter cela, comme si je tenais à éviter, en évoquant mon comportement d'alors, de déchaîner quelque vengeance, d'attirer sur les miens, ceux que j'aime vraiment, un châtiment que j'étais la seule à mériter. Mais, quand on veut blesser quelqu'un, on atteint d'abord ceux qui lui sont chers, on l'oblige à penser qu'il est responsable de leur peine, de leur douleur, on le rend coupable et impuissant. Il en est deux fois crucifié.

J'ai craint cela dès la naissance de mon fils, en février 1969. Pour la première fois, je me sentais vulnérable — à travers lui. Et si, après sa naissance, j'ai voulu, fût-ce dans une semi-inconscience, mourir, c'est peut-être qu'il me semblait qu'on avait trouvé en lui ma faille, qu'on allait pouvoir enfin me faire payer mes fautes ; toutes les menaces qu'on m'avait lancées, que j'avais écartées d'un mouvement d'épaules ironique et désinvolte, j'ai pensé qu'elles avaient enfin repéré leur cible, Christophe.

Oh, je ne l'ai pas ressenti d'emblée, comme un dessein clair, prémédité, de ce « on » qui flotte au-dessus et autour de nous, qui nous enveloppe, qui n'est peut-être pas Dieu — je l'ai écrit : je crois Dieu bon —, qui est plutôt le mal qu'on nous veut, les jalousies que l'on suscite, les frustrations qu'on fait naître, les humiliations qu'on a fait subir et qu'il faut bien payer en retour. Non, je n'ai pas imaginé cela d'emblée, j'ai continué à vivre à ma manière, divorçant, voyant toujours Vanel, Cordier, tous les autres, presque anonymes, ces corps de passage que j'écartais aussitôt de ma mémoire, si bien que, parfois, en me retournant, il me semblait qu'à l'exception de Lucien Vignal et de la douleur qu'il m'avait infligée, que j'avais voulue, je n'avais connu personne et qu'il me restait encore tout à découvrir.

Cependant, cette vie libre — « Toi, tu es une femme libre », me disait-on parfois parmi les avocates de mon âge. « Je t'admire, tu vis ça très bien. Pourtant, tu n'es pas une féministe du MLF, mais tu es comme un mec : tu choisis, tu rejettes, tu prends et du laisses... Je t'envie ! » —, dès qu'elle ne m'emportait plus au même rythme (dîner avec celui-ci ou tel autre, spectacles, dossiers à étudier, baby-sitter à trouver, week-end à organiser, plaidoiries dans une ville de province, rendez-vous avec Cordier ou Vanel, puis, plus tard, voyages avec Benoît Rimberg, et mon fils qu'il me fallait laisser à contrecœur à Julien Charlet, son père légal), dès qu'un juge d'instruction en avait terminé plus vite que prévu et que je me retrouvais avec une plage de temps inoccupée devant moi, cette vie me paraissait vaine, folle, promise à nous conduire au pire, moi et les miens.

Alors je téléphonais à Julien Charlet pour lui demander des nouvelles de Christophe. Quelquefois, c'était son père qui répondait, et j'éprouvais, à entendre la voix du docteur Jean-Paul Charlet, un frisson de dégoût, sachant qu'il faisait partie intégrante de ce « on » qui me guettait pour m'abattre.

Je l'avais humilié, délibérément bafoué en ce jour de l'été 68 où, m'étant évanouie chez mes grands-parents Melrieux, on m'avait conduite à son cabinet. Je me souvenais nettement de ce personnage que, petite fille, je haïssais, dont je n'aimais ni la voix, ni les mains, ni l'odeur. On m'avait laissée dans la salle d'attente et j'avais eu envie de vomir ; je transpirais, bien que, comme à mon habitude cet été-là, je n'eusse porté que ce short de toile effrangé qui couvrait à peine le haut de mes cuisses, et ce débardeur rose qui laissait entrevoir mes seins nus.

Charlet m'avait fait entrer sans même paraître me voir, mais il avait la respiration bruyante de l'homme corpulent qu'il était devenu. Il portait une blouse blanche à manches courtes et j'apercevais ses bras forts, couverts de poils. J'avais hésité à me déshabiller, mais, se moquant de moi, il m'avait traitée en petite fille : est-ce que je me souvenais ? Puis il m'avait parlé d'Isabelle, plus douce que moi, disait-il :

« Toi, tu es l'indépendante, non, la révoltée, hein ? Tu a dû en faire, à Paris, non ? Remarque, tu as raison. Voyons ça. »

J'avais les cuisses ouvertes, je sentais le froid du métal. Il avait ri en se redressant, s'appuyant des deux mains au lit de consultation :

« Ne cherche pas, m'avait-il dit. Tu es enceinte, ma fille, c'est tout. De cinq à six semaines, pas plus. Tu as fait ça avec qui ? Tu le sais, au moins ? »

J'étais restée un moment terrassée par la surprise, à peine émue, cherchant à comprendre pourquoi, quel jour j'avais dû oublier de prendre la pilule, et je m'étais souvenue de Branko, de ses mains, de son torse, puis, tout à coup, j'avais senti les doigts du docteur Jean-Paul Charlet me caresser l'intérieur des cuisses. Je m'étais redressée, je l'avais vu, le pantalon sur les chevilles, son sexe surgi des rondeurs de son ventre, et d'un coup de pied je l'avais repoussé en hurlant, j'avais continué de crier tout en ramassant mes affaires, cependant qu'il soufflait comme un poisson hors de l'eau :

« C'est votre fils, salaud, votre fils ! Et il va m'épouser, je vous le jure, il va m'épouser ! »

J'avais enfilé mon short et mon débardeur dans la salle d'attente déserte, et il m'avait poursuivie : salope, putain, glapissait-il, à qui allais-je faire croire cela ? Pas à lui, en tout cas ! Je n'étais qu'une putain, et il le dirait à Julien !

« Et moi, je vais porter plainte ! » avais-je hurlé, puis, plus bas, le regardant froidement, j'avais répété en détachant les mots : « Il va m'épouser, je vous le jure ! »

Julien m'avait épousée. Il s'était cru le père de Christophe, parce que nous avions fait l'amour une fois. Et, dans l'allée centrale de la nef, lors de la marche nuptiale, j'avais, marchant vers la sortie de l'église en robe blanche, marqué un temps d'arrêt avant que le docteur Jean-Paul Charlet ne rentre dans la file qui nous suivait. Je l'avais fixé, j'avais voulu qu'il lise dans mes yeux à la fois mon mépris et mon triomphe. Il avait baissé les siens.

Plus tard, mon père, alors qu'il ouvrait le bal avec moi — le repas de noces avait eu lieu au château de Salière, où les invités occupaient plusieurs salons —, s'était étonné de l'attitude de mon beau-père :

« Celui-là, il ne t'aime pas, m'avait-il dit. Je lis la haine dans ses yeux. Il a presque peur de te regarder, comme s'il craignait de te tuer. »

Je m'étais blottie contre lui et avais répondu :

« Je ne crains rien, papa. Rien. »

Je m'illusionnais encore. J'étais aveugle. Mois après mois, année après année, j'ai senti croître en moi l'inquiétude, la certitude qu'« on » allait se venger de mon insolence, de la manière dont j'avais fait plier les uns et les autres, dont j'avais écarté ces hommes qui s'étaient couchés sur moi, avaient prétendu m'aimer et exigé que je les aime, enfin de la façon dont j'avais humilié et ignoré ma sœur. « On » allait me vaincre par traîtrise, en s'en prenant aux innocents.

Voilà pourquoi, il y a trois mois, j'ai cessé d'écrire : pour ne pas affronter ces souvenirs, la vindicte que ce que j'avais fait, il y a treize ans, ne pouvait que déchaîner. Je voulais oublier ces mois de l'été et de l'hiver 1968-1969.

A présent, je peux reprendre mon récit, le conduire en quelques lignes à son terme. Mon père est mort et je rentre de Clairvaux, où nous l'avons porté en terre.

Je n'ai pas versé une larme. J'avais hurlé seule dans ma voiture durant tout le trajet aller, plus de cinq heures. J'avais sangloté, arrêtée sur le bord de la route ; comme dans les scènes de films les plus convenues, j'avais posé le front sur le volant, les bras entourant ma tête.

Puis tout s'était tari quand j'avais approché de Clairvaux.

Je portais une robe noire. En pénétrant dans l'église, un souvenir m'est revenu. Peut-on se remémorer ce qui a marqué à l'âge de trois ans, ou bien n'était-ce que le souvenir de ce que l'on m'en avait raconté ? Je me revoyais petite fille, tenant la main de ma grand-mère Henriette, marchant dans l'allée centrale de la nef. Maintenant c'était moi qui marchais, pareillement en noir, comme elle l'avait été.

J'avais autrefois enterré ma mère, la petite Claire Melrieux. J'enterrais à présent mon père — « Ce cancer, c'est autant dû à Diên Biên Phu, aux suites de sa détention chez les Viets, qu'à la victoire de la gauche », m'avait-on marmonné ici et là. Au fond, on meurt du cancer quand on n'a plus de raison de vivre. Trop gaulliste, le général François Desjardins, pour accepter qu'un Mitterrand devienne président de la République, et sa fille Isabelle une des conseillères du « coquin » qui occupait le bureau du Général ! — et j'avançais, tenant la main de mon fils de douze ans, lui aussi vêtu de noir, comme je l'avais été autrefois.

Je regardais autour de moi, les yeux secs. Je voyais mes grands-parents et leur en voulais d'être encore vivants alors que leurs deux enfants, Claire et François, étaient morts. Je voyais les Charlet père et fils, et me détournais de ces deux-là que j'appelais parfois le Porc et l'Idiot. Peut-être cette femme tassée près de la porte, au regard avide sous son châle noir, était-elle la veuve Morand, toujours vivante elle aussi, mais sans doute me faisais-je des idées, sans doute était-elle morte, elle aussi. A quelques pas, dans un costume qui lui serrait le torse, c'était bien Lucien Vignal qui ne pouvait s'empêcher de sourire, en regardant autour de lui, comme pour clamer : celle-là, en noir, la grande, oui, la fille aînée du docteur Desjardins, celle qui a épousé Julien, le fils du docteur Charlet, puis divorcé — un sacré cul, elle en veut, hein, ça se voit ! —, eh bien, c'est moi qui l'ait dépucelée dans ma fourgonnette, un jour de pluie, et c'est elle qui me l'a demandé comme un service, et la sœur, elle a suivi quelques jours plus tard, à la même place !

Ce dernier épisode, tout à coup, c'est ce à quoi j'ai pensé, comme un sacrilège de plus, au sortir de l'église, quand j'ai vu Lucien Vignal gonfler encore plus la poitrine dès qu'il a aperçu ma sœur. Il nous regardait l'une après l'autre, et, en ce jour de deuil où chacun faisait mine d'être recueilli, lui rayonnait. Il les avait là toutes les deux, ces pucelles qu'il avait déniaisées à leur demande, toutes petites-filles de docteur et filles de général qu'elles étaient, et maintenant l'une était avocate — lors du procès de cet anarchiste dont la presse avait tant parlé, ce terroriste,

Marc Gauvain, on l'avait vue à la télévision, et lui, Vignal, l'avait baisée ! — et l'autre, Isabelle, était avec le président de la République à l'Élysée. Hein, c'était quelque chose !

J'avais éprouvé du dégoût pour moi sur ce parvis alors que je serrais la main de Jacques Vanel, puis de Michel Faure, le nouveau député de Lons-le-Saunier, qui baissait les yeux tout en murmurant : « Je suis triste, vraiment, désolé de ne pouvoir vous accompagner au cimetière, mais... »

En tailleur noir, maquillée, ses cheveux blonds relevés en chignon, très digne, ma sœur me dit à son tour, en montrant sa voiture garée au bout de la place, qu'elle devait repartir aussitôt pour Paris : elle voyait le Président en fin d'après-midi, il y avait Conseil le lendemain, elle devait faire un dernier point avec les ministres concernés par des projets de lois.

« Ce sont eux qui se pavanent, mais, en fait, c'est moi qui les dirige, en accord avec le Président, bien sûr. L'Élysée est le vrai centre du pouvoir, tu comprends. Le vrai ministre de la Santé, c'est moi.

— C'est bien, c'est bien, ai-je répondu. Papa serait content. »

Elle m'a regardée fixement, hésitant sur le sens à prêter à ma phrase.

Je n'ai pas bougé quand elle m'a saisie aux épaules pour m'embrasser sur les deux joues.

Je l'ai vue traverser la place d'un pas conquérant. Les gendarmes la saluaient. Le chauffeur lui ouvrait la portière. Michel Faure faisait en courant le tour de la voiture pour monter près d'elle à l'arrière.

Je n'avais plus qu'à suivre le corps de mon père jusqu'au cimetière.

Et à écrire ces lignes, qui ont ainsi trouvé leur fin.

TROISIÈME PARTIE

La petite et la grande mort

23.

AFP — 23/12/1993 — 08 h 14

MORT D'ISABELLE DESJARDINS, CONSEILLÈRE SPÉCIALE DU PRÉ-
SIDENT DE LA RÉPUBLIQUE. UN COMMUNIQUÉ DE LA PRÉSIDENCE DE LA
RÉPUBLIQUE CONFIRME LA THÈSE DU SUICIDE D'ISABELLE DESJARDINS
DANS LE BUREAU QU'ELLE OCCUPAIT AU PALAIS DE L'ÉLYSÉE.

On a appris ce matin à 7 heures par un bref communiqué de la
présidence de la République que Mme Isabelle Desjardins,
conseillère du président de la République, a été trouvée morte
hier soir dans le bureau qu'elle occupait au premier étage, dans
la partie centrale du palais de l'Élysée.

Le communiqué de la Présidence précise :

*« A 19 h 30, le 22 décembre 1993, la secrétaire de madame
Desjardins, étonnée de ne pas recevoir de réponse aux différents
appels téléphoniques par lesquels elle tentait de joindre madame
Desjardins, pourtant présente dans son bureau, a essayé d'en
ouvrir la porte, qui est apparue fermée à clé de l'intérieur. Des
gardes républicains, requis, ont forcé la serrure et pénétré dans
le bureau en présence de monsieur le secrétaire général de
l'Élysée. Madame Isabelle Desjardins a été alors découverte,
morte, sur le canapé de son bureau. Elle s'était donné la mort
avec une arme de guerre qu'elle tenait encore dans la main
droite. Le médecin du président de la République n'a pu que
constater le décès, qui remontait à deux heures, par suite d'une
blessure temporale droite. Un juge d'instruction requis par le
procureur de la République, puis les services de la Police judi-*

ciaire ont procédé aux différents examens, relevés et inter-rogatoires nécessaires. Il ressort des premières conclusions de l'enquête, menée sous l'autorité exclusive du juge d'instruction et du procureur de la République, que le suicide ne fait aucun doute. Le président de la République s'est rendu auprès de la dépouille de sa collaboratrice, dont le corps a été transporté à l'hôpital militaire du Val-de-Grâce. »

La nouvelle du suicide de madame Isabelle Desjardins, conseillère du président de la République, a été connue trop tard dans la nuit pour que de nombreux commentaires aient pu être recueillis. Les premières réactions manifestent un étonnement douloureux.

Rien, en effet, ne laissait prévoir un tel acte.

Madame Desjardins avait reçu les journalistes accrédités à l'Élysée et les représentants des différents médias l'après-midi même.

Jean-Marie Borelli, l'un des journalistes, qui suit depuis 1981 les affaires élyséennes pour plusieurs publications françaises et étrangères, a déclaré que madame Desjardins lui avait paru, ce 22 décembre, à 11 heures, déterminée, combative, joyeuse, et qu'elle avait, en présentant ses vœux de fin d'année aux journalistes, annoncé qu'elle partait en vacances dans le château de Salière, qui appartient à la famille de sa mère, les Melrieux.

Elle n'avait laissé paraître aucune préoccupation, et ceux des journalistes qui entretenaient avec elle des relations amicales — c'est le cas de Jean-Marie Borelli — assurent que rien, dans sa vie privée, ne pouvait justifier un tel geste.

Madame Desjardins était en bonne santé et vivait depuis plusieurs années, à la ville, avec Michel Faure, député socialiste du Jura de 1981 à 1993. Au mois de mars de cette année, celui-ci n'a pas été réélu et a rejoint depuis lors la Cour des comptes.

On se perd donc en conjectures sur cet acte qui, commis à l'Élysée par la conseillère du Président, peut apparaître comme chargé de sens.

C'est, en tout cas, un autre des proches du Président qui, de manière tragique, disparaît alors que s'achève le second septennat de François Mitterrand.

Cette mort est d'autant plus significative qu'elle a été choisie par une femme encore jeune qui, tout en appartenant au cercle le plus rapproché du Président, avait, par ses origines et son parcours personnel, une singularité qui avait souvent été remarquée, et dont la personnalité et la carrière n'avaient pas été entièrement façonnées par le Président ni dans son ombre.

Née à Clairvaux le 17 novembre 1950, Isabelle Desjardins était la petite-fille du sénateur Louis Melrieux, indépendant, longtemps doyen d'âge du Sénat, décédé en 1983. Elle était la fille du général François Desjardins, qui, après s'être illustré lors de la guerre d'Indochine — il avait été fait prisonnier à Diên Biên Phu —, puis en Algérie, à la tête d'unités parachutistes — il s'était opposé en 1961 au putsch des généraux —, avait été, jusqu'en 1969, membre du cabinet du général de Gaulle. Il avait demandé à cette date à être versé dans le cadre de réserve. Il est décédé en 1981.

Après de brillantes études à la faculté de droit de Dijon, Isabelle Desjardins avait été reçue à l'ENA (1972) et avait intégré le corps de l'inspection des Finances.

Membre de la Convention des institutions républicaines (CIR), c'est dans ce petit groupement d'où sont issus la plupart des fidèles du président de la République qu'elle rencontra pour la première fois François Mitterrand, sans doute dans les années 70. Au titre de la CIR, en 1971, elle participa, comme déléguée des étudiants, au congrès d'Épinay, qui vit naître le nouveau Parti socialiste. Elle entre alors dans l'entourage immédiat de François Mitterrand. Expert pour les questions sociales et de santé — son grand-père était médecin —, elle est à l'origine de la plupart des propositions concernant ces secteurs lors de la campagne électorale présidentielle de 1981. Après l'élection, elle n'est pas appelée à occuper un poste ministériel, comme on l'avait cru, mais celui, plus discret mais non moins important, de chargée de mission à l'Élysée. Elle ne semble pas en avoir alors été affectée.

Ces attributions auprès du Président s'élargissent et son poids politique augmente au fur et à mesure que la présidence mitterrandienne se prolonge.

Peut-être compte tenu de ses origines et traditions familiales, elle joue un rôle majeur en 1986-1988, lors de la première cohabitation, et entretient de nombreuses relations amicales avec des membres de la droite.

En 1989, signe de son rôle particulier, elle devient conseillère du Président, relevant directement de son autorité.

213

Après les élections législatives de 1993 — qui voient la défaite de son compagnon, Michel Faure, dans le Jura —, elle noue avec le cabinet d'Édouard Balladur des rapports de confiance.

Compte tenu de son âge (43 ans), de son expérience unique, et même si elle n'avait pas encore fait une entrée directe et publique dans le champ politique, à la différence d'une Martine Aubry, d'une Ségolène Royal ou d'une Élizabeth Guigou, cette génération de jeunes femmes dont François Mitterrand a su s'entourer et dont elle fait partie, nul doute qu'elle envisageait une nouvelle étape dans sa carrière. Elle en avait fait part à ses proches et à des journalistes, comme Jean-Marie Borelli.

Elle attendait, probablement sur les conseils du Président, les résultats de l'élection présidentielle de 1995. Elle aurait pu apparaître à cette date comme une personnalité neuve dans le monde politique, et de nombreux indices laissent penser que, depuis la défaite de Michel Faure, elle avait posé des jalons pour un retour dans son pays, où ses racines familiales profondes, débordant largement la division gauche/droite, devaient rendre possible sa propre élection.

C'est cette carrière riche, très prometteuse, conduite avec ténacité, patience et prudence, que la mort vient, de façon tout à fait incompréhensible, d'interrompre.

Isabelle Desjardins était très appréciée par tous ceux — journalistes, politiques, fonctionnaires, syndicalistes, chefs d'entreprise — qui avaient eu affaire à elle. Possédant admirablement tous les dossiers dont elle avait la charge, elle étonnait par sa maîtrise et aussi son charme, la rapidité avec laquelle elle inventait des solutions aux problèmes les plus complexes.

Selon de nombreux acteurs et observateurs de la vie politique de la dernière décennie, elle a, par les avis qu'elle a formulés, les propositions qu'elle a avancées, pesé bien plus que la plupart des ministres.

Le Président, dont on connaît le discernement, la recevait presque quotidiennement. Nul doute que ce suicide à l'Élysée ne constitue pour lui une épreuve difficile.

Un suicide est toujours une énigme qu'il convient de respecter. Mais la personnalité d'Isabelle Desjardins, le lieu qu'elle a choisi pour mettre fin à ses jours, font qu'au-delà des ressorts intimes qui conduisent à accomplir un tel acte on ne pourra empêcher l'opinion de se poser des questions, de rechercher des causes, donc de formuler des hypothèses qui prendront une dimension politique.

Au lendemain de cette mort tragique, la discrétion et la réserve qu'on doit à la personne d'Isabelle Desjardins et à ses proches ne sauraient faire oublier les fonctions qu'elle occupait au centre du pouvoir exécutif depuis plus de dix ans, là précisément où, de manière si dramatiquement ostentatoire et symbolique, elle s'est tuée.

24.

« Quelle conne ! » avait murmuré Borelli.

Sans donner d'explication à Mossé, le journaliste de l'AFP qui était toujours au bout du fil, Borelli avait posé le téléphone sur l'oreiller et s'était levé.

« Merde ! », avait-il ajouté.

Il était en proie à une sorte d'accablement et de désespoir mêlés de jubilation, d'excitation plutôt. Il esquissait déjà, allant et venant dans la chambre tout en haussant nerveusement les épaules chaque fois que Mossé criait « Allô, vous êtes là, Borelli ? », la chronique qu'il allait écrire, sept à huit feuillets au moins. Il commencerait par un portrait physique : « *Isabelle Desjardins, la plus...* »

Puis, tout à coup, il avait eu la nausée, une bouffée de honte, et il s'était assis sur le bord du lit, la tête entre les mains.

« Merde, quelle conne ! » avait-il répété.

Et il avait eu envie de sangloter.

Il y avait une quinzaine d'heures à peine, Isabelle Desjardins l'avait pris par le bras dans ce salon de l'hôtel Marigny aux cloisons décorées de marbre rose, d'arabesques noires, où les conseillers de l'Élysée, voire le porte-parole du gouvernement réunissaient les journalistes.

Combien de fois, depuis 1981, Borelli n'avait-il pas traversé l'avenue de Marigny, venant de la cour de l'Élysée, et ne s'était-il pas rendu dans ce salon, avec, au fil des années, une curiosité de moins en moins grande, ne posant même plus de questions, attentif à des détails apparemment secondaires qui n'intéressaient guère les journalistes plus jeunes, sérieux, qui voulaient comprendre, analyser, interroger les ministres sur les évolutions de fond, l'idéologie sous-jacente à leurs choix.

Au début, Borelli s'était comporté comme eux, mais il nourrissait maintenant ses chroniques de touches inattendues : le tailleur bleu turquoise de la conseillère du Président, qui tranchait sur les marbres roses des frises, sa nouvelle coiffure, etc.; la politique n'était plus pour lui qu'un élément du décor parmi d'autres, si bien qu'il s'était peu à peu forgé une réputation de journaliste singulier, de styliste, d'impressionniste, et lui qui, en fait, se désintéressait presque des orientations gouvernementales — elles se valaient toutes : inefficaces —, des remaniements ministériels — en quoi cela changeait-il le sort des hommes, en dehors de ceux qui étaient directement concernés : untel n'aurait plus à sa disposition une voiture avec chauffeur, tel autre y aurait enfin droit —, avait à plusieurs reprises pressenti et annoncé les événements, à sa manière, en soulignant la nervosité d'un ministre, la joie d'un autre, la morosité d'un parlementaire ou le laisser-aller inattendu d'une conseillère habituellement si élégante.

C'était devenu son genre et il en vivait bien, donnant ses chroniques à plusieurs journaux de province, lisant chaque matin sur une radio un éditorial d'atmosphère et de psychologie politiques, disait-il; tous ses déjeuners étaient retenus trois à quatre mois à l'avance, car on voulait lui parler, l'influencer, lui livrer des informations, afin, par ricochet, d'influencer tel parti, le gouvernement ou l'opinion.

Il écoutait, le plus souvent silencieux, opinant, et son vis-à-vis pouvait imaginer qu'il approuvait ses propos. A la fin du repas, quand se dévoilait enfin le vrai but de la rencontre, Borelli gardait les yeux plissés, le visage enveloppé par la fumée de son cigare.

Isabelle Desjardins l'avait donc entraîné loin du buffet, à l'autre extrémité du salon, et il avait été surpris quand elle s'était appuyée à lui, le corps pesant sur son avant-bras, son épaule. Elle avait serré son poignet et longuement soupiré — *comme une femme*, avait-il pensé —, et il en avait été touché : il se souvenait d'un de leurs affrontements, un jour qu'il lui avait lancé, les mains posées sur la carrosserie de la voiture, tandis qu'elle persistait à ne pas le regarder, attendant avec impatience qu'il refermât la portière afin de pouvoir repartir, seule, qu'elle n'était plus une femme — qu'elles en avaient certes conservé les apparences, elle et ses semblables, ministres, conseillères ou secrétaires d'État, mais qu'elles étaient devenues non pas des hommes, c'eût été trop simple, mais des monstres. Les dehors féminins y étaient, comme dans un conte mythologique, mais malheur à celui qui s'y laissait prendre, qui regardait, tendait le bras pour toucher : celui-là n'était pas transformé en statue de sel, mais en tas de fumier ! Oui, il lui avait lâché ce genre de propos.

A présent, elle se penchait vers lui, adossée à la cloison du salon, et chuchotait :

« Vous n'en avez pas un peu marre, Jean-Marie ? Toujours le même cirque... »

Il en avait été gêné, comme si, avec des années de retard, elle lui avait donné raison, qu'il lui avait arraché sciemment cette confidence qu'elle allait ensuite regretter, car elle était de celles qui se redressent vite. A moins encore qu'il n'eût soupçonné que ce soupir, cet aveu n'étaient qu'un piège qu'elle ouvrait devant lui pour qu'il se livrât, lui, se départît de sa prudence, de son sens critique, et gobât sans même s'en rendre compte une information qu'elle voulait faire passer et qu'il aurait autrement soupesée, confrontée à d'autres sources.

Il s'était donc contenté de la dévisager, comme lors des cinq ou six week-ends de 1984, 1985, 1986 — le dernier, juste avant les législatives du mois de mars de cette année-là, et c'est peu, à peine deux week-ends par an ! — qu'ils avaient passés ensemble ; avec le recul, cela lui apparaissait comme un fantasme qui n'avait pu prendre corps. Pourtant, il se remémorait les hôtels où ils s'étaient retrouvés. Il se souvenait de son émotion quand, attendant dans la chambre qu'elle avait réservée et où il arrivait le premier, il voyait la voiture d'Isabelle pénétrer lentement dans la cour. De la découvrir seule au volant, puis ouvrant elle-même le coffre, en sortant son sac de cuir, l'excitait déjà. Il avait le sentiment d'avoir remporté une victoire, de l'avoir arrachée à ce cérémonial dans lequel ils se rencontraient habituellement : les gardes républicains, les secrétaires, les huissiers, le chauffeur, les confrères...

Le temps qu'elle franchisse les trois marches du perron conduisant à la réception, qu'elle pousse la porte de l'hôtel, et il était comme quelqu'un qui a volé un objet précieux, qui l'a sorti de son écrin et le serre dans son poing.

Puis, le sarcasme n'étant chez lui jamais loin, il se laissait tomber dans le fauteuil de la chambre, face à la porte, et il se demandait en quoi il pouvait lui être utile, quelle stratégie elle mettait en œuvre avec lui, quel rôle il jouait dans cette partie, car il lui était impossible de croire qu'elle voulait seulement passer une nuit à la campagne avec un homme, même si, il est vrai, il l'avait toujours regardée comme une femme, lorgnant avec une insistance délibérée ses jambes, son cul, ses seins, jusqu'à l'impertinence, pour lui faire comprendre qu'il la déshabillait, qu'il ne se contentait pas, comme tous les autres journalistes, de la voir comme un rouage essentiel de la machinerie élyséenne.

A plusieurs reprises, il lui avait fait baisser les yeux, peut-être même avait-elle rougi.

Ce n'est que plus tard, au cours de leur dernier week-end, au château de Bellinglise, à une centaine de kilomètres au nord de Paris, sur la route de Compiègne — ils ne s'étaient jamais autant éloignés de la capitale —, que, comprenant qu'il n'y aurait pas d'autre rendez-vous — il avait fait son temps, rempli sa fonction, elle pouvait abandonner le pion qu'il avait été —, il lui avait lancé qu'elle n'avait au fond que les apparences d'une femme, mais elle n'avait pas répondu, tirant d'un coup sec la portière, démarrant brutalement, l'obligeant à s'écarter, et il avait encore dans l'oreille le crissement des pneus sur le gravier de l'allée.

« Quelle conne ! » avait-il alors lâché.

Il était resté seul toute la soirée dans ce château dont les clients étaient hollandais, allemands ou belges, buvant lentement une bouteille de champagne sans que la moindre griserie vienne voiler ses pensées, décidant qu'un jour il écrirait un livre sur tout cela, sur ces gens parvenus au pouvoir en 1981, ces jeunes femmes aux yeux brillants qu'il avait croisées rue de Bièvre, lorsqu'elles se rendaient chez le futur Président, qu'il avait vues attendre dans le couloir du siège du parti, place du Palais-Bourbon, ou bien tour Montparnasse, dans les locaux loués pour la campagne présidentielle, devant le bureau de Mitterrand ; il décrirait comment elles ne se regardaient pas entre elles, debout côte à côte, et comment, tout à coup, le premier secrétaire — François, comme elles l'appelaient quelque temps à tour de rôle — ouvrait la porte, les dévisageait de ses yeux veloutés, arborant son sourire ironique, puis s'effaçait pour laisser entrer l'une d'elles.

Dans les autres bureaux, c'était la cacophonie, les téléphones qui sonnaient, les secrétaires nationaux qui hurlaient, les coups de gueule, les jurons, un grand remue-ménage, la pagaille, jusqu'à ce qu'une voix s'élève, celle de Jean-Louis Cordier, pour réclamer le silence.

Mitterrand faisait son apparition et la tempête se calmait aussitôt. Parfois, Isabelle Desjardins marchait un pas derrière lui, enveloppée par l'aura et la majesté du futur Président.

Oui, il écrirait cela, plus tard.

Raconterait-il ses autres week-ends avec Isabelle Desjardins ? Deux à Ermenonville, dans un hôtel situé à la sortie du village, un château donnant sur un vaste étang, un autre à Chantilly, dans la forêt, et puis deux autres à Barbizon, au cœur même du bourg — mais le dépaysement était complet dans cette chambre aux poutres apparentes, aux meubles anglais, où l'on aurait pu se croire aussi bien en Écosse ou dans le Devon.

« On ne parle pas boutique, n'est-ce pas, Jean-Marie ? On ne parle de rien. On oublie, d'accord ? » lui avait déclaré d'emblée Isabelle.

Elle lui avait tendu la main pour sceller ce pacte. Il avait trouvé qu'elle avait la peau sèche, presque rugueuse, et il avait pensé non sans inquiétude qu'Isabelle, malgré son âge — moins de trente-cinq ans en 1984, année de leur premier week-end, sans doute à Ermenonville —, était déjà vieille. Il avait craint la nuit et le contact de son corps.

Ils s'étaient promenés silencieusement dans le parc, sur les sentiers forestiers, au bord des étangs. Ils avaient dîné en composant lentement leur menu, en comparant les vins, en commentant chaque mets, chaque cru. Ils s'étaient attardés, comme si l'un et l'autre avaient hésité à aller au-delà : à quoi bon, pour quoi faire ? Puis elle s'était levée, lui jetant un regard de défi.

Ils avaient occupé à tour de rôle la salle de bains, elle la première, entrant dans le lit enveloppée du peignoir de l'hôtel. Tandis qu'il prenait une douche, il l'avait entendue téléphoner, réclamer le permanencier de l'Élysée, s'enquérir des dépêches, rappeler le numéro de téléphone de l'hôtel, qu'elle avait déjà communiqué, précisait-elle, « mais seulement pour le cas où le Président me demande ». Il s'était dit que la sonnerie allait peut-être retentir au beau milieu de la nuit et qu'Isabelle se rhabillerait alors à la hâte. Puis, rouvrant la porte, il avait constaté qu'elle avait éteint toutes les lampes, et il avait fait un ou deux pas dans la chambre où la lumière de la salle de bains enfonçait un coin jaune.

Elle lui avait demandé d'éteindre à son tour, mais d'ouvrir les rideaux, s'il voulait : la lueur de la nuit n'était-elle pas suffisante ?

Il avait obéi et s'était demandé — c'était la rumeur qui courait déjà avant mai 1981 — si elle faisait toujours l'amour avec ses protecteurs dans l'obscurité.

Il était resté un moment devant la fenêtre, troublé, comme s'il hésitait entre la griserie — à l'idée qu'il allait baiser une femme que des personnages considérables baisaient peut-être aussi — et le dégoût. Mais peut-être n'étaient-ce là que calomnies, ragots, puisque la propre sœur d'Isabelle Desjardins, l'avocate, Aurore, n'en savait même rien. Il se souvenait de leur conversation, en mai 1981, dans ce restaurant de la place Maubert. Au demeurant, Michel Faure, ce jeune député qui vivait avec Isabelle et qu'on s'accordait à trouver brillant, ambitieux, aurait-il accepté pareille situation ?

Bien sûr que oui ! avait aussitôt pensé Borelli. Nul doute que Faure était disposé à subir d'autres humiliations, à fermer les yeux sur des compromissions plus graves. C'était cela ou l'impuissance.

Est-ce qu'il allait être impuissant, lui, cette nuit ? s'était-il tout à coup demandé. C'était cette angoisse-là qui le tenaillait, et rien d'autre.

Merde ! avait-il juré. Ce n'est qu'une bonne femme qui a, comme toutes les autres, envie qu'on lui mette la main au cul, et qui veut jouir un bon coup. On va te donner ça, salope !

Il était entré dans le lit après avoir laissé tomber son peignoir de bain.

Elle avait fait l'amour avec méthode et application, silen-

222

cieuse toujours, mais s'accrochant à lui, le tirant contre elle, lui imposant son rythme, et il s'était senti prisonnier, utilisé comme un godemichet. Il lui en avait voulu, tout en se soumettant cependant, répétant en lui-même qu'elle était une salope, et cette insulte était la revanche qu'il prenait sur elle, sur la vexation qu'il ressentait. Puis, tout à coup, elle avait crié d'une voix aiguë, plaintive, une voix de petite fille, et il avait eu instinctivement un élan de tendresse, la berçant tout en continuant de l'aimer. Il avait failli murmurer ce qu'il disait habituellement aux autres femmes — il en changeait souvent —, qu'il aimait la baiser, qu'il aurait voulu que cela ne cesse pas, qu'il n'y avait rien de plus important sur terre que de baiser une femme comme elle, mais il s'était retenu alors qu'elle s'abandonnait, en sueur, haletante.

Il avait joui à son tour, et elle s'était aussitôt dégagée. Sa respiration était redevenue calme.

« Bien », avait-elle fait.

Elle s'était levée et était restée une dizaine de minutes dans la salle de bains ; puis elle était rentrée dans la chambre, la lumière de la salle de bains éteinte, si bien qu'il n'avait pu la distinguer.

Il avait deviné qu'elle s'asseyait sur le lit, puis qu'elle s'y allongeait, se roulant en boule tout au bord, et il avait lancé d'une voix ironique :

« Bonsoir. »

Elle lui avait répondu d'un ton indifférent.

Il avait été emporté par une vague de fureur qui l'avait empêché de trouver le sommeil avant l'aube.

Est-ce que c'étaient encore des bonnes femmes, ou bien des machines, des monstres ?

A chacun de leurs week-ends, si éloignés l'un de l'autre que Borelli oubliait peu à peu les sentiments qu'il avait éprouvés lors du précédent, il avait, une fois l'amour accompli, connu la même difficulté à s'endormir, empoigné par la même rage muette.

Il s'en voulait d'avoir accepté ces quelques heures d'intimité — c'était toujours elle qui prenait l'initiative, et il se demandait une nouvelle fois pourquoi : par hygiène, pour tirer un coup ? Mais est-ce qu'elle avait de vrais besoins ?

Elle couinait quelques minutes, mais est-ce que cela valait les risques qu'elle prenait avec un journaliste ? Peut-être le faisait-elle pour le corrompre, à tout le moins le désarmer, et, qui sait, des confrères avaient peut-être la même bonne fortune. Des femmes comme ça, c'était capable de tout.

Pires que des putes, s'était-il dit dans ses heures d'insomnie, tandis qu'elle dormait paisiblement à ses côtés, mais il avait pensé en même temps que la pute, c'était lui, qu'après tout Isabelle Desjardins agissait à son égard à l'instar de tant d'hommes qui incarnaient le pouvoir. Ils baisaient secrétaires et chroniqueuses...

Il pouvait citer le nom de consœurs que les ministres invitaient lors de leurs déplacements officiels, et elles étaient bien peu nombreuses, celles qui résistaient à la séduction du voyage et à la fascination du pouvoir !

Il ne valait donc pas mieux que telle ou telle, pas mieux que Stéphanie de Laudreuil qui, d'ailleurs, ressemblait quelque peu à Isabelle Desjardins. Travaillant dans la même station de radio que Borelli, elle en dirigeait le service politique et était la maîtresse en titre d'un ancien et sûrement futur ministre. Avec insolence, elle proclamait que les femmes étaient les seuls bons observateurs politiques dans la mesure où la majorité des hommes de pouvoir étaient hétérosexuels et où ceux-ci, chacun le savait, aimaient à se confier post-coïtum.

Brillante journaliste, Stéphanie de Laudreuil ! Elle n'avait, en taux d'écoute, que Borelli pour concurrent. Il était donc semblable à elle, à tous égards.

Il n'y avait pas de quoi être fier.

Parfois, dans ces hôtels de luxe où nul ne les connaissait, ni elle ni lui ne passant à la télévision — à la réception, quand il tendait sa carte bancaire, on le dévisageait de temps à autre, certains croyant connaître son nom, Jean-Marie Borelli, mais ça n'allait jamais jusqu'à susciter une question directe, seulement une interrogation muette ; au demeurant, les employés étaient souvent des stagiaires étrangers qui n'écoutaient pas les éditoriaux à la radio et ne lisaient pas les chroniques des journaux de province —, Borelli imaginait qu'ils étaient suivis, que l'un de ses rivaux, ou peut-être le Président lui-même, avait demandé aux gendarmes de la cellule élyséenne de vérifier l'emploi du temps de la conseillère Desjardins, avec qui elle couchait.

Une fois — la deuxième ou la troisième ? — il avait osé évoquer cette éventualité. Elle l'avait regardé d'un air étonné et avait expliqué qu'elle laissait bien sûr son téléphone à sa secrétaire et au permanencier de l'Élysée : il n'y avait donc nul besoin de filature pour le connaître.

« Quant à vous, Jean-Marie, on sait tout de vous, vous pensez bien. Si je suis là, c'est que j'ai lu votre fiche des Renseignements généraux ! »

Il avait été si surpris de sa franchise qu'il en était resté bouche bée.

Elle lui avait demandé de lui servir un verre de vin, lui rappelant qu'ils étaient tombés d'accord pour ne jamais discuter « boutique ».

« Boutique, boutique..., avait-il maugréé. Vous m'expliquez que je suis fiché, sans doute sur écoutes, et vous... »

Elle l'avait interrompu durement :

« Ne jouez pas les naïfs, Jean-Marie. Nous sommes des adultes, n'est-ce pas, dans des situations un peu particulières. Si tout cela vous choque, vous gêne, personne ne vous oblige... »

Il avait baissé la tête, rempli leurs verres. Après tout, elle avait au moins le mérite de ne rien dissimuler et la situation, pour lui, n'était pas la plus déplaisante. Au même moment, Michel Faure devait serrer la main des fermiers du haut Jura, tenir des réunions pour leur expliquer les avantages qu'ils allaient tirer de l'application des quotas laitiers imposés par la Commission de Bruxelles, tandis que lui, Borelli, se retrouvait en compagnie d'une jeune femme qui bénéficiait de la faveur présidentielle... Lorsqu'il trouverait le temps et la volonté de s'y atteler, ça pourrait faire un bon chapitre d'une chronique de ces années-là.

« A notre week-end hors du temps ! » avait-il dit, et ils avaient entrechoqué leurs verres.

Il avait donc dévisagé Isabelle Desjardins, ce 22 décembre 1993, dans le salon de l'hôtel Marigny, comme il ne l'avait pas fait depuis sept ans, depuis qu'elle ne lui avait plus dit, au milieu d'une conversation banale sur les dernières propositions de lois ou le déficit de la Sécurité sociale, sans même qu'un sourire adoucisse son visage :

« Et si on dînait demain soir, Jean-Marie, tous les deux ? Ça nous aérerait un peu, non ? On oublierait nos milliards et nos prélèvements obligatoires ! Ça vous tente ? On se retrouve au château de Bellinglise. Téléphonez à ma secrétaire, elle vous indiquera l'itinéraire exact, l'heure à laquelle je serai là-bas.

Soyez-y, mais je puis avoir du retard; si le Président me demande, je vous ferai bien sûr prévenir. »

Puis, comme si elle avait oublié un détail, elle ajoutait après quelques secondes de silence :

« Vous êtes libre jusqu'au lendemain matin, j'imagine ? »

Fasciné par sa façon de prendre l'initiative, il répondait oui, emprunté comme un collégien, lui qui avait un fils de vingt ans, qui passait pour un homme auquel on ne résistait pas — il se rengorgeait : Isabelle Desjardins elle-même, mais aussi, autrefois, en passant, bien que c'eût été plutôt décevant, comme une passe avec une pute (et encore, peu douée !), il avait eu la sœur, l'avocate, Aurore Desjardins, une prétentieuse, une emmerdeuse; drôles de femmes, ces deux-là ! —, il se retrouvait timide, ayant l'impression d'être manipulé, alors qu'après tout ça n'était qu'une bonne femme, une bonne femme, merde, toute conseillère à l'Élysée qu'elle était !

Il était humilié à l'idée que non seulement c'était elle qui décidait, mais que peut-être leur week-end, le numéro de téléphone de l'hôtel où ils allaient passer la nuit étaient inscrits dans l'agenda officiel des rendez-vous des collaborateurs de l'Élysée. A quelle rubrique : « Équilibre physiologique » ou « Relation publique à caractère privé » ?

Un dimanche après-midi, au moment où elle remontait dans sa voiture, il avait failli lui demander si elle allait faire un compte rendu au secrétaire général de l'Élysée, le lundi matin, et, qui sait, pour le distraire un peu de sa lourde tâche, au Président lui-même ! Mais il s'était borné à claquer violemment la portière.

Naturellement, il n'avait pas fait un geste, prononcé un seul mot pour solliciter un nouveau rendez-vous — question de dignité —, affichant même, chaque fois qu'il était assis en face d'elle lors d'une conférence de presse, une indifférence ennuyée, une ironie un peu méprisante, et il savait qu'elle le remarquait, même si ses yeux ne s'arrêtaient jamais sur lui. Au reste, personne ne pouvait imaginer ces sous-entendus entre eux deux.

Malgré tout, il attendait, il espérait même, sûr qu'il ne servait à rien de solliciter, car elle n'était pas femme à se laisser aller à un mouvement de nostalgie ou de générosité, ni à un élan de désir.

Mais, après les élections de mars 1986, quand avait commencé la « cohabitation », que la presse avait mis l'accent sur le rôle d'Isabelle Desjardins, sur les relations amicales qu'elle entretenait avec des hommes politiques de la nouvelle majorité comme ce député du Jura, Jacques Vanel, et qu'il était clairement apparu que Mitterrand l'utilisait de plus en plus comme une intermédiaire de premier plan dans son jeu, Borelli n'avait plus rien espéré.

La presse avait souligné qu'on la voyait souvent avec Pierre Maury, ce promoteur qu'on disait de gauche et qui donnait des interviews tonitruantes, avec sa belle gueule, sa mâchoire lourde et ses cheveux mi-longs. Il en avait été jaloux, ou plutôt amer. Stéphanie de Laudreuil disait qu'elle avait connu Maury, il y avait plus de quinze ans, lorsqu'elle était étudiante ; elle souriait : « J'ai tout de suite senti que c'était un type exceptionnel, un homme, un vrai, celui-là. Il ira loin, vous verrez, Borelli, c'est le joker de Mitterrand... On le rencontre souvent avec Isabelle Desjardins, c'est un signe qui ne trompe pas. Pauvre Michel Faure ! Enfin, il aura des compensations. Si Maury est président — pourquoi pas ? tout est possible, vous savez ! —, Faure sera ministre... »

Après mars 1986, donc, Isabelle Desjardins ne l'avait plus distingué du groupe des autres journalistes, comme s'il n'y avait jamais rien eu d'autre, entre eux deux, que ces conférences de presse ou ces cocktails dans les salons de l'hôtel Marigny.

Et voilà qu'après plus de sept ans elle avait pris Borelli par le bras, qu'elle lui posait, ce 22 décembre 1993, une question en forme d'aveu, qu'elle la répétait même sur un ton encore plus las :

« Oui, un peu marre, Jean-Marie, non ? Nous sommes toujours et encore là, nous tenons notre place, nous nous agitons, mais qu'est-ce qui a changé, Jean-Marie, qu'est-ce que nous laisserons ? Vous, quelques articles, mais au moins vous avez un fils, n'est-ce pas ? »

Elle s'était interrompue et il n'avait pas répondu, la découvrant amaigrie, les joues creusées, les pommettes saillantes, les yeux enfoncés, presque fiévreux. Mais ce qui avait surtout frappé Borelli, c'était sa peau : fripée, parcourue de ridules. Le maquillage, qu'on devinait épais et qui, sous les yeux, était agressif, pareil à des traces d'hématomes violets, ne parvenait pas à masquer les stries partant du coin des yeux et de la bouche, ni la ligne partageant le front depuis la racine des cheveux jusqu'au nez. Borelli avait ressenti un profond malaise, comme si ces marques sur le visage d'Isabelle allaient le contaminer ou étaient le reflet de celles qui le vieillissaient, lui, et qu'il s'efforçait de ne pas voir.

Puis il avait songé à d'autres visages, ceux de femmes et d'hommes qui étaient devenus eux aussi des masques au fur et à mesure qu'ils avaient incarné le pouvoir aux postes de ministres, de premiers secrétaires, d'ambassadeurs. Il s'était souvenu de Jean-Louis Cordier, de ses camarades d'avant 1981, jeunes encore, déjà guindés, certes, mais énergiques et bien vivants, à cause de l'ambition qui les animait, et qui maintenant étaient devenus vieux. C'était comme si, alors qu'ils avaient prétendu gouverner — ils l'avaient fait jusqu'à ce mois de mars 1993 qui scellait, peut-être pour des années, la fin de leur pouvoir, donc de leur aventure personnelle —, leurs corps et jusqu'à leurs traits leur échappaient, comme vidés de toute vie, devenus exsangues, marmoréens — comme souvent le Président lui-même, le dernier à conserver son pouvoir, mais si différent, lui aussi, de l'homme de 1981, certes déjà compassé, hiératique, mais qui, quand il poussait la porte du restaurant de la place Maubert, entouré par sa cour de jeunes hommes et de jeunes femmes, rayonnait de vitalité, de désirs, et dont l'un de ses conseillers disait maintenant qu'il ne s'intéressait plus qu'à l'argent et à la mort. Tous étaient devenus des mannequins de cire ou de plâtre, comme si le pouvoir, avec la force maléfique d'une Gorgone, minéralisait ceux qui l'approchaient.

Borelli s'était souvenu de ce pauvre, de ce brave Bérégovoy qui, à la fin, semblait ne plus être qu'un automate dont le ressort achevait de se détendre, un ressort que plus personne, parmi ceux auxquels il avait voué sa vie — le Président, ses camarades, la foule —, ne remonterait. Il tomberait donc, désarticulé, inerte. Tragique Bérégovoy, oublié déjà ! Un événement chassait l'autre, de nouveaux masques étaient apparus sur la scène, leurs ressorts tendus : Aubry, Guigou, Royal, Kouchner, Pierre Maury, Isabelle Desjardins. Pour le public comme pour les camarades, seule comptait la mort politique. La mort physique ne provoquait qu'une brève émotion, pour la montre, et ne faisait qu'entériner la perte du pouvoir et de la puissance, donc la fin de la vie telle qu'eux tous la concevaient.

Il avait songé à cela tout en dévisageant Isabelle Desjardins, en mesurant combien elle avait changé, elle aussi, en l'espace de quelques années. Peut-être cela se remarquait-il d'autant plus qu'elle-même avait pris du recul, qu'elle se voyait aussi, qu'elle reconnaissait faire partie du même cirque et savait qu'elle ne laisserait rien, pas même des articles, pas même un fils.

C'était vrai qu'elle n'avait pas d'enfant, s'était-il répété. Quelle conne !

Puis Isabelle s'était reprise, souriante, montrant ses dents longues, un peu déchaussées, noircies près des gencives, et elle avait dit, tournant la tête vers le buffet où les journalistes continuaient de bavarder entre eux :

« Et si nous retournions là-bas ? C'est notre vie, n'est-ce pas, Jean-Marie, toute notre vie... »

Une quinzaine d'heures plus tard, se souvenant de cette phrase qu'elle avait pourtant lancée d'un ton joyeux, Borelli en tremblait encore.

Il avait repris le téléphone. Il pouvait commencer son article ainsi : *Toute notre vie, avait-elle dit...*

« Mais où étiez-vous passé ? » interrogeait Mossé.

Il expliquait qu'il voulait recueillir la réaction de Borelli, qui avait assisté à la rencontre avec la presse tenue à l'hôtel Marigny à onze heures, la veille, donc quelques heures avant qu'Isabelle Desjardins ne se suicide. On savait aussi que cela faisait des années que Borelli la connaissait, puisqu'il suivait les affaires élyséennes depuis 1981. Son témoignage, son commentaire étaient importants.

« Ainsi, elle s'est tuée ? » avait questionné Borelli, la gorge serrée.

Ç'avait d'abord été une rumeur qui s'était répandue autour de vingt heures, puis s'était amplifiée toute la nuit, expliquait Mossé. Maintenant — il était trois heures du matin — c'était une certitude. D'ailleurs, l'Élysée avait officiellement annoncé qu'un communiqué de la présidence de la République serait diffusé à sept heures précises. Mais Mossé souhaitait donner un peu de chair à la dépêche, rassembler les premières réactions.

« De la chair, oui... », avait murmuré Borelli.

Il avait prononcé quelques phrases convenues, par réflexe, et, tout en parlant, il s'était répété les derniers mots qu'il avait entendus d'elle : « C'est notre vie, toute notre vie... », lui avait-elle dit.

Et il avait pensé : notre mort, oui, toute notre mort.

25.

Jusqu'à ce qu'il eût entendu les dernières phrases de la chronique de Borelli, Jean-Louis Cordier avait conservé son calme.

Il s'était simplement tassé, comme s'il avait eu envie de s'enfoncer en lui-même, son corps se contractant, se rétractant, la tête rentrée dans les épaules, la poitrine refermée, les poings serrés, incapable de saisir sa tasse de café.

Il était sept heures cinquante, ce 23 décembre 1993, et depuis que Cordier s'était levé, à six heures quinze, comme chaque jour, la radio, toutes les radios — il était passé d'une fréquence à l'autre pour essayer de rassembler le maximum d'informations — répétaient avec un allant, un rythme, une vigueur presque joyeuse qu'Isabelle Desjardins, la conseillère du président de la République, s'était donné la mort dans son bureau de l'Élysée, la veille en fin d'après-midi, probablement vers dix-huit heures. La Présidence devait publier un communiqué officiel à sept heures du matin. « Naturellement, nous vous tiendrons informés des développements de cette affaire. Jean-Marie Borelli consacrera sa chronique quotidienne à l'événement à 7 h 45, et Stéphanie de Laudreuil, dans son commentaire, à 7 h 55, y reviendra en analysant les conséquences politiques de cet acte et les premières réactions qu'il suscite. » Puis, comme ils disaient, « après une page de publicité », la même voix — mais elles se ressemblaient toutes d'une radio à l'autre, la cadence les pliait, les déshumanisait, comme s'il s'agissait de sons de synthèse — reprenait, et ce martellement que Cordier écoutait avec intérêt chaque matin, dont il s'abreuvait tout en déjeunant, en se rasant, en s'habillant (sa femme Christiane lui répétait qu'il était intoxiqué, qu'elle ne comprenait pas, qu'il vivait sur les nerfs : café-tabac-radio, il commençait dès le réveil, il était fou, drogué, malade, elle ne laisserait pas les enfants dans cette atmosphère, elle voulait divorcer, il le savait, il était fait pour vivre seul, quand on n'a qu'une passion en tête, la politique, on ne fait pas d'enfants, on n'essaie pas de fonder une famille, on ne fait pas croire qu'on le souhaite, qu'on le peut, on ne s'illusionne pas et on ne trompe pas les autres, est-ce qu'il l'entendait ? mais non, il préférait écouter pour la dixième fois les mêmes nouvelles, il était vraiment fou...), cette répétition, cette boucle lui avait serré la gorge, insupportable et indécente. Pourtant, il s'était efforcé de ne rien changer à ses habitudes, laissant donc le transistor ouvert sur la table de la cuisine, puis le transportant dans la salle de bains, le posant au-dessus du lavabo.

Il avait besoin de ces gestes rituels pour ne pas se retrouver seul avec le corps d'Isabelle Desjardins, pour ne pas penser à elle comme à une personne qu'il avait connue il y avait plus de vingt ans, dans les années 70, au moment du congrès d'Épinay, quand, à quelques-uns, ils formaient la petite cohorte qui, pour le compte de Mitterrand, allait s'emparer de ce qu'ils appelaient « le vieil appareil vermoulu de la SFIO » — ils disaient entre eux : « Nous allons tuer tous ces vieux crabes, chasser ces bonzes ! »

Elle était alors étudiante à Dijon ; il l'avait rencontrée pour la première fois chez Mitterrand, un soir, alors qu'ils préparaient le congrès, ses alliances et ses trahisons.

Il l'avait observée : elle avait un visage buté ; ses longs cheveux blonds paraissaient comme une note incongrue de fantaisie, une touche d'époque, comme si elle avait voulu montrer qu'elle aurait aussi bien pu être une hippie : ces mèches-là, tombant sur les épaules, on les voyait entourer le visage d'autres jeunes filles en robes roses traînant jusqu'au sol, mais Isabelle, elle, portait un chemisier strict, un blouson serré à la taille, une jupe droite.

Elle n'avait prononcé ce jour-là que quelques phrases, mais sans timidité, regardant chaque participant droit dans les yeux, parlant avec précision des *rapports de forces* — c'était l'expression en vogue — dans les universités entre les étudiants com-

munistes et socialistes, les PSU, ceux de la Convention des institutions républicaines, ceux du club Jean-Moulin et autres petits
groupes...

Comme, un quart de siècle plus tard, tout cela paraissait
irréel !

Puis elle avait conclu qu'au congrès elle détiendrait la majorité des mandats, et qu'elle voterait bien sûr en faveur de la
motion Mitterrand.

Ce dernier l'avait félicitée, se penchant vers elle à lui frôler
les cheveux. Cordier avait alors capté sur le visage d'Isabelle
Desjardins une expression de ravissement, de soumission et
d'exaltation qui l'avait fasciné. En cet instant, cette jeune femme
d'à peine vingt ans se donnait à une cause, à un homme, elle se
livrait, et Cordier avait pensé qu'il devait en être de même,
naguère, dans la Résistance, ou, en remontant plus loin dans
l'histoire, au sein des sectes, des religions : ainsi naissaient, pour
des raisons confuses, des vocations d'apôtres et de martyrs.

Mitterrand s'était alors redressé :

« Si nous l'emportons, avait-il dit, Isabelle Desjardins sera
notre déléguée à la Jeunesse et à l'Éducation. »

Cordier avait quitté la réunion avec elle ; cherchant vainement
un taxi, ils s'étaient résolus à rentrer à pied, puisqu'elle logeait
dans un hôtel de la place de la République et que lui-même habitait alors rue de Rivoli, non loin du Châtelet.

Il l'avait interrogée, avec — il s'en rendait compte non sans
déplaisir, mais il ne pouvait se refaire — sa voix de professeur,
des questions précises d'aîné sur ses études, ses perspectives, et
elle avait répondu en étudiante, se prêtant au jeu, tête baissée,
ses cheveux masquant son profil, ne prononçant que des phrases
brèves, évitant tout commentaire, empêchant par là toute intimité.

Il s'était irrité de ce dialogue convenu et, tout à coup, du bras
il lui avait enveloppé l'épaule, modifiant le rythme de son pas,
marchant de manière plus allègre, l'interrogeant plus brutalement pour la choquer, sortir de cette défroque de professeur qui
lui collait à la peau, lui, le déjà vieux compagnon de Mitterrand,
homme responsable dont on citait quelquefois le nom dans les
journaux : « Jean-Louis Cordier, l'un de ces brillants hauts fonctionnaires dont le candidat de la gauche a su s'entourer et qui lui
servent de *think tank*, de réservoir à idées. »

« Qu'est-ce que tu fais, à part étudier et militer ? lui avait-il demandé. Tu vas t'ennuyer, cette nuit, dans ton hôtel. Je peux te loger chez moi... »

Elle n'avait pas répondu ni même souri, se contentant de s'écarter un peu de lui afin que leurs mains et leurs épaules ne se frôlent pas. Elle s'était mise à le questionner à son tour, le vous-soyant d'un ton froid. Il était ancien élève de l'ENA, n'est-ce pas ? Elle allait entamer sa préparation au concours. Il était à présent fonctionnaire au Quai d'Orsay, n'est-ce pas ? Elle-même choisirait l'inspection des Finances si — elle y comptait bien — son rang de sortie de l'ENA le lui permettait. Il enseignait à l'Institut d'études politiques l'histoire des relations internatio-nales, n'est-ce pas ?

Avant qu'elle ne poursuive, Cordier avait pris tout à coup conscience de ce qu'il n'avait pas réalisé jusqu'alors. Et, sans qu'il eût eu besoin de parler, Isabelle avait dit :

« Oui, Aurore Desjardins, que vous connaissez bien, il me semble, est ma sœur. »

Il s'était arrêté, peut-être même avait-il rougi. Isabelle Des-jardins le regardait en souriant, ajoutant qu'elle ne voyait que rarement sa sœur, parfois aux vacances, et qu'elles se parlaient peu. Mais elle aimait bien son fils, le petit Christophe. Cordier savait bien sûr qu'Aurore avait un fils, qu'elle s'était mariée — les conséquences de Mai 68, ajouta-t-elle d'un ton ironique, mais elle-même y avait échappé, la fac de Dijon n'avait connu aucun trouble, tant mieux ; sinon, elle aussi se serait peut-être mariée, aurait sans doute divorcé, tout comme Aurore.

« Vous n'êtes pas le père de Christophe, quand même ? » avait-elle demandé en le scrutant, la tête penchée, ses cheveux tombant ainsi d'un seul côté du visage, puis, plus bas, comme pour elle-même : « Une fille intéressante, ma sœur. Mais, entre sœurs comme entre frères, c'est le complexe de Caïn. Vous êtes un peu sorti de l'économie et de l'histoire ? Vous avez lu Freud ? »

C'était Cordier qui se sentait mal à l'aise, comme pris en faute, ridicule à l'instar d'un professeur qui ne sait pas répondre à la question d'un étudiant. Il avait haussé les épaules. Il ne sui-vait pas la mode, avait-il ronchonné. Marcuse, Reich, Freud, pourquoi pas Lacan ? Il préférait Marx, Jaurès, parfois Lénine, et pourquoi pas Keynes ?

Si elle avait lu Freud, avait-elle repris, c'est parce que, au grand oral de l'ENA, on pouvait aussi bien avoir une question vicieuse — elle avait ri : c'était le mot, non ? — sur la psychanalyse.

« Qu'est-ce que vous en pensez ? »

Cordier avait bougonné. Tandis qu'elle parlait, il essayait de capter les ressemblances entre les deux sœurs : peut-être la forme du front, large et bombé, le bas du visage aussi, mais autant l'une était brune — une noiraude, disait-il parfois quand il voyait Aurore nue, avec sa peau mate, ses seins en poire, des seins de négresse, avait-il dit plus d'une fois, et elle se cachait alors la poitrine, pudique, comme si elle avait eu honte de son corps —, autant Isabelle était une blonde à peau blanche. Cependant, l'une et l'autre paraissaient habitées par la même détermination.

Le complexe de Caïn, reprenait Isabelle. Elle était la cadette, elle avait voulu imiter sa sœur, elle en avait conscience ; elles avaient été d'abord complices comme une disciple et sa maîtresse, presque deux jumelles, prétendait leur grand-mère, puis elles étaient devenues deux rivales. A présent, depuis la naissance de Christophe, elles étaient indifférentes l'une à l'autre.

« On s'embrasse sur les joues, on parle de nos études. Elle refuse tout engagement politique...

— Je sais, je sais », avait dit Cordier.

Isabelle avait murmuré :

« Ce ne doit pas être facile pour vous. »

Puis, plus bas encore, elle avait ajouté :

« Vous connaissez Jacques Vanel, le député indépendant du Jura ? Vous savez que ma sœur le voit, qu'elle loge même chez lui, rue du Bac. Vous acceptez tout ça ? »

Il l'avait regardée à la dérobée. Elle était de ces femmes chez qui la franchise pouvait être une forme de la perfidie. Et il s'était souvenu de cette expression italienne, *fratelli-coltelli* : frères-couteaux. C'était bien le complexe de Caïn, la rivalité entre frères ou entre sœurs.

« Vous n'estimez guère Aurore, avait-il dit tout en se rendant compte qu'il la voussoyait soudain.

— Guère, avait-elle répondu. Et vous ? »

Il l'aimait bien, avait-il dit, ajoutant aussitôt qu'il la voyait moins.

Brusquement, elle lui avait pris le bras, lançant d'un ton résolu :

« Ce n'est pas une femme pour vous ! Je la connais bien, ma sœur, vous savez. »

Il avait hoché la tête.

Avait-il jamais vraiment pensé vivre avec Aurore ? Il en avait eu la tentation à une ou deux reprises : pourquoi pas elle ? Il le lui avait proposé, peut-être, il ne savait même plus. Du bout des lèvres, en tout cas. Et elle s'était moquée de lui. Ils avaient donc continué, comme ça, à se voir une nuit par-ci, une nuit par-là. Une amie commode, irritante parfois, butée, indifférente ou même hostile à la politique. Mais, quand il arrivait avec elle dans une réunion, on la remarquait, Mitterrand lui-même la dévisageait ; ça ne déplaisait pas à Cordier. Mitterrand n'appréciait pas, en fait, ceux qui n'étaient que des militants austères ; il les utilisait, mais les méprisait ou les considérait pour le moins comme des handicapés de la vie. En une phrase, il avait fait comprendre à Cordier que la vie se jouait avec tous les instruments à la fois :

« Il n'y a que les imbéciles — il est vrai qu'ils sont innombrables — qui ne comprennent pas ça : soyez de la petite secte des initiés, Cordier, vous n'en serez qu'un meilleur politique. »

Il a dit ça ? avait demandé Isabelle, sceptique. Mais oui, mais oui ! Elle avait haussé les épaules, murmurant qu'il était à cent coudées au-dessus de tous les autres.

Ils étaient arrivés place du Châtelet et avaient hésité.

« Je vous raccompagne en taxi », avait alors suggéré Cordier.

La République, seule par les boulevards, ce n'était guère prudent ; le dernier métro devait déjà être passé et elle n'allait pas marcher trois quarts d'heure.

« On peut aussi aller chez vous », avait-elle répondu.

Il s'était alors souvenu de la façon dont Aurore Desjardins l'avait abordé dans cette salle de cours, tandis qu'il lorgnait Stéphanie de Laudreuil. La même audace, la même absence de préjugés.

« Vous et votre sœur, avait-il dit, vous êtes deux barbares ! »

Elle avait ri :

« Alors, on y va ? Je vous raconterai notre enfance du point de vue de la cadette. Peut-être comprendrez-vous mieux l'aînée... »

Il se souvenait de son corps, et c'était insupportable d'entendre cette voix métallique, à la radio, parler à présent de blessure temporale droite, de mort instantanée, et cette autre évoquer la dépouille d'Isabelle Desjardins, qu'on avait transportée à l'hôpital du Val-de-Grâce. Impossible d'imaginer ce corps devant lequel le président de la République s'était incliné hier, tard dans la soirée.

Cordier avait voulu continuer comme si de rien n'était, s'accrocher aux gestes habituels. Heureusement, Christiane et les enfants étaient partis en vacances, il n'avait pas à les affronter; il pouvait se concentrer, se replier, se mettre en boule sous la douche brûlante — il l'avait voulue ainsi, il en hurlait mais laissait pourtant, chaque goutte le pénétrer, le blesser; c'était le moins qu'il pouvait offrir à ce souvenir, cette douleur qu'il contraignait son corps à supporter, car les mots qu'il entendait superposaient la dépouille mortelle d'Isabelle à la jeune femme qu'il avait connue à trois ou quatre reprises en 1970-1971.

Elle était mince et blanche dans son souvenir, presque sans épaisseur, comme une androgyne, avec des hanches étroites, des seins qui se limitaient aux mamelons, gonflant à peine la poitrine, en tout si différente d'Aurore la noiraude dont le bassin s'évasait, les seins se gonflaient. Pourtant, cela aussi était resté marqué dans sa mémoire, c'était Isabelle qui avait paru prendre plaisir à l'amour, se tenant serrée contre lui, si bien qu'il avait eu la sensation — ce n'était pas une formule — qu'elle était collée à lui, qu'elle faisait partie de lui, tant qu'avait duré leur étreinte. Aurore, au contraire, si renfermée sur elle-même pendant l'amour, tenait Cordier à distance comme si elle n'attendait rien de lui, poursuivant seule alors qu'il aimait la quête de son plaisir, et, même quand elle criait et se laissait aller, jamais il n'avait vraiment la certitude qu'elle avait joui — elle jouait peut-être la comédie pour se tromper et le tromper. Mais les deux sœurs avaient la même façon brusque de se lever après l'amour, de ne point s'attarder, comme si, l'acte accompli, il leur fallait l'oublier, Aurore évoquant alors les études d'avocate qu'elle entreprenait, ayant renoncé après Sciences-Po à préparer l'ENA — fonctionnaire? avait-elle dit. Elle n'avait pas l'âme d'un serviteur, même grand, de l'État. Elle laissait ça à sa sœur, aux fils d'instituteurs! —, Isabelle parlant du prochain congrès du parti, du rôle qu'elle entendait y jouer. Lorsqu'elle citait le nom de celui qu'elle appelait déjà le Président — « Les mots ont par eux-mêmes une force; si nous voulons qu'il soit Président il faut le nommer, faire vivre ce mot » —, elle parlait à voix plus lente et Cordier se moquait d'elle. Mais il n'osait plus, comme il l'avait fait une fois, lui raconter que Mitterrand avait — oh, ça n'avait été qu'un simple regard ! — semblé apprécier Aurore. Isabelle l'avait fixé, les lèvres serrées, et s'était mise à le tutoyer pour la première fois, d'un ton si autoritaire qu'il avait eu l'impression de découvrir une autre personne :

« Ne la mêle pas à ça, laisse-la en dehors ! avait-elle grincé. La politique, ce que nous faisons, ce n'est pas pour elle, tu entends ? Sinon, je laisse tout tomber, je passe chez Giscard. Pourquoi pas : il est jeune, moderniste, non ? »

Cordier avait deviné qu'elle ne plaisantait pas, que la rivalité qui opposait Isabelle à sa sœur était toujours vivante, et quand, quelques mois plus tard, à l'occasion d'une convention nationale du Parti, à Paris, il avait voulu une nouvelle fois inviter Isabelle Desjardins chez lui et qu'elle s'y était refusée, il avait eu la certitude qu'elle le rejetait parce qu'il voyait encore Aurore ; maintenant qu'elle s'était assurée qu'elle pouvait, comme sa sœur, le séduire, il ne l'intéressait plus, car elle craignait trop qu'il ne devînt l'allié d'Aurore contre elle.

C'est à partir de ce moment-là qu'on l'avait vue, dans les réunions, accompagnée — ou plutôt suivie, car il avait l'attitude d'un secrétaire, presque d'un domestique, d'un porte-serviette, disait-on aussi — de Michel Faure, le fils d'un député socialiste du Jura, énarque comme elle — car elle avait réussi au concours, puis était entrée dans l'entourage immédiat de Mitterrand, dont Cordier, après 1981, s'était trouvé éloigné pour cinq ans, le temps qu'il avait passé à l'ambassade de Rome.

Il l'avait rencontrée chaque fois qu'il se rendait à l'Élysée, demandant à la voir après ou avant ses rendez-vous avec le chef de l'État. C'est lui qui jouait maintenant à l'étudiant, presque timide devant cette jeune femme aux cheveux relevés en chignon, toujours mince, portant des tailleurs aux épaules larges et aux jupes droites, courtes, laissant voir les genoux, les jambes presque maigres, encore allongées par de très hauts talons. Elle avait les yeux faits, les lèvres soulignées d'un rouge sombre qui tranchait sur sa peau toujours très blanche, et Cordier n'avait pas aimé ce contraste accusé entre le maquillage insistant, les vêtements aux couleurs un peu criardes, et ce corps frêle, cette peau blafarde.

Il lui avait semblé à chaque fois que l'écart se creusait entre la jeune femme qu'il avait connue dans les années 70 et cette efficace conseillère du Président, puissante et redoutée, dont on insinuait bien sûr qu'elle avait ou avait eu des relations privilégiées avec lui. Il avait eu envie de lui dire : « Sois prudente », comme si elle avait abusé de quelque chose de malsain, mais, quand elle avait séjourné au palais Farnese, durant près d'une semaine, avec Michel Faure, au début d'août 1983 — elle lui avait téléphoné, lui demandant s'il pouvait les loger à l'ambassade pour quelques jours —, il n'avait osé lui parler.

Elle s'était d'ailleurs montrée plus détendue, se maquillant de manière moins agressive, portant des pantalons de toile claire et un chemisier, et, pour les dîners qu'il avait organisés pour elle, à sa demande, avec des journalistes et des personnalités de la gauche italienne, elle avait arboré des robes courtes mais élégantes — l'une voyante, pourtant, jaune à stries noires, qu'elle portait avec des collants noirs eux aussi, soulignant sa silhouette mince, presque gracile, mais qui la rendait plus attirante encore. De longues boucles en vieil argent serties de pierres noires donnaient à son visage une distinction sévère.

Il ne l'avait pas quittée des yeux de toute la soirée, se contentant de lancer la conversation et de la placer, elle, au centre des échanges, mais c'était facile, car elle était brillante, informée, précédée par sa réputation de conseillère intime du président. Elle avait séduit. Elle l'avait conquis, à croire qu'il l'aimait depuis dix ans sans le savoir. Le lendemain matin, lorsqu'il l'avait reçue seule, dans son bureau, il avait tenté de la prendre contre lui, mais elle l'avait repoussé : sa femme, avait-elle lancé comme une réprimande, ses deux enfants, « voyons, si mignons... allons, allons, Cordier ! »

Il l'avait acculée, pressée, enlacée, et la sentir ainsi raidie, rétive, l'avait à la fois excité et effrayé, comme si ce qui l'attirait en elle était aussi dangereux qu'envoûtant.

« Si tu passes par Paris, avait-elle enfin murmuré en se dégageant, téléphone-moi. D'ailleurs, si le Président se débarrasse enfin de Mauroy, tu feras peut-être partie du prochain gouvernement. Le Président te cite souvent. Peut-être ne t'attribuera-t-il pas un ministère plein, mais un secrétariat d'État. »

Elle l'avait ferré : qui sait si ces vacances romaines n'avaient pas été qu'une mission dont l'avait chargée le Président pour jauger, sur place, cet ambassadeur, savoir s'il avait noué avec le monde politique italien des relations utiles, s'il pouvait accéder un jour à un poste ministériel ? C'était bien dans les méthodes de Mitterrand que de placer ses collaborateurs en observation, en concurrence, de les contraindre à le servir exclusivement, et donc, éventuellement, à espionner, abandonner, trahir leurs amis. On ne devait allégeance qu'au Prince, il pouvait tout exiger de ses féaux.

Il n'avait plus pu se débarrasser de cette hypothèse, se persuadant peu à peu qu'Isabelle avait bien agi sur ordre, et il n'avait plus cessé de rêver à son entrée au gouvernement.

Il avait multiplié les notes confidentielles, qu'il envoyait directement à Mitterrand sans passer par le Quai d'Orsay. Il téléphonait à Isabelle pour qu'elle tentât de savoir — puisqu'elle le voyait régulièrement, qu'elle était si proche de lui — si le Président les lisait. Mais elle se dérobait. Elle ne l'avait plus reçu, bien qu'il prévînt sa secrétaire longtemps à l'avance de ses passages à Paris, des rendez-vous qu'il avait obtenus à l'Élysée. Il s'était même rendu à l'Assemblée nationale, un mercredi, parce qu'il savait qu'aucun député ne manquait la séance télévisée des questions au gouvernement, et il avait demandé à voir Michel Faure à propos d'un litige entre la France et l'Italie sur les questions d'importation des produits laitiers.

Le prétexte épuisé en quelques minutes — Michel Faure avait-il été dupe ? —, Cordier l'avait interrogé sur Isabelle. Très occupée, n'est-ce pas ? Il ne parvenait plus à la rencontrer. Michel Faure l'avait dévisagé, bras croisés, tête baissée, une moue vieillissant son visage aux traits fins, ses cheveux noirs bouclés couvrant en partie son front.

« Elle voit qui elle veut », avait-il dit d'une voix lente.

Cordier n'avait relevé aucune intention agressive ou ironique dans cette phrase. Mais Faure, comme s'il avait craint de l'avoir blessé, s'était repris :

« Qui elle peut, surtout... »

Cordier n'avait pu en tirer davantage. Il était revenu à Paris presque chaque semaine. La crise politique s'aggravait. Les manifestations en faveur de l'école libre se succédaient. On murmurait partout que Mauroy allait être contraint de démissionner. Qui lui succéderait ? Il fallait, disait-on çà et là, un ministère fait d'hommes jeunes, nouveaux, la génération des sabras de Mitterrand, les Fabius, les Jospin, les Quilès, pourquoi pas Cordier ?

Il avait rencontré tous ces anciens camarades, puis les journalistes qui les avaient côtoyés durant des années.

Les ragots clapotaient, les rumeurs se répandaient en tous sens. Vie publique, vie privée, tout se mêlait. Isabelle Desjardins serait peut-être ministre dans le futur gouvernement. Elle s'envoyait en l'air avec Jean-Marie Borelli, mais si, mais si, le chroniqueur. Avec Mitterrand, elle paraissait moins bien en cour, détrônée par d'autres, mais on prêtait tellement au Président ! On la voyait aussi avec Pierre Maury, le promoteur : deux tours à la Défense, un type incontournable, en perpétuelle acrobatie financière, mais les banques nationalisées, le Crédit Lyonnais étaient derrière lui. Une vitalité extraordinaire ! Il tient les députés et les ministres comme ça — on fermait le poing ; son système, c'est les vases communicants : il finance leurs campagnes électorales, il verse au parti, les élus lui font attribuer des marchés, les ministres insistent pour que les banques lui accordent des crédits, et ça tourne, ça tourne de plus en plus vite. Amateur d'art, villa à Saint-Tropez, jolies femmes. On dit que le Président s'est entiché de lui, ça le change de Mauroy et autres pisse-froid socialistes, tous plus ou moins protestants, catholiques et impuissants. Isabelle Desjardins sort donc avec Maury. Il a naturellement aidé Michel Faure et investi beaucoup dans sa circonscription du Jura : programmes immobiliers à bon marché, etc. Maintenant, est-ce que Maury s'envoie Isabelle Desjardins ? Il peut trouver mieux, mais, à l'Élysée, c'est quand même la plus sexy, non ?

Cordier n'avait pas été nommé dans le ministère Fabius, Isabelle non plus. Il ne l'avait revue qu'en 1986, à une réception à l'Élysée, pour la remise de la Légion d'honneur, au titre de la Résistance, au docteur Joseph Desjardins. Cordier n'avait jamais su qui, d'Aurore ou d'Isabelle, lui avait fait parvenir un carton d'invitation, mais il était là, dans la grande salle des fêtes du palais, et il avait vu les deux sœurs un instant proches l'une de l'autre, entourant leur père, puis, presque aussitôt, se séparant, l'évitant, se contentant de le saluer d'un mouvement de tête, et, par provocation, il était allé serrer la main de leur grand-père, se présentant, lui rappelant qu'ils s'étaient rencontrés un été à Clairvaux, qu'en ce temps-là — peut-être en 1972 ou 1973 — il voyait souvent Aurore.

Joseph Desjardins se souvenait parfaitement ; à l'époque sa femme était encore vivante, la pauvre — il se frottait le nez du revers de la main —, elle aurait été si fière, si heureuse aujourd'hui. « Moi... » — il faisait la moue, haussait les épaules —, il n'avait accepté que pour Isabelle, car il détestait Mitterrand. Il était gaulliste, donc pour Chirac. Son fils avait été au cabinet de De Gaulle pendant près de dix ans. Mais enfin, un président élu, c'est légitime, alors, puisqu'il était maintenant un vieil homme, il pouvait bien accepter la Légion d'honneur des mains d'un coquin — c'était ainsi que son fils l'appelait — « que ma fille adore, je ne comprendrai jamais, vous avez entendu l'hommage que le Président lui a rendu ? Elle est prête à se faire tuer pour lui, j'en suis sûr. On est comme ça, dans la famille : à la vie, à la mort... »

Quand Cordier avait commencé à se raser, Borelli avait déjà entamé sa chronique.

Il détestait cette voix éraillée, un peu essoufflée, mais qui retenait l'attention, obligeait à écouter. Chaque matin, il s'emportait contre lui-même, contre ce Borelli, sa manière d'aborder la politique par la psychologie, les caractères, les petits faits dérisoires et sordides, les intentions, les rumeurs — une chronique de ragots. Et pourtant, Cordier ne la manquait jamais, comme si, au-delà de ses indignations, il ne s'intéressait qu'à ça, lui aussi, comme si, après des années dans les cercles du pouvoir, il avait compris que les grandes idées, les projets, les desseins, les principes n'étaient que les prétextes que les hommes se donnaient et qu'ils affichaient pour poursuivre leur banale, leur quotidienne, leur médiocre existence. Sous l'amoncellement des mots, il n'y avait, comme disait Malraux, que ce « misérable petit tas de secrets » : des désirs, des ambitions, rien et tout.

En fureur contre lui-même, il avait donc manqué le début de la chronique de Borelli. Pouvait-on penser de la sorte, se renier à ce point, être devenu ce sceptique, ce pessimiste ? Il s'était interrompu, laissant tomber le rasoir dans le lavabo, s'appuyant des deux mains au rebord.

Borelli avait repris son souffle :

« Ne cherchons pas, ou pas encore, les raisons circonstancielles du suicide d'Isabelle Desjardins, disait-il. Ce sera le travail des historiens, des enquêteurs qui ouvriront les dossiers, qui recueilleront les témoignages, qui arpenteront les labyrinthes obscurs des deux septennats mitterrandiens. Nous avons nos hypothèses, plus que des hypothèses, même, sur ces circonstances, ces secrets-là qui sont, employons le mot, de sales affaires. Mais bornons-nous à dire, nous qui l'avons connue et estimée, qui depuis douze ans l'avons vue exercer avec compétence les fonctions qu'on lui avait confiées, que le pouvoir, ce pouvoir-là, dans lequel elle avait mis toutes ses raisons de vivre, était en fait, pour elle, brillante énarque, inspectrice des finances, femme aussi, une blessure ouverte, une gangrène. Et, parce qu'elle était exigeante envers elle-même, elle en a pris acte, marquant d'une tache de sang ce lieu qui avait été l'objet de tous ses désirs, de toutes ses illusions, de tous ses dévouements, de toutes ses ambitions. Que ceux qui l'aimaient la pleurent. Que ceux qu'elle a ainsi maculés s'interrogent. C'est le moins qu'ils puissent faire. »

« Le salaud ! » avait hurlé Cordier en frappant du poing sur le lavabo, puis il avait crié, juré encore, le coup qu'il s'était porté lui ayant écrasé un doigt.

« Le salaud ! » avait-il lancé une nouvelle fois, laissant couler l'eau froide sur sa main ; puis il s'était aspergé le visage.

L'eau avait le goût salé des larmes.

26.

Lorsque Michel Faure ouvrit la porte de l'appartement, le téléphone sonnait. Il s'immobilisa, puis fit un pas, poussa le battant, s'y adossant, aux aguets, comme s'il avait attendu que quelqu'un décrochât et répondît.

Autrefois — autrefois, c'était hier matin —, quand Isabelle était encore vivante, autrefois, donc dans une autre vie dont elle avait été le centre depuis ce jour de l'automne 1972 (octobre, sans doute?) où il l'avait retrouvée, rue des Saints-Pères, à l'instant où elle passait le grand portail donnant accès à la cour de l'ENA — ils s'étaient dévisagés : ses cheveux à elle étaient plus blonds, plus longs, elle était plus grande que dans son souvenir ; chaque fois qu'il pensait, à Clairvaux, aux deux filles Desjardins, il l'imaginait plus petite qu'Aurore, l'aînée, celle qu'il avait, comme un enfant de dix ans, aimée cependant qu'elle, Isabelle, la cadette, s'imposait toujours entre eux deux ; ils s'étaient donc reconnus, et Clairvaux était devenu leur mot de passe. Clairvaux? Oui, Clairvaux! Ils avaient ri d'étonnement, répondant silencieusement, d'un hochement de tête, à la question que chacun posait à l'autre : oui, ils étaient bien l'un et l'autre élèves de l'ENA, et, au bout de plus de dix années (« Nos chevaux, avait-elle dit, tu te souviens? »), voici qu'ils en traversaient côte à côte la cour pavée ; et, depuis ce temps-là, il n'avait plus fait un pas, pris une décision sans se tourner vers elle, sans se soumettre à ses avis —, oui, autrefois, hier matin encore, il l'aurait entendue crier, depuis la salle de bains ou de sa chambre, s'indigner que personne ne courût vers le combiné, répéter en se précipitant qu'elle allait commander un téléphone portable...

Autrefois, hier matin, dans cette autre vie, cet autre monde, quand elle était le centre autour duquel tout gravitait, il aurait murmuré que, de toutes façons, cet appel était pour elle.

Qui se souciait de lui, qui désirait parler avec lui, à huit heures du matin? Personne depuis mars 1993, depuis qu'il avait été battu après douze années de mandat — il avait cru que les paysans de sa circonscription, qu'il avait défendus autant qu'il avait pu, que les locataires des appartements que, grâce à lui, Pierre Maury avait construits à la périphérie de Lons-le-Saunier, que tous voteraient pour ce député qu'ils connaissaient bien, socialiste certes, mais d'abord jurassien, fils de Martin Faure, dévoué à ses électeurs, mais la vague l'avait balayé, et, depuis qu'il n'était plus qu'un conseiller référendaire à la Cour des comptes, un parmi d'autres, pas même ancien ministre — alors qu'il y en avait tant! —, rien, donc, une virgule à demi effacée déjà dans ce qu'avait été la politique depuis qu'il s'y était engagé, il y avait vingt-cinq, trente ans, dès la khâgne à Lyon, puis rue d'Ulm, à l'École normale, enfin à l'ENA — mais là, ç'avait été une sacrée surprise, presque un émerveillement, avec Isabelle, car la fille du général Desjardins, la petite-fille du docteur Desjardins, leurs bêtes noires à eux tous, les Faure (Michel se souvenait des diatribes de son père contre ces bourgeois, ces fascistes, ces gaullistes, ces pétainistes, puisque le grand-père maternel n'était autre que le sénateur Louis Melrieux, un salopard, un collabo), Isabelle, donc, qui lui avait dit, dès leurs premiers pas dans la cour de l'ENA, en ce matin d'octobre 1972, qu'elle était la déléguée aux étudiants, aux jeunes et à l'éducation au sein du nouveau PS — et lui?

Il s'était expliqué: communiste, gauchiste, à nouveau un peu communiste, puis PSU; pas davantage, incertain.

Bon, avait-elle dit, tout cela, c'étaient des enfantillages. Il gaspillait son temps, son énergie, son intelligence. La vie politique était désormais organisée autour de l'élection présidentielle. Le candidat de la gauche était François Mitterrand, il fallait donc se rassembler autour de lui. Ou alors — il avait été ébahi par sa froideur, son réalisme — il fallait rejoindre Giscard, car l'après-Pompidou, ce serait Mitterrand ou Giscard. Elle, pour l'instant — elle s'était interrompue, l'observant, peut-être pour voir s'il était choqué —, avait choisi Mitterrand. Mais, elle l'avouait à Michel, c'était un choix de femme: elle trouvait l'homme

246

exceptionnel. On l'avait déjà dit, mais elle le reprenait à son compte : c'était un prince de la Renaissance, secret, complexe, esthète. Florentin, murmurait-on comme une insulte ; pour elle, c'était une qualité. Et plus elle le sentait mobile — d'autres diraient opportuniste, ça ne la dérangeait pas —, plus elle l'admirait. Elle en avait assez vu, de ces hommes raidis dans un seul engagement : son grand-père Desjardins, son père, et même le sénateur Louis Melrieux, son autre aïeul. La vie bougeait à chaque instant, il fallait bouger avec elle, s'adapter si l'on voulait atteindre le but de toute action politique : le pouvoir. Est-ce qu'il en était d'accord ? La politique, ce n'était que cela : conquérir le pouvoir et le conserver. Évidemment, on ne pensait pas ça au PSU — elle avait ri —, mais Rocard était ambitieux et rejoindrait Mitterrand ; quant aux communistes, ils partageaient ce point de vue, mais ne seraient jamais en situation. Restaient donc Giscard et Mitterrand.

Elle avait sorti son agenda. Elle voyait Mitterrand la semaine suivante au secrétariat du PS, elle lui parlerait : car, pour Michel, avec le père qu'il avait, candidat SFIO aux législatives depuis des années, il n'y avait pas d'autre choix possible.

« Moi, je pouvais hésiter, avait-elle conclu. Toi pas. »

Il l'avait donc suivie, lui avait obéi. C'était un mot dont son père et sa mère, dans leur petite maison de Clairvaux, à la lisière du village où ils s'étaient retirés après leur retraite et qui allait se remplir de visiteurs, de camarades quand, en 1978, Martin Faure serait enfin élu député, croyaient parfois le gifler.

Ils l'entendaient répondre au téléphone à Isabelle qui appelait de Paris, ils le voyaient, quand elle venait à Clairvaux, la suivre, l'écouter, approuver d'un hochement de tête, se tenir derrière elle lorsqu'elle rencontrait les socialistes du département et leur faisait la leçon au nom du premier secrétaire, décomptant les mandats, se défiant des autres courants — chevènementistes, si forts dans le département voisin, rocardiens, mauroyistes... —, frappant du poing sur la table : le parti, c'est le courant Mitterrand ! Martin Faure bougonnait, poussait son fils dans la cuisine, disait : « Mais pour qui elle se prend, pour un adjudant ? On n'est pas chez les gaullistes, ici ! Est-ce qu'elle sait ce qu'est la gauche ? Tu as vu comment elle parle à Garand et à Josse ? Mais, nom de Dieu, ils animaient avec moi les comités pour la paix en

Algérie pendant que son père torturait les fellaghas ! Tu parles d'une tradition de gauche ! Ici, dans le Jura, elle ne dictera pas sa loi, et Mitterrand, moi je m'en tape ! Il était ministre de l'Intérieur au moment de la guerre d'Algérie, et il a laissé couper des têtes ! Alors, la gauche de mademoiselle Isabelle Desjardins, je lui dis merde ! Secrétariat du parti ou pas, elle apprendra ce qu'est la démocratie : les mandats de notre section, ils iront à Chevènement ; lui, au moins, c'est un fils d'instituteurs, comme toi. »

C'était le moment que redoutait le plus Michel Faure : celui de l'étonnement de ses parents, de leurs reproches et de leur accablement. Mais lui, Michel, continuait en grondant son père, est-ce qu'il en avait deux dans le pantalon pour obéir ainsi comme un caniche ? « Elle n'a même pas de poitrine ! » murmurait d'un air apitoyé madame Faure. « Tu as vu ses hanches ? Jamais elle ne pourra accoucher avec un bassin pareil. Elle porterait d'autres vêtements, on la prendrait pour un homme. Excuse-moi, Michel, mais, pour moi, une femme, c'est pas ça. J'ai fait des études, moi aussi — oh, pas à son niveau —, mais nous, on savait rester avec nos sentiments de femmes. Elle... »

Puis c'était la dernière flèche, chaque fois la plus douloureuse, et il ne pouvait rien pour s'en protéger.

« Mais quand vous jouiez ensemble, poursuivait sa mère — tu te souviens, Michel, on te mettait assez en garde contre elles, ton père et moi ; on avait peut-être tort, mais les parents sont toujours inquiets... —, tu préférais bien Aurore, la brune ? Tu sais qu'elle a un fils ? Elle a épousé Julien Charlet, le fils du médecin de Lons. En fait, personne n'est dupe, pas même Charlet. Ce fils, elle l'a fait à Paris avec on ne sait trop qui, et elle ne le sait peut-être pas elle-même. Enfin, elle a divorcé, elle est avocate, c'est une femme. Vous vous revoyez ? »

Michel ne répondait pas. Il rejoignait Isabelle qui continuait d'expliquer, de marteler la table, de s'enquérir de l'attitude de tel ou tel militant — chaque vote compterait au prochain congrès, de son déroulement dépendrait l'issue de l'élection présidentielle, donc de leur accession au pouvoir. « Vous voulez qu'on soit toujours des battus, c'est ce que vous voulez ? » questionnait-elle.

Michel Faure s'asseyait à sa droite, un peu en retrait. Il la regardait, fasciné par son énergie, sa détermination, son obstina-

L'Ambitieuse

tion. Elle ne lâchait pas prise, le menton un peu prognathe, et, de profil, elle ressemblait ainsi à Aurore. Mais Michel n'avait jamais revu Aurore. Sans donner d'explication, Isabelle le lui avait interdit : « Nous, c'est nous, avait-elle dit. Mais je ne veux pas qu'Aurore sache ; pas encore. Avec elle, je me méfie, elle est redoutable — elle avait souri —, pire que moi ! »

Quand elle parlait de sa sœur, Isabelle avait une expression rêveuse, presque méditative, sa voix changeait en plus grave, elle gardait les yeux fixes. Souvent elle évoquait Aurore, après l'amour, l'espace de quelques minutes, avant de se lever et de rejoindre sa chambre, car elle désirait dormir seule pour pouvoir travailler quand elle le voulait ; d'ailleurs elle avait besoin de se retrouver, disait-elle, de se rassembler, de réfléchir, et elle ne pouvait faire ça que seule.

Mais, après avoir rallumé, alors qu'elle s'était déjà envelop-pée dans sa robe de chambre, elle restait les mains croisées sous sa nuque, ne regardant rien, parlant lentement, le visage quasi immobile.

Elle revenait sur la manière dont Aurore avait manipulé — c'était l'expression qu'elle employait — Charlet père et fils : le vieux, Jean-Paul Charlet, en le provoquant, puis, quand il était en rut, en le tenant, le menaçant, et l'autre, ce pauvre petit Julien, en le conduisant là où elle voulait, sans même qu'il s'en rendît compte. Mariage, afin que son fils eût un nom, héritage puis divorce. Machiavélique, diabolique Aurore !

« C'est pour ça que je ne veux pas l'avoir dans mes pattes. Jamais ! »

Michel ne répondait pas, même si, d'un ton autoritaire — comme à l'habitude — mais glacé, tranchant comme un claque-ment de fouet, elle ajoutait :

« Nous, pour Aurore, nous n'existons pas. Et tu ne la vois pas ! Si tes parents t'en parlent, tu ne réponds pas ! Et tu es avec moi comme un camarade de parti, c'est tout : nous sommes bien d'accord ? »

Que craignait-elle ? Qu'Aurore n'agisse avec lui comme elle avait agi avec Julien Charlet, ou avec Cordier, ou encore avec Jacques Vanel — car Isabelle prétendait qu'Aurore les avait tous eus pour amants — entre bien d'autres ? Plus tard, elle parlerait aussi de Jean-Marie Borelli.

« Elle est instable, chaotique. Ce qu'elle cherche ? Je ne sais.

Est-ce qu'elle a même un projet, une ambition profession-
nelle ? »

Isabelle avait paru le croire durant quelques mois, peut-être
même davantage quand elle avait su — des collègues de l'inspection des Finances, en contact avec des magistrats et des avocats, le lui avaient rapporté — qu'Aurore couchait avec maître
Benoît Rimberg, son patron, un avocat qui défendait aussi bien
les assassins de petites vieilles en les présentant comme des victimes de la société que d'anciens nazis ou des gauchistes comme
cet anarchiste, ce terroriste de Marc Gauvain. Et il avait fallu
que le nom de Desjardins — « le mien aussi » — fût mêlé à cette
affaire, à la défense de cet assassin qui arguait de son passé de
soixante-huitard pour justifier ses actes criminels ! Aurore lui
avait trouvé des excuses. Fallait-il s'étonner, après ça, si la
droite se présentait comme le bouclier de la société ?

« Décidément, concluait Isabelle, toute sa vie, Aurore m'aura
emmerdée. »

Ce mot, si inattendu dans sa bouche, elle le prononçait en
avançant les lèvres dans une moue de colère et de dépit.

Les soirs comme ceux-là, elle quittait la chambre de Michel
sans même le saluer.

Quelquefois, elle était plus paisible. Michel se demandait
alors si la manière dont elle avait fait l'amour, ce jour-là, expliquait sa quiétude. Il ne nourrissait aucune illusion : tout dépen-
dait d'elle.

Elle rentrait souvent plus tard que lui, car elle suivait Mitterrand dans presque toutes ses réunions et présidait aussi des
groupes d'experts, alors que Michel, moins à l'aise devant un
public, souvent maladroit dans l'exposé oral, se contentait de
fournir des textes et des analyses. Isabelle l'avertissait : il fallait
qu'il se prenne en main, car il serait un jour candidat dans le
Jura à la place de son père. Cela, c'était la perspective, une certitude, on ne pouvait en fixer l'échéance, mais elle viendrait et il
faudrait bien que Martin Faure s'efface devant son fils, on le lui
ferait comprendre dès que Mitterrand serait élu et qu'il dissou-
drait l'Assemblée nationale. Martin Faure recevrait une compen-
sation, la Légion d'honneur, « c'est si facile de distribuer des
gratifications quand on tient le pouvoir. Tout est plus simple, tu
verras ».

Elle se tenait sur le seuil de la chambre de Michel. Elle allumait, puis, après avoir dit : « Je ne te réveille pas ? », elle se taisait quelques secondes, le regardait, et, certains soirs, d'une voix un peu sourde, ajoutait : « Ne t'endors pas, attends-moi, je reviens dans quelques minutes. »

Il savait.

Il se levait en hâte, allait s'asperger le visage d'eau froide, se passait un peu d'eau de Cologne sous les aisselles, se lavait les dents et rentrait vite dans le lit, car elle n'aimait pas le trouver debout dans le cabinet de toilette.

Elle éteignait tout en refermant la porte de la chambre. Elle le touchait de la main, lui caressait la poitrine du plat de la paume, puis faisait crisser ses ongles, qu'elle avait longs, rouge vif, il le savait — et ce détail, cette coquetterie minutieuse était à ses yeux comme la preuve qu'elle avait des amants, Cordier, Vanel, Borelli (ceux-là, il en était sûr, dans la mesure où ils avaient couché avec Aurore), peut-être Rimberg (mais il en doutait, car Isabelle était prudente, et l'homme trop dangereux, imprévisible), peut-être même, disaient les colporteurs de ragots, le premier secrétaire, puisqu'elle le voyait souvent et le raccompagnait chez lui après les réunions (parfois, quand Michel, sans prononcer un mot, s'étonnait de l'heure tardive à laquelle elle rentrait — il arrivait même qu'il ne la revît que le lendemain soir —, elle disait sans détourner les yeux, comme si elle voulait lui faire comprendre : « J'étais en province, nous avons finalement préféré coucher sur place », et, ayant dit cela, constaté qu'il ne réagissait pas, elle ajoutait comme pour lui permettre de sauver la face : « Chez des camarades très sympathiques, des militants admirables. »)

Elle l'irritait donc de ses ongles, puis, au bout de quelques minutes, murmurait : « Où es-tu ? »

Tout en continuant à le griffer légèrement, elle glissait sa main vers ses cuisses, et, s'il bandait — et c'était ainsi, il bandait, car l'immobilité qu'il s'imposait, la soumission dans laquelle elle le maintenait et qu'il acceptait, l'excitaient, et c'était autant une douleur qu'un plaisir —, alors elle le prenait.

Elle avait souvent employé ces mots : « Je te prends », disait-elle, et, dans l'obscurité, il l'imaginait, les lèvres serrées, le menton en avant, assise sur lui, les mains posées sur ses épaules, et il devinait qu'elle se cambrait, la tête rejetée en arrière, mais il ne la touchait pas, ne la caressait pas — un jour, il avait voulu le faire, mais elle l'avait rabroué durement : « Laisse-moi, laisse-moi ! »

Il n'était nullement écrasé par elle, elle était bien trop légère, trop maigre, même, et pourtant il avait l'impression qu'elle l'étouffait, serrant son sexe en elle, et il avait plusieurs fois été pris d'une peur panique — qui avait encore accru son plaisir — qu'elle ne l'écrasât entre ses hanches, car rien n'était meuble ni souple en elle, mais au contraire osseux, rigide, coupant.

Elle jouissait avant lui en poussant des cris aigus, des plaintes étouffées, il sentait sa sueur sur ses cuisses et se laissait alors parfois aller à éjaculer, mais, souvent, il cessait de bander avant d'avoir connu l'orgasme, comme si celui d'Isabelle lui suffisait.

Elle se retirait. « Bien », disait-elle, et à la façon dont elle prononçait ce mot, il savait si elle allait parler calmement, se lever sans prononcer une parole, ou, au contraire, marteler qu'Aurore, à chaque moment important de sa vie, l'avait gênée, entravée dans le seul but de la dominer, de lui arracher ce qu'elle pouvait désirer, et peut-être même n'avait-elle jeté son dévolu sur Julien Charlet que parce qu'elle avait imaginé que sa sœur cadette espérait s'en faire aimer ou l'épouser.

Isabelle ajoutait qu'Aurore, trop égocentrique, trop sûre d'elle, n'avait jamais rien compris à ses mobiles. « C'est toujours dangereux d'être le souverain de droit divin, de jouir du droit d'aînesse, murmurait-elle. Un jour, les cadets vous dépassent, vous renversent, alors qu'on n'a rien vu venir. »

« Enfin, reprenait-elle, si, grâce à cela, Christophe peut profiter de l'héritage des Charlet — car Julien ne se remariera pas, il est bien trop idiot, prétend Aurore —, au moins le machiavélisme aura-t-il servi à quelque chose. »

Lorsqu'elle prononçait le prénom du fils d'Aurore, sa voix se faisait hésitante, et, en l'entendant dans la pénombre — parfois, après l'amour, Isabelle allumait une lampe de chevet —, Michel imaginait que cette voix était celle d'une femme presque grasse, aux seins ronds, aux hanches larges, comme si le fait qu'Isabelle parlât de Christophe avait pu modifier sa physiologie.

Elle répétait parfois que ses tantes, Fabienne et Catherine Melrieux, mais aussi leurs grands-parents assuraient que Christophe lui ressemblait. Il était blond comme elle, et n'avait d'Aurore que les yeux. Michel savait-il que les enfants sont souvent plus proches de leurs oncles et tantes que de leurs propres parents?

Christophe était un gosse adorable, intelligent, un Desjardins et un Melrieux, ayant pris très peu des Charlet. Aurore le laissait d'ailleurs souvent au château de Salière et Julien Charlet s'accommodait fort bien de cette solution. Quant à Jean-Paul Charlet, le grand-père, il n'avait jamais voulu recevoir cet enfant chez lui et répétait partout, ce crétin, que son fils s'était laissé coller une femme avec un polichinelle dans le tiroir. « Tant mieux, qu'il nous le laisse! » concluait Isabelle.

Une fois, une seule, Michel Faure avait osé lui demander si elle, Isabelle, ne voulait pas un enfant, un enfant d'elle — il n'avait même pas dit de lui, puisque c'était elle qui choisirait.

Elle avait sursauté, s'était levée d'un bond. Mais il était con, ou quoi? Est-ce qu'elle pouvait se permettre ça, dans la situation où elle était? Il l'avait interrogée avant mai 1981, peut-être en 1978, alors que la gauche venait de perdre les élections, que le parti communiste semblait ne plus vouloir jouer le jeu du programme commun avec les socialistes, que Rocard abattait ses atouts, qu'il accusait Mitterrand d'archaïsme, que les sondages donnaient une avance écrasante à Giscard pour la prochaine élection présidentielle. Elle avait le congrès du parti à préparer. Ce qui allait se passer à Metz serait décisif pour la suite. Il faudrait organiser la campagne de 1981, « et gagner, gagner, car sinon, Michel, nous aurons perdu notre temps, notre vie, nous aurons choisi le camp des perdants, et cela, je ne me le pardonnerais pas! Souviens-toi, moi, j'aurais pu choisir Giscard en 1972. Tu te rappelles, rue des Saints-Pères, je te l'ai dit! Donc, nous n'allons pas nous mettre à pouponner alors que nous engageons la partie décisive, car si Mitterrand ne s'impose pas à Metz, c'est Rocard qui sera candidat, et Rocard, qu'il gagne ou qu'il perde — et il perdra —, ça n'est pas nous. Un enfant? Pas le temps, Michel, pas pour moi. »

Elle s'était retournée, hésitant sur le pas de la porte. Elle avait dit — il avait été touché par l'amertume qui perçait dans sa voix — qu'un enfant, un fils, Aurore l'avait déjà fait avant elle, à sa place, comme toujours.

Michel n'avait plus jamais évoqué cette éventualité. L'un et l'autre avaient été pris par la succession des événements, ceux qui faisaient l'actualité et ceux dont ils étaient aussi les acteurs : congrès de Metz, campagne de 1981, tourbillon des jours qui avaient suivi la victoire, Isabelle nommée conseillère à l'Élysée.

En déjeunant en tête à tête avec elle, la veille même de sa prise de fonctions, (les journalistes l'avaient noté), Mitterrand lui avait dit qu'il la gardait en réserve pour la deuxième ou troisième phase de son septennat — peut-être même fallait-il voir encore plus loin. Il sentait en elle une énergie indomptable ; elle devait simplement s'aguerrir au sommet de l'État, à l'Élysée. Quand viendrait l'heure des femmes, qu'il préparerait mais qui peut-être sonnerait après lui, elle pourrait alors donner sa pleine mesure. Mais, qu'elle le sache, il ne la quitterait pas des yeux, il la suivrait, comme il le faisait depuis les années 1970 :

« Vous vous souvenez, Isabelle, quand nous préparions Épinay ? Dix ans déjà, c'est long pour moi, mais si court pour vous. »

Michel Faure élu député du Jura en juin 1981 dans la circonscription qu'avait tenue son père, celui-ci avait été fait chevalier de la Légion d'honneur dès le 14 Juillet. Toutes leurs vies avaient donc été bouleversées, mais il y avait eu aussi les événements souterrains, ceux qu'on ne mentionne jamais aux journaux télévisés de vingt heures.

C'étaient les réunions, quatre ou cinq fois par jour, qu'Isabelle tenait à l'Élysée avec les ministres, leurs chefs de cabinet, puisqu'elle était en charge, à l'époque, du secteur de la Santé et des Affaires sociales ; c'étaient les rencontres avec les responsables des fédérations d'exploitants agricoles, devant lesquels Michel Faure devait s'expliquer ; c'étaient les assemblées de sections de la fédération socialiste du Jura, les chevènementistes qui tentaient de s'emparer de la direction locale, les rocardiens qui s'alliaient avec les mauroyistes et les poperenistes, et Michel Faure qu'on sommait de choisir, de s'expliquer, de justifier la politique gouvernementale de désindexation des salaires : « Tu sais ce qui se passe dans les usines Melrieux, les scieries, les papeteries ? lui demandait-on. On débauche, on baisse les salaires, et si tu ouvres ta gueule, tout gouvernement socialiste qu'il y ait, on te fout à la porte, et les licenciements s'annoncent partout. Alors, qu'est-ce que tu dis de ça, Michel, et qu'est-ce qu'elle en pense, Isabelle Desjardins ? Elle est d'ici, non ? Son grand-père était bien Louis Melrieux? Tu parles de drôles de socialistes : la gauche caviar, oui, et nous, sur le terrain, on en prend plein la gueule ! »

La gauche caviar : quand cette expression avait-elle surgi? Avant ou après la mort de Martin Faure en 1982 — cette année-là, on pouvait encore y croire, aux promesses, aux lendemains qui chantent, comme il disait — ou bien après celle de sa femme en 1984? Michel avait alors pensé pour la première fois qu'il ne laisserait rien après lui, aucune trace, et qu'il se dépensait en vain. Oui, pour la première fois, il avait songé avec nostalgie à ses deux années de khâgne au lycée du Parc, à Lyon, quand il découvrait la politique, à la tension intellectuelle et à l'émotion qu'il avait éprouvées à lire, lire, lire jusqu'à ce que les mots parussent fuir en tous sens, devant ses yeux, sur la page. Puis à sa joie — au fond, sa plus grande joie — quand il avait été reçu au concours d'entrée à Normale, aux larmes de sa mère et de son père, à la manière dont ils s'étaient étreints tous les trois, se tenant par les épaules, son père s'essuyant les yeux, disant : « Comme Jaurès, Michel, comme Jaurès ! », sa mère murmurant : « Comme Jules Romains ! », et lui pensant : comme Nizan, comme Sartre !

Pourquoi avait-il fallu qu'il crût devoir mettre la main à la pâte ? Peut-être à cause de Jaurès, de Nizan, de Sartre. Et à cause des attentes de son père.

Il n'avait jamais fait que suivre les cortèges de sa génération : communiste, gauchiste, re-communiste, PSU, et, pour finir, devenir cet élu qui serrait les mains des paysans en les rassurant, tout en sachant qu'ils allaient devoir un jour abandonner leurs fermes : l'agriculture de montagne, la transhumance, tout cela n'est plus rentable, voyez les Hollandais, voyez leurs fromages, l'alimentation de leur bétail, l'animal ne bouge pas d'un centimètre...

Mais trop tard pour revenir à la turne de la rue d'Ulm, trop tard pour retrouver les larmes de joie du père et de la mère, trop tard pour Jaurès et même pour Sartre : c'était le temps des Mitterrand, des Cordier, des Pierre Maury.

Celui-là avait surgi dans leur vie au moment où Isabelle avait peut-être espéré vraiment obtenir un portefeuille ministériel. Michel l'avait sentie tendue, guettant les coups de fil durant les week-ends. Plus tard, en août 1983, il y avait eu ce voyage de quelques jours à Rome, cette rencontre avec Jean-Louis Cordier, l'ambassadeur. Il s'était montré presque servile avec Isabelle — un ancien amant, Michel le savait, qui espérait peut-être le redevenir et souhaitait en tout cas que la conseillère à l'Élysée ne l'oubliât pas. Mais, dans l'avion du retour, Isabelle, tout en se maquillant, avait expliqué à Michel que Cordier s'illusionnait sur ses chances :

« Le Président le juge fidèle mais rigide, ne comprenant pas l'évolution de la situation : rien qu'un haut fonctionnaire honnête, brillant même, mais fait pour exécuter les directives des autres. Mitterrand ne lèvera pas le petit doigt pour lui si la droite revient et le renvoie au Quai d'Orsay, dans un placard. »

Elle s'était penchée vers Michel, puis, après s'être retournée pour vérifier si on ne l'écoutait pas, avait chuchoté : « Si le Président nomme quelqu'un aux Affaires communautaires, ce ne sera pas Cordier, mais moi, parce que je suis originaire d'un département agricole, ça rassurera les paysans, ça leur montrera qu'on ne les oublie pas, et tu seras là pour me donner le pouls des organisations paysannes. Je suis allée à Rome pour ça, c'est Mitterrand qui m'y a envoyée, il voulait que je juge quelle était la position italienne sur une éventuelle réforme de la politique agricole commune. Pauvre Cordier ! Il s'est imaginé je ne sais quoi. D'ailleurs, je ne l'ai pas découragé, au contraire, je l'ai poussé à se manifester, à réclamer : autant susciter soi-même ses concurrents, n'est-ce pas, Michel ? On les choisit ainsi parmi les moins dangereux. Je ne te choque pas ? D'ailleurs, ce séjour à Rome a été très agréable, l'ambassade de France est une résidence extraordinaire, un palais unique... »

Il en avait été glacé, terrorisé à la pensée qu'elle se servait ainsi des uns et des autres, de lui aussi, donc, et angoissé à l'idée que les espoirs d'Isabelle seraient peut-être déçus et qu'il lui faudrait vivre alors aux côtés d'une femme hargneuse, amère. Il avait déjà rentré la tête dans les épaules, sans pour autant oser la mettre en garde, lui remontrer que, de même qu'elle jouait avec Cordier, d'autres, et d'abord Mitterrand lui-même, jouaient avec elle, l'utilisant comme un leurre, un appât, un piège. Comment elle, si lucide, si froide, si fascinée par la stratégie, voyant loin, prévoyant les coups, était-elle à ce point aveugle ?

Ce qu'il craignait était advenu.

Fabius avait succédé à Mauroy et Isabelle n'avait pas quitté son bureau de l'Élysée pour un ministère. Durant quelques jours, elle n'avait pas parlé, pas répondu au téléphone, passant dans l'appartement comme si Michel Faure n'y vivait pas. Chaque fois qu'il rentrait de sa circonscription, il l'avait trouvée amaigrie, mais aussi plus tendue, les yeux plus fiévreux. Quelque chose s'était produit qu'il ignorait encore.

Elle avait voulu changer d'appartement, quitter la rue de Babylone, dans le 6ᵉ arrondissement, pour la rue Jean-Richepin, dans le 16ᵉ ; là seulement, avait-elle prétendu, il y avait un appartement conforme à ses vœux, naturellement cossu, huit pièces — plus tard, il lui faudrait en effet installer un bureau avec une secrétaire.

Plus tard ? s'était-il étonné. Il n'imaginait donc pas le futur ? avait-elle répondu. Les élections de 1986, quoi que pût faire Fabius, étaient perdues. Le Président en était persuadé. Il y aurait donc une période de cohabitation avec la droite, pendant laquelle il faudrait nouer des relations hors des palais officiels, organiser des rencontres, bâtir des réseaux. Mitterrand le lui avait expliqué à diverses reprises, il avait conquis la vieille SFIO avec moins de cinq cents personnes, et elle était bien placée pour savoir comment il avait fait, gonflant le nombre d'adhérents de la Convention des institutions républicaines — elle lui avait d'ailleurs prêté la main. Il fallait se préparer à une période aussi difficile, aussi aventureuse, mais ce serait à eux, à eux qui n'avaient pas quarante ans, de s'organiser. Et, pour cela, il fallait une structure, des lieux, de l'argent, des amis.

Ainsi était apparu Pierre Maury, un homme comme Michel Faure n'en avait jamais encore côtoyé. Il était promoteur, ingénieur du bâtiment, prétendait-il, puis, parfois, il avouait qu'il était autodidacte, mais que ce qui comptait, c'était ça — il pliait le bras, touchait son biceps : l'énergie, la force.

Isabelle avait paru fascinée. Elle parlait de Maury avec des frémissements que Michel ne lui avait pas connus auparavant, sauf peut-être quand elle évoquait — mais c'était surtout avant 1981 — Mitterrand.

Elle avait d'ailleurs prétendu, au cours d'un dîner qu'elle avait donné chez elle — ce devait être en 1987, et Jacques Vanel y assistait, car il fallait, pour l'avenir, dépasser les clivages gauche/droite, n'est-ce pas, et Vanel, plutôt qu'un politicien, était avant tout un homme de terrain, c'était aussi un ami de la famille, il était chez lui à Clairvaux aussi bien qu'au château de Salière —, que Maury pourrait être le Mitterrand des années 90.

Michel avait regardé Isabelle et sans doute n'avait-il pu masquer son étonnement, son effroi, car elle s'était esclaffée, un peu méprisante, disant qu'il n'avait sans doute pas mesuré l'ampleur des bouleversements qui avaient modifié de fond en comble la société française : les hommes du livre, Mitterrand, lui, Michel, c'était fini ! Il fallait d'autres leaders, des hommes qu'elle qualifiait de *physiques*, dans la mesure où on devait maintenant accrocher avec le regard et non l'esprit, on en revenait d'une certaine manière aux vertus primitives, confisquées durant des siècles par les clercs, les hommes de bibliothèque, les types parcheminés, une élite, soit, mais plutôt une caste, et on assistait ainsi au retour du peuple sur la scène, grâce à la télévision. Les nouveaux leaders devaient aimer le contact avec la foule, les gens simples, il fallait des hommes physiques, oui, pas des impuissants, et Pierre Maury était l'un deux.

Il était souvent venu rue Jean-Richepin, s'enfermant avec Isabelle, et Michel les entendait rire, la voix sonore de Maury emplissait l'appartement. En sortant du bureau d'Isabelle, il le prenait par les épaules :

« Ça va, mon petit Michel ? Ces élections, comment ça se présente ? Est-ce que je peux vous aider ? »

Isabelle s'approchait, empêchait aussitôt Michel de répondre. Il fallait l'aider, naturellement, disait-elle, mais Michel, ajoutait-elle, n'était pas capable de monter des *systèmes*. Pierre Maury se tournait vers elle, se passait la main dans les cheveux, souriant. Il avait compris, il verrait ça directement avec elle. Que Michel ne s'occupe de rien, qu'il continue ses petites réunions, qu'il fournisse simplement les thèmes de sa campagne à Isabelle, un nom d'imprimeur — il s'interrompait, haussait les épaules —, il faisait ça pour tant d'autres, à droite, à gauche, c'était la routine, mais, pour lui, il voulait faire davantage : un programme immobilier locatif ? Qu'on lui délivre le permis de construire, il s'occuperait du reste — il enveloppait à nouveau les épaules de

Michel — et ils inaugureraient ensemble ces nouvelles rési-
dences. Pourquoi pas ?

Il embrassait Isabelle, et la manière dont il plaquait sa paume
largement ouverte sur son dos, entre les omoplates, la pressant
ainsi contre lui, faisait mal à Michel. Maury était son amant,
soit : un de plus. Mais lui, Michel, qu'est-ce qu'il était, à se laisser donner l'accolade, à accepter l'aide de Maury ?

Bien sûr, c'était ainsi que tournait le monde.

Mais quel monde ?

Et qu'en resterait-il ?

Rien.

Il le savait maintenant, adossé à la porte d'entrée, entendant la
sonnerie s'achever, puis, après un silence, le sifflement aigu du
répondeur et la voix qu'il reconnaissait, celle de Jean-Louis Cordier :

« Je suis avec toi, Michel, si tu veux me voir... »

Il laissait un numéro de téléphone.

Puis à nouveau le silence, et, dans l'obscurité, le voyant rouge
du répondeur qui clignotait.

Rien.

Autrefois, hier matin, il y aurait eu la voix d'Isabelle protestant : « Qui répond ? », son pas que Michel aurait écouté depuis
sa chambre. Elle était le centre de sa vie, le seul repère dans ce
monde où il avait vécu.

Maintenant, rien.

Il n'avait pas bougé. Il avait envie de se laisser glisser et de
rester assis là, dans l'entrée, n'allant pas plus loin, épuisé par
cette nuit passée dans la chambre du Val-de-Grâce à veiller le
corps.

On avait croisé les mains d'Isabelle sur sa poitrine et il lui
avait semblé qu'il n'avait jamais vu des doigts aussi osseux, des
ongles aussi longs.

Qu'allait-il faire ?

Le téléphone sonna de nouveau. Il se boucha les oreilles, refu-
sant d'entendre cette voix qui venait sûrement d'autrefois.

27.

« Voilà », murmura Jacques Vanel en se penchant en avant
malgré lui, les yeux mi-clos, comme si la fatigue et le sommeil
l'avaient tout à coup terrassé, ou que quelqu'un avait lentement appuyé sur sa nuque pour le contraindre à la ployer.
« Voilà », répéta-t-il en essayant de se redresser, de retrouver
l'appui du dossier, en effectuant ce mouvement, il fut pris de
nausée et il se souvint du docteur Desjardins avec qui il avait
échangé quelques mots, la semaine précédente, sur la place de
Clairvaux ; le vieux médecin lui avait conseillé de faire surveiller régulièrement son cœur : « Vous avez combien,
soixante-dix ? C'est jeune, Vanel. J'en ai quatre-vingt-sept,
presque quatre-vingt-huit... — Vanel s'était émerveillé, et il
est vrai que Joseph Desjardins restait droit, les yeux mobiles,
les cheveux blancs encore touffus, le masque du visage bien
dessiné malgré la peau du cou qui tombait, flasque —, mais,
avait repris Desjardins, à cet âge-là, il faut suivre la machine,
ne rien négliger, sinon... Vous connaissez le mot de De
Gaulle : la vieillesse est un naufrage... Moi, Vanel, je veux
mourir debout, sur la passerelle. »

Le cœur, le cœur, articula Vanel avec peine. Il leva la tête,
aperçut les poutres apparentes de la grande pièce de son pied-
à-terre, et il lui sembla qu'elles se rapprochaient, qu'elles
allaient l'écraser ; dans le même instant, il pensa qu'il ne voulait
surtout pas survivre paralysé, impotent, aphasique, dépendant
des autres — de qui, au demeurant ? Il n'avait pas d'enfant, pas
d'épouse, pas de frère ni de père, ni d'amis. Mieux valait qu'il se
tuât d'une balle dans la tête, là, maintenant.

C'est à ce moment-là seulement qu'il réalisa qu'il était bouleversé, que son malaise l'avait pris alors qu'il entendait l'annonce du suicide d'Isabelle Desjardins, puis en écoutant, assis sur ce canapé, le commentaire de Stéphanie de Laudreuil dont chaque mot, trois minutes durant, l'avait blessé. Non qu'il ne partageât pas l'analyse de la journaliste sur cet épilogue tragique de la présidence de Mitterrand, l'acte d'Isabelle retentissant comme le cri d'un procureur ou d'un complice saisi par le remords, qui tend le bras et dit, montrant l'Élysée, montrant le Président : « C'est là et c'est lui ! » Vanel n'aurait pas usé des mêmes phrases grandiloquentes, mais c'était le style de Stéphanie de Laudreuil, cette emphase-là qui avaient fait sa réputation. Il aurait simplement dit que deux septennats, c'était trop long, que le pouvoir corrompt, que quatorze ans, c'était la durée de règne d'un monarque, non le temps d'un président élu.

Ce qui l'avait surtout atteint, c'était la découverte — ou plutôt la confirmation — qu'une vie, donc, n'était rien. La rumeur née du suicide d'Isabelle ne disait rien de l'être qu'elle avait été. La mort de son corps, de son âme disparaissait sous les bavardages, les réactions d'hommes politiques, de journalistes, les communiqués, les contestations, les allusions : quelques minutes avant Stéphanie de Laudreuil, Jean-Marie Borelli avait évoqué dans son éditorial de sales affaires, des labyrinthes obscurs — et il en existait sûrement. Mais Isabelle était morte, n'était-ce pas suffisant ? N'était-ce pas cela seul qui devait concerner tous ceux qui l'avaient connue ?

Si je meurs, si je me tue, se dit Vanel, ce ne sera sans doute même pas ça, mais quelques lignes dans *Le Monde* et une photo dans *Le Progrès*.

Il dut se baisser à nouveau, éprouvant l'impression que son cœur était brutalement comprimé, qu'on le plaquait contre sa cage thoracique, qu'on le soulevait, qu'il obstruait à présent sa gorge — et Vanel ouvrit la bouche pour aspirer une grande goulée d'air.

Il se sentit mieux, mais se mit à trembler. Un frisson l'avait pris aux épaules, glissant le long de son dos, parcourant ses cuisses, ses bras.

Il s'appuya alors des deux mains sur la table basse placée devant le canapé, tendant les bras pour tenter de maîtriser son tremblement, et il se dit que ce n'était peut-être pas le cœur, mais une simple grippe, ou l'effet de l'émotion. Il allait passer à l'Assemblée où, même en ce 23 décembre, il devait y avoir un médecin de permanence. A soixante-dix ans, comme le prescrivait le vieux Desjardins, il fallait « suivre la machine ».

Vanel voulut mesurer le rythme de son pouls, mais il dut s'y reprendre à plusieurs reprises, sautant des pulsations, puis il se courba à nouveau, répétant : « Voilà », comme si la mort d'Isabelle Desjardins avait scellé son propre destin, comme s'il n'avait plus qu'à se soumettre, à ployer la nuque, et il vit la plaque de marbre lisse de la table comme un mur contre lequel il allait se fracasser.

Il se remémora une des dernières fois qu'il avait rencontré les deux sœurs Desjardins ensemble, dans cette chambre de l'hôpital de Lons-le-Saunier aux murs nus, pareils à cette surface blanche et veinée, là, devant lui.

Elles se tenaient de part et d'autre du lit, et quand Vanel avait poussé la porte, la vision de ces deux femmes l'avait saisi. Elles se faisaient face, le visage figé, les yeux dans les yeux, les bras le long du corps, les doigts d'Isabelle prolongés par des ongles rouge vif, ceux d'Aurore gantés de noir, l'une blonde et le teint pâle, l'autre les cheveux noirs relevés en chignon et la peau mate. Au grincement de la porte, elles s'étaient retournées en même temps vers lui et il avait balbutié, baissé la tête, incapable de supporter le regard de ces deux femmes et ne sachant quel comportement adopter, car l'une et l'autre devaient bien se douter qu'à des périodes différentes de leur vie elles s'étaient déshabillées dans cette pièce aux poutres apparentes, ici, rue du Bac, et qu'il les avait caressées, seulement caressées, couchées là sur ce même canapé de cuir.

Avec Aurore, cela s'était terminé dès l'année 1974, et, depuis lors, même s'ils s'étaient régulièrement rencontrés à déjeuner ou à dîner, une ou deux fois par mois, Vanel ne lui avait jamais avoué qu'en 1984 — dix ans plus tard, donc — Isabelle Desjardins avait pris contact avec lui parce qu'il était, lui avait-elle expliqué, une personnalité politique de l'opposition, certes, mais raisonnable, réaliste, et qu'il fallait bien préparer la cohabitation entre le Président et la droite au cas où cette dernière, comme tout le laissait prévoir, l'emporterait aux élections de 1986. Mais ces contacts devaient être discrets, et Vanel avait, sans aucune arrière-pensée, proposé son pied-à-terre, au coin de la rue du Bac et de la rue de Varenne.

Isabelle Desjardins s'y était rendue à trois ou quatre reprises, n'y passant chaque fois qu'une petite heure. Il n'y avait eu entre eux qu'un bavardage où ils s'étaient plu à évoquer Mitterrand et Chirac, le caractère de l'un et de l'autre, parfois leurs idées. Isabelle avait souligné à chaque fois : « Nous jouons franc jeu, n'est-ce pas ? J'agis sans mandat, parce que je crois qu'il est de mon devoir de conseillère du Président d'explorer le terrain, mais je n'engage rien ni personne. »

Vanel, en souriant, avait employé les mêmes mots.

A la fin de chacune de ces rencontres, avant qu'ils ne décident de prendre congé, il hésitait.

Isabelle le regardait, les mains croisées sur les genoux, sa jupe très courte laissant voir le bas de ses cuisses. Elle portait souvent des collants noirs, parfois des bas résille. Vanel l'avait trouvée provocante, mais peut-être à l'Élysée aimait-on ce genre-là, un peu pute, avec ces ongles rouge vif, ces yeux cernés de Rimmel, ce rouge à lèvres donnant à la bouche l'apparence d'un fruit mûr qu'on a envie de mordre. Lors de leurs premières entrevues, il n'avait osé s'asseoir près d'elle ni la toucher. Il se disait qu'il allait une fois de plus décevoir, qu'il se faisait vieux, qu'il ne pouvait recommencer avec Isabelle ce qu'il avait fait avec Aurore. Mais peut-être étaient-ce tous ces défis qui avaient fini par l'exciter, et l'impression que le regard d'Isabelle, qui ne se baissait pas, était une forme d'invite, qu'au-delà de l'« exploration politique des mois à venir », comme elle disait, elle attendait autre chose, peut-être de savoir ce qui s'était passé entre Aurore et lui.

« Si nous dînions, un soir ? lui avait-il proposé lors de leur quatrième rencontre, alors qu'ils étaient déjà debout dans la petite entrée.

— Nous avons encore des choses à nous dire ? » avait répondu Isabelle en souriant ironiquement.

Ce soir-là, elle semblait ne rien porter sous la veste noire de son tailleur, si bien que par la large échancrure on découvrait sa poitrine maigre, sa peau blanche, on imaginait ses seins, ou plutôt on se demandait s'ils existaient, tant sa veste tombait droit, mais cela, peut-être à cause du maquillage, de la bouche rouge, renflée, loin de susciter l'indifférence, peut-être même un sentiment de répulsion, avait attiré Vanel. Elle avait quelque chose d'aigre, d'aigu, d'amer, d'acide, comme un piment dont on sait qu'il va arracher le palais mais dans lequel on n'hésite pas à croquer.

« Je pourrais vous parler de votre sœur Aurore, avait-il dit. Elle est souvent venue ici.

— Pour explorer les possibilités de la cohabitation ? » avait-elle répliqué sans le quitter des yeux.

Ils avaient ri.

Elle avait consulté sa montre et suggéré : pourquoi pas ce soir ? Elle allait demander à son chauffeur de repasser la prendre à minuit.

« Ici, n'est-ce pas, c'est plus simple pour parler de tout ça. »

Il se souvenait de cette soirée — il n'y en avait eu que trois ou quatre autres avant mars 1986 — comme d'un moment d'insupportable tension. Froid, blanc, osseux, mais nerveux, dur, exigeant, le corps d'Isabelle l'avait troublé, bouleversé au-delà même de ce qu'il avait connu depuis des années.

Il avait gardé les yeux fermés et avait eu l'impression de serrer dans ses bras et caresser un adolescent, et cela l'avait renvoyé à sa période d'aventures, avant qu'il ne soit élu député, quand il se rendait chaque été au Maroc, en Thaïlande ou en Malaisie, palpitant, affolé même dès qu'il était installé dans l'avion pourtant encore immobile sur les pistes de Roissy. Il demandait du champagne. Il éprouvait une sensation étrange, comme si tout son corps était mordillé, griffé, piqué par de fines aiguilles et, après des mois d'engourdissement, redevenait enfin vivant, se débarrassait de la gangue qui l'enveloppait. Léger, tranchant, il marchait dans les rues de villes étrangères, jusque dans les quartiers que les touristes trouvaient dangereux, avec une assurance qu'il perdait dès qu'il retrouvait son cabinet d'avocat à Lons.

Peut-être n'avait-il cédé à ceux qui l'exhortaient à se présenter à la députation — le nom de Vanel était connu à Lons où son père et son grand-père avaient déjà été avocats — que pour essayer de chasser l'ennui ou pour se contraindre à renoncer à la drogue des tentations, à ces voyages aux antipodes, au bout de ses désirs, à cette perte d'identité sociale qui lui permettait, dans ces chambres d'hôtel de Marrakech ou de Bangkok, quand il serrait un jeune garçon contre lui, de savoir qu'il avait un corps.

Il avait retrouvé cette impression avec Isabelle. Il en avait été comme fou en la caressant. Elle n'avait pas paru déçue qu'il ne la pénétrât pas. Elle avait répondu à ses gestes avec application, paraissant ne rien exiger de lui, et cela l'avait rassuré.

A la fin, quand ils s'étaient écartés l'un de l'autre, elle lui avait demandé, en se rhabillant, s'il s'était comporté de même avec Aurore. Et, tout en l'observant, elle avait ajouté :

« Nous n'avons pas le même corps, n'est-ce pas ? C'est le blanc et le noir... Mais, parfois, c'est la glace qui brûle. »

Leurs relations intimes avaient cessé au bout de quelque temps — une rencontre par mois rue du Bac, entre août et novembre 1985 — comme si l'un et l'autre étaient convenus qu'ils ne pouvaient aller au-delà. C'est Isabelle qui avait dit :

« Je crois que nous avons tout exploré, n'est-ce pas ? Ce n'était pas désagréable. Curieux, intéressant, non ? »

Elle voulait manifestement le choquer, se détacher de ce qu'ils avaient vécu par cette distance qu'elle les forçait à prendre avec leurs souvenirs.

Mais, quand il l'avait revue un mois plus tard, dans cette chambre de l'hôpital de Lons-le-Saunier, qu'il avait dû affronter son regard en même temps que celui d'Aurore, il avait bredouillé, s'approchant du lit qu'elles paraissaient se disputer. Christophe Charlet, le fils d'Aurore, y était couché, la nuque prise dans une minerve, le bras gauche plâtré posé dans une attelle.

« Il a eu de la chance », avait balbutié Vanel, mais il n'avait osé contourner le lit, choisir l'un des côtés, celui d'Isabelle ou celui d'Aurore, et était donc resté appuyé au montant du lit, décrochant la fiche de relevé des températures, faisant mine de la lire, demandant à Christophe de lui raconter son accident. Mais c'est Isabelle qui s'était mise à parler :

« On invoquera le brouillard, mais, en fait, personne de sensé n'achète une moto à un garçon de seize ans, personne ! Oui, il y avait du brouillard, la route était glissante, mais ce n'est pas la cause première. D'abord la moto ! »

Aurore la regardait avec une expression de mépris, mais, à l'instant où elle s'apprêtait à riposter, Christophe était intervenu : s'il avait manqué le virage, c'était parce que la camionnette de Vignal — « Ce con, il m'emmerde toujours, quand je roule ; il se range au dernier moment ou me fonce dessus. Un dingue, un alcoolo ! » —, sa camionnette, donc, dont il n'avait pas allumé les phares, avait surgi devant lui. Christophe avait dû freiner à mort, et hop, ç'avait été le mur du château de Salière, juste à la hauteur du monument aux dix-sept fusillés de la Résistance. L'ennui, c'est qu'ou bien Vignal n'avait rien remarqué — avec le brouillard, c'était possible —, ou bien il avait vu l'accident et ne s'était pas arrêté, si bien qu'on n'avait découvert Christophe que deux heures plus tard, quand le brouillard s'était levé.

« Un mètre de plus, avait-il conclu, et je faisais le dix-huitième mort. Mais moi, on n'aurait pas gravé mon nom sur le monument ! »

Aurore s'était penchée, lui avait pris la main. Elle avait une voix sourde, si tendue que Vanel en avait ressenti un malaise, qu'il n'avait plus eu qu'un désir : quitter cette chambre au plus vite, et il se reprochait d'y être entré, mais il était impensable qu'il ne rendît pas visite à Christophe, le petit-fils de Desjardins et de Melrieux, et, quoi qu'il racontât en ville, celui du docteur Jean-Paul Charlet.

« Christophe, je t'en prie, ne prononce plus jamais des phrases pareilles, plus jamais ! »

Brusquement, ç'avait été un brouhaha dans le couloir, la porte s'était ouverte sur Fabienne et Catherine Melrieux qui s'étaient précipitées, remplissant la chambre de fleurs, de chocolats, de mots, et Vanel en avait profité pour s'éclipser.

Il n'avait revu les deux sœurs ensemble — mais elles n'étaient restées proches l'une de l'autre qu'un court instant — qu'à la remise de la Légion d'honneur au docteur Desjardins, au printemps de 1986, dans la grande salle des fêtes de l'Élysée.

Il les avait observées aux côtés de leur père, Aurore à droite, Isabelle à gauche, puis, sans échanger un mot, elles avaient, comme par hasard, serrant les mains des invités, gagné les coins opposés de la salle, et n'en avaient plus bougé.

La présence de Vanel avait d'abord rassuré le docteur Desjardins :

« Ah, vous êtes là, tant mieux ! lui avait-il dit. Moi, je me sentais seul au milieu de tous ces socialos, mais Isabelle, vous comprenez, avec les fonctions qu'elle occupe... J'ai accepté pour elle. Sinon, serrer la main de ce coquin, très peu pour moi...

— Allons, lui avait répondu Vanel, vous avez bien fait. Dès qu'on est élu à la présidence de la République, on n'est plus un coquin, on devient un homme d'État, en tout cas un personnage légitime. Pour cesser d'être respectable, il faudrait que le Président circule en pyjama sur la voie publique, et encore, on lui trouverait des excuses, comme jadis à Deschanel, je crois... »

Desjardins avait ri.

Plus loin, Vanel avait promis à Jean-Louis Cordier que, dans l'hypothèse d'une victoire de la droite, il interviendrait auprès de Chirac pour qu'on le nomme dans une ambassade aussi prestigieuse que celle de Rome. Puis il avait écouté Borelli :

« Amusant, non, avait ricané le journaliste, les Desjardins, cette famille de vieux gaullistes que Mitterrand honore : la fille d'abord, le père maintenant... Il n'y a qu'Aurore qu'il n'ait pas honorée, mais je crois qu'il y a quelques années il n'y aurait pas manqué... »

Vanel avait embrassé Stéphanie de Laudreuil, qui tenait le bras de Pierre Maury :

« Vous vous souvenez, Vanel ? Nous avions dîné un soir chez Lipp, Pierre nous avait invités. Nous étions si jeunes, vous sortiez avec Aurore, mon amie Aurore que je ne vois plus guère... »

Enfin, il avait rejoint Isabelle. Elle avait joué son rôle de conseillère, sérieuse et amicale :

« Il faut que vous vous entendiez avec Michel Faure pour défendre une position commune en face des organisations paysannes, lui avait-elle dit. La politique agricole européenne, cela dépasse les clivages droite/gauche, Vanel. Vous devez en discuter avec Michel, où est-il ? »

Michel Faure errait, l'air distrait, d'un groupe à l'autre, avant de s'arrêter devant Pierre Maury.

« Voulez-vous que j'organise un dîner chez moi, cher Jacques ? avait demandé Isabelle. Nous parlerions de tout ça. Vous connaissez Maury ?

— Depuis près de vingt ans, avait répondu Vanel.

— Parfait, parfait. Alors j'inviterai Maury, c'est un homme d'avenir, croyez-moi. Il vous étonnera tous : il sait parler aux gens. C'est si rare aujourd'hui, si rare... »

Vanel aurait voulu changer de ton, retrouver un peu de leur intimité passée, mais, quand il avait chuchoté qu'il regrettait de ne plus voir Isabelle rue du Bac, soulignant que la cohabitation approchait, qu'il fallait plus que jamais en parler, Isabelle s'était contentée de sourire, secouant la tête avant de répondre :

« Mais tout est en place, maintenant. Nous avons mieux à faire, non ? Dites-moi plutôt : est-ce que vous espérez être ministre après mars ? Vous savez que le Président serait très heureux si Chirac — au cas où il serait Premier ministre —, ou Giscard, ou Monory, bref, celui qui sera choisi pour Matignon, vous nommait à l'Agriculture ou aux Affaires communautaires. J'ai dit le plus grand bien de vous chaque fois qu'il m'a interrogée. »

Vanel s'était contenté de murmurer « Mais oui, mais oui », tout en s'éloignant d'elle.

Jamais il n'avait cédé aux mirages d'un poste ministériel, jamais espéré ni souhaité être nommé au gouvernement. A quoi bon ? Pour quoi faire ? Avoir sa vie privée examinée sous toutes les coutures par les journalistes et les Renseignements généraux, prendre le risque de mettre en péril son siège de député pour une fonction qu'on n'occuperait au mieux que deux ou trois ans, et tout cela pour se donner l'illusion du pouvoir, avoir son nom imprimé en première page des journaux, être interviewé ou cité par Stéphanie de Laudreuil ou Borelli, et passer au journal télévisé de vingt heures ? Un marché de dupes que Vanel n'avait jamais cherché à conclure.

Il s'était enfin approché d'Aurore, qui se tenait à l'écart, saluant d'une inclinaison de tête ceux qui passaient près d'elle, les décourageant, manifestant le désir de rester seule, à la différence d'Isabelle, mais, dans sa façon de se tenir le dos droit, le menton un peu levé, dans cette fière attitude de défi — le docteur Desjardins avait la même raideur, presque de la morgue —, Vanel reconnaissait un air de famille. Pourtant, les chemins parcourus par ces deux femmes avaient été aussi différents, aussi opposés que leurs peaux, leurs corps, leurs cheveux. A la pensée qu'il les avait caressées l'une et l'autre, il avait eu une bouffée d'orgueil, presque un sentiment de plénitude. Au fond, il avait réussi à composer avec ses désirs, ses moyens, il avait éprouvé le maximum de plaisir possible — il n'avait pu s'empêcher de sourire — sans avoir été ministre, tout en restant un élu indéracinable. Oui, au fond, il ne s'était pas si mal débrouillé. Il avait trouvé un arrangement avec la vie. Que demander de mieux ?

Aurore l'avait vu sourire et c'est elle qui s'était avancée, faisant les deux ou trois pas qui les séparaient.

« Joyeux, gai ? » avait-elle demandé.

Elle paraissait sombre, la peau encore plus mate qu'à l'ordinaire. Il avait fait oui. Il pensait, avait-il répondu, à ces deux femmes si opposées, « vous, Aurore, si hostile à tout ce qui relève de la politique, une véritable allergie — peut-être pas aux hommes politiques, en tout cas je l'espère, avait-il ajouté en souriant encore —, et votre sœur Isabelle, tout entière passionnée par ce jeu, fascinée par le pouvoir, en ayant compris tous les ressorts, sachant se servir des uns et des autres, probablement l'une des meilleures élèves de Mitterrand... »

Vanel avait conclu qu'il se demandait même parfois si elle n'allait pas dépasser son maître. Elle venait de lui faire miroiter un portefeuille dans le futur ministère de droite alors que les élections n'avaient pas encore eu lieu !

« Mais vous imaginez, Aurore, si je me mettais ça en tête, je n'en dormirais plus, je créerais des tensions dans mon camp, pour le plus grand profit de qui ? Mais de Monsieur Mitterrand, voyons ! Une habile tacticienne, votre sœur... »

Il avait fait la moue, puis repris :

« Qui sait même si, à l'occasion d'un événement un peu spectaculaire, favorisant les reclassements, on ne la retrouvera pas un jour à droite ? Après tout, ce serait le retour à la tradition familiale. Si Michel Faure est battu, je l'imagine se présenter à sa place, aux élections suivantes, comme une candidate républicaine de rassemblement. Elle serait élue, j'en suis sûr. »

Aurore l'avait écouté, s'éloignant d'un pas, revenant vers lui, le fixant, lui demandant tout à coup pourquoi il lui racontait tout ça.

« Croyez-vous que ça m'intéresse, Jacques ? avait-elle déclaré sèchement. Croyez-vous qu'en 1970, quand je couchais avec Cordier — mais oui, et vous le savez —, je n'aurais pas pu faire moi aussi ma petite carrière? A l'époque, Mitterrand m'avait remarquée et je vous prie de croire que son regard en disait long sur mes possibilités d'avenir. Et en 1975, quand je défendais Marc Gauvain, Cordier est encore revenu à la charge...

— Mais je n'en doute pas, Aurore... », avait répondu Vanel d'une voix humble.

Elle lui avait tourné le dos, et, peu après, il l'avait aperçue quittant, toujours seule, la salle des fêtes.

Durant les sept années suivantes, il n'avait jamais plus revu les deux sœurs dans un même lieu.

Il avait même pris garde, quand il déjeunait avec Aurore ou bien dînait chez Isabelle, rue Jean-Richepin — dans cet immense appartement où elle s'était installée, qu'elle avait fait décorer de meubles de prix si rapprochés les uns des autres qu'on ne les distinguait plus et ressentait, dès l'entrée, une sensation de trop-plein, d'étouffement — de ne jamais parler de l'autre à l'une. Elles ne l'avaient d'ailleurs jamais interrogé, alors qu'elles devaient bien se douter qu'il les revoyait régulièrement.

Aurore avait certes un peu espacé leurs rendez-vous, une fois par mois plutôt que deux : depuis qu'elle collaborait avec des cabinets d'avocats à Bruxelles, Milan et Francfort, elle se déplaçait souvent. La législation européenne évoluant constamment, le droit des affaires exigeait d'elle une mise à jour permanente. Le temps lui manquait donc, ses déjeuners étaient réservés des semaines à l'avance. Pourtant, tous ces arguments avancés, elle trouvait finalement une date pour le rencontrer.

Mais elle avait réellement changé. Son téléphone portatif posé sur la table, elle appelait ou répondait plusieurs fois au cours de leur déjeuner — « Excusez-moi, Jacques », disait-elle avant de composer un numéro ou de répondre, et quand elle en avait terminé, il lui faisait remarquer : « Mais vous êtes devenue une vraie *yuppie*, Aurore, au moment même où ils cessent d'être à la mode! Est-ce l'argent qui vous fait courir comme ça? »

Elle avait l'air de réfléchir, posant sa fourchette, croisant les doigts devant sa bouche, les coudes appuyés sur la table de part et d'autre de l'assiette.

« C'est vrai, convenait-elle enfin, j'ai envie de jouer à

ça, de gagner de l'argent, beaucoup, pourquoi pas ? Peut-être que je m'en lasserai un jour, je me suis lassée de tant de choses ! Au début, quand j'étais chez Rimberg, j'adorais plaider aux assises. Vous vous souvenez de ma plaidoirie pour Marc Gauvain, je serais encore capable de la refaire, plus de quinze ans après... Mais ce théâtre m'a ennuyée. Vous savez que j'ai revu Gauvain par hasard ? Il est informaticien, il a deux enfants : une réinsertion réussie, mais un homme raboté. Je me demande si je ne préférais pas l'assassin qui revendiquait la responsabilité de son crime. J'ai un peu écrit aussi, en 1981, sur ma vie, mes idées ; quelques dizaines de feuillets, un bilan un peu prématuré : j'avais quoi, trente-trois ans, l'âge du Christ — elle haussait les épaules, esquissait une moue de dérision —, pas crucifiée, tout au plus un peu complaisante, mais qu'est-ce que j'allais faire de ça ? Devenir qui ? Simone de Beauvoir ? Qui serait mon Sartre ?

— Devenir vous, Aurore, répondait Vanel.

— Moi ? ricanait-elle. J'ai un fils. Peut-être est-ce cela, moi. Le reste est sans importance... Alors, je joue en ce moment à l'avocate d'affaires, rapace, impitoyable. Je rafle tout ce que je peux. Et, de temps à autre — j'espère que vous allez me croire, Vanel —, je paie à un homme bien agréable, civilisé, propre, un week-end au Palace, à Saint-Moritz, ou à l'Éden Rock à Antibes.

— Vous m'effrayez, murmurait Vanel. Tout ça, c'est du désespoir, du cynisme. »

Elle secouait la tête.

« Vous pensez qu'être conseillère d'un président de la République, c'est mieux ? Moi — elle saisissait le poignet de Vanel, le serrait — je ne trompe personne, je n'ai pas la prétention de diriger les affaires de l'État. La cynique, ce n'est pas moi ! »

Elle soupirait et ébauchait un geste de la main pour exprimer sa lassitude.

« Mais je disais déjà cela il y a quinze ans, je suis sûre de vous avoir exposé ces idées, et si ce n'est à vous, c'est à Cordier. »

Il prenait un air dépité.

Elle souriait : les hommes, surtout les hommes politiques, n'étaient-ils pas interchangeables ? Giscard, Mitterrand, Cordier, Vanel ou Michel Faure, est-ce que ce n'était pas du pareil au même ?

Peut-être était-ce l'époque qui les contraignait tous à être ainsi : lucides, cyniques, amers et froids.

Dans les années 60, Vanel s'était cru un monstre d'égoïsme, un jouisseur précautionneux qui, comme il disait, « s'arrangeait », mais il était atterré et fasciné par les propos d'Aurore et par les habiletés d'Isabelle ; c'était comme si les deux sœurs, tout en se voulant aux antipodes l'une de l'autre, se retrouvaient dans la même façon glacée d'aménager leur vie.

L'argent même — Vanel, qui n'avait pas cherché à accumuler des biens, se contentait pour sa part de son héritage et de son indemnité de député — les rapprochait sans qu'elles s'en doutassent. Cela aussi devait être dû à l'époque.

Dans l'appartement d'Isabelle, rue Jean-Richepin, Vanel était choqué par l'opulence ostentatoire qui s'y déployait : meubles d'époque, lustres de cristal, commode ceci, buffet cela. Michel Faure se taisait mais, à l'évidence, ne faisait rien pour freiner Isabelle. L'aurait-il pu ?

A plusieurs reprises, Vanel avait même été tenté de les mettre en garde, eux qui lui semblaient encore si jeunes — vingt ans de moins que lui. La prudence, la mesure étaient de mise en politique, aurait-il pu leur expliquer. Dans la vie aussi, car l'outrance, même si elle conduisait à la réussite, attirait le regard des autres, attisait leur jalousie, donc leur haine, leur désir de blesser, de se venger.

Il avait une seule fois énoncé cette idée de manière détournée, parlant de l'insolence de Giscard, qui l'avait perdu en 1981, évoquant Némésis, cette vengeance des dieux, et l'hubris, cette folie qui s'emparait parfois, en les aveuglant, des puissants ou de ceux qui croyaient l'être, cette ivresse de posséder toujours plus. Mais il n'avait pas été compris ; à peine l'avait-on écouté.

Dès 1986, et davantage encore après 1988 et la réélection de Mitterrand, il avait senti chez Isabelle une sorte d'avidité impatiente. Tant qu'on était au pouvoir, et avant de le quitter, il fallait prendre, posséder. C'était la boulimie d'une maigre qu'un ver intérieur aurait rongé, laissant toujours sa faim inassouvie, ses appétits plus grands.

Il avait dîné, un soir de 1987, rue Jean-Richepin en compagnie de Maury.

273

Peut-être l'antipathie qu'il éprouvait vis-à-vis de cet homme lui venait-elle des années 70, quand Vanel avait dû céder au désir d'Aurore de dîner en compagnie de Stéphanie de Laudreuil et de Pierre. Celui-ci n'était alors à l'évidence qu'un faiseur, parlant trop fort. Agent immobilier profitant de la conjoncture, petit affairiste cherchant à grossir pour atteindre enfin à la respectabilité et à la puissance, il était porté par une confiance en soi qui avait alors paru insupportable à Vanel. Dans sa manière de se vêtir — chemise ouverte, manches retroussées, lourde gourmette au poignet gauche — et de se comporter, Maury affichait une virilité conquérante et une vulgarité tranquille, revendiquées comme des qualités.

Or, c'est cet homme-là, à l'évidence dangereux, qu'Isabelle Desjardins flattait, regardait avec des yeux enamourés, et dont Michel Faure — inconscient, ou pour le moins imprudent — acceptait l'aide dans sa circonscription.

Ainsi le voulait aussi l'époque.

Maury était devenu un promoteur omniprésent, obtenant l'appui des banques nationalisées et le soutien des élus. Le Premier ministre l'avait félicité pour ses initiatives, son dynamisme, sa réussite exemplaire. Le Président, disait-on, se plaisait en sa compagnie.

Mal à l'aise, Vanel avait peu parlé ce soir-là. Dieu sait qu'il n'était pas un puritain ni un idéaliste. Le pouvoir et la politique avaient leurs règles, et mieux valait se détourner de la vie publique si on tenait à ignorer l'argent, les ambiguïtés, les compromis et les compromissions, si on refusait de côtoyer et même de serrer la main à des corrompus. Mais il fallait aussi ne pas se laisser dévorer, savoir se tenir à distance. Ce qui avait inquiété et déçu Vanel, c'était cette frénésie qui semblait s'être emparée d'Isabelle Desjardins, l'aveuglement avec lequel elle associait Pierre Maury à tous ses projets, sa façon de miser sur lui sans la moindre précaution. Et Michel Faure suivait.

Il est vrai que le pouvoir fait perdre la tête. Sans doute était-ce aussi pour cela que Vanel ne l'avait guère recherché.

Quelquefois, il pensait que s'il avait été un homme comme les autres, s'il avait pu vraiment baiser une femme, il aurait peut-être eu l'audace et l'imprudence nécessaires pour servir une grande ambition. Mais, le plus souvent, il se félicitait d'avoir été ou de s'être lui-même entravé.

Qu'y avait-il au bout de l'ambition ? Un mur.

Il caressa lentement de ses deux mains le marbre veiné de la table basse. Un mur.

Il fallait qu'il téléphone à Aurore, à Michel Faure, et plus tard, beaucoup plus tard, au docteur Desjardins.

Il se laissa aller jusqu'à toucher du front ce marbre, ce mur froid comme la mort.

28.

Pierre Maury resta plusieurs secondes immobile, suspendu à la barre fixe, pieds tendus, les orteils effleurant le parquet, les muscles douloureux. Il ne se souvenait pas d'avoir ressenti une telle tension dans les poignets, les épaules, et surtout le long de la colonne vertébrale. A deux ou trois reprises, en se hissant, il avait pensé qu'il exagérait, qu'à plus de cinquante ans, comme disait son médecin, il devait doser ses efforts et son plaisir.

« Vous ne pouvez plus tout faire au même rythme, cher ami, nul n'échappe à cette loi, pas même vous, et seriez-vous président de la République ou pape, vous devriez sagement vous y plier.

— Moi, je peux ! s'exclamait Maury. Je peux tant que je le voudrai. »

Le médecin faisait la moue, puis souriait tout en achevant de l'examiner :

« Bon, cher ami, soyez votre propre caricature si vous le voulez, mais ne vous étonnez pas si... »

Depuis longtemps, Maury n'était plus étonné par quoi que ce soit.

Pourtant, ce suicide d'Isabelle...

Il ne bougeait pas, laissant son corps s'étirer, la douleur irradier vers ses cuisses, lui tordre les couilles et le sexe.

« J'arrête », murmura-t-il.

Il avait déjà fait dix tractions d'un seul élan, sans même respirer, en se mordant les lèvres, et chaque fois qu'il avait touché la

277

barre avec le menton — à partir de la septième traction il avait fallu qu'il se déhanche, tirant par saccades sur l'un, puis sur l'autre bras — il avait poussé un rugissement, le menton en avant, lançant ce cri de gorge comme une menace, un coup de dents, une injure.

Ç'avait toujours été la même bagarre depuis le début. On se disputait un ballon, un coin de cour de récréation, un paquet de cigarettes, des filles, des copains, une exclusivité sur un appartement exceptionnel, puis sur des terrains bien situés, des appuis, des femmes, les crédits d'une banque, la sympathie du Président.

Il y avait ceux sur qui on croyait pouvoir compter. Ils tiraient avec vous sur le même bout de la corde. On tournait la tête une fraction de seconde, on ne les surveillait plus, on ne les encourageait plus, et aussitôt ils lâchaient tout, ils se foutaient une balle dans la tête et la corde vous glissait entre les doigts, et les autres, en face, triomphaient, imaginant déjà qu'on allait demander grâce, renoncer. Les charognards s'approchaient, annonçant la fin.

C'est après avoir entendu Jean-Marie Borelli et Stéphanie de Laudreuil — cette salope qu'il connaissait depuis plus de vingt ans — que Maury s'était accroché en gueulant à sa barre.

Ces deux-là n'attendaient pas ! Ils se servaient déjà du suicide d'Isabelle pour mieux blesser les autres, les tuer, s'ils pouvaient. Ils célébreraient la morte jour après jour, sans trêve de Noël, et allaient fouiller dans la merde, l'étaler, la faire renifler. Ils allaient d'abord viser le Président.

Quand elle parlait de lui, Stéphanie de Laudreuil pinçait la bouche et le nez, et disait : « Mais tu ne vois pas, Pierre, qu'il attire la mort ? Tu ne sens pas ça ? C'est un personnage maléfique. » Maury la laissait parler. Quand quelqu'un, chaque matin, s'adresse à des millions d'auditeurs et peut, en trois minutes, saccager les projets, la réputation de n'importe qui, on l'écoute en souriant, on hoche la tête, même si c'est une femme qu'on a baisée il y a vingt ans, qu'on a vue se tortiller du cul, en 1981, pour séduire ceux qui avaient le pouvoir de la pousser devant une caméra de télévision au journal de vingt heures. « Tu comprends, Pierre, disait-elle alors, l'alternance, c'est positif en soi, je suis objective, et ce changement de personnel politique est un signe de santé, un appel d'air, oui, un adjuvant... »

Adjuvant !

Maury ignorait le sens du mot, mais il comprenait les mobiles de Stéphanie de Laudreuil. Il l'avait vue, sur le plateau du journal de vingt heures, roucouler quand elle interviewait Jack Lang. Quelques mois plus tard, elle était nommée rédactrice en chef adjointe de la chaîne. Elle avait commencé d'écrire, dans les magazines féminins, des portraits des « nouveaux visages de la politique », en se consacrant aux femmes, avec ce beau titre : « *Elles sont jeunes, elles sont intelligentes, elles sont proches du Président.* »

C'est ainsi que Maury avait vu pour la première fois le visage d'Isabelle Desjardins, et il avait été frappé par la pose qu'elle avait prise pour le photographe de l'hebdomadaire — ou qu'elle s'était laissé imposer, mais on n'accepte jamais que ce que l'on veut bien, pensait Maury —, les jambes croisées haut, les mains sur le genou, ses ongles rouge vif tranchant sur sa peau très blanche. Il lui avait trouvé un air de ressemblance avec Stéphanie de Laudreuil et il s'était souvenu de la manière dont, à Saint-Germain, par défi, il avait emballé celle-ci. Elle avait l'air si sage, et pourtant il avait été sûr, en la voyant traverser le boulevard, ses hanches roulant juste un peu trop, qu'il pouvait se la faire, même si elle était étudiante et lui, un négociateur immobilier qui n'avait pour tout bien qu'un studio en location au coin de la rue des Saints-Pères. Mais, après tout, une Stéphanie de Laudreuil portait un soutien-gorge et une culotte, comme toutes les autres. Isabelle Desjardins aussi.

Cependant, en 1981-1982, Maury ne fréquentait pas encore l'Élysée. Il se bornait à repérer instinctivement les gens et les lieux. Il voyait comment Stéphanie de Laudreuil changeait peu à peu de ton, par petites touches. Elle s'interrogeait sur l'efficacité des mesures gouvernementales, elle émettait des réserves. Elle écoutait avec déférence les leaders de l'opposition. « L'indépendance des journalistes est essentielle, n'est-ce pas ? » Elle commençait à être connue. Quand elle entrait en compagnie de Maury dans un restaurant, les gens se retournaient, chuchotaient, et elle souriait avec distinction et modestie, comme elle le faisait devant les caméras, tournant à peine la tête, présentant son meilleur profil, ses cheveux blonds soigneusement bouclés comme une auréole autour de son visage lisse de sainte nitouche.

Elle avait senti le vent, quitté la télévision : « On est plus libre à la radio, c'est un média souple, léger », expliquait-elle à Maury. Elle y avait enfin trouvé son style : voix bien posée, un peu claironnante, propos acerbes sur le pouvoir. On avait oublié ses articles de 1981, ses sourires timides, ses « Monsieur le Ministre, on dit que Monsieur le Président... » prononcés sur le ton d'une supplique — et le ministre, flatté, souriait d'aise, le con !

Puisqu'elle lâchait le bateau avec tous les autres rats de son espèce, Maury avait décidé d'y monter. C'est à la baisse qu'il faut acheter. Un propriétaire pris à la gorge vous cède son bien au tiers du prix. Les socialistes se sentaient abandonnés et certains, déjà, craignaient la faillite, la curée. Il fallait les rassurer. Un type qui a peur, c'est comme un malade, il ne demande qu'à croire ce qu'on lui dit. Et il paie cher pour ça. Maury avait vu les députés, les ministres. Il les secouait. Il fallait réagir, ne pas se laisser impressionner par les critiques de la presse. Les journalistes ne décident pas d'une élection. Combien pèse en voix une Stéphanie de Laudreuil ? Offrez à vos électeurs des appartements à bon marché, la rénovation d'un quartier, et vous verrez qu'ils vous suivront.

Maury déroulait son plan-masse devant les élus. Là, je mets la piscine et le terrain de jeux, ici vos immeubles de trois étages. Et, de l'autre côté de la piazza, le supermarché. J'ai les contacts qu'il faut. Si vous vous occupez des terrains et de leur viabilité, je vous livre le tout, clés en main, dans deux ans. Juste avant les élections de 1986.

Ils se penchaient, demandaient des précisions de détail, parce qu'il leur fallait bien résister un peu à la tentation.

« Bien sûr, ajoutait Maury, le groupe scolaire est là. »

Avec ça, on pouvait laisser Stéphanie de Laudreuil cracher sur le Président et le gouvernement.

Jean-Marie Borelli, c'était une autre paire de manches. Il suffisait de voir sa petite gueule de fouine, avec un nez et une bouche aigus, un regard fureteur, des mots comme des coups de dague, la voix d'un homme qui, en frappant, jouit, que ça comble de voir saigner une belle plaie.

Maury l'avait compris en écoutant Borelli, ce matin du 23 décembre 1993, évoquer dans sa chronique de « sales affaires » : la prochaine cible, c'était lui.

Ils allaient tout déballer, les contrats des deux dernières tours de la Défense, les accords qu'il avait passés avec le Consortium de rénovation urbaine pour la réhabilitation des villes de la banlieue nord, ses liens passés avec Georges Rollin [1], aux basques de qui s'était accroché maître Rimberg — car Rollin, c'était la police de la collaboration, le camp de Drancy, puis l'immobilier sous tous les régimes — et, naturellement, le suicide d'Isabelle Desjardins allait permettre aux charognards, aux hyènes et aux chacals d'ouvrir le bal.

« J'arrête », répéta Maury.

La sueur qui s'insinuait sous ses paupières lui irritait les pupilles. Elle lui coulait le long du cou. Il avait envie de se gratter. Il commença par rouvrir les mains, ne rester accroché que par le bout des doigts, les pieds frôlant le sol, mais, tout à coup, il se cambra, saisissant à nouveau la barre à pleines paumes.

« Cinq de plus ! » décréta-t-il en essayant de se hisser.

Il allait leur montrer ! Il les forcerait une fois de plus à se dégonfler. Qu'est-ce que c'était, Stéphanie de Laudreuil ? Quant à Jacques Vanel, qui s'en allait répétant dans les dîners qu'Isabelle Desjardins avait bien tort de s'afficher avec lui, il pouvait parler, Vanel ! Stéphanie en avait raconté sur lui, de quoi faire une cassette vidéo classée X, elle tenait ça d'Aurore Desjardins, une autre sainte nitouche, avocate comme Rimberg, qui l'avait sûrement mise dans son lit. Qu'est-ce que valaient ces gens-là qui passaient leur temps à pérorer, plaider, commenter ? Ils ne valaient pas mieux que ceux qu'il avait toujours battus et qui, quand il les menaçait, crevaient de trouille, ignorant que vient un moment où il faut s'arrêter de parler et simplement montrer le poing.

« Mais enfin, Maury..., murmuraient-ils.

— Je vous casse la gueule, je ne vous laisse pas une dent ! leur assenait-il. Je vous écrase la gueule d'un coup de boule. Après, vous irez voir votre banquier si vous voulez, mais passez d'abord aux urgences pour les points de suture ! »

Ils répétaient :

---

1. Voir *La Fontaine des Innocents, op. cit.*

« Mais vous êtes fou, Maury, je vais porter plainte !

— D'abord aux urgences, croyez-moi ! »

Alors il s'approchait d'eux ; ils baissaient la voix, sortaient leur stylo et signaient le protocole d'accord.

« Vous voyez, on peut toujours s'entendre avec moi », concluait Maury.

Tous de la même pâte.

La seule qui l'avait étonné, c'était Isabelle Desjardins, mais seulement l'espace de quelques semaines, puis elle aussi s'était révélée comme les autres. La différence, c'est qu'elle avait agi par excès, avec une imprudence, une impatience qui l'avaient fasciné. Celle-là, elle en voulait vraiment ! Mais même elle, à la fin, s'était arrêtée, avait jeté l'éponge, quoique à sa manière extrême, en se condamnant à mort.

Qu'est-ce qui lui avait pris ? Qu'est-ce qu'elle avait espéré ? Reprendre ses billes, sauver sa réputation, faire taire les Borelli, les Vanel, toutes ces hyènes qui la guettaient ? Ou bien étonner qui : le Président ?

Est-ce qu'elle imaginait, la naïve, que le Président avait le temps et le goût de se pencher sur le grouillement des fourmis qui grimpaient à ses jambes ? Il avait la tête ailleurs. Sur ce point, même quand Mitterrand l'écoutait avec attention et lui souriait, l'invitant à poursuivre, Maury ne s'était jamais fait d'illusions. Ce type-là, pour être parvenu là où il était, pour y être resté si longtemps, ne devait jamais avoir pensé qu'à lui et cru qu'en lui. Quand on regarde d'en haut, est-ce qu'on peut distinguer une fourmi d'une autre ? Est-ce que c'est celle-là qui crève, ou celle-ci qui survit ? Ça court, ça va, ça vient, c'est noir. Elles se ressemblent toutes.

Est-ce qu'Isabelle avait pu être à ce point naïve ?

Peut-être avait-elle cru pouvoir, en se tuant, protéger Michel Faure ? Bien sûr, puisqu'il avait été battu aux élections, les dossiers de l'ensemble immobilier que Maury avait construit dans la banlieue de Lons-le-Saunier allaient ressortir, et c'était peut-être Vanel, pour se débarrasser définitivement d'un concurrent — qui sait, Isabelle Desjardins pouvait demain essayer de reprendre le siège de Michel Faure ? —, qui allait lancer l'affaire. Il lui suffirait d'en dire un mot à Borelli, et l'engrenage se mettrait à tourner.

Mais qu'était Michel Faure pour Isabelle? Un type qui la vénérait, lui portait ses dossiers, peut-être les remplissait. Un type sur lequel elle s'essuyait les pieds, qui n'avait jamais osé lui donner la paire de claques qu'elle méritait, car, par-dessus le marché, elle ne cachait même pas qu'elle avait couché avec les uns et les autres, ni même qu'elle jouissait avec Maury comme elle ne l'avait jamais cru possible. Ça se voyait à la façon dont, quand il dînait rue Jean-Richepin, elle le regardait. Et Faure, tout con qu'il était, devait le comprendre, à l'instar de tous ceux — Vanel, Cordier, et même Borelli — qui se trouvaient parfois autour de la table. Car, en plus, il faut se faire des mamours, régaler ceux qui vont vous assassiner! Alors, aurait-elle pu se tuer pour épargner le scandale à Michel Faure, ou bien plutôt parce que l'affaire l'aurait salie, elle?

Elle avait peut-être cru qu'il allait, lui, Maury, du fait qu'elle était morte, ne pas se défendre, se frapper la poitrine en disant : « Je suis le seul coupable, c'est moi qui l'ait séduite, corrompue! Je l'ai poussée au suicide, lapidez-moi, honnêtes gens! C'était une sainte, je l'ai violée, je prends tout sur mes épaules! »

Il poussa un cri sourd, comme une dénégation sauvage, et, en force, sans se déhancher, il passa son menton au-dessus de la barre, s'y appuyant un instant, puis il redescendit lentement, sans desserrer les mains, décidé à rester suspendu pour se hisser à nouveau.

Cinq de plus, avait-il dit. Il les ferait. Il ne s'arrêterait pas. Il se défendrait.

Tout à coup, il pensa : quand on pend un type, il bande.

Il avait revu toute la scène, un soir de 1984 ou de 1985, en ces années où il avait enfin été reçu régulièrement à l'Élysée par l'un ou l'autre des conseillers du Président, les députés-maires, les ministres commençant à parler de ce promoteur qui souhaitait mettre ses relations, ses compétences, son fric — oui, son fric! — au service des élus de gauche. Bien sûr, précisaient-ils, il veut y trouver son compte, c'est un homme d'affaires, les bénéfices, c'est ce qu'il cherche, mais vous en connaissez beaucoup qui veulent nous aider, maintenant, à moins de deux ans des législatives de mars 1986? Lui, il marche avec nous, et s'il y fait son beurre, pourquoi pas?

Mais Maury, c'était Isabelle Desjardins qu'il voulait rencontrer, peut-être à cause de cette photo, de cet article que Stéphanie de Laudreuil lui avait consacré en 1981, de ces jambes croisées haut, de ces ongles rouge vif, peut-être aussi parce qu'elle était la sœur d'Aurore Desjardins avec qui il avait dîné, vingt ans auparavant, et qu'il avait baisée, une fois, une seule fois, lorsqu'elle s'était présentée à la place de Stéphanie, au Flore, et avait dit :

« Stéphanie me demande de la remplacer, ce soir.

— Pour tout ? » avait demandé Maury.

Aurore n'avait pas répondu, donc avait accepté. Un beau corps, on en avait plein les mains, mais vide ; une de ces femmes qu'il n'aimait pas, tout en apparences, sans suc, qui semblent ne même pas se rendre compte qu'on les baise.

Quand Maury avait revu Stéphanie, il lui avait simplement dit qu'Aurore Desjardins, merci : qu'elle la passe à d'autres.

« Elle a ce qu'il faut », avait répliqué Stéphanie en souriant.

Et elle avait évoqué Jacques Vanel, un drôle de type, vicieux, impuissant, qui pourtant ne déplaisait pas à Aurore, en tout cas elle l'acceptait.

« Qu'il la garde ! » avait renchéri Maury.

Mais sa sœur, Isabelle, il avait estimé qu'elle devait être différente, même si, quand il la vit pour la première fois, il fut frappé par sa raideur, sa maigreur ; tout au long de leur entretien, à la façon dont elle se passait machinalement un doigt sur les lèvres, ou bien soupirait tout à coup, comme si une bouffée de chaleur l'envahissait, il avait senti qu'il émanait d'elle une sensualité retenue mais qui ne demandait qu'à sortir de ce corps, à se répandre, à s'épanouir.

Toi, avait-il pensé, si je te tiens, je te fais devenir folle. Je te montre ce que c'est, et tu n'oublieras jamais plus.

Qu'est-ce qui excitait Maury ? Le défi à relever ? Le fait qu'Isabelle Desjardins pouvait pousser le dossier d'une cité médicale à construire en banlieue nord, qu'il avait déposé auprès du ministère de la Santé mais qui avait besoin d'un bon coup de pouce de l'Élysée ? Isabelle Desjardins était celle qui pouvait parler au Président, peut-être le convaincre. Il fallait donc commencer par elle. Peut-être était-il aussi attiré parce qu'elle était le contraire des femmes qu'il recherchait, sur lesquelles on se retournait quand elles étaient à son bras, des femmes à l'élégance et au corps voyants, aux cheveux flous, souvent roux, à la démarche nerveuse, provocante, qu'on imaginait tout de suite dans un lit ; elles étaient comme ses voitures, ses chemises, sa gueule à lui, ses affaires : on les remarquait, on en parlait.

La sœur d'Aurore Desjardins l'intriguait et l'inquiétait à la fois. Il n'avait même pas osé l'imaginer nue. Il s'était dit : elle n'a pas de seins, ce n'est pas une femme, mais un mec. Mais il avait fait sa petite enquête en interrogeant Stéphanie de Laudreuil, qui lui avait dressé la liste des amants d'Isabelle. Elle avait eu tous ceux d'Aurore, plus quelques autres : Vanel, Cordier, Borelli, Faure et peut-être même... Mais oui ! Ça aussi, ça attirait Maury. Il ne parvenait pas à imaginer les plus hauts personnages de l'État avec une femme, dans un lit : qu'est-ce qu'une statue peut faire à une femme ? Pourtant, la rumeur leur attribuait parfois un pouvoir de séduction auquel aucune femme des palais nationaux ne résistait, prétendait-on. Quand il était assis en face d'Isabelle Desjardins, Maury ne pouvait s'empêcher d'y songer.

Au cinquième ou au sixième rendez-vous, cessant de parler du dossier, il l'avait tout à coup interrogée sur sa vie privée. Il avait commencé à la flatter : une femme comme vous, de votre intelligence, de votre classe, etc. Il la regardait tandis qu'il prononçait les mots les plus convenus, les compliments les plus vulgaires, se disant qu'il n'était pas possible qu'elle marche, qu'elle croie à ces banalités, elle, mais, en même temps, il avait la certitude qu'elle aussi, comme les autres, allait s'allonger, car c'était fait pour ça, une femme : se faire baiser par un mec, et le reste, tout ce qu'elle entreprenait, sa réussite, de la mise en scène pour oublier ou dissimuler ce désir-là qui les chauffait toutes.

Il y avait vingt, vingt-cinq ans, quand son terrain de chasse était Saint-Germain, qu'il n'avait pour lui que son audace, sa gueule et le petit studio au coin de la rue des Saints-Pères, il avait eu toutes celles qu'il avait voulu : Stéphanie de Laudreuil, Aurore Desjardins et tant d'autres qui sortaient de l'Institut d'études politiques, où ces demoiselles faisaient des exposés devant des professeurs ou des étudiants qui ressemblaient à Michel Faure ou à Jacques Vanel, ou encore à ce Cordier qui avait tenté de séduire Stéphanie et s'était finalement contenté d'Aurore — pas une fête : des types qui, même pendus, n'auraient pas bandé !

Maury fit une nouvelle traction, la douzième ou la treizième, il ne savait plus.

Le seul, peut-être, à l'avoir impressionné, le seul qui devait bander, c'était Benoît Rimberg, l'avocat. Une tête ronde, rasée, une moustache drue, noire, barrant son visage, c'est lui qui, au cours d'un dîner chez Isabelle Desjardins, avait raconté qu'il avait assisté à toutes sortes d'exécutions capitales dans tous les pays, les civilisés et ceux qu'on disait barbares ; à ses yeux, la pendaison, la strangulation lente, par le seul poids du corps, sans rupture des cervicales, comme c'est le cas quand on fait tomber le condamné dans une trappe, était la plus raffinée, la plus sadique, la plus spectaculaire :

« On ne regarde pas le visage du supplicié, mais son sexe. Il bande, je vous assure. »

Il y avait autour de la table une dizaine de convives : Borelli, Stéphanie de Laudreuil, Vanel, Faure, Cordier, deux conseillers de l'Élysée, Anne-Marie Bermont, une éditrice qui accompagnait Rimberg [1], le petit clan qu'Isabelle réunissait une fois par trimestre.

« Vous êtes terrible, maître ! » s'était exclamée Stéphanie.

Rimberg avait repris la parole. Sa voix était métallique, ironique, ses yeux allaient de l'un à l'autre, empêchant qu'on l'interrompît. Maury s'y était pourtant essayé, car ce type qui s'imposait par la parole l'irritait et en même temps l'étonnait, et c'était plutôt rare qu'un autre homme le surprît.

Il avait dit :

« Vous êtes un drôle de type, maître. Moi, si je devais choisir, ce serait sans hésiter la pendaison, et lente, comme vous dites : mourir en bandant, en jouissant, qu'est-ce qu'on peut demander de mieux ? »

Il avait ainsi réussi à attirer un moment l'attention. On s'était récrié. C'était, disait-on, Pierre Maury, l'éternel provocateur, ce sacré Pierre qui restait semblable à lui-même. Et Isabelle Desjardins lui avait pris la main devant tous comme à un ami cher, demandant qu'on passât au salon.

Alors qu'ils se levaient de table, Rimberg, comme pour remporter la dernière manche, avait expliqué que les délinquants en col blanc ne sont jamais condamnés à plus de dix ans, et, se tour-

---

1. Voir *La Fontaine des Innocents, op. cit.*

nant vers Maury, il avait précisé : « Si je les défends », puis, prenant Stéphanie de Laudreuil par le bras, il avait lancé :

« Et on n'a jamais interdit à personne de se masturber en cellule, au contraire ! »

« Salaud de Rimberg ! » avait murmuré Maury, mais, le cas échéant, c'était lui qu'il choisirait comme avocat.

Treizième ou quatorzième traction ?

Il rouvrit les yeux. Dans le grand miroir qui occupait toute une cloison de la salle de musculation, il se vit nu, étiré, les pectoraux et les deltoïdes gonflés par l'effort, les veines et les muscles du cou apparents. Et, à cette image un peu faussée de son corps qui, allongé, paraissait plus musclé, moins gras qu'il n'était, il éprouva un sentiment d'orgueil.

C'est là qu'il l'avait entraînée, Isabelle Desjardins.

« Vous voulez que je vous montre comment je vis ? » lui avait-il proposé à l'issue de leur entretien à l'Élysée.

Qu'elle laissât son chauffeur : il ne fallait pas confondre affaires publiques et relations amicales. Il conduisait lui-même. Les chauffeurs espionnent.

« J'essaie de faire les choses seul, vous comprenez ? C'est comme faire l'amour avec une femme, il faut le faire seul. Je n'ai jamais aimé les partouzes. Et vous ? »

Elle avait paru ne pas entendre, mais il procédait ainsi, à grands coups de boutoir qui ébranlaient les défenses, ouvraient des brèches.

Il lui avait montré les deux terrasses donnant sur l'avenue Victor-Hugo ; de la plus haute on voyait l'Arc de triomphe.

« J'aime ça », avait-il dit en la prenant par l'épaule comme pour la conduire vers l'extrémité aiguë de la terrasse, là où les thuyas formaient comme une proue.

Le vent les secouait. Les cheveux d'Isabelle s'étaient dénoués.

Il lui avait fait traverser la salle de musculation et elle s'était arrêtée devant le grand miroir, murmurant qu'elle était décoiffée.

« J'aime ! lui avait-il lancé. Pourquoi essayez-vous de cacher que vous êtes une belle femme, que vous avez des cheveux magnifiques ? »

Elle l'avait regardé.

Il avait un peu hésité et, pour se donner le temps de réfléchir, il avait dit qu'à une femme comme elle un homme devait donner le maximum de ce qu'il pouvait. Lui, il était ce genre d'homme avec les femmes. Pour lui, ce qui comptait chez les femmes — il s'était éloigné d'elle —, ce n'était pas la place qu'elles occupaient, à l'Élysée ou ailleurs. D'ailleurs, à l'Élysée, Isabelle n'était pas la seule. Seulement, il n'y avait qu'elle qui avait ces jambes-là, ces lèvres-là, ce cul-là.

Il s'était dit : elle va me foutre une paire de claques et, pour le projet de cité médicale, je vais devoir aller voir ailleurs. Mais, comme à chaque fois avec une femme, il avait senti qu'il devait lui parler ainsi, la toucher ainsi, empoignant à pleines mains ses fesses, ses seins, mordillant sa bouche, glissant les doigts sous sa veste de tailleur, découvrant ses mamelons tièdes, à peine renflés, lui disant : « Vous, je vous baise, je vous fais éclater ! »

Il l'avait prise par les cheveux et il la devinait apeurée, perdue, affolée même, hésitant entre l'envie de savoir ce que ça pouvait être, d'*éclater*, et le réflexe de crier, de le repousser, de le gifler et de partir en claquant la porte, en l'insultant, en le méprisant, en le menaçant.

C'était comme au poker, ou bien quand il avançait un prix : trop haut ? trop bas ? Question de flair.

Il avait gagné. Il allait gagner encore.

Mais pourquoi Isabelle était-elle sortie de la partie ? Même mise en examen, elle aurait pu jouer une autre carte : je raconte tout depuis les années 70, tout ce que j'ai vu, tout ce que j'ai fait ! Mitterrand, je retire les draps, je vous le montre ! Et elle aurait pu inventer n'importe quoi, on l'aurait crue. Son bouquin, elle l'aurait vendu dix fois plus que les petites anecdotes que Stéphanie de Laudreuil publiait chaque année et qu'elle envoyait à Maury sans même renouveler sa dédicace : « *A Pierre Maury, mon ami de... Je n'ose pas écrire le nombre d'années, mon ami de toujours, donc. Steph.* » Connasse !

C'est comme ça qu'il allait jouer, lui, et Rimberg était capable de comprendre cette donne-là. On tombe, mais on tombe avec fracas, on fait des dégâts tout autour, on soulève un nuage de poussière, il y a des éclats et des débris sur tout le monde, plus personne n'est propre, à chacun sa tache, du haut en bas, et lui aussi écrirait un livre, il trouverait même un journaliste, et pourquoi pas Borelli ou Stéphanie, pour le lui rédiger. S'il y avait du fric à gagner, ils n'hésiteraient pas. Ils étaient comme tout le monde, des rapaces qui se targuaient d'être nobles, objectifs, distingués. Faux-jetons !

Il allait gagner.

Il avait gagné. Isabelle l'avait laissé faire. En la couchant sur le tapis de sol, il lui avait dit qu'il allait lui montrer, lui faire faire un peu de gymnastique. On n'avait nul besoin de diplôme pour ça, seulement d'une queue, elle le savait, et sûrement depuis longtemps, hein, car elle était un peu salope, non, un peu vicieuse ? Les femmes qui n'ont pas un gramme de trop, il faut bien qu'elles brûlent leur graisse d'une façon ou d'une autre, et le cul, ce cul-là, c'est leur petite chaudière, hein ?

Elle avait geint, elle avait sué comme une éponge, puis elle avait crié d'une voix aiguë, maigre comme elle, tendue, pointue à vous en donner la chair de poule, à vous percer les oreilles.

« Vous, la prochaine fois, vous vous cassez les dents, tellement vous êtes tendue ! lui avait-il dit. Il vous en faut ! Heureusement que j'en ai. C'est pas Michel Faure ni même l'autre — il n'avait pas prononcé de nom — qui vous font jouir... »

Et, brutalement, il lui avait empoigné les cheveux, l'avait tutoyée :

« Est-ce que t'as déjà joui comme ça ? »

Elle n'avait pas répondu et il lui avait secoué la tête. Est-ce qu'elle avait honte de l'avouer ? Est-ce que ça lui déchirait la bouche de dire oui ?

« Répète ! » avait-il commandé.

A la fin, elle en était convenue en se collant à lui, sans oser le regarder — mais il l'avait contrainte à le faire :

« Ces choses-là, on les dit en face, avait-il ajouté. Moi, je ne suis pas un type qu'on oublie après avoir pris son pied, un mec qu'on efface. »

Non, elle n'avait jamais éprouvé ça aussi fort, avait-elle enfin murmuré.

Puis, parce qu'il savait comment prendre les femmes comme elle, il avait baissé le rideau du théâtre, rallumé les lumières.

On était repassé au salon.

Il lui avait montré ses meubles anciens. Il pourrait d'ailleurs lui en céder une partie si elle abandonnait cet appartement dont elle lui avait parlé, trois pièces rue de Babylone — est-ce que ça convenait à son statut, à ses responsabilités, à son avenir ? Un jour, dans ce pays, le président de la République serait une femme !

« Vous savez, en 2002, 2009, vous serez peut-être dans la course. Il faut le vouloir dès maintenant, Isabelle, s'en donner les moyens. Si je peux vous aider... »

Il avait débouché une bouteille de champagne et lui avait dit en baissant les yeux :

« Vous méritez ça, une fonction unique, parce que vous êtes exceptionnelle. »

Puis, tout à coup, il s'était exclamé comme si un souvenir lui était revenu brusquement : est-ce qu'elle voulait visiter maintenant un appartement qu'il possédait rue Jean-Richepin, huit pièces, refait à neuf ? Bien sûr, il y aurait un contrat de location, car il fallait respecter la législation, mais ce serait formel, amical, entre elle et lui, comme un pacte d'alliance — il voulait qu'ils fassent ensemble un bout de chemin. Pour elle, pour elle.

Comment pouvait-elle se préparer à un vrai destin — et elle l'avait, puisqu'elle avait accédé au sommet ; il était d'ailleurs persuadé que le Président était conscient du rôle qu'elle pourrait tenir plus tard. « Je me trompe ? » Elle avait baissé les yeux : en effet, le Président évoquait parfois la place des femmes dans les années à venir... « Vous voyez bien ! » — si elle ne créait pas autour d'elle un réseau d'amitiés solides, pas seulement dans la politique, mais dans les affaires, les médias... Et, pour cela, il fallait recevoir chez soi les uns et les autres, devenir complices, car on ne se connaît que dans l'intimité. Est-ce à elle qu'il devait apprendre que tout se décidait à Paris, donc en France, entre les quatre ou cinq cents personnes qui se retrouvaient chez l'une, chez l'autre, et qui, de surcroît, déjeunaient dans les mêmes restaurants et se rencontraient en vacances dans le Lubéron ou à Saint-Martin ? Il avait une propriété près de Gordes, il pourrait la lui prêter quand elle voudrait.

« Alors, on y va ? avait-il demandé. On le visite ? »

Elle avait hésité. Mais que risquait-elle ?

Il lui avait à peine effleuré les reins. C'était comme une heure auparavant : elle s'était finalement laissée aller, est-ce qu'elle le regrettait ? Elle avait connu une belle petite mort, non ? Mieux que la grande, assurément !

« Quinze ! » cria-t-il en lâchant les mains d'un seul coup après la dernière traction et en se laissant tomber, jambes pliées.

Il s'arrêterait quand il voudrait. Et ce n'était pas encore le moment.

Lui, continuait de préférer la petite mort à la grande. Maître Rimberg l'avait dit : même en cellule, on peut se masturber.

Mais, les bonnes femmes, ça flotte dans leur tête, ça rêve.

Finalement, Isabelle, comme toutes les autres, n'avait rien compris.

Pauvre fille !

29.

Benoît Rimberg fit pivoter le fauteuil de son bureau de manière à faire face au tableau de Marcelli qui occupait toute la cloison [1]. Il ne pouvait voir que les grands à-plats bleus, noirs et blancs qui le composaient, sans distinguer les contours des figures qu'ils dessinaient : cette femme nue qui, jambes écartées, le sexe ouvert, tenait entre ses mains une forme, enfant ou insecte grêle, noir, dont elle venait d'accoucher et que guettaient déjà, pour le dévorer, deux énormes molosses.

Rimberg n'avait en effet allumé aucune lampe.

Il se dirigea en tâtonnant vers son fauteuil qu'éclairait de vert l'écran de l'ordinateur. Les lampadaires du quai de l'Horloge, les phares des voitures qui longeaient la Seine, les lumières de l'autre rive qui ricochaient sur l'eau du fleuve répandaient une lueur tremblante qui, au lieu de dissoudre la pénombre du bureau, la rendait plus sensible. Il savait que les objets, le tableau, les photos de part et d'autre de la porte étaient là, mais il ne les discernait que par à-coups, quand un phare venait pour quelques secondes balayer la pièce.

Mais Rimberg ne voulait rien voir.

Il connaissait chaque détail de son bureau, jusqu'à la nausée. Cela faisait des années qu'il ne regardait plus vraiment le tableau de Marcelli, même si sa secrétaire, Béatrice Lesgarre, ou son assistant, Beck, le surprenaient souvent en train de le fixer.

Ce matin encore, quand il avait entendu Borelli commenter le suicide d'Isabelle Desjardins, il avait éprouvé l'envie de

---

1. Voir *La Fontaine des Innocents, op. cit.*

s'asseoir là. Il avait fermé le transistor. Il n'avait nul besoin qu'une Stéphanie de Laudreuil lui expliquât ce qu'il devait penser de la mort d'Isabelle Desjardins. Quant aux réactions, il était capable de les inventer toutes : celle de Le Pen, celle de Tapie, celle de Rocard, et même celle de Mitterrand, avec deux versions, la publique et celle réservée aux intimes, et il pouvait aussi imaginer, pourquoi pas, ce que le Président en pensait quand il se retrouvait seul. Un jeu sinistre, aux règles si simples. Chacun ne pensait qu'à soi, à ce qu'il pouvait tirer ou craindre de la mort de l'autre.

C'était pour cela qu'il aimait le tableau de Marcelli, qu'il s'en imprégnait plusieurs fois par jour : pour ne pas oublier que la vie, dès l'instant de la naissance, est menacée. Mais ce n'était rien encore : on pouvait museler la gueule des molosses, il y avait des prisons pour ça, et Rimberg entrait souvent dans la cage, parlait avec les fauves qui s'y trouvaient enfermés. Non, c'était la vie elle-même, dans sa pâte, qui était barbarie et cruauté, mensonges, faux-semblants, comédie et tragédie. A la fin, tout n'était qu'apparences, et le suicide d'Isabelle Desjardins, ce sang vrai, chaud, qui avait coulé de sa tempe, la douleur qu'elle avait ressentie, cet acte, sa mort, se transmutaient instantanément en une mise en scène où chacun interprétait son rôle : Borelli, Stéphanie de Laudreuil, et jusqu'à ce Pierre Maury qui avait téléphoné, essoufflé, qui n'avait même pas eu la politesse de s'excuser pour l'heure matinale de son coup de fil ni même la délicatesse d'évoquer Isabelle Desjardins, alors que tout Paris savait qu'il couchait avec elle. Non, il avait dit d'un ton à la fois impérieux et anxieux :

« Maître, il faut que je vous voie dès aujourd'hui, dès ce matin, c'est urgent ; j'accepte d'avance les honoraires que vous fixerez — mais ce matin, maître ! »

Rimberg avait seulement répondu :

« Téléphonez à ma secrétaire à neuf heures. »

Puis il avait raccroché et il était venu regarder ce tableau dont un pan, parfois, sortait de l'obscurité, et c'était bien une image de la vie, cette succession de teintes sombres déchirées par intervalles par un éclair blanc, fugitif comme un espoir, une illusion, un amour.

Il devait téléphoner à Aurore et, à plusieurs reprises déjà, il avait fait un geste en direction des touches de l'appareil, s'arrêtant à chaque fois.

Que cherchait-il en l'appelant? A l'aider? Mais elle n'avait que très rarement parlé de sa sœur, employant, les cinq ou six fois qu'elle l'avait évoquée, un ton ironique ou même dédaigneux. Quand Rimberg, en 1982 ou 1983, avait rencontré Isabelle et avait voulu faire à sa sœur le récit de cette entrevue dans le bureau de l'Élysée, Aurore l'avait interrompu avec brutalité :

« Je vous en prie, Benoît, je sais tout d'elle », et, détachant chaque syllabe, elle avait ajouté d'un ton irrité : « Elle ne m'intéresse pas. Voyez-la si vous voulez, mais ne m'en parlez pas. »

S'il avait fallu alors que Rimberg évalue laquelle des deux sœurs pourrait un jour éprouver la tentation du suicide, il aurait parié sur Aurore, dont la vie chaotique le heurtait comme un scandaleux gaspillage de talents, un refus de saisir les chances qui s'offraient.

Elle aurait pu être un grand avocat d'assises, peut-être la première femme à s'imposer en ce domaine où seuls les hommes devenaient des ténors du barreau, comme on disait, expression que Rimberg avait toujours trouvée ridicule — est-ce que plaider relevait du bel canto? Peut-être, après tout, mais, dans ce cas, quelle farce que la justice! Au cours du procès Gauvain, elle avait prononcé une plaidoirie d'une finesse psychologique et d'une force exceptionnelles, alors qu'elle n'avait pas trente ans. Mais elle n'avait pas persévéré, elle avait tenu à créer son propre cabinet, et Rimberg avait pu le comprendre. Aurait-il partagé le pouvoir avec elle? Il n'en était pas sûr. Elle avait refusé de se spécialiser, de s'associer avec lui, comme il le lui avait proposé. En 1981, alors qu'ils se voyaient encore régulièrement, elle lui avait annoncé qu'elle consacrait une bonne partie de son temps à écrire, à réfléchir sur sa vie. Écrire? Pourquoi pas! Voulait-elle rencontrer Anne-Marie Bermont, une amie de Rimberg qui dirigeait une collection chez Christian Elsen, un éditeur efficace [1]?

Elle avait refusé. Elle ne destinait pas ces pages à la publication. Elle ne souhaitait que faire le point à un moment important de sa vie. Elle avait trente-trois ans, elle venait de mettre fin à

---

1. Voir *La Fontaine des Innocents, op. cit.*

une liaison qui durait depuis quelques années, avec un écrivain précisément — Gilles Duprez, sans doute, avait imaginé Rimberg, un auteur un peu marginal, mais qui avait de la force, des convictions et du succès [1].

Rimberg s'était alors inquiété de son avenir. Pourquoi, puisque sa sœur était à l'Élysée, proche de Mitterrand, ne tentait-elle pas de pénétrer les cercles du pouvoir ? Sans illusions, mais elle y serait à l'abri, pourrait écrire. Conseiller d'État, conseiller à la Cour des comptes, il y avait mille places où nommer une juriste de sa valeur. Elle serait utile aux hommes en place. Elle n'avait qu'à voir Isabelle ou Jean-Louis Cordier, et Rimberg pourrait téléphoner aux quelques relations qu'il comptait à présent dans ce gouvernement d'avocats. Deux lignes, une signature, et la vie d'Aurore en aurait été changée, aplanie. Elle y aurait gagné une liberté qu'elle ne soupçonnait pas.

Elle avait réagi avec une violence et une fierté qu'il avait aimées. Elle n'avait pas l'âme d'un serviteur, et être haut fonctionnaire revenait toujours plus ou moins à cela, avait-elle répondu.

Il l'avait revue, quelques années plus tard, transformée, dans la salle des pas perdus du Palais de justice. Elle était très maquillée, parfumée ; toute sa personne dégageait une impression d'assurance, d'énergie, presque de puissance.

C'était au début de 1993, peut-être en janvier.

Elle s'était associée, avait-elle expliqué, avec des cabinets de Francfort, de Milan, de Bruxelles. Elle faisait un important chiffre d'affaires. Elle avait trois collaboratrices et avait loué un étage de plus, rue de Sèvres.

Elle avait accepté de déjeuner avec Rimberg et ils s'étaient retrouvés place Dauphine dans l'un des restaurants — *Chez Maître Paul*, sans doute — qui donnent à la fois sur le terre-plein de la place et sur le quai des Orfèvres. Le plafond bas, l'atmosphère sombre y créent un climat d'intimité, de secret.

En voisin et en habitué, Rimberg y avait sa table réservée.

Il s'était assis à côté d'Aurore ; leurs épaules et leurs cuisses se frôlaient, la banquette était étroite, mais à aucun moment il n'avait éprouvé la moindre complicité charnelle. D'ailleurs,

---

1. Voir *La Fontaine des Innocents*, op. cit.

même quand il couchait avec elle, il y avait des années, elle était restée lointaine, appliquée, rarement spontanée, jamais abandonnée.

Elle était heureuse de pouvoir parler avec lui, avait-elle dit. Peut-être pourrait-il la conseiller. Elle avait été chargée, par un cabinet d'avocats de Bruxelles dont elle était la correspondante, d'examiner les conditions dans lesquelles Pierre Maury se faisait attribuer des marchés, en contravention, prétendaient certains entrepreneurs belges, avec les règles de la concurrence édictées par la Communauté. Elle avait commencé à étudier le dossier et était sidérée par les violations réitérées de la législation qu'elle y découvrait, les obscurités dans le versement des crédits octroyés à Maury par les banques nationalisées, les complicités dont il semblait bénéficier dans les milieux du pouvoir.

Ce serait une grosse affaire, avait-elle ajouté en se tournant vers Rimberg. Au point où elle en était, si elle allait jusqu'au bout, avec dépôt de plainte, etc., Maury serait mis en examen, et, une fois la mécanique enclenchée, nul ne pourrait l'empêcher de tourner et de broyer çà et là des personnalités et des hommes politiques importants.

Elle avait soutenu le regard de Rimberg et il avait su dès cet instant qu'elle avait déjà pris sa décision, qu'elle irait jusqu'au bout.

« Tu sais (il l'avait tutoyée comme autrefois, alors qu'elle continuait de le vouvoyer) quels sont les liens entre Maury et Isabelle. Tu sais que, d'après la rumeur... Tu connais Michel Faure, le député ? On affirme au Palais qu'une instruction est en cours à son sujet : financement de ses campagnes électorales, détournement de procédure dans l'attribution des permis de construire au bénéfice de Maury. Ce dernier sera poursuivi un jour ou l'autre pour abus de biens sociaux. Tout cela se murmure, se prépare. Naturellement, Isabelle est au centre de la mire. Son appartement de la rue Jean-Richepin est luxueux : meubles de prix, etc. D'après ce que dit Borelli — tu connais Borelli, n'est-ce pas ? En général, il est bien informé —, lorsque le furoncle éclatera, personne ne sera épargné. D'après lui, l'appartement et une partie des meubles appartiennent à Maury, qui le loue, peut-être pour un franc symbolique, à ta sœur. Est-elle folle pour commettre une pareille imprudence ? »

Il avait attendu en vain un commentaire d'Aurore, puis, à mi-voix, il avait ajouté que Pierre Bérégovoy n'avait pas été plus avisé et s'était lui aussi comporté comme un naïf.

A ce mot, Aurore avait crispé les mâchoires. Rimberg la voyait de profil; avec cette bouche serrée, ce menton prognathe, comme si la fureur déformait l'architecture de son visage, elle ressemblait à un jeune guerrier déterminé à tuer.

« Naïve, Isabelle? » avait-elle ricané. Rimberg croyait-il...

Puis, brusquement, elle s'était interrompue, avait respiré, bu une gorgée de vin, dit qu'elle allait réfléchir.

Ils avaient poursuivi leur déjeuner en silence.

Rimberg se demandait quelle rivalité passée, enracinée dans l'enfance, pouvait expliquer cette indifférence, cette haine entre les deux sœurs. Il les avait déjà éprouvées quand, au cours d'un dîner chez Isabelle — l'une de ces obligations auxquelles il ne pouvait échapper, car elles faisaient partie des règles du jeu —, il avait, se trouvant un instant seul avec elle, évoqué l'amitié qui le liait à Aurore. Isabelle s'était figée. Elle savait, avait-elle dit d'une voix posée, sans qu'un sourire vînt éclairer son visage, comme si elle avait expliqué quelque disposition législative. Autrefois, peut-être en 1975, on lui avait même rapporté, alors qu'elle se trouvait à l'inspection des Finances, les propos de Rimberg sur le cul de sa sœur. Rimberg n'avait-il pas dit qu'Aurore avait le plus beau cul du barreau de Paris? C'était au moment du procès Gauvain, cet anarchiste, et elle n'avait pas du tout apprécié la plaidoirie d'Aurore en faveur de cet assassin. La presse avait d'ailleurs souligné qu'Aurore Desjardins, dont la sœur était proche de Mitterrand, avait justifié l'action de Gauvain.

« Agréable pour moi », avait conclu Isabelle.

Rimberg n'avait rien rétorqué. Il avait tant de reparties sur les lèvres! Mais il avait été accablé par cette violence, cette rancœur qu'Isabelle ne parvenait pas à dissimuler et qui donnait à son visage une expression de vulgarité, les rides autour de sa bouche creusées par une sorte de rictus. Malgré tout ce qui semblait les séparer, les origines, la culture, les fonctions, le langage, elle était bien accordée avec Maury, et Rimberg l'avait méprisée, se disant que cette femme-là, en effet, comme l'avait dit Aurore, était le contraire d'une naïve, une ambitieuse obstinée, une vorace aux dents longues, que l'avidité aveuglait.

Et cependant, elle s'était tuée.

L'annonce du suicide avait, ce matin-là, 23 décembre 1993, bouleversé Rimberg.

Il était dans son lit, seul. Les femmes maintenant l'ennuyaient ; l'énergie qu'il fallait déployer pour les baiser ne lui semblait plus valoir le plaisir qu'elles procuraient. Il ne les désirait plus que par la pensée : littérairement, en somme, comme un jeu de l'esprit. Mais il ne tenait plus, chaque fois, à incarner ce désir. Il fallait dîner, flatter, séduire, convaincre, et tout, presque toujours, se déroulait sans surprise. Cette répétition était accablante. Il préférait jouer aux échecs, seul encore, face à son ordinateur. Après les premiers coups d'ouverture, la partie se déroulait selon une logique qui, dans la plupart des cas, quand il programmait l'appareil à son plus haut niveau, lui échappait. Il jouissait quand il tenait l'ordinateur en échec, s'indignait quand la machine l'acculait. Ce jeu passionnel se déroulait dans un complet silence, seulement rompu, chaque fois que Rimberg appuyait sur les touches, par le son aigu annonçant que le coup était enregistré et que l'ordinateur avait joué à son tour. Aucun engagement physique, une passion abstraite, pure, que rien n'alourdissait, ni la fatigue, ni la présence d'un corps qui, une fois le désir assouvi, n'est plus qu'une masse encombrante à laquelle il faut encore parler...

Si le suicide d'Isabelle l'avait à ce point touché, peut-être était-ce parce qu'il ne l'avait jamais imaginé. Le suicide, à ses yeux, ne pouvait être que l'aboutissement d'une longue marche, et rien ne lui paraissait plus faux que l'idée selon laquelle on se tue sur un coup de folie qu'une rencontre aurait pu empêcher. Cette fois-là, peut-être... Mais la marche aurait repris aussitôt et l'acte serait survenu à un autre moment, parce qu'il avait été dressé devant soi depuis des années comme une tentation, un dessein que l'on prépare sans même le savoir, minute après minute, et qui finit par s'imposer comme un projet parvenu à maturation.

Quand il se remémorait ce jour de juillet 1942 où son père avait desserré ses mains, tandis que la police frappait à la porte, lâchant Rimberg qui était tombé dans la cour. — « Va, va, fils ! » —, il se demandait pourquoi continuer à jouer sur la scène sociale cette pièce absurde où il fallait faire mine de croire à ce qu'on disait — « Je vous aime... », « Il est innocent... », « Vous êtes coupable... » —, saluer, sourire, rejeter un pan de sa robe sur son épaule gauche dans un ample mouvement du bras, se tourner vers les jurés, regarder le public, puis la Cour, et se mettre à parler, encore, une nouvelle fois, toujours mû par la nécessité de surprendre, d'aller plus loin, car tout le monde attendait cela — que va dire Rimberg cette fois-ci, quel lapin va-t-il sortir de son chapeau ?

Il devait être à la fois le gladiateur et le lion. Tuer la bête sauvage et dévorer l'homme.

Comment, quand on a compris que la tragédie que l'on joue n'est qu'une farce, une duperie, se lever chaque matin pour revêtir l'armure, pérorer et se battre ?

N'était-ce pas son dernier plaisir — peut-être aussi le plus pervers, le plus faux — que de se demander chaque matin, couché dans son lit, les yeux ouverts, s'il ne fallait pas sortir de scène, laisser le reste de la troupe poursuivre la tournée, les répétitions, les représentations ? Partir pour ne pas finir comme un vieil acteur qui radote, qui bafouille, qui ne connaît plus son texte, qui ne sait plus ce qu'il joue, qui croit vivre mais que le public siffle et qui laisse enfin la mort choisir son moment ?

Quelle abdication que de s'en remettre à la rencontre de hasard avec un virus ou à la probabilité d'une rupture d'anévrisme !

Oui, chaque matin, Rimberg, qu'on craignait, dont on admirait le talent, la juvénilité, la séduction et la réussite, s'interrogeait sur ses raisons de vivre, marchant au bord du gouffre, simplement peut-être pour se donner une émotion de plus, vérifier qu'il tenait encore à la vie, puisque l'abîme lui donnait le vertige.

Puis, tout à coup, cette mise en scène, l'annonce du suicide d'Isabelle, la sonnerie du téléphone, Pierre Maury qui appelait sur la ligne privée — qui lui avait donné le numéro ? peut-être Isabelle Desjardins, laquelle devait pouvoir accéder par les services de l'Élysée à la liste rouge —, Maury qui sollicitait ce rendez-vous dans la matinée, Maury si plein de vie, ne songeant qu'à se sauver comme un rat enfermé dans une cage court d'un coin à un autre, Maury qui avait déjà oublié qu'Isabelle Desjardins s'était tuée, qui ne voyait sûrement dans ce suicide que la menace qu'il faisait peser sur lui. Le juge d'instruction allait le convoquer, l'opinion allait s'émouvoir, pleurer et donc absoudre Isabelle Desjardins. Il faudrait un méchant, un coupable, et

Maury craignait bien sûr de devenir ce diable-là, ce personnage maléfique. Rimberg imaginait tout ce que Maury allait lui dire, comment il voudrait au contraire accabler la morte, profiter du mépris des gens pour le milieu politique, des soupçons qu'ils manifestaient, des affaires qui s'étaient multipliées, pour s'en prendre à Isabelle Desjardins — elle n'était plus là, après tout... —, montrer que son suicide n'était pas rédemption, mais aveu.

Maury se présenterait comme la victime des politiciens, ces maîtres chanteurs qu'il était contraint de payer pour obtenir le droit d'entreprendre, de créer des emplois.

Rimberg gagna alors son bureau. Il ignora l'écran de l'ordinateur où s'inscrivait la partie d'échecs en cours. Il fixa le tableau de Marcelli, ressentit dans l'obscurité la force de cette scène primitive où une femme nue, jambes écartées, tenait un enfant noir, grêle comme un insecte, voué à la mort.

Il se remémora sa dernière rencontre avec Isabelle Desjardins, à sa demande, dans ce même bureau.

Elle s'était assise, sûre d'elle, jetant son manteau sur le canapé, se tenant très droite dans son tailleur noir. Il avait eu l'impression que la tête, posée trop haut, au-dessus des épaules, n'appartenait pas à ce corps, mais avait été ajoutée et restait séparée de lui. Le cou était comme étiré par un collier plat et large pareil à un lien d'esclave dans lequel était sertie une pierre noire symbolisant une serrure — Rimberg avait eu la tentation de lui demander s'il s'agissait là d'un cadeau de Maury, mais à quoi bon, il en était persuadé.

D'entrée de jeu, elle avait dit qu'elle était venue consulter l'avocat.

Elle allait, elle en était sûre, être attaquée. A droite comme à gauche, on voulait la blesser, la briser, puisqu'elle était parvenue à traverser indemne toute cette période et que le Président l'honorait toujours de sa confiance. Elle était sa conseillère; il avait dit à trop de gens — peut-être imprudemment — ce qu'il pensait d'elle, ce qu'il espérait pour elle après 1995 : un rôle majeur à gauche, car elle était précisément sans tache, expérimentée, neuve pour l'opinion, jeune encore. La meute des envieux se rassemblait pour la déchirer. On l'accusait d'avoir aidé Pierre Maury, dont on craignait aussi la popularité. Mais elle était décidée à se battre, à rendre coup pour coup. Rimberg était-il prêt à la défendre ? Elle voulait une défense qui, en fait, fût accusatrice ; elle fournirait à son avocat tous les éléments nécessaires. Elle aussi possédait des dossiers, des pièces compromettantes sur les uns et les autres.

Rimberg ne s'était pas engagé. Au temps des guerres coloniales, il avait plaidé dans des procès politiques. Il croyait alors — et ne se reniait pas — que le bien et le mal, en ces circonstances historiques, existaient. Mais, aujourd'hui, il préférait défendre un assassin ou représenter les intérêts d'une multinationale plutôt que de patauger dans ce marécage où tout était sordide, médiocre : les enjeux, les hommes, les affaires qu'ils traitaient et ce dont on les accusait — petites malversations, petits gains.

Il avait raccompagné Isabelle Desjardins jusqu'à la porte de son bureau et elle s'était arrêtée pour regarder les photos accrochées de part et d'autre des battants. Il n'avait pas eu envie d'expliquer une nouvelle fois ce que représentaient ces clichés jaunis : lui avec ses parents sur la photo de gauche — il était ce petit garçon de cinq ou six ans au visage rond, aux yeux enfoncés — et, à droite, un amoncellement de corps décharnés, des déportés morts dans un camp. Parfois Rimberg lâchait : « Peut-être mes parents sont-ils là, qui sait ? »

Ils s'étaient dévisagés sans baisser les yeux. Rimberg avait eu le sentiment qu'elle était forte, en rien affectée par les menaces qui s'amoncelaient sur elle.

Moins de trois mois plus tard, elle s'était tuée.

Elle avait dit :

« Vos parents ont été déportés en juillet 42 ? On m'a raconté ça. On m'a dit que vous n'aviez jamais pardonné et que, d'une certaine manière, votre réserve à l'égard du Président... »

Il lui avait ouvert la porte.

Parler encore de cela ? Évoquer la présence de Mitterrand à Vichy en 1942, la francisque, la gerbe déposée chaque année sur la tombe de Pétain ? Et son attitude pendant la guerre d'Algérie, quand Rimberg défendait les porteurs de valises qui aidaient le FLN et que Mitterrand répétait qu'il fallait ne rien céder, faire la guerre, laissant aux tribunaux militaires le soin de rendre la justice ? Et puis il y avait eu l'amnistie pour les généraux OAS.

Quelle vieille rengaine, qu'on commençait à fredonner partout ! Fallait-il la chanter de nouveau pour cette femme décidée qui avait choisi la politique, donc les compromis, les habiletés ?

« Les choses arrivent, s'était borné à dire Rimberg. Il n'y a jamais de responsable, dit-on. Même Hitler, si on avait pu l'interroger, aurait juré — peut-être aurait-il été sincère — qu'il n'avait jamais voulu ça. Il y a un tel écart entre celui qui, en haut, décide ou laisse faire, et ce qui se passe en bas... Qui est responsable de la mort du photographe dans le bateau de Greenpeace ? Le ministre de la Défense, le Président, l'agent secret qui a plaqué la bombe contre la coque, la victime elle-même ?

Il s'était adossé à la porte.

« Vous comprenez pourquoi je préfère défendre un assassin plutôt qu'un homme politique ? avait-il poursuivi. L'assassin a vraiment du sang sur les mains, sur *ses* mains. Les autres ont toujours les mains propres : jamais une tache de sang.

— Le sang... » avait murmuré Isabelle en baissant la tête.

Elle avait fait un pas, regardé longuement Rimberg, puis, tout à coup, d'une voix trop désinvolte, elle lui avait demandé s'il voyait encore Aurore.

Elle voyageait, avait-il répondu. Elle avait étendu ses activités à l'ensemble de l'Europe. Une belle réussite.

On prétendait, avait repris Isabelle de la même voix affectée, que sa sœur se consacrait aussi à cette affaire du sang contaminé. On avait même affirmé qu'Aurore avait choisi d'être l'avocate d'une association de transfusés, mais — elle avait eu un mouvement des épaules, comme pour marquer que tout cela était dénué d'importance — elle n'en avait pas eu confirmation.

Rimberg ne disposait d'aucune information. Il se rendait peu au Palais. Isabelle voulait-elle qu'il se renseigne ? Mais, avait-il ajouté, ironique, pourquoi ne téléphonerait-elle pas à Aurore, rue de Sèvres, à son cabinet, ou rue Pierre-et-Marie-Curie, chez elle ?

Isabelle lui avait tendu la main :

« Vous me donnerez votre réponse ? »

Il avait serré ses doigts froids et osseux, et, comme s'il n'avait pas entendu la question ou s'était parlé à lui-même, il avait dit qu'Aurore était une femme passionnée, de grand talent, et qu'il avait été étonné de la voir se cantonner au droit des affaires.

L'abstraction, l'argent, la réussite financière de son cabinet ne correspondaient pas à sa sensibilité. Elle s'était lancée dans cette direction par défaut. Mais une question aussi tragique, aussi lourde de symboles, aussi révélatrice que la responsabilité des uns et des autres dans la transmission du virus par un sang contaminé délibérément laissé sur le marché — pourquoi, par qui, avec quelles conséquences... —, oui, cela pouvait l'exalter, lui donner une cause, celle qu'au fond elle n'avait encore jamais trouvée.

Il avait lâché la main d'Isabelle qui ne se décidait cependant pas à partir.

« Vous connaissez Christophe, le fils d'Aurore ? » avait-elle demandé.

Sa voix était changée, plus sourde, hésitante.

Il avait secoué la tête : pourquoi ?

Elle n'avait pas répondu, se contentant de répéter :

« A bientôt, maître. Nous restons en contact, n'est-ce pas ? »

Rimberg n'avait plus revu Isabelle.

Il restait enfoncé dans son fauteuil. Peu à peu, la pénombre reculait, laissant apparaître plus clairement les figures du tableau. Un camion ou une voiture à gyrophare s'étant arrêté sur le quai de l'Horloge, un faisceau de lumière dorée vint balayer le haut de la toile, faisant surgir pour quelques secondes le nouveau-né que la femme tenait dans ses mains au-dessus d'elle.

« C'est un enfant, un fils mort », songea Rimberg comme s'il découvrait pour la première fois la signification du tableau.

Et il pensa que s'il avait pu survivre à la disparition de ses parents — car, même provoquée par le crime des nazis et de leurs complices français elle était, à certains égards, dans l'ordre barbare de la vie —, jamais il n'aurait pu accepter la mort d'un enfant, d'un fils. C'était la cruauté intolérable, impardonnable.

Et, comme s'il y avait eu une relation entre ce qu'il venait de penser et la décision qu'il devait prendre, il griffonna sur un bloc-notes, à la suite des directives laissées à sa secrétaire, qu'il n'accordait aucun rendez-vous à Pierre Maury et refusait de s'occuper de son dossier.

L'Ambitieuse

Il fit pivoter son fauteuil et, après avoir observé durant quelques minutes la disposition des pièces sur l'échiquier que l'écran
de l'ordinateur affichait, il hésita puis, au lieu de reprendre le jeu
là où il l'avait laissé la veille, il annula la partie.

Le suicide, c'était cela.

30.

Joseph Desjardins s'arrêta devant la porte de ce qu'il avait toujours appelé la chambre des filles, puisque Aurore et Isabelle, dès leur naissance, avaient dormi là, dans ces deux lits qu'il avait achetés à Lons le jour où Claire avait accouché d'Isabelle — François, le père, était déjà absent, en Indochine.

Henriette Desjardins s'était emportée quand elle avait découvert les deux lits installés aux angles opposés de cette pièce du premier étage. Il était fou, Joseph : des lits d'adultes à une place pour des bébés ? Il fallait des berceaux, à la rigueur des lits d'enfant, mais pas ça ! Elle avait soulevé les matelas en secouant la tête : elles allaient s'étouffer, se perdre sous les draps, tomber ! Et madame Secco aurait beaucoup plus de mal, chaque jour. Joseph avait-il pensé à ces détails : faire les deux lits, laver les draps, peut-être les matelas... ?

Le docteur Desjardins n'avait point répondu, ne comprenant pas lui-même pourquoi il avait agi ainsi, comme s'il avait voulu fixer l'avenir des deux petites filles là, dans cette chambre de leur maison de Clairvaux.

Il posa ses deux mains à plat sur le battant de la porte, le front appuyé contre le bois. Il avait besoin de reprendre son souffle, bien qu'il eût gravi les quelques marches lentement, en s'agrippant à la rampe et en marquant plusieurs temps d'arrêt.

Mais soulever un pied, plier un genou, porter ce corps était devenu si laborieux, si difficile. Il se souvint de tous ces vieux qu'il avait houspillés lorsqu'il leur rendait visite. Il les revoyait, recroquevillés sur leur chaise dans le coin de la cuisine le plus

307

rapproché du fourneau. « Allons, il faut vous secouer ! » leur disait-il. Il faisait beau, ils devaient sortir dans la cour de la ferme, marcher : « Un peu de volonté, leur lançait-il, promettez-moi de bouger ! » Ils hochaient la tête, ils ne voulaient pas contredire monsieur le docteur.

Lui, maintenant, était contre cette porte, prenant appui sur ses mains, n'osant encore ouvrir, si las, ses jambes le tirant vers le sol, avec l'envie de se laisser glisser le long du battant, de n'être plus qu'un corps qui s'enfonce dans le sommeil et qui oublie.

Mais il se souvenait, et cette posture qu'il avait prise, les mains au-dessus de la tête, lui avait rappelé ce jour de décembre 1943, le 20 ou le 22, il y avait exactement — à quelques heures près — cinquante ans.

Cinquante ans ?

Mais que s'était-il donc passé dans cette vie ? Il se remémorait chaque instant, et cependant c'était comme si rien n'était advenu, pas même les moments les plus intenses, les plus douloureux...

Les disparitions de Claire et de François se confondaient alors que trente ans — trente ans ! — avaient séparé les deux décès. Puis ç'avait été la mort d'Henriette, en 1985, l'année où Christophe, le fils d'Aurore, alors âgé de seize ans, avait eu son accident de moto, fracture ouverte du bras, lésions superficielles des cervicales. 1985, c'était l'année où Isabelle et Aurore s'étaient retrouvées ici, à Clairvaux, muettes l'une en face de l'autre, et peut-être était-ce cette haine entre elles qui avait tué Henriette ; on meurt de tant de façons, est-ce qu'on sait au juste de quoi ?

Et les moments heureux, ces grandes tablées avec François, les petites Aurore et Isabelle qui babillaient et madame Secco qui, de ses gestes ronds, servait chacun, d'abord le docteur, puis l'officier, le père et le fils — peut-être sa plus grande joie, la naissance de ce fils, quand Joseph avait lui-même accouché sa femme ce fils gluant et gueulant son premier cri à quelques pas d'ici, dans leur chambre où rien n'avait changé depuis cette année 1926. Et ce jour d'août 1944 où Joseph avait retrouvé François et qu'ils s'étaient embrassés sur la place, non loin d'une femme qu'on lapidait, la veuve Morand, cette pauvre femme qu'ils auraient tuée volontiers, les Vignal...

Et cette douleur, il y avait quelques mois seulement, cette honte de ne pouvoir marteler le visage de Lucien Vignal qui avait dit comme ça, sur la même place, regardant bien en face Joseph Desjardins :

« Docteur, vos deux petites-filles, Aurore et Isabelle, vous l'avez jamais su, mais je peux vous le dire, ce sont des femmes depuis longtemps, c'est moi qui les ai eues le premier, vierges : elles voulaient ça l'une et l'autre, l'une après l'autre, et j'ai pas eu à les forcer. Qu'est-ce que vous en dites ? C'est drôle, les filles, non ? On n'imagine pas que des femmes comme elles ont commencé avec moi, qu'elles sont venues me chercher pour ça ! »

Tous ces moments, et puis cet appel du sous-préfet, ce matin, ces précautions, ce ton mielleux, ces détours.

« Qu'est-ce que vous voulez m'annoncer ? Dites-le, à la fin ! Qui est mort ? » avait demandé Joseph Desjardins.

Parce que c'était toujours avec la mort qu'on biaisait, toujours elle qu'on avait peur de nommer. Durant plus de quarante ans, Joseph était fier de l'avoir prise par le collet. Il l'avait montrée. Oh, pas à ceux qu'elle allait entraîner, qu'elle habitait déjà, et ils avaient d'ailleurs beau faire les ignorants, ils savaient qu'elle était là, en eux, qu'elle avait commencé de les ronger. Non, mais il la désignait aux autres, parents, amis, avares de leur angoisse, de leur tristesse, qui ne voulaient pas pleurer trop tôt, qui refusaient de voir la vérité parce qu'elle aurait pu changer leurs habitudes, troubler leur confort, les contraindre à retarder leur départ en vacances, et qui réclamaient une rasade d'espoir : « Il va s'en sortir, n'est-ce pas, docteur ? » Il n'avait pas menti. Il avait dit souvent : « Je ne sais pas. » Mais il les avait méprisés et plaints de ne pas vouloir comprendre. Aussi, chaque fois qu'il avait fallu, il les avait avertis : « Il va mourir », disait-il. Mais non, hurlaient-ils, ce n'est pas possible ! Si, ça l'était. Il n'y avait même que cela de sûr dans la vie.

Quand Joseph Desjardins avait questionné le sous-préfet, répétant : « Allons, allons, dites-moi, qui est mort ? », il connaissait déjà la réponse.

Isabelle lui avait téléphoné, le 20 décembre.

Dès les premiers mots, il avait eu mal.

Il s'était alors déjà souvenu de cette fin d'après-midi de décembre 1943, le 20 ou le 22, il ne savait plus.

C'était il y a cinquante ans. Il descendait à vélo, malgré le verglas et la neige, de Clairvaux à Lons. Le froid lui cisaillait le visage, s'infiltrait jusqu'à sa poitrine, malgré sa canadienne de cuir fourré. Ses oreilles étaient douloureuses sous le passe-montagne, la peau de son front, tendue sous le béret, semblait une plaque brûlante à force d'être glacée. Ses doigts, ses pieds étaient raidis. Mais il pédalait vite, bien que la route fût en pente, car il devait rejoindre à Lons le responsable régional des organisations de résistance pour lui remettre un rapport sur l'état des forces dans le Jura et leurs besoins en armes.

Joseph n'avait pu éviter le barrage de miliciens. On l'avait collé contre le mur du parc du château des Melrieux, les mains appuyées à la pierre, dans la position qu'il avait aujourd'hui, 23 décembre 1993, cinquante ans plus tard, contre la porte de la chambre des filles.

On l'avait fouillé, mais il avait protesté. Il était médecin : qu'on regarde ses papiers, son *ausweiss*. Il devait se rendre à l'hôpital de Lons. Il avait répété comme un ordre :

« Je suis le docteur Desjardins, de Clairvaux, je dois me rendre d'urgence à l'hôpital. D'urgence ! »

On l'avait laissé repartir sans ouvrir la sacoche qui, accrochée à son porte-bagages, contenait les documents codés et un revolver.

Lorsque Joseph Desjardins avait entendu la voix d'Isabelle, ce 20 décembre, il avait reconnu, à l'écho que chaque mot paraissait réverbérer — comme si la bouche seule parlait, que le corps d'Isabelle était déjà vide, rongé par le détachement qui précède la mort —, cette sorte de lassitude qui s'empare de ceux qui ont brusquement admis que c'est le bout du chemin, qui ne veulent plus, ne peuvent plus, qui ont choisi ou accepté de s'arrêter — et il avait eu si mal, à reconnaître ce signe dès les premières phrases, qu'il s'était dit qu'il aurait dû mourir contre ce mur, par cette fin d'après-midi de décembre 1943.

Il n'avait pas pu interroger Isabelle. Il n'avait pas eu la force de l'arracher à ce vide, de la ramener vers la vie. Peut-être parce qu'il était trop vieux, ou bien parce qu'il n'avait été, ce jour-là, que l'un de ceux qu'il avait méprisés toute sa vie, qui se persuadaient que leur proche, condamné, allait s'en tirer et qui détournaient la tête.

Isabelle n'avait pas parlé d'elle, de ce qu'elle avait sans doute déjà médité de faire — ce suicide que le sous-préfet, après bien des hésitations, lui avait annoncé, demandant si le docteur souhaitait qu'on lui envoie quelqu'un ; le président de la République lui-même s'était enquis de son état, lui avait adressé un message personnel qu'un gendarme allait lui apporter sous peu à Clairvaux.

« Vous allez bien, docteur ? » avait répété le sous-préfet.

C'était tellement idiot, ce genre de phrase, mais peut-être Joseph lui-même, tout médecin et si lucide qu'il avait été, en avait-il prononcé de semblables : qui n'est pas un Ponce Pilate ?

Il avait rassuré le sous-préfet puis s'était mis à errer dans la maison, se demandant où il avait rangé son revolver, cette lourde arme de guerre qu'on n'avait pas découverte dans sa sacoche, ce jour de décembre 1943, et qu'il avait aujourd'hui besoin de toucher, peut-être parce que, à l'instar d'Isabelle, il désirait lui aussi s'arrêter là, que c'en était assez.

Il s'était laissé tomber sur son lit, celui — on avait dû changer le matelas trois ou quatre fois depuis lors — où il avait jadis accouché Henriette : il avait alors déposé le nouveau-né dans une bassine d'eau tiède que madame Secco, une si jeune femme, à l'époque, avait apportée. Joseph, qui venait de sortir ce fils du ventre de sa femme, avait eu envie de coller son visage contre les seins pleins et laiteux de madame Secco. Henriette dormait. Il les avait effleurés tous les deux, la bonne et l'enfant, et ç'avait été quelques secondes de folie, comme une communion avec des forces primitives, une explosion d'énergie et de joie où rien d'autre ne comptait que l'attirance des corps, car la vie vagissait parmi eux, déjà si puissante et si menacée.

Parmi toutes ces années qu'il avait vécues comme une juxtaposition de scènes défilant en désordre, il n'était même plus capable de rétablir la chronologie des événements : ce cri qu'il entendait à présent, d'où venait-il ? De 1909, son premier souvenir, sa première terreur — il avait trois ans — quand sa mère était morte en couches et partie au pays des anges avec une petite fille qui aurait dû, si Dieu l'avait voulu, s'appeler Isabelle ?

Ce 20 décembre, c'est la mort qu'il avait écoutée tandis qu'Isabelle lui parlait, lui demandant d'une voix lasse — des mots qu'il voyait comme autant de cavités creusées dans le corps de sa fille — comment allait Christophe, le fils d'Aurore.

« Il va », c'est tout ce qu'avait pu répondre Joseph Desjardins.

Isabelle avait raccroché, mais il n'avait pas imaginé ce qu'il avait seulement compris après le coup de fil du sous-préfet : qu'Isabelle était venue le mois précédent, en novembre, pas seulement pour voir une dernière fois Christophe, mais pour chercher ce revolver qu'il leur avait montré à toutes deux, Aurore et Isabelle, jadis, quand elles étaient ces deux cavalières intrépides, ces filles auxquelles il narrait ses exploits de résistance, comme il l'avait déjà fait naguère à François, auxquelles il avait expliqué comment les miliciens, sur la route de Lons, un 20 décembre 1943, n'avaient pas fouillé la sacoche contenant cette arme de guerre — ce revolver avec lequel, Joseph Desjardins en était sûr à présent, Isabelle s'était tuée.

Et lui ne pouvait pas !

Avec quoi l'aurait-il fait ?

Il en pleurait, le visage appuyé contre la porte de la chambre des filles, dans la position que les miliciens avaient exigé qu'il prît, en décembre 1943, les mains à plat contre le mur.

Que ne l'avait-on tué ce jour-là, avant qu'il vive la mort de Claire et de François, la mort d'Henriette, maintenant la mort d'Isabelle, sa petite-fille, sa petite sœur qu'il n'avait jamais vue, et il ne croyait pas qu'il existât un pays où Christophe, son Christophe — le dernier enfant de sa lignée, qu'il avait vu naître, en 1969, du ventre d'Aurore, la fille de François, son fils qu'il avait fait naître là, à quelques pas de cette porte contre laquelle il se tenait appuyé, n'osant entrer dans ce qui avait été la chambre des filles, où Christophe était à présent couché dans le lit qui avait été celui de sa mère — pût rejoindre des anges qui n'existaient pas.

Christophe qui allait mourir, recroquevillé dans ce lit, aussi maigre que François au retour de sa captivité chez les Viets, aussi maigre qu'un déporté d'Auschwitz.

Il devait maintenant aller examiner les bras, les jambes, le visage de Christophe.

Pourquoi ne l'avait-on pas tué, lui, Joseph Desjardins, ce 20 décembre 1943, sur la route de Lons, là où dix-sept malheureux seraient fusillés quelques mois plus tard, peut-être par les mêmes miliciens qui l'avaient laissé repartir avec son revolver et ses documents dans sa sacoche ? A l'époque, il avait pensé, le vent glacé s'engouffrant dans sa bouche : quelle chance j'ai, quelle chance ! Et il avait pédalé comme s'il avait été poussé en avant, invulnérable, invincible !

312

Et si c'étaient les autres, les dix-sept, qui avaient eu la chance d'être ainsi abattus au bord d'une route dans la certitude de leur jeunesse, dans l'espoir de leur victoire et de leur vengeance, ignorant que les fils, les petites-filles, les arrière-petits-fils qu'ils auraient eus risquaient de mourir avant eux — donc dispensés de les accompagner en terre, de prendre en haine cette vie qui s'accroche aux survivants, qui ne les lâche pas, exigeant d'eux qu'ils assistent à toutes ces disparitions...

Joseph Desjardins en pleurait.

Mais il tenait encore à rester là, car cette maison de Clairvaux, cette chambre, ce lit d'Aurore étaient devenus les refuges de Christophe.

Celui-ci l'appelait Joseph, tout simplement. Comment voulez-vous nommer un arrière-grand-père ?

Il était venu quelques mois auparavant, si maigre déjà. Il portait un sac à dos de toile noire marqué d'un soleil jaune. Il avait serré Joseph contre lui et, à toucher ses omoplates, à sentir ce dos creux sous ses mains, à deviner les salières des épaules, le vieux Desjardins avait frissonné.

« Qu'est-ce que tu as ? avait-il demandé en s'écartant.

— Je veux mourir ici, Joseph, avait dit Christophe. Tu m'installes où ? »

Il avait souri.

C'était comme le sourire de François quand il était revenu, après Diên Biên Phu, ses pommettes paraissant chercher à déchirer sa peau tendue. Et les dents qui avaient envahi tout le visage, comme si les os, le minéral gagnait sur la chair. Mais ceux qui avaient blessé à mort Christophe ne portaient pas d'uniforme. Ils signaient ou refusaient de parapher des arrêtés, des notes, des directives. Et le sang pourri continuait de couler des ampoules accrochées au-dessus des lits de ceux que le hasard triait. Le hasard ? La camionnette de Lucien Vignal survenant, Christophe freinant trop tard et heurtant ce mur, là où, le 20 ou 22 décembre 1943, les miliciens avaient poussé brutalement Joseph Desjardins, le forçant à poser les mains sur la pierre.

Pourquoi ne l'avait-on pas tué ce jour-là ?

Pourquoi avait-il été contraint de pleurer en embrassant son arrière-petit-fils, de bégayer : « Qu'est-ce que tu dis, mais qu'est-ce que tu dis ? », tout en ayant parfaitement compris, pensant déjà qu'il allait le coucher dans la chambre des filles, dans le lit d'Aurore.

Aurore avait appelé quelques jours après l'arrivée de Christophe à Clairvaux.

Elle avait seulement dit :

« Tu l'as vu ? Tu sais ? »

Puis elle avait éclaté en sanglots et Joseph avait sans fin répété son nom : « Aurore, Aurore, Aurore ».

Mais elle avait raccroché.

Elle n'avait rappelé que plusieurs jours plus tard, de Milan. Elle était calme. Elle avait expliqué que Christophe refusait de la voir, qu'il avait menacé de se tuer si elle lui rendait visite. Il faisait cela pour la protéger, elle en était sûre.

« Il ne veut voir que toi. »

Peut-être parce que Christophe imaginait que la mort n'avait plus prise sur Joseph, qu'elle avait renoncé à le menacer, ou bien parce que Joseph espérait qu'elle viendrait le chercher, au contraire.

Aurore avait encore pleuré, puis avait demandé :

« Comment va-t-il ? Dis-moi. »

Comment voulait-elle qu'il aille ? Comme un de ces morts en sursis qui attendent qu'on monte le gibet et qui, à chaque instant, imaginent percevoir les bruits que font les charpentiers au travail : les battements de son cœur, ce sont les coups de marteau ; sa toux, c'est le grincement de la scie ; les douleurs dans ses membres, ce sont les clous qu'on plante ; cette sueur qui les couvre, le sang qui se répand.

Mais il avait été comme ceux qu'il méprisait autrefois. Il avait été Ponce Pilate. Il avait seulement murmuré :

« Il va.

— Qu'est-ce qu'il dit ? avait encore demandé Aurore. Qu'est-ce qu'il fait ?

— Il écrit », avait répondu Joseph Desjardins.

Aurore avait appelé chaque jour, parfois avec des sanglots, parfois avec calme, parfois en rage.

Joseph ne lui avait dit mot de la visite d'Isabelle à Christophe, mais Aurore l'avait subodorée.

« Elle n'est pas venue ? avait-elle interrogé. Elle n'est pas venue, au moins ? Jure-le-moi ! Si elle est venue, je la tue. »

Il avait juré, mais peut-être Aurore l'avait-elle quand même tuée...

Elle criait quelquefois si fort dans le combiné que Joseph s'affolait de cette fureur.

« Calme-toi... » murmurait-il.

Mais il se disait aussi qu'en déversant cette haine elle la sortait de soi, elle en faisait une force de mort contre les autres, non contre soi. Elle vivrait donc, de vengeance, de colère et de désespoir. On ne sait pas de quoi l'on meurt, mais sait-on de quoi on vit ?

A chaque coup de fil — de Milan, de Francfort, de Bruxelles, de Paris —, elle précisait son projet : elle rassemblait les victimes, tous ceux qu'on avait empoisonnés avec ce sang, elle allait prendre leur défense, traîner les responsables en cour d'assises. On verrait bien s'ils avaient le même courage que Marc Gauvain — « Tu te souviens de ma première plaidoirie d'assises, tu te souviens de cet assassin ? » — qui avait pris son crime à pleines mains en disant : « J'ai eu tort, j'ai tué, qu'on me punisse. »

Mais, elle en était sûre, elle les connaissait, ils allaient rester planqués dans leurs bureaux, leurs palais, ces conseillers masqués, ces vrais coupables.

Une fois, Joseph avait objecté malgré lui :

« Ne te laisse pas emporter, *elle* n'y est pour rien. »

Aurore avait hurlé comme si cette petite phrase chuchotée l'avait frappée tel un épieu.

Elle, pour rien ? Elle qui était au cœur du pouvoir, elle qui savait sûrement ? Elle qui lui avait fait la leçon : pas de moto à seize ans ? Elle qui avait dit ça alors qu'elle savait qu'on continuait d'inoculer le sang empoisonné à Christophe, à des centaines d'autres au nom desquels Aurore allait parler ?

Joseph Desjardins avait dit d'un ton las qu'il était lui-même médecin, que les données, en 1985, l'année de l'accident de Christophe, étaient encore imprécises, qu'*elle* — ni lui ni Aurore n'avaient prononcé son nom — n'était ni ministre, ni membre d'un cabinet, rien : simple conseillère, inspectrice des finances. Pas médecin. Aurore pouvait-elle s'aveugler de haine à ce point ?

Et il avait hasardé que Christophe n'avait peut-être pas été contaminé par la transfusion de 1985, mais plus tard, la maladie frappant au hasard des rencontres.

Aurore avait rugi :

« Mon fils, mon fils ? Tu dis cela, toi... ? »

Joseph Desjardins avait écarté le téléphone de son oreille.

Pourquoi entendre encore ? Les fils mouraient, les mères portaient les cadavres de leurs enfants au-dessus de leurs têtes et réclamaient vengeance, les sœurs s'accusaient, s'entre-déchiraient. C'était une histoire sans fin.

Isabelle, sa petite sœur à lui, était morte avant de naître et avait rejoint le pays des anges en 1909. Isabelle, sa petite-fille, s'était tuée le 22 décembre 1993.

Entre elles il y avait toute une vie, la sienne, et la mort frappant tout autour en désordre pour montrer son arrogance, l'injustice qui présidait à son bon vouloir, comme si elle avait ainsi voulu exposer la déraison de toute chose, l'inanité de toute explication.

Joseph Desjardins poussa enfin la porte de ce qui avait été la chambre des filles. Christophe avait le dos appuyé contre des coussins. Il avait posé une tablette sur ses genoux et écrivait.

Quand Joseph entra dans la chambre, il leva les yeux, ces grosses taches blanches ponctuées de noir qui lui dévoraient le visage.

Joseph s'assit à son chevet, lui passa le bras autour du cou, et Christophe inclina la tête sur son épaule.

Ils restèrent ainsi longtemps.

En se penchant, Joseph put lire quelques mots tracés sur la grande feuille que Christophe couvrait en partie de sa main si maigre :

> *Peut-être le calvaire que je gravis*
> *a-t-il un sens.*
> *Peut-être est-ce que je rachète*
> *des fautes*
> *qui seront plus légères aux autres.*
> *Mais qui m'a choisi, moi,*
> *parmi tant de coupables et d'innocents ?*
> *Qu'avais-je fait,*
> *qu'avait-on fait avant moi ?*

Joseph releva la tête. Il ne souhaitait pas lire plus avant.

L'Ambitieuse

Sur les crêtes, vers les étangs des Monédières, au-delà de la forêt, le ciel s'étant peu à peu dégagé en cette fin de matinée, on voyait se détacher, mouvantes au-dessus de la neige, les silhouettes de deux chevaux, l'un noir, l'autre fauve.

Ou bien l'on pouvait croire qu'il s'agissait de chevaux alors que ce n'était que le reflet des arbres sur les nuages bas, un jour de grand vent.

Paris, Saint-Moritz, 1994.

Table

Cet ouvrage a été composé par
EURONUMÉRIQUE à Montrouge

Impression réalisée sur CAMERON par
BRODARD ET TAUPIN
La Flèche

pour le compte des Éditions Fayard
en juillet 1995

Imprimé en France
Dépôt légal : septembre 1995
N° d'édition : 9023 - N° d'impression : 1252M-5
35-33-9523-01/8
ISBN : 2-213-59523-2